호접몽전

호접몽전

칭빙 최영진 장편소설

1

난세의 한가운데 떨어지다

폭스코너

- **진용운** 주인공. 21세기 대한민국의 고등학생으로, 한 번 본 것을 사진처럼 기억하는 순간기억능력과 한 번 기억한 것은 절대 잊어버리지 않는 과다기억증후군의 소유자다. 역사학자인 아버지의 영향을 받아 중국 고대사에 관심이 많다. 행방불명된 아버지를 기다리던 중, 뜻밖의 사고로 중국 삼국시대로 이동하여 난세의 중심에 선다.

- **조운 자룡** 무공과 성품, 외모까지 다 갖춘 빼어난 무사. 창의 명수이며 집안 대대로 전해져온 조가창법이란 창술을 사용한다. 원소에게 실망하여 공손찬에게 가던 도중 용운을 만나게 된다.

- **유비 현덕** 삼국시대 촉한(촉나라)의 초대 황제. 일찍이 아버지를 여의고 홀어머니를 모시면서 삿자리를 팔아 생계를 이어가고 있었다. 15세 때 노식에게 사사하여 함께 공부한 공손찬과 인연을 맺었으나 학문보다는 호협들과 교류하는 데 치중하였다. 황건적의 난이 일어나자 의병을 일으켜 전공을 세우면서 난세의 무대에 등장하게 된다. 맹장 관우, 장비와 의형제를 맺었고, 공손찬 밑에 있을 때 용운의 존재를 알고 흥미를 느낀다.

- **동탁 중영** 후한 말기의 군웅. 젊은 시절부터 유협을 숭상하여 강족과 교류했다. 변경에서 크고 작은 공을 세우던 중 184년 황건적 토벌에 선발되면서 야심을 드러내기 시작했다. 189년 당시 황제이던 영제가 죽고 소제 유변이 즉위하자, 대장군 하진은 자신과 대립하던 십상시(권세를 떨치던 열 명의 환관)를 없애기 위해 각지의 장수들을 낙양으로 불러들였는데 동탁도 그중 하나였다. 그러나 동탁이 도착하기 전에 하진은 오히려 환관들에게 살해되었고 동탁은 소제와 진류왕을 구출하여 낙양으로 돌아왔다. 그 후 하진의 부대를 흡수하고 맹장 여포를 수하로 삼아 낙양의 군권을 장악하였다. 소제를 폐위시키고 헌제를 옹립한 뒤, 공포정치를 행하면서 후한의 멸망을 앞당겨 후대에까지 악명을 떨쳤다.

- **검후** 주인공 진용운을 수호하는 네 명의 여무사 '사천신녀' 중 리더. 큰 키에 이지적인 미모의 소유자이며 두 자루 검을 다룬다.

- **청몽** 사천신녀의 둘째로 얼굴을 늘 복면으로 가리고 있다. 암습과 잠복이 특기인 암살자. 주 무기는 사슬낫이다.

- **성월** 사천신녀의 셋째. 붉은 무복 차림에 커다란 활을 들었으며 옆구리에는 술병을 찼다. 언제 어디서든, 어떤 자세로도 활을 쏠 수 있는 사격의 명수. 술병은 아무리 마셔도 곧 새로 채워지는 보물이다.

- **사린** 사천신녀의 막내로 가냘픈 체구와는 달리 괴력의 소유자다. 먹은 만큼 힘을 내는 무공을 쓰는 까닭에 엄청난 대식가이고, 금빛의 거대한 망치를 사용한다.

- **관우 운장** 유비의 의동생으로, 긴 수염 때문에 미염공이라는 별명으로도 불린다. 《삼국지연의》에서 무와 의리의 화신으로 묘사되어 후대에까지 신으로서 섬겨지는 등 많은 사랑을 받는다. 유비를 보

좌하여 여러 전장에서 공훈을 세웠다. 청룡언월도를 쓴다고 알려진 것과는 달리, 이 시대에는 그런 무기가 없었으므로 참마도나 대도를 사용했으리라 짐작된다.

- **장비 익덕** 관우와 더불어 유비의 의동생. 흔히 팔자수염에 술을 좋아하는 우락부락한 불한당으로 그려지나, 실은 수줍음 많고 교양 있는 미남이다. 단, 누가 유비에 대해 나쁘게 말하거나 이해 안 가는 불의를 보면 눈이 돌아가 완전히 다른 사람이 된다. 장팔사모라는 긴 창의 명수.

- **공손찬 백규** 노식 밑에서 유비와 동문수학한 사이로, 북방에서 선비족을 토벌하여 이름을 떨쳤다. 백마로만 이뤄진 부대를 운용한 까닭에 백마장군이라고도 불린다. 신기할 정도로 인재를 못 알아보는 특기가 있는 등 여러 모로 단점이 많지만 유비에 대한 애정은 각별했다. 용운의 지략을 보고 참모로 거둔다.

- **태사자 자의** 뛰어난 무술 솜씨와 궁술 그리고 의리와 충성심을 두루 갖춘 장수. 본래 손책에 의해 등용되어 초창기 오나라의 핵심 전력이 되었으나, 북평에서 용운과 인연을 맺은 결과 전혀 다른 길을 걷게 된다.

- **여포 봉선** 천하제일의 맹장으로 알려진 장수. 그 흉포함과 무공은 타의추종을 불허한다. 본래 정원을 섬겼으나 그를 베고 동탁의 수하가 되었다. 그러나 여자와 아이는 해치지 않는다.

- **조조 맹덕** 후한 말의 군웅들 중 한 사람이며 위의 태조. 우수한 인재들을 여럿 거느렸으며 뛰어난 군사적·예술적 감각을 자랑한다. 환관의 후손이라는 데 열등감이 있다. 유비와 진용운에게서 범상치 않은 분위기를 감지하고 경계한다.

- **하후돈 원양** 조조를 모시는 장수로 대도의 달인. 성격이 불같지만 수하를 아끼며 청렴한 성품을 지녔다. 조조와는 형제나 다름없는 사이다. 거병한 초창기부터 죽을 때까지 조조를 곁에서 섬긴다.

- **원소 본초** 후한 말의 군벌이자 후한의 명사로, 최고 명문가 출신이지만 천출이라는 데 대한 열등감이 있다. 본래 정사에서는 반동탁 연합군의 수장 자리를 맡았다. 우유부단하여 결단력이 부족하고 지나치게 오만한 일면이 단점이다.

- **원술 공로** 원소의 배다른 형제로, 평소 못 잡아먹어 안달이지만 위급할 때는 돕기도 한다. 남양 일대를 기반으로 제법 강대한 세력을 구축한다.

- **손견 문대** 강동의 호랑이라는 별명으로 불리는 후한 말의 군웅이며 강동 손가의 시조다. 《손자병법》을 저술한 손자의 후손으로 알려졌으나 명확한 증거는 없다. 문무를 겸비한 맹장으로, 인간적 매력 또한 빼어난 호걸이다. 원술의 부장 격으로 반동탁연합군에 참가하였다.

- **가후 문화** 《삼국지》최고의 책사를 논할 때 늘 포함되는 지략가. 동탁의 사위인 우보의 수하로 처음 모습을 드러냈다. 정사에서는 동탁과 이각, 곽사를 거쳐 장수의 모사가 되었다가 마지막에 조조 밑으로 들어갔다. 여러 번 주인을 바꿨음에도 불구하고 늘 언행을 조심하여 장수한 처세술의 달인이기도 하다.

- **주무** 동탁의 배후로 모습을 드러낸 수수께끼의 인물이다. 위원회라는 단체에 속해 있다.

- **초선(호삼랑)** 주무의 명으로 동탁에게 영향력을 행사하는 여인. 여포에게 관심을 보인다.

차례

1

천기를 읽는 자

새도 날아오르기 어려울 정도의 높은 벼랑 위에 두 사람이 서 있었다. 팔이 길고 귓불이 큰 사내의 이름은 '유비(劉備)', 자는 '현덕(玄德)'이었다. 그는 입가에 엷은 미소를 띠고 있었다. 절대 화를 안 낼 것 같은 표정. 표정 자체가 습관이 된, 익숙한 미소였다. 미남은 아니었으나 이상하게 끌리는 외모를 가졌다.

옆에 있는 소년은 남자치고 유난히 선이 가늘었다. 피부가 희고 큰 눈에 코와 입이 오밀조밀했다. 때문에 얼핏 소녀처럼 보이기도 했다. 작은 엉덩이와 긴 다리 덕에, 키가 그리 크지 않음에도 늘씬해 보였다. 가장 인상적인 것은 크고 까만 눈동자였다. 소년의 눈은 영롱하면서도 시시각각 날카롭게 빛나서 마치 고양이 눈 같았다.

유비가 고양이 눈 소년에게 말했다.

"용운, 그자가 정말 이리로 올까?"

용운이라 불린 소년이 담담한 투로 대꾸했다.

"닥치세요."

유비는 낄낄대며 말을 받았다.

"야, 그래도 내가 명색이 두목인데 말이 좀 심한 거 아니냐?"

"아주 좋은 말로 일곱 번이나 답했습니다. 그는 반드시 이리로 온다고."

"아니, 낙양에 멀쩡히 잘 있는데 엉덩이를 뗄 것 같지가 않아서. 거기서 온갖 보물과 천하의 미녀들에게 둘러싸여 있는 놈이……."

용운이 코웃음을 쳤다.

"흥. 뭔가 부러워하시는 거 같네요."

"기분 탓이야. 너 지금 나 비웃은 거냐?"

"기분 탓입니다. 그보다 언제까지 두목, 두목 할 겁니까? 뒷골목 생활 청산한 지도 오래됐잖아요."

"넌 그 잔소리가 매력이라니까."

"나가 죽으세요."

유비를 구박하는 소년, '진용운(秦龍雲)'은 외모뿐 아니라 여러 가지 의미에서 눈에 띄었다.

우선, 차림새가 특이했다. 유비는 머리카락을 틀어올려 녹색 두건을 쓰고, 거기에 비녀를 꽂아 고정했다. 하지만 소년은 살짝 헝클어진 갈색 곱슬머리일 뿐 두건을 쓰지도, 상투를 틀지도 않았다. 또 유비는 얇은 쇳조각을 잇대어 만든 갑옷을 옷 위에 걸쳐 입었다. 반면, 소년은 상하의 모두 몸에 달라붙는 남색 정장 차림이었다. 다만, 안주머니에 뭐가 들었는지 가슴께가 불룩했다.

용운이 쓰는 언어 또한 기이했다. 유비는 어조가 거칠지만 고풍스러운 중국어를 구사했다. 그에 반해, 용운은 21세기의 한국어로 말했다. 그럼에도 불구하고 두 사람은 의사소통에 전혀 문제가 없어 보였다. 동시 통역기를 쓰는 게 아니라면, 뭔가 신비로운 힘이 작용하고 있는 게 틀림없었다.

소년은 이 시대의 사람들과 외모도, 언어도, 차림새도 달랐다. 혼자 다른 시간축에 있는 것 같다고나 할까. 한마디로 이질적인 존재였다.

용운이 맑은 목소리로 말을 이었다.

"작전 개요를 한 번 더 설명할게요. 그래도 명색이 대장이니까 머리에 넣어는 두시길."

"쉽고 간단히 부탁해, 군사."

'군사(軍師)'란, 군대를 지휘하는 직책을 의미했다. 총지휘관을 보좌하여 작전 전반을 구상한다. 궁극적으로, 아군을 승리로 이끄는 역할이었다. 스승 '사(師)' 자가 괜히 들어간 게 아니었다. 놀랍게도 유비는, 고작 10대 후반으로밖에 안 보이는 소년을 그런 군사라 칭한 것이다.

"동탁군이 골짜기 안에 깊숙이 들어오면, 제 호위대가 벼랑 일부를 무너뜨려 달아날 길을 막을 겁니다. 그 후에 벼랑 위에서 아래로 화살을 퍼붓고요. 그동안 뒤에서는 자룡 형님과 제 호위병들이, 관문 쪽에서는 현덕 님의 병사들이 앞뒤로 협공합니다."

"작전 잘빠졌네."

유비가 고개를 끄덕였다. 두 사람이 기다리는 적이란, 농서 사람 동탁(董卓)의 군대였다.

동탁은 후한 말의 무장이자 정치가였다. 그는 황제를 마음대로 폐위시키고 또 옹립했다. 비위를 거스르는 관리들은 모조리 죽였다. 황실의 보물을 차지하고 궁녀들을 능욕했다. 그 밖에도 온갖 만행들로 나라의 멸망을 앞당긴 폭군이었다.

용운이 예측한 행군 또한 그의 폭정의 일부였다. 중국 땅은 워낙 넓어서 각지에 '제후'를 두었다. 현대의 지방자치단체장 같은 역할의 관리였다. 그 제후들이 동탁의 폭거에 반발, 연합군을 결성해 후한의 수도 낙양을 공격했다. 그러자 동탁은 낙양에 불을 질러버리고 장안으로의 천도를 결정했다. 서울로 적이 공격해오니 불태워버리고 수도를 옮긴 격이었다. 당하는 입장에서는 황당할 정도의 막무가내 행보가 아닐 수 없었다.

그 이동 경로에 위치한 장소가 이 함곡관이었다. 지형상, 용운의 계획대로 이뤄진다면 동탁군은 몰살을 면치 못할 터였다. 몰이사냥을 하는 거나 마찬가지였다.

뭔가 생각하던 유비가 다시 입을 열었다.

"그런데 말이야, 군사."

"네."

"이미 우리가 함곡관을 점령한 상태잖아?"

"그런데요?"

용운은 떨떠름하게 유비를 바라보았다. 이 인간이 또 뭔소리를 하려고 그러나.

두 사람이 서 있는 골짜기는, 함(函. 상자)처럼 깊이 깎아세워졌다 하여 '함곡(函谷)'이라는 이름이 붙었다. 위에서 내려다보면 요(凹)자 형일 것이다. 깎아지른 듯한 벼랑이 양옆을 병풍처럼 막았다. 벼랑 사이로는 좁은 길이 한참이나이어졌다.

그 함곡 안쪽에 세워진 관문이 바로 함곡관이었다. 지형이 험하기로 유명해서 '천하제일험관'이라고도 불렸다.

유비는 용운의 시선을 피해 함곡관을 보았다.

"저걸 정면에서 싸워서 빼앗으려 했다면 희생이 장난 아니었겠지. 동탁군을 가장한 군사의 계략 덕에 날로 먹었지만."

"뭐, 그렇죠."

"……참 겸손해, 우리 군사."

"저의 수많은 미덕 중 하나죠."

성벽이 골짜기 사이를 댐처럼 틀어막고 있었다. 현대의 단위로 높이 20미터는 족히 돼 보였다. 가운데의 육중한 문은 굳게 닫힌 채였다. 그 양쪽은 감히 기어올라갈 엄두도 못 낼 절벽이었다. 즉 이 계곡을 지나려면 무조건 함곡관을 통과해야 하는 것이다. 그야말로 '철의 요새'라는 말이 어울리는 위용이었다.

유비는 며칠 전, 계략으로 함곡관을 기습하여 점령했다. 동탁이 이곳을 지나리라는 용운의 조언에 따른 것이었다.

"그게, 그런데 말이다."

"본론부터 말하세요. 슬슬 짜증나려고 합니다."

"동탁군이 관문에 바짝 다가오길 기다렸다가 뒤를 막기만 해도 동탁의 부대는 지리멸렬할 거야. 불필요한 사상자를 낼 필요가 없지 않을까?"

"……."

용운의 차가운 분위기가 더욱 싸늘해졌다. 유비가 슬며

시 한마디를 덧붙였다.

"그, 항복 권유라는 것도 해보고 말이야."

"……."

"네 말대로 정말 동탁이 수도를 옮기는 거라면, 그 부대
에는 궁인들과 강제로 끌려오는 백성들이 많이 섞여 있을
게 뻔하단 말이지. 장안에 가서 당장 일할 사람들이 필요하
니까."

"하하, 그래서 사정을 봐주자고요?"

'내 사람들'을 위기에 처하게 해가면서?

용운은 앞머리를 쓸어넘기며 가볍게 웃었다. 긴 속눈썹
과 하얀 치아가 아름다웠다.

그러나 유비는 살짝 긴장했다. 용운은 화가 나면 웃는 버
릇이 있었다. 그가 한번 성질을 부리기 시작하면 누구도 말
리기 어려웠다. 날뛰진 않았지만 조목조목 따져 상대를 굴
복시켰다.

사실 용운은 속으로 생각했다.

'또 시작이군. 이번 작전, 확 접어버려?'

지난 몇 개월 사이, 그는 유비라는 사내를 어느 정도 파
악했다. 안 그랬으면 진짜로 화가 났을지도 모른다. 장담컨
대, 유비는 어차피 용운이 작전을 결행할 것임을 알고 있었
다. 하지만 저리 던진 말 한마디로, 유비는 이제까지와 마찬

가지로 의로운 자가 되고 악업은 용운 자신이 짊어지게 될 것이다. 용운은 유비가 한 말을 퍼뜨릴 생각이니까. 유비의 평판이 높아져야 자신에게도 유리해지기 때문이었다.

유비의 무서운 면은, 그런 행동이 의도된 것이 아니라 자연스레 표출된 거라는 점이었다. 일부러 그와 같은 언행을 하면 위선자가 된다. 하지만 유비에게는 몸에 밴 습성 그 자체였다. 그가 늘 머금은 미소와 마찬가지로. 그래서 사람들은 그를 덕 있는 인물로 여겼다. 유비의 무식과 무례는 소탈함으로 포장됐다. 적들마저 그를 철저하게 미워하지 못했다. 그게 유비라는 사내가 가진 힘이었다.

유비는 용운의 눈치를 보며 말했다.

"봐주자는 것이라기보다는 손을 가려서 써야 하지 않겠냐는 거지."

용운은 실소했다. 내 눈치는 왜 본담. 하나도 겁 안 내는 주제에.

그때였다. 엄청난 수의 병력이 다가오는 기척이 느껴졌다. 말 울음소리와 쇠가 부딪치는 소리, 땅이 진동하는 소음. 희미하게 흙먼지가 피어오르는 게 보였다.

유비가 멀리서 다가오는 동탁군을 보며 말했다.

"우와, 진짜 왔네."

용운은 유비를 응시하며 눈을 가늘게 떴다.

'이 인간, 아까부터 왜 이래?'

유비는 원래 의심이 많고 우유부단했다. 하지만 이 정도
는 아니었다. 정말 중요한 일 앞에서는 망설이지 않았다. 또
이제까지는 용운의 말에 잘 따라온 그였다.

전투를 앞두고 예민해진 걸까. 유비가 유난히 이 작전과 자
신을 경계하는 듯한 느낌이 들었다. 지려야 질 수가 없는 싸움
이고 용운 자신도 지금으로서는 전혀 '딴생각'이 없는데도.

'어디, 오랜만에…… 대인통찰.'

용운의 고양이 눈이 번득였다. 그러자 신기한 일이 벌어
졌다. 유비의 몸 가운데를 중심으로, 납작하고 반투명한 붉
은색 동심원이 그려진 것이다. 마치 레이더 화면처럼.

동심원 중앙에 유비의 이름과 '특기'가 나타났다. 그리고

원의 바깥쪽을 빙 둘러가며, 균일한 간격을 두고 여섯 개 항목의 수치가 표시되었다.

용운의 시야에, 유비에 대한 정보가 고스란히 나타났다. 이는 오직 그의 눈에만 보이는 허상. 바로 그가 가진 특기들 중하나인, '대인통찰(對人洞察, 대면한 사람을 꿰뚫어보다)'이었다.

용운은 아버지로부터 여러 가지를 물려받았다. 순간기억능력과 사물을 이용한 응용력. 뭔가에 집중하면 주변을 잊는 무서운 집중력. 극히 작은 것도 놓치지 않는 예리한 관찰력. 이런 것들이 유전된 선천적 재능이었다.

반면, '대인통찰'은 일종의 후천적 초능력에 가까웠다. 대인통찰은 일정 거리 내에서만 사용이 가능했다. 또한 이름 그대로 인간에게만 작용했다.

그래도 상식을 초월하는 능력임은 분명했다. 상대의 역량을 일방적으로 먼저 파악하고 자신에 대한 감정까지 알수 있는 것이다.

유비의 상태를 확인한 용운은 살짝 고개를 갸웃거렸다.

'흠. 호감도는 그대로인데? 날 의심해서 저러는 건 아니네. 의심이 들었다면 호감도가 내려갔을 테니. 혹시 내가 못느낀 뭔가를 감지한 건가?'

그럴 가능성도 있었다. 둥글둥글해 보이면서 의외로 예리한 작자이니. 특히 생존본능은 타의 추종을 불허했다.

물어볼까 하던 용운은 그냥 입을 다물었다. 유비의 감(感)은 말 그대로 감이다. 막연한 불안감이나 좋지 않은 예감 같은 것이다. 말로 설명할 수 있는 종류의 것이 아니었다.

용운도 어차피 유비를 완전히 믿지는 않았다. 그가 전적으로 신뢰하는 사람은 극히 드물었다. 주군으로서 모시는 건 더더욱 아니다. 그저 잠깐 함께 행동하는 부대의 대장이랄까.

용운을 향한 유비의 호감도는 72였다. 이는 '유비가 용운을 좋아하는 정도'를 의미했다. 모든 수치의 최고치는 100이다. 호감도 100은 전적으로 상대를 믿고 절대 배신하지 않으며, 어떤 말이든 할 수 있는 사이였다. 부모 자식 간이나 부부 사이 정도라고 보면 될 것이다. 그렇게 치면 72도 꽤 높은 편이었다. 믿을 만한 동료 수준의 수치다.

하지만 용운이 유비와 지낸 시간, 그에게 준 도움 등의 결과로는 부족했다. 타고난 매력과 '인덕'이라는 특기로 남을 끌어당긴다. 하지만 정작 자신은 쉽게 타인을 믿지 않는다. 유비라는 사내의 본성은 그랬다.

어쨌든 지금은 선택의 여지가 없었다. 용운을 이 세계로 데려온 운명이, 그가 유비의 곁에 있도록 만들었기 때문이다. 언젠가 떠날지는 몰라도 최소한 지금은 그랬다.

'이 작전에 들인 공이 얼마인데, 이제 와서 엎을 수는 없

다. 유비의 참모다운 대답을 해주지.'

용운은 좀 전과 달리 진지한 어조로 말했다.

"더 많은 민초를 구하기 위해 해야만 하는 일입니다. 백성들에게는 최대한 피해가 가지 않도록 주의하겠습니다. 현덕 님의 이름으로 구출하여 보호해준다면 한층 명예로운 일이 되겠지요."

"흐음…… 어느 정도의 희생은 감수해야 한다는 말인가."

유비는 턱을 긁으며 중얼거렸다. 실실대던 그의 태도도, 전투가 코앞에 다가오자 변했다.

"여포에 대한 대비책은 있는 것이냐? 네 호위들이 강하다는 사실은, 사수관에서 화웅을 베었을 때부터 잘 알고 있다. 하지만 여포는 화웅과는 비교도 할 수 없는 강자다. 그야말로 천하제일의 호걸이라 할 만하다."

'여포 봉선(呂布 奉先).' 후한 말의 장군으로, 현재 동탁을 섬긴다. 동시에 그의 양아들이기도 했다. 여포의 무력에 반한 동탁이 아들로 삼은 것이다. 흔히 《삼국지》 최강의 장수로 묘사되는 자였다. 날아다니는 장군이라 해서 '비장(飛將)'이라고도 불리는 최강, 최악의 무인이었다.

'에이, 쑵.'

용운은 그 이름을 떠올리는 것만으로도 뒷덜미에 소름이 돋았다. 직접 겪어본 여포는 과연 명불허전이었다. 그의 존재와 행보를 알면서도 사수관에서 끝내 쓰러뜨리지 못했다. 순수한 힘으로 지략을 뭉개버리는 괴물이었다.

지식만으로 아는 것과 실제 맞서 싸우는 일은 많이 달랐다. 하마터면 그 전투에서 친형제나 마찬가지인 조운을 잃을 뻔했다. 결국, 이번에는 피하는 길을 택했다. 쓸데없는 희생을 줄이기 위해서였다.

"여포는 여기 없습니다."

"뭐? 사수관에서 한 번 깨졌으니, 제 양아버지가 곁을 떠나게 할 리가 없는데?"

"장안으로 향하는 동탁군의 뒤를 보호하기 위해, 형양성에 복병으로 갔거든요."

용운은 확신이 담긴 투로 말했다. 형양성은 낙양과 함곡관 사이에 있는 성이다. 동탁이 낙양을 떠났음은 곧 밝혀질 것이다. 불까지 질렀을 것이기에 더욱 그랬다.

그렇다면 연합군의 제후들 중 누군가가 뒤를 치기 위해 추격해올 터. 실제 용운이 아는 역사에서도 조조군이 동탁군을 쫓아오다가, 형양성에서 대기하던 여포군에게 대패했다.

유비는 그런 용운의 얼굴을 빤히 바라보았다. 그 눈길에 용운이 얼굴을 붉혔다. 하얀 뺨에 물이 들듯, 엷은 복숭아색이 번졌다.

"또 왜요?"

"볼수록 예뻐서."

"장난치지 마시고요."

"군사, 나 몰래 따로 굴리는 정보 부대 같은 거 있지?"

"에휴."

"알았어. 이것도 농담. 역시 넌 참 기이한 녀석이다."

"갑자기 무슨……."

유비는 천천히, 명확한 어조로 말했다.

"넌 여전히 기마술에 서툴지. 검술도 별로고."

"그쪽으로는 영 소질이 없어서요."

"예법도 잘 모르고 세상 물정에도 어둡다."

"예, 예."

"어떨 때는 너무나 쉬운 일상적인 일에도 쩔쩔매면서, 이럴 땐 또 모든 것을 내다본다. 마치 미래에 일어날 일을 알기라도 하는 것처럼."

용운은 가슴이 뜨끔했다.

유비는 책 읽기를 싫어하고 은근히 무식했다. 노식의 밑에서 학문을 배웠다곤 하는데, 그새 배운 걸 다 까먹기라도 했는지 전혀 표가 안 났다. 단, 이는 학문적으로 지식이 부족하다는 것이지, 지혜롭지 못하다는 뜻은 아니었다. 지식과 지혜는 엄연히 다르니까.

그 증거로, '대인통찰'을 통해 본 유비의 지력은 84에 달했다. 지력이 70을 넘으면 수재라 할 만했다. 80이 넘어가면 보통 사람보다 월등히 뛰어났다. 90을 넘는다면 가히 천재라고 할 수 있었다.

유비는 장사꾼이나 협객들과도 자주 어울려, 보기보다 성정이 거칠었다. 그런 주제에 날카로운 통찰력으로 상대의 허를 찌르곤 했다. 바로 지금처럼.

"더구나 네 전략들. 돌다리를 두들기듯 조심스러우면서, 첫 번째, 두 번째, 세 번째 수까지 두어 철저하게 빈틈을 없애가는 방식은 당금 어떤 책사도 따르지 못할 거다."

용운은 애써 표정관리를 했다.

"그 정도까지는 아닙니다. 운도 따랐고요."

"아니, 사실 너의 지모라면 더 쉽게 처리할 수 있는 일들도 많았다. 굳이 그렇게 완벽을 추구하는 이유가 뭐냐?"

잠깐 생각하던 용운이 짐짓 퉁명스레 답했다.

"무서워서요."

"무섭다?"

"네."

유비는 고개를 갸웃거렸다.

이 난세를 살아가는 이라면, 특히 그가 군웅이거나 그 수하라면 섣불리 두려움을 입에 담지 않는다. 두려움을 내비쳤다가 약해 보일 것이 더 두려워서다. 얕보였다간 잡아먹히기 십상인 약육강식의 시대가 아닌가.

그러나 용운은 서슴없이 무섭다는 말을 했다. 유비는 이 신비한 소년에 대해 실망하기보단 더욱 흥미를 느꼈다. 유비 자신이야말로 무서움을 알기에 자중하는 편에 속했기 때문이다. 그는 이제껏 한 번도 자신의 패를 다 까 보인 적이 없었다.

"하하하. 야, 네 지혜는 하늘에 닿을 만하잖아. 그런 머리에 묘한 재주들까지 가졌으면서 뭐가 무섭다고 그래?"

유비는 다시 가벼운 모습으로 돌아갔다. 용운을 무의식중에 방심시켜 진심을 털어놓게 하기 위해서였다. 그러나 굳이 그럴 필요는 없었을 듯했다.

"제 행동에 따라 사람들의 운명이 바뀌는 것, 그리고 제 실수로 절 믿고 따르는 이들이 다치는 것……. 전 그게 두렵습니다."

"음……."

유비는 처음으로 용운의 진심을 살짝 엿본 기분이었다.

믿음이란 상대적인 것이다. 용운이 유비를 진심으로 신뢰하지 않았기에 유비 또한 그랬다. 유비는 의동생인 관우와 장비에 대해서는 거의 모든 걸 알았다. 고향이 어디인지, 좋아하는 음식과 술은 뭔지, 술버릇은 어떤지, 심지어 유비 자신의 어떤 부분에 대해 불만인지도 알고 있었다.

그러나 용운은 늘 스스로를 감추려 했다. 유비와 용운 사이에는 얇지만 단단한 벽이 있었다. 그 벽에 조금이나마 금이 간 게, 유비는 반가웠다.

그가 입을 열어 뭐라 말하려 할 때였다. 두 사람의 뒤쪽에 두 개의 그림자가 홀연히 나타났다.

유비는 움찔하여 칼자루에 손을 얹었다가 상대를 확인하고 안도했다.

"그대들이군."

그림자의 정체는 묘령의 두 여인이었다. 한쪽은 양 옆구리 아래에 두 자루의 검을 매단 장신의 여인이다.

유비도 쌍검을 썼다. 하지만 유비의 그것과는 차이가 있었다. 우선, 여인이 찬 검은 길이가 각각 달랐다. 소도와 장도가 한 쌍을 이뤘다. 소도는 검신의 폭이 넓고 손잡이가 두툼했다. 끝부분이 뾰족하지 않고 직사각형에 가까웠다. 장도 쪽은 가늘고 길었다. 살짝 드러난 날이 매우 예리해 보였다. 머리카락을 얹어놓고 불기만 해도 잘릴 것 같았다.

쌍검의 여인은 키가 매우 컸다. 6척(약 180센티미터)은 가뿐히 넘을 듯했다. 그만큼 팔다리도 길고 목도, 손가락도 길었다. 같은 행동을 해도 우아하고 시원시원해 보인다. 몸 주변에 상쾌한 바람이 부는 느낌이었다.

유비는 속으로 새삼 감탄했다.

'캬. 저 키는 늘 보는데도 적응이 안 되는군.'

유비군 중에서 그녀보다 키가 큰 인물은 관우가 유일했다. 그 신장에 쌍검을 차고 있으니 엄청난 위압감이 느껴졌다. 반면 외모는 깎아낸 듯 단아하고 표정 또한 잔잔한 강물처럼 평온했다.

그녀는 허리까지 닿는 긴 머리카락을 하나로 올려 묶고 있었다. 거기에 흰색과 보라색이 섞인 장포를 입었다. 투명한 피부에 썩 잘 어울렸다.

다른 한 여인은 앳되고 가냘픈 소녀였다. 머리카락을 양쪽으로 둥글게 말아 붙여 천으로 감쌌다. 노란색 무복이 귀여운 외모를 더욱 돋보이게 해주었다.

앳된 소녀는 특히 기이한 형태의 병기가 눈에 띄었다. 전체가 한 덩어리의 강철로 만들어진 거대한 망치를 등에 지고 있다. 망치 머리 부분의 무게만 해도 수천 근은 되어 보였다. 그 망치를 아무렇지 않게 짊어졌다.

소녀가 용운에게 칭얼거렸다.

"주군! 나 배고파요."

주군이란 말에, 유비의 눈썹이 꿈틀했다.

쌍검의 여인이 소녀를 점잖게 나무랐다.

"막내야, 점심 먹은 지 30분도 채 안 지났다. 넌 뱃속에 거지가 들어앉았니?"

"으으."

"주군께서 버는 돈을 죄다 식비로 나가게 할 셈이야? 우리 예산이 늘 쪼들리는 이유가 뭔지 알기는 해?"

"뀨잉……."

소녀는 기가 죽었다. 쌍검의 여인은 시종일관 부드러운 어조로 말했지만, 내용이 은근히 과격했다.

듣고 있던 유비가 용운에게 물었다.

"전부터 궁금했는데, 저 30분이라는 게 무슨 뜻이냐?"

"아, 그건 아마 2다경쯤 되는 시간을 말하는 걸 겁니다."

"그것도 네 고향이라는 이국에서 쓰는 말인가?"

"네, 뭐…… 그렇죠."

망치 소녀는 급기야 발을 동동 굴렀다.

"주구우운. 저 배고파요! 배가 차야 폭열공을 쓸 수 있다고요. 히잉."

"너, 그래도!"

쌍검 여인의 언성이 높아졌다. 손짓으로 그녀를 말린 용운이 말했다.

"응. 안 그래도 이거 주려고 했어."

유비를 대할 때와는 사뭇 다른, 따뜻한 말투였다. 그는 품에서 천으로 싼, 커다란 왕만두 두 개를 꺼냈다. 만두피가 말랑말랑했다. 윗부분의 살짝 터진 틈새로 볶은 돼지고기와 나물이 엿보였다. 구수한 냄새가 주위로 번졌다.

"으향! 만두!"

망치 소녀가 탄성을 질렀다. 입가에서 침이 주룩 흘렀다. 그녀는 머리 모양도 만두와 흡사했다.

장신의 여인 또한 만두를 보자 미미하게 얼굴을 붉혀 감정을 드러냈다.

용운은 두 여인에게 만두를 하나씩 나눠주었다.

"둘 다 천천히 먹고 가. 아직 시간이 좀 있으니까."

"주군님 최고!"

"감사합니다, 주군."

망치 소녀는 자기 얼굴만 한 만두를 게 눈 감추듯 먹어치웠다. 볼이 미어지도록 밀어넣고 작은 입을 열심히 오물거리더니 꿀꺽 삼켰다. 그러고도 모자랐는지 손가락을 빨면서 쌍겹의 여인을 빤히 쳐다보았다. 그녀가 아직 채 반을 먹기도 전이었다. 여인이 한숨을 내쉬었다.

"이것도 먹으렴."

"언니도 최고! 그럼 사양하지 않을게."

절반 정도 남은 만두도 금세 망치 소녀의 입속으로 사라졌다. 유비가 너털웃음을 터뜨렸다.

"하하! 사린이는 여전히 잘 먹는구나."

"쩝쩝."

"하긴, 그 폭열공이란 무공은 먹은 것을 바탕으로 힘을 발휘한다고 하였지. 그래서 네가 하루에 병사 10인분의 식량을 먹어치우면서도 날씬한 것이고."

"음냐 음냐."

'사린'이라 불린 만두 머리의 망치 소녀는, 유비의 말은 들은 체도 않고 먹기에 바빴다. 먹는 중에도 시선만은 용운에게 고정했다. 큰 눈을 반짝반짝 빛내면서.

유비가 쓴 미소의 가면이 깨졌다. 머쓱함과 불쾌함이 뒤섞인 표정이 잠깐 나타났다가 순식간에 사라졌다.

그를 깔끔히 무시한 사린이 용운에게 말했다.

"주군, 이제 벼랑 무너뜨리러 가면 되는 거죠?"

용운은 그녀의 머리를 쓰다듬으며 답했다.

"응. 조심하고."

"헤헤, 네."

쌍검을 찬 장신 여인도 입을 열었다.

"그럼 저는 후방에서 적군을 치러 가겠습니다. 둘째와 셋째도 각자 자기 자리에 가 있습니다."

"그래. 검후도 조심해."

검후(劍后). 검의 여왕이라는 뜻이다. 이름이라기에는 이상했다. 쌍검의 여인은 그저 그렇게 불렸다. 오만하기 짝이 없는 이름 혹은 별호였다. 하지만 그녀가 두 자루 검을 쓰는 모습을 본 사람이라면, 그 호칭이 조금도 과하다 여기지 않을 터였다.

낙양으로의 길목에 사수관이라는 관문이 있다. 반동탁 연합군은 거기서 진격이 막혔다. 동탁의 수하인 화웅(華雄) 때문이었다. 화웅은 호랑이를 맨손으로 때려잡았다는 맹장이다. 그의 손에 연합군 장수 여럿이 죽었다. 그 화웅을 참수한 장본인이 바로 검후였다. 앞서 유비가 언급한 일화가 그것이었다.

"존명(尊命, 남의 명령을 높여 이르는 말. 명을 받들겠다는 표시)."

검후의 정중한 답을 끝으로, 두 여인은 나타났을 때처럼 순식간에 자취를 감췄다. 유비는 또 그녀들의 움직임을 보지 못했다. 이번에는 분명 그쪽에 시선을 두고 있었음에도 불구하고. 유비는 혀를 내둘렀다.

"검후 소저와 사린이는 정말 언제 봐도 무섭네. 여인의 몸으로 저런 육중한 병기를 지고 저리도 빨리 움직일 수 있다니."

"현덕 님의 동생분들이 더 엄청난 무인 같은데요."

"하하. 물론 운장과 익덕도 내가 보기엔 결코 여포에 뒤지지 않는 호걸이긴 하지."

유비의 입은 여전히 웃고 있었다. 그러나 눈은 조금도 웃지 않았다. 그 관우 운장이 비무에서 검후에게 패배한 기억이 떠올랐기 때문이다. 물론 최선을 다했다곤 보기 어려웠다. 여인이라 방심하기도 했을 것이다. 그래도 충격적인 일이 아닐 수 없었다.

심지어 '둘째'와 '셋째'라 불리는 다른 두 여인은, 검후의 말에 따르면 자신보다도 더 강하다고 했다. 아직 그녀들이 싸우는 모습을 직접 본 적은 없다. 믿기 어려운 얘기였다.

'여포급이라도 된다는 거야, 뭐야?'

사수관 전투 당시, 조조는 반동탁연합군의 제후들 중 가장 뛰어난 자였다. 휘하에 거느린 수하들도 우수했다. 그런 조조가 화웅을 쓰러뜨린 검후를 보고 감탄해 마지않았다.

그때 그녀는 "제 두 아우들은 저보다 더 강합니다. 둘째 청몽은 마음만 먹으면 반경 5미터, 아니 16자 안에 아무도 들어오지 못하게 할 수 있으며, 셋째 성월은 만취한 상태에서 활을 쏴도 5리 위를 나는 기러기의 눈을 맞혀 떨어뜨립니다"라고 했다. 그 말에 놀란 조조가 수하에게 '청몽'과 '성월'이란 이름을 적어두게 했을 정도였다.

거기다 용운의 곁에는 조운이라는 무장도 있었다. 인품과 무예에다 외모까지 겸비한 자였다. 탐나기 그지없는 반듯한 사내다. 그는 용운과 호형호제하는 사이였다. 유비에게 건방지게 굴면서 호칭만은 깍듯이 현덕 님이나 대장님이라 부르는 용운이, 조운에게는 어리광을 부리기도 했다.

검후, 청몽, 성월, 사린의 네 호위병. 그리고 조운 자룡. 그 다섯 명만 해도 오천의 전력과 맞먹었다. 아니, 그 이상이었다.

게다가 그들의 주인인 진용운의 지략이 더해지면 하나의 세력을 일으키는 일쯤은 손쉬우리라. 용운에게 '야심'이라는 결정적인 요소가 부족했기에 떠돌고 있을 뿐.

위험한 녀석이다. 하지만 남의 손에 들어가게 되면 더 위험하다. 그가 가진 인재들이 탐났다. 그러나 가질 수 없는 인물들이었다.

관우와 장비가 자신을 버리고 떠나는 일을 상상할 수 없듯, 그들도 그랬다.

유비는 입속으로 소년의 이름을 굴려보았다.

진용운(陳龍雲).

어디서 왔는지, 무엇을 하던 자인지 알 수 없었다. 종종 이해하기 어려운 단어들을 내뱉었다. 생전 처음 보는 기이한 병기들과 물건을 사용하며 또 만들었다.

예를 들어, 용운의 호위병인 네 여인들이 특히 좋아하는 '만두'란 음식만 해도 그랬다. 얇게 편 밀가루 반죽 안에 다진 고기와 채소를 넣는다. 그것을 둥글게 빚어서 찐다. 그 모양이 사람 머리와 비슷해서 만두(饅頭)라는 이름이 붙었다.

그런 것을 가지고 다니며 먹는다는 생각은 해보지도 못

했다. 그 전까지 어디서도 그런 음식을 본 적이 없었다. 덕분에 병사들이 행군 중에도 빠르게 배를 채울 수 있었다. 자연 시간이 절약되고 사기도 올랐다.

처음에는 사람 머리를 닮았다며 꺼리던 병사들도, 한번 맛을 본 후에는 푹 빠져들었다. 덩달아 유비군 내에서 진용운의 평판도 더욱 좋아졌다.

무엇보다 위험하다고 느껴지는 부분은…….

"머리 나쁘신 대장님을 위해 해설해드리겠습니다. 반동탁연합군의 제후들 중에서는 유일하게 조조만이 동탁군을 추격해올 것입니다. 그 후 형양성에서 여포와 만나 대패하고 퇴각할 거고요. 그래도 사람들은 마지막까지 동탁 토벌에 앞장선 강직한 인물로 조조를 기억할 테지요. 그 결과, 천하에 정의로운 제후로 소문이 나고 인재들이 모여듭니다. 패배가 훗날을 위한 투자가 되는 겁니다. 이해하셨습니까?"

저 건방진 말투, 아니 뜬금없다고까지 느껴지는 통찰력이었다.

'그러니까 그런 것들을 어떻게 알았냐고.'

유비는 쓴웃음을 지었다.

길게 대화해본 적도 없는 조조의 행동, 여포의 매복 장소, 조조군과 여포군이 조우한 뒤의 결과까지, 사소한 실마리조차 없는 미래의 일을 당연하다는 듯 예견해낸다. 앞날이 쓰인 책을 가지고 있기라도 한 것인 양.

용운이 말을 이었다.

"하지만 우리가 이곳에서 동탁군을 괴멸시킨다면 그 이미지와 명성은 우리 것이 됩니다. 조조는 괜히 병력만 잃고 헛수고를 한 셈이 되겠죠."

유비는 생각을 바꿨다. 그래, 지금 저 재능은 나를 위해 쓰이고 있다. 그것을 활용하면 그뿐이다. 언젠가 나비처럼 날아갈지도 모르지만, 꽃이 달콤하면 오래 머물지 않겠는가.

다시 웃는 낯으로 돌아간 유비가 말했다.

"이미지가 뭔 소리냐?"

"아아, 그러니까…… 어떤 사람한테서 받는 느낌이나, 그 사람이 가지고 있는 인상 같은 걸 말합니다."

"그렇군. 그것도……."

"네, 제 고향인 이국의 방언입니다."

설명한 용운은 입속으로 묘한 말을 중얼거렸다.

"자동 번역하려면 완벽하게 해주든가. 가끔 애매한 단어를 빠뜨린단 말이야."

그런 그의 어깨 뒤편에서 신비한 청록색 날개를 가진 나비의 환영이 어른거렸다.

2
함곡관 전투

유비와 용운이 대화하는 사이, 동탁군이 다가왔다. 계곡을 가득 메울 정도의 대군이었다. 계곡 안은 순식간에 발소리와 말발굽소리, 병장기 부딪치는 소리 등으로 가득 찼다.

"왔군."

유비가 말한 순간이었다. 천둥 치듯 엄청난 굉음과 함께 함곡관 왼쪽 벼랑의 뒤편이 폭삭 무너져내렸다.

동탁군의 배후에서 소란이 일어났다. 후미의 병사들 일부가 깔리고 퇴로가 막힌 것이다.

화약이 쓰이기도 전의 시대였다. 순전히 인력으로 저지른 일이다. 유비는 망치 소녀, 사린의 작은 체구를 떠올렸다. 저 무지막지한 일을 그녀가 혼자 해냈다는 사실이 믿기지가 않았다.

"끄악!"

"으아악!"

이어서 동탁군 병사들의 비명이 터지기 시작했다. 멀리서도 피바람이 일어나는 모습이 어렴풋이 보였다.

진용운의 네 호위병, '사천신녀(四天神女)'라 일컬어지는 여인들 중 두 사람인 첫째 검후와 넷째 사린이 날뛰는 것이리라.

창을 귀신같이 쓰는 조운도 함께 있다. 거기에 '둘째'도 움직일 거라고 했다. 동탁군은 사실상 퇴로가 막혔다고 할 수 있었다.

단 네 사람이 동탁군의 퇴로를 차단할 수 있다고 자연스레 확신했다. 유비는 어느새 그렇게 된 자신이 우스웠다.

"이거, 뒤처지면 안 되겠구나."

턱을 긁적거린 유비가 소매 안에서 깃발을 꺼냈다. 말아둔 그것을 펴 크게 휘둘렀다.

"가라!"

끼이이이.

함곡관의 무거운 성문이 신음을 토하며 열렸다. 안에서 한 무리의 병사들이 쏟아져나왔다. 동탁군에 비해 턱없이 적은 수였다. 하지만 기세만큼은 흉흉하기 짝이 없었다.

두 장수가 그 병사들의 선두에 서 있었다.

큰 키에 대춧빛 얼굴의 장수는 '관우(關羽)'였다. 자는 '운장(雲長)'이며, 유비의 두 의형제들 중 하나였다.

그는 갈색 말에 올라, 부리부리한 눈을 치뜨고 동탁군을 노려보았다. 각진 턱에서 얼굴로 이어지는 선이 강직한 성격을 드러냈다. 배에까지 닿는 긴 턱수염이 바람에 흩날렸다. 사후에 관제성군(關帝聖君)이라 하여, 신으로까지 숭앙받는 남자였다.

투박한 검은 갑주로 거구를 감싼 관우는, 긴 자루 끝에 휘어진 날이 달린 병기를 들고 있었다. 말에 탄 채 휘두르거나, 반대로 말에 탄 적을 공격할 때 유용한 무기였다.

더벅머리의 미청년은 '장비(張飛)', 자는 '익덕(益德)'이라 했다. 왼뺨의 긴 흉터가 옥에 티였지만, 그것은 대신 그를 좀 더 남자다워 보이게 했다.

장비는 세 의형제들 중 막내였다. 가느다란 허리에 어깨는 떡 벌어졌다. 제대로 갑주조차 입지 않고 소매를 걷어붙였다. 심지어 말도 타지 않았다. 자신의 키만큼이나 긴 장창이 아니라면, 동네 마실이라도 나온 듯한 행색이었다.

'나왔다!'

용운의 눈이 초롱초롱해졌다. 그는 이 세계에서 제법 오래 머물렀다. 그래도 책과 게임 속에서만 접한 맹장들을 실제로 보는 일은 여전히 신기했다.

'역시 관우와 장비의 포스란!'

감탄하는 용운의 눈앞에서, 훌륭한 풍채의 관우 운장이 외쳤다.

"자, 역적 동탁을 쓰러뜨리자!"

공기가 떨릴 정도의 우렁찬 목소리였다.

순간, 용운은 똑똑히 봤다. 관우의 머리 위로 '분기(奮起)'라는 단어가 떠오르는 것을.

분기는 '분발하여 일어난다, 분발해 기세를 일으킨다'는 뜻이다. 그 직후, 관우의 전신에서 붉은 기운이 일어나 폭발하듯 사방으로 퍼져나갔다.

이 또한 유비에게 나타났던 정보창과 마찬가지로 오직 용운의 눈에만 보였다. 처음에는 놀랍고 당황스러웠으나 이제 익숙한 현상이었다. 일부러 능력을 쓰겠다고 의식하지 않아도 자연스레 보이는 정보였다.

'관우 장군이 초장부터 분기를 사용하네. 확실하게 압박할 셈이야.'

관우가 내뿜은 붉은빛이 근처 부대를 감쌌다. 병사들은 계곡이 떠나가라 함성을 질렀다. 일제히 발을 구르고 창대를 내리쳤다.

그런 병사 무리 위의 허공에도 뭔가가 떠올라 있었다. 관우의 그것과는 달리, 단어가 아닌 다섯 자리의 숫자였다. 처음에는 '128'이라 표시되어 있던 수치가 빠르게 올라갔다. 129, 132, 138······ 숫자는 142에 이르러서야 멈췄다.

용운이 알아낸 바에 의하면, 숫자의 정체는 '종합전투력'이었다. 병사 개개인의 무력과 사기 등이 포함된 수치였다. 즉 처음에는 128이던 부대의 전투력이 142까지 상승한 것이다.

관우가 사용한 분기의 영향이었다. 가까이 있는 동료와 휘하 부대의 사기를 높여 전투력을 올리는 것. 그게 관우의 특기, 분기의 효과였다.

분명 개개인의 무력으로는 검후와 사린을 포함, 용운이 거느린 네 자매가 관우보다 앞섰다. 그녀들은 '보통 사람'이 아니었기 때문이다. 훗날 관우가 '무신(武神)'이라고까지 불리게 되는 걸 감안할 때 놀라운 일이 아닐 수 없었다.

자매들의 무력은 드러내지 않으려 해도 어쩔 수 없이 알려졌다. 전장에서 그런 무력을 언제까지고 숨길 수는 없는 노릇이었다. 약한 용운을 보호해야 하니 더욱 그랬다.

하지만 네 자매들에게는 저런 기술, 즉 용운의 눈에 '특기'라 비치는 능력들 중 병사를 통솔하는 장군에게 유용한 종류의 것은 없었다. 용운과 마찬가지로, 그저 개인의 능력을 극대화하는 특기들만 가졌을 뿐이다.

'어쩔 수 없지. 내가 처음부터 그렇게 만들었으니까.'

벼랑 위의 용운과 유비가 지켜보는 가운데, 마침내 전투가 시작되었다.

동탁군은 당황한 와중에도 전열을 가다듬어 부대를 둘로 나눴다. 각각 앞과 뒤의 적군을 상대하려는 것이다. 여포를 비롯한 주요 지휘관이 빠진 상태였다. 그런데도 저런 움직임을 보인다는 것은 잘 훈련된 정병임을 뜻했다. 동탁이 직접 거느리는 친위대이니 그럴 만도 했다.

"으라아아아!"

유비군 측에서 맨 먼저 뛰어나간 장수는 장비였다. 말도 타지 않았는데 질풍처럼 빨랐다.

그는 길이가 무려 8자(약 2.5미터)나 되는 긴 창, 일반 무쇠보다 훨씬 강한 '점강(點鋼)'으로 만들어진 '장팔점강창'을 머리 위에서 바람개비처럼 돌려댔다.

'역시나 선봉은 장비 장군이구나.'

장비와 처음 대면했을 때는 얼마나 경악했는지 모른다. 현대식으로 소위 멘붕이 올 뻔했다. 용운이 살던 세계에서의 장비는, 부릅뜬 고리눈에 팔자수염이 덥수룩한 거한의 형상으로 고착됐다. 사람들은 장비 하면 험상궂은 산적 같은 모습을 자연스레 떠올렸다.

그러나 실제로 만난 장비는 앳된 느낌이 채 가시지 않은 미남이었다. 덥수룩한 곱슬머리에 매끈한 턱 선을 가졌다. 얼굴의 흉터조차 매력적으로 보였다. 처음 봤을 때 용운은, 장비가 한국의 '고수'라는 배우와 무척 닮았다고 생각했었다.

'그런데 후세에는 왜 다 하나같이 무서운 모습으로 표현됐을까? 전쟁터에서만 살다가 나중에 역변하나?'

장비는 평소에는 조용한 성품이었다. 시와 그림을 좋아하고 술을 즐겼다. 하지만 전장에 나서는 순간 야차처럼 변했다. 무예를 과시하는 전형적인 돌격대장 타입이었다.

착! 팟! 서걱!

장비가 지나간 자리로 섬광이 번득였다. 그 후에는 어김없이 창에 꿰뚫린 적군의 시체가 나뒹굴었다. 그의 머리 위에 '맹공(猛攻)'이란 말이 나타나 있었다. 동시에 자색 기운이 온몸을 휘감았다. 장비 또한 특기를 발동한 것이다.

'맹공. 선봉장 성향의 장수가 다수의 적군을 상대로 할 때 쓰는 공격 강화 기술……. 장비 장군도 세게 나오네. 병력이 부족하니 기회를 잡았을 때 몰아치는 게 맞지.'

관우의 '분기'나 장비의 '맹공' 외에도, 일정 수준 이상의 무인들은 다수의 기술들을 사용했다. 장수와 성향에 따라 종류도 다양했다. '돌격(突擊)', 냉정(冷靜)', 복병(伏兵)' 등.

유비의 '인덕'처럼 전장이 아닌 곳에서 쓰이는 것도 있었다. 같은 특기라도 누가 썼느냐에 따라 위력이 달랐다. 간혹 특정 장수 혼자만 가지고 있는 듯한 희귀한 특기도 존재했다.

물론 사용자인 장군 본인들은, 자신이 그런 특기를 썼다는 자체를 의식하지 못했다. 그들이 발동에 부합되는 행동을 했을 때, 오직 용운의 눈에만 보이는 정보들이 표시될 뿐이었다.

특기인 '맹공'을 발동한 장비는 동탁군 가운데에 붉은 길, 말 그대로 혈로(血路)를 내다시피 했다. 누구도 그의 앞을 막아서지 못했다.

주먹을 불끈 쥔 용운이 자기도 모르게 탄성을 터뜨렸다.

"쩐다!"

전장을 주시하던 유비가 고개를 돌려 그를 보았다.

"쩐다? 그건 또 뭔 소리냐?"

"아, 그, 대단하다는 뜻입니다."

"그렇군. 쩐다! 내 아우들은 쩐다! 하하하."

두 의제의 활약을 본 유비는 한껏 기분이 좋아져 있었다.

"네…… 하하. 그렇게 쓰시면 돼요……."

용운에게는 알 수 없는 원리로 늘 자동 번역이 적용되었다. 그가 이 세계로 온 후 갖게 된 여러 능력들 중 하나였다. 다 좋은데, '지금 시대'의 중국어에 명확히 같은 뜻의 단어가 없으면 본래 어휘 그대로 전달해버리곤 하는 게 아쉬웠다.

그래도 매우 요긴한 능력인 건 사실이었다. 이 자동 번역이 없었다면 몹시 곤란했을 것이다. 가뜩이나 낯선 세계로 날아와 당황스러운데, 말까지 제대로 안 통했을 테니.

한편, 동탁군의 후방.

장창을 든 청년 무사 하나가 전장을 누비고 있었다. 그는 마치 창과 한 몸이 된 듯했다. 관우처럼 병사들을 아우르지도, 장비처럼 폭발적으로 적진을 쓸고 다니지도 않았다. 하지만 움직임 하나하나가 정확하고 냉정했다. 잘생긴 얼굴은 일절 흔들림이 없었다.

'공방일체'라는 말은 그를 위해 만들어진 것 같았다. 공격이 곧 방어요, 방어는 공격이었다. 몸 주변에서 창이 살아 움직였다. 창은 한 마리의 용이 됐다. 청년을 휘감아돌던 용이 튀어나올 때마다 어김없이 한 명의 적병이 쓰러졌다.

자연히 그에게 동탁군의 주의가 쏠렸다. 노련한 병사를 필두로, 십여 명의 동탁군이 그를 둘러쌌다. 그 상태에서 일제히 암기를 던졌다. 양쪽 끝에 추가 달린 강철 줄이었다.

청년은 대부분 피해냈다. 하지만 그중 두 개가 창대와 다리에 걸렸다.

"쯧!"

청년이 혀를 찼다. 그가 창을 지지대 삼아 뛰어오르려는 순간이었다. 한 줄기 돌풍이 일었다. 두 자루의 검을 든 장신의 여인이 일으킨 돌풍이었다.

특기 발동, 일진검풍(一陣劍風)

여인은 길고 짧은 한 쌍의 검을 휘두르며, 무서운 속도로 청년의 주변을 휩쓸고 지나갔다. 청년을 포위하고 있던 병사들이 모조리 쓰러졌다. 그러고도 여력이 남아 돌풍이 일어났다. 거기 휘말린 적병들이 어지러이 나뒹굴었다. 바람이 없는 곳은 청년과 여인이 위치한 가운데뿐이었다.

"검후…… 님."

청년 무장이 중얼거렸다. 검후가 그에게 고개를 끄덕여 보였다.

"자룡 님, 조심하세요. 우리 주군께서는 당신을 몹시 아끼십니다."

"도움, 감사합니다."

"당연히 할 일입니다. 그럼."

검후는 다시 바람을 일으키며 그 자리에서 사라졌다. 그녀가 간 방향으로 고개를 돌린 조운이 나직하게 말했다.

"당신은…… 어떻습니까? 당신에게 있어 나는 그저 용운이 아끼는 무장 정도가 전부입니까?"

검후의 신체적인 능력은 초인에 가까웠다. 그 능력 중엔 뛰어난 청각도 포함되어 있어서 조운의 혼잣말을 들을 수 있었다. 그녀는 무표정하던 얼굴을 살짝 붉히고 중얼거렸다.

"전투 중에 뭐하는 거야. 바보."

마침 검후와 마주친 만두 머리의 소녀, 넷째 사린이 화들짝 놀랐다.

"으, 응? 미안, 언니야! 폭열공을 막 썼더니 배가 고파서."

그런 사린의 입가에는 고기 부스러기가 묻어 있었다.

달려드는 적병 하나를 베어버린 검후가 사린을 물끄러미 바라보며 말했다.

"너, 고기 있었으면서 아까 내 만두를……."

"으엥!"

"후…… 있다가 얘기하자."

그때 두 여인의 근처에서 누군가의 음성이 울려퍼졌다.

"뭘 있다가 얘기해?"

장난기 어린 목소리였다. 분명 가까이에서 목소리가 들려오는데 모습은 보이지 않았다.

그러나 넷째 사린은 전혀 놀라는 기색 없이 해맑게 웃었다.

"앗, 둘째 언니당. 언니, 어딨어?"

'둘째 언니'라 불린 목소리가 대꾸했다.

"싸우기나 해, 인마."

검후와 사린. 아름다운 두 여인은 전장에서도 특히 눈에 띄는 존재였다. 그 외양만으로는 그녀들의 강함을 짐작하기 어려웠다.

동탁군 병사들이 순식간에 그녀들을 에워쌌다. 왜 이런 전장에 미인들이 덩그러니 서 있는지, 왜 그녀들 주위에 아군의 시신이 즐비한지, 이런 것들을 고민할 이성 따위는 병사들에게 남아 있지 않았다. 그저 전장의 광기에 휩싸여 조금이라도 만만해 보이는 적을 죽이려는 욕망뿐. 그 대상이 미인이란 사실이 광기를 더욱 증폭시켰다.

"꺄앙."

사린이 짐짓 무섭다는 듯 영혼 없는 비명을 질렀다. 그게 신호인 양 적병들이 일제히 덤벼들었다.

순간, 사린의 옆 땅속에서 누군가 튀어나오며 양팔을 휘둘렀다. 번쩍! 그물처럼 촘촘한 섬광이 일대를 장악했다. 거기 걸려든 병사들은 토막 나 우수수 흩어졌다. 칼도, 창도, 군마도 함께 잘려나갔다.

이 참화를 불러일으킨 장본인 또한 여인이었다. 조금 전 목소리의 주인이다. 그녀는 착 달라붙는 검은 무복으로 전신을 감쌌다. 얼굴에도 복면을 써서, 반짝이는 두 눈만 간신히 드러나 보였다. 양쪽 끝에 커다란 낫이 달린 긴 강철 사슬을 손에 들고 있었다.

"으으, 이 악귀 같은!"

분노한 동탁군 병사들이 재차 돌진해왔다. 검은 무복의 복면 여인은 가볍게 휘파람을 불었다. 그 소리를 들은 검후와 사린이 얼른 쪼그리고 앉았다. 그 순간, 복면 여인이 제자리에서 초고속 회전을 시작했다. 사슬낫이 풍차처럼 주위를 휩쓸었다. 눈 깜빡할 사이에 수십 개의 목이 허공을 날았다.

복면 여인은 죽음의 광풍을 일으키며 외쳤다.

"돼지, 돼지, 돼지, 돼지이!"

슉! 서걱! 파파팟!

피의 비가 내리는 가운데, 사린이 울상이 되어 맞받았다.

"나, 돼지 아니야!"

"돼지래요, 돼지."

"아니라고!"

"고기 있으면서 큰언니 만두도 빼앗아 먹었대요."

"히잉, 청몽 언니 바보!"

"내가 바보면 넌 바보 돼지!"

큰 키 때문에 쪼그리고 앉아 있기 힘들었던 검후가 한숨을 내쉬었다.

"그만해, 청몽아. 그리고 다른 특기 좀……. 다리에 쥐 날 거 같아."

"알았어."

휘리릭! '청몽'이라 불린 복면 여인이 가볍게 뛰어올랐다. 그녀는 허공에서 빙글빙글 회전하며 사슬낫으로 아래쪽을 훑었다.

특기 발동, 허공참수(虛空斬首)

두 개의 사슬낫이 살아 있는 교수대처럼 좌우로 흔들리며 지상을 난자했다. 머리 위에서 날아오는 거대한 낫을 일반 병사들이 막기란 불가능에 가까웠다.

"아아, 귀찮아. 놀고 싶구나. 자고 싶구나."

둘째인 청몽은 콧노래를 흥얼거리며 연신 적병을 베고 또 벴다. 그러는 내내 공중에 머물러 있었다. 마치 그녀에게는 중력의 영향이 미치지 않는 것처럼 보였다.

"사, 사술이다!"

"요괴다!"

급기야 공포에 질린 적병들이 혼란을 일으켰다.

청몽이 인상을 썼다.

"누가 요괴야, 썅."

낫이 닿는 범위 안에 있던 적군들이 순식간에 사라졌다. 그야말로 압도적 신위.

그러나 검후의 표정은 그리 좋지 않았다.

'적군의 저항이 생각보다 완강해. 우리 쪽에서 사상자가 나오지 않았으면 좋겠는데.'

그녀는 네 자매 중 유일하게 전황을 보는 눈을 가졌다. 덕분에 좀 전부터 유비군 병사들이 쓰러지는 빈도가 잦아졌음을 눈치챈 것이다.

'잠깐. 화살 공격이 시작되고도 남았어야 할 때인데 셋째는 뭐하는 거지? 설마, 이 녀석 또……'

사린이 무너뜨린 벼랑의 반대쪽.

잎이 무성한 나무 위에 한 여인이 앉아 있었다. 굵은 나뭇가지에 앉아 등을 기대고 비스듬히 누운 듯한 자세였다. 전체적으로 뇌쇄적인 분위기를 풍기는 여인이었다. 왼쪽 눈 아래의 작은 점까지도. 작은 얼굴과 잘록한 허리에 비해 풍만한 가슴이 인상적이었다.

"딸꾹."

여자가 딸꾹질을 했다. 겉보기엔 멀쩡한 모습이었는데 술 냄새가 주변에 진동했다. 숲 전체에 술을 갖다 부은 듯했다. 잔뜩 취한 그녀가 흥얼거렸다.

"난 또 술이야. 맨날 술이야……"

여인은 가벼운 흑색 무복 차림이었다. 검 대신 붉은색의 커다란 활을 들었다. 옆구리에는 술병을 여러 개 매단 채였

다. 그녀가 걸터앉은 가지를 포함해, 그 일대 모든 나무의 가지에 화살통이 빽빽이 매달려 있었다. 화살이 쉰 개 정도 들어가 있는 가죽 주머니가 몇 개나 되는지 헤아릴 수도 없을 지경이었다.

"뒈져어어어어어어엇!"

취해서 졸고 있던 여인은 누군가의 살벌한 고함소리에 눈을 떴다.

"으응……? 뭐가 이렇게 시끄러워."

병사들의 아우성 속에서도 계곡과 숲 일대를 쩌렁쩌렁 울릴 정도로 큰 목소리였다. 여인이 눈을 비비며 중얼거렸다.

"가만, 이건 우리 장비의 목소리인데……. 저 소심한 녀석이 외쳐대는 걸 보니 싸움이 시작됐나 보네."

용운의 네 호위병들 중 셋째인 '성월'은 나뭇가지에서 튕기듯 일어나 나무 꼭대기로 올라갔다.

"늦었다. 큰언니한테 혼나겠어."

즉시, 그녀가 움직이기 시작했다.

특기 발동, 초절난사(超絕亂射)

숲이 술렁거렸다.

"으악!"

막 분위기가 반전되려던 차였다. 병사들을 독려하던 동탁군의 하급 지휘관 하나가 말에서 떨어졌다. 어디선가 날아온 화살에 맞은 것이다.

팟! 파팟! 슈슈슈슈슈슈슉!

이를 시작으로, 동탁군의 머리 위에 화살이 비 오듯 쏟아져내리기 시작했다. 화살은 신기하게도 동탁군만 노리고 날아왔다.

자연히 동탁군은 위축되었다. 반대로 유비군은 사기가 올랐다. 생각보다 팽팽한 전투에 마음 졸이던 유비의 안색이 밝아졌다.

"궁수 부대가 절묘한 시기에 움직였다. 정말 매복시켜두었구나. 전혀 기척을 못 느꼈는데."

뭐야, 설마 그래서 걱정했던 건가? 궁수 '부대'라.

용운이 슬쩍 웃었다.

"그럼요. 저는 절대 허언을 하지 않습니다."

부대는 부대였다. 일인 부대이긴 했지만. 얼핏 보면 한꺼번에 쏟아져내리는 듯한 수백 발의 화살은 사실 극히 미세한 시차를 두고 날아오고 있었다.

성월, 그녀 혼자서 쏴대는 화살이었기 때문이다. 그녀의 특기를 사용해서.

숲 전체에 깔아둔 수만 발의 화살을 한꺼번에 수십 발씩

쉬지 않고 쏘아내니, 화살 부대가 있다고 여기는 것도 무리는 아니었다.

"셋째 언니다!"

거대 망치를 휘두르며 싸우던 사린이 환성을 질렀다.

퍼벅! 콰앙!

동시에, 그녀의 망치에 맞은 적병이 피떡이 되어 수십 미터 밖으로 날아갔다. 다른 한 명은 지면과 밀착하다시피 납작해져버렸다.

특기 발동, 뀨잉뀨잉(糾扔糾扔)

자신의 힘을 일정 시간 동안 수십 배로 상승시켜 모든 걸 파괴하는 사린의 특기였다. 꼭 이 특기가 아니더라도 사린은 힘이 셌다. 힘으로만 따지면 사천신녀 중 그녀가 최고였다.

"셋째 이 녀석, 원래 화살 공격이 더 빨리 시작됐어야 하는데, 또 술 마신 게 분명해. 당분간 금주령이다."

검후가 쌍검을 현란하게 휘두르며 말했다. 그녀의 머리 위에서 사슬낫을 쏴대던 청몽이 흥얼거렸다.

"주정, 주정, 주정뱅이. 셋째는 주정뱅이."

화살 공격으로 흐트러진 전열을, 관우와 장비가 이끄는 유비군이 종횡무진 누볐다. 마침내 동탁군이 무너지기 시작했다. 가운데 있는 화려한 어가를 중심으로 하여 필사적으로 싸우고 있으나 끝이 얼마 남지 않았다.

저 어가의 안에 그자, 동탁이 있으리라.

문득, 용운은 두려워졌다. 유비에게 말했던 두려움의 실체 중 하나였다. 역사상 동탁의 운명은 여기서 끝나지 않는다. 그는 장안으로 천도한 후, 배신한 여포의 손에 죽음을 맞이해야 했다.

하지만 자신이 역사를 바꿔버렸다. 아니, 바꿀 예정이었다. 이후 천하의 세력판도는 어떻게 돌아갈지 알 수 없었다. 그가 알고 있는 《삼국지》의 역사와 달라져버리는 것이다.

이는 곧 나비효과였다. 나비의 날갯짓이 태풍을 일으킨다. 미묘한 차이가 크게 증폭되어 예기치 못한 결과를 나타낸다는 뜻이다. 진용운이라는 나비의 날갯짓이 가져온 변화 또한 점점 거센 돌풍이 되어가고 있었다.

'이미 여러 가지가 달라지긴 했지만 어떻게든 대응해왔다. 이번처럼 큰 비틀기는 없었으니까……. 앞으로도 잘할 수 있을까? 그래서 무사히 아버지를 찾아서 함께 돌아갈 수 있을까?'

그뿐만이 아니다. 이번 작전만 해도 자신의 지시로 수천에 달하는 목숨이 사라졌다. 처음 이 세계에 왔을 때는 피만 봐도 구역질이 나고 떨렸다. 그러던 그가 이제 적군을 죽이라는 명령에 무감각해졌다. 불과 몇 개월 사이에.

사실 용운이 가장 두려워하는 것은 가까운 사람들의 희생도, 암중에서 움직이는 막강한 적도 아니었다. 바로 원래 있던 세계에 대한 미련을 잃고 괴물이 되어가는 자기 자신이었다.

'내가 언제부터 이렇게 된 거지?'

이 모든 일은 6개월 전의 그날 시작됐다.

3
나비의 날갯짓

2015년 2월 14일.

용운은 종업식을 마치고 집으로 돌아가는 길이었다.

"인마, 약골!"

등 뒤에서 병화의 걸걸한 목소리가 들려왔다. 목소리만큼이나 겉늙은 녀석이다. 도저히 같은 고등학생으로는 안보일 정도였다. 탈색한 머리에, 덩치는 곰을 연상케 했다. 병화는 복싱 특기생이었다가 폭행 사건으로 잘렸다. 그 후 걸핏하면 애들을 괴롭혔다.

용운이 작게 중얼거렸다. 망할. 못 들은 척 지나가기에는 이미 늦었다.

"약골, 어디 가냐?"

다가온 병화가 친한 척 왼팔을 용운의 어깨에 걸쳤다. 그러자마자 오른쪽 주먹을 용운의 배에 꽂아넣었다.

"우욱!"

예상한 바였다. 여러 번 겪은 일이니까.

용운은 활처럼 구부러지며 구역질을 했다. 사실, 맞는 순간 몸을 살짝 뒤로 빼서 충격은 적었다. 병화도 힘을 다하진 않았다. 그래도 다소 과장되게 소리를 냈다. 소녀의 그것처럼 희고 가느다란 목이 드러났다. 하얀 솜털이 햇살에 반사됐다.

그걸 본 병화는 묘하게 흥분이 됐다. 오늘따라 더 괴롭히고 싶어진다. 이 약해빠진 놈에 대한 열등감을 인정하고 싶지 않았다. 얼굴 좀 예쁘장한 거 말고는 딱히 잘난 것도 없다. 건방지고 재수 없고. 아, 공부도 좀 잘하긴 하지만.

그사이, 용운 또한 생각하고 있었다.

'이 뇌까지 근육으로 된 복싱 깡패한테 계속 당해줘야 하나? 난 명색이 특수 보호 대상이니, 싸움이 붙으면 감시 중이던 정부요원이 나서서 도와줄지도 모르지. 미친 척하고 한번 덤벼봐?'

병화가 용운의 뒷덜미를 잡아 억지로 일으키고 귓가에 속삭였다.

"아이쿠, 장난친 거 가지고 오버는. 누가 보면 괴롭히는 줄 알겠다."

용운은 눈살을 찌푸렸다. 지독한 입 냄새와 담배 냄새. 거기에 자판기 커피 냄새까지 뒤섞인 불쾌한 악취가 훅 끼쳤다. 속이 울렁거릴 지경이었다.

'이게 말로만 듣던 커담향인가. 코 썩겠네.'

병화가 그에게 이죽댔다.

"그래, 민주한테 초콜릿 받으니까 기분 좋디?"

"그건 그냥 친구로서…… 윽!"

같은 부위로 또 주먹이 들어왔다. 고통스러운 척하는 용운에게 병화가 내뱉었다.

"친구든 뭐든, 민주 주위에 얼쩡거리지 말란 말이야. 새끼, 허여멀건 해가지고 졸라 거슬려."

후우, 결국 초콜릿, 아니, 질투 때문이었나. 이놈은 원래 이런 단순한 놈이었지.

평소였으면 적당히 대꾸하고 넘겼으리라. 하지만 오늘은 좀 달랐다. 놈의 입에서 민주의 이름이 지독한 구취와 뒤섞여 나오는 순간, 울컥 짜증이 치밀었다. 마치 그녀가 모욕당한 기분이었다.

용운이 낮은 목소리로 말했다.

"너, 민주 미행했냐?"

"……뭐?"

병화가 움찔했다. 그 틈에 몸을 빼낸 용운이 말을 이었다.

"민주는 수다스러운 스타일이 아니야. 따라서 자기가 누구한테 초콜릿을 줬는지 함부로 떠들고 다닐 리가 없어. 천지가 개벽해도 너한테 말할 리는 더더욱 없고."

"야."

"그렇다고 너와 친한 여자애가 있는 것도 아니니, 어디서 전해 들은 것도 아닐 테고."

"야, 진용운. 닥쳐라."

"입내는 썩었어도 말은 바로 하자. 내가 민주 주위에 얼쩡거리는 거 아니다. 민주가 나한테 다가오는 거지. 얼쩡거린다는 건, 네가 민주에게 하는 그 병신 같은 행동들을 말하는 거거든?"

"닥치라고, 새끼야!"

병화가 으르렁댔다. 홧김에 말을 쏟아부은 용운은 아차 싶었다. 지난 1년간, 되도록 이 얼간이를 무시해왔다. 상대할 가치가 없어서이기도 했지만 객관적으로 힘에서는 지기 때문이었다. 인정할 건 인정한다. 용운은 싸움을 못했다.

세상에는 힘으로 모든 문제를 해결하려는 수컷들이 간혹 존재했다. 그런 수컷들에게는 대부분 이성과 논리가 통하지 않았다. 병화도 그런 놈들 중 하나였다. 아니나 다를까.

"근데 이게 진짜 미쳤나."

병화의 눈에 핏발이 섰다. 쓱 다가온 그가 주먹으로 용운의 턱을 후려쳤다. 날아올 건 예상했는데 몸이 따르지 못했다.

"윽!"

무릎이 풀리며 용운이 쓰러졌다. 병화는 쓰러진 그의 배를 사정없이 걷어찼다. 몸이 저절로 새우처럼 휘었다. 지나가던 여자가 비명을 질렀다. 병화가 그녀에게 외쳤다.

"꺼져, 쌍년아!"

쓰러진 사람을 찰 때는 대개 머리나 배를 노린다. 등을 차는 사람은 좀처럼 없다. 용운은 머리를 숙이고 양팔로 배를 감쌌다.

퍽! 퍼억! 그래도 엄청난 충격이 느껴지는 건 어쩔 수 없었다. 운동화가 아닌 구둣발이었기에 더했다.

"뒈져, 새꺄."

병화가 용운의 머리를 짓밟으려 할 때였다.

"워, 워."

턱. 누군가 발끝을 병화의 무릎 뒤쪽, 오금에 절묘하게 집어넣었다. 그 바람에 병화는 균형을 잃고 잠시 허우적댔다. 그가 뒤로 몇 발 물러났다.

"씨발, 넌 또 뭐……."

욕설을 내뱉던 병화의 목소리가 수그러들었다.

방해자는 평범한 인상의 청년이었다. 스포츠머리에 피

부가 다소 검었다. 카키색 셔츠와 청바지를 입고 군화를 신었다. 딱 붙는 셔츠 아래로 탄탄한 근육이 드러났다.

운동을 했던 병화는 알 수 있었다. 청년의 근육은 헬스로 크기만 키운 과시용이 아니라, 격투기로 다져진 종류라는 걸. 게다가 옛날에 격투기를 했다거나 취미 수준으로 즐기는 게 아니라, 활동 중인 현역이 확실했다. 이기지 못할 상대였다. 그제야 방금 전, 청년의 한 수가 떠올랐다.

청년이 이죽댔다.

"나? 난 지나가던 정의의 사도인데."

잠자코 그를 노려보던 병화는 홱 몸을 돌려 그 자리를 떠났다.

"요즘 애들, 거치네."

청년은 용운의 손을 잡아 일으켰다.

용운은 그의 얼굴을 알고 있었다. 집 근처에서 청년과 두어 번 마주친 적이 있었다. 그게 전부라면 별일 아닌 걸로 여겼을 터였다. 하지만 같은 사람을 학교에서도, 학원 근처에서도, 민주네 집 근처에서도, 심지어 수학여행으로 갔던 제주도에서도 봤다면 더 이상 별일 아닌 게 아니다.

용운이 짐작한 정부요원이 바로 그였다. 용운의 집이 특별 관리 대상이 됐을 즈음부터 나타난 사람이었다. 나서진 않고 그저 주위를 맴돌기만 했다. 그렇다면 십중팔구 감시

또는 보호가 목적.

용운의 특수한 상황을 감안했을 때, 요원이 붙어도 전혀 이상하지 않았다. 정부에서는 아마도 용운이 아버지의 행방을 감추고 있다고 아직 의심하는 모양이었다. 그의 '유산'을 빼돌릴까 걱정도 되는 듯하고.

물론 청년은 은밀한 감시를 위해 충분히 노력했다. 매번 옷차림과 머리 모양이 달랐다. 심지어 피부색도 바뀌었다. 선글라스를 쓸 때도 있었고 수염을 기른 때도 있었다. 그러나 용운의 눈을 속이진 못했다.

용운은 한 번 본 대상을 사진처럼 입력해 기억했다. 그는 아버지와 같은 '순간기억능력자'인 동시에 '과잉기억증후군' 환자이기도 한 것이다. 일단 기억한 것은 언제까지고 사라지지 않았다. 축복이자 저주인 재능이었다.

용운은 세 살 때부터 지금까지 매일 몇 시에 일어났는지, 아침으로 뭘 먹었는지, 하루하루 뭘 했는지를 생생히 기억했다. 그런 정보들 속에 이 청년 요원도 포함된 것이다. 청년은 외모는 바꿨을지언정 키까지 완전히 바꾸진 못했다. 근육의 형태나 얼굴 윤곽, 손의 모양, 손가락의 주름 등도 마찬가지였다. 그를 '저장'할 수 있는 정보는 너무도 많았다.

용운은 모른 척 인사를 했다.

"도와주셔서 감사합니다."

"뭘. 그냥 뒀다간 큰일 날 것 같아서. 병원 안 가봐도 되겠어? 구급차 불러줄까?"

"괜찮습니다. 부러진 데는 없는 것 같으니까요."

"그래, 그럼. 나중에라도 심하게 아프다 싶으면 병원에 가라고. 난 이만 가볼게."

청년은 손을 흔들더니 시야에서 사라졌다. 하지만 곧 다시 돌아와서 근처에 머무를 터였다.

'진작 좀 도와주지. 실컷 맞고 나니 나타나네. 혹시 고의 아냐?'

용운은 짧은 한숨을 내쉬며 자리에서 일어섰다. 배를 감쌌던 팔이 저렸다. 소매를 걷어보니 시커멓게 멍이 들었다. 입술도 터져서 피가 흘러내렸다.

용운은 가방을 열었다. 민주가 준 초콜릿이 박스째 엉망으로 부서져 있었다. 그는 잠시 초콜릿을 바라보다가 휴지를 꺼내 피를 닦았다. 이 일 또한 살아 있는 한은 계속 기억될 테지. 이때 겪은 고통, 병화에 대한 증오, 그가 자신을 몇 번 걷어찼으며 무슨 욕설을 퍼부었는지, 민주가 준 초콜릿이 어떤 모양으로 부서져버렸는지도.

질투 같은 소모적인 감정에 왜 폭력까지 행사하는지 알 수 없었다. 밸런타인데이라는 상술에 놀아나는 여자애들도 이해가 안 가기는 마찬가지였다. 용운에게는 밸런타인데이 따위보다 훨씬 중요한 일이 있었다. 그 일 때문에, 종업식 끝나고 어디로 놀러가자던 민주의 청도 뿌리쳤다. 서운해하던 그녀의 얼굴이 눈앞에서 보듯 생생히 떠올랐다.

'어차피 놀러가기에 좋은 날씨도 아니잖아?'

용운은 하늘을 힐끗 올려다보았다. 젖은 회색 담요 같은 두꺼운 구름이 낮게 깔려 있는 걸 보니 비라도 한바탕 퍼부을 모양이었다. 그는 집으로 향하는 걸음을 재촉했다. 현관에 들어섰을 때는 머리와 어깨가 약간 젖었을 정도로 비를 맞았다. 이슬비는 금세 폭우가 되어 쏟아졌다. 쏴아 하는 소리에 귀가 먹먹했다.

"다녀왔습니다."

집에 아무도 없다는 걸 잘 알면서도 습관처럼 인사를 했다. 꼭 그가 집을 나섰을 때와 조금도 달라진 게 없어서만은 아니다.

어머니는 어릴 때 돌아가셨다. 아버지는 행방불명이다. 말 그대로 어디에 있는지 모르는 상태였다. 부모님 양쪽으로 친척은 아무도 없었다. 용운은 늘 혼자였다.

아버지는 나름 저명한 사람인지라, 국가에서도 나서서 그의 행방을 수색했다. 성과는 전무했다.

용운의 아버지, 진한성은 중국으로 입국한 기록을 마지막으로 흔적도 없이 사라져버렸다. 덕분에 뉴스거리가 되었다. 인터넷에서는 온갖 소문이 분분했다. 오지에서 부상당한 끝에 죽었을 거라는 정석적 예상. 중국 장기 밀매 조직에게 희생됐다는 괴담 같은 설. 뭔가 가치가 엄청난 유물을 발견하고 중국 정부에 팔아넘긴 후 잠적했다는 음모론까지.

용운은 부모님과 함께 살던 서양식 2층 단독주택에 오도카니 혼자 남았다.

그게 1년 전, 그가 열일곱 살 때의 일이었다.

행방불명되기 전에 아버지는 어떤 암시도 하지 않았다. 온 집 안을 뒤져봤지만 편지 한 통 없었다. 아버지가 남긴 거라곤, 용운의 머리로도 이해하기 어려운 SNS 메시지 하나가 전부였다.

— 위원회 조시ㅁ 별 삼

아버지는 강박적으로 꼼꼼했다. 문자 한 통도 오타를 안 내는 사람이었다. 메시지에서 다급함이 느껴졌다. 당연히 경찰에도 그 메시지를 보여줬다. 그러나 역시 성과는 없었다. 오히려 용운이 메시지에 감춰진 뜻을 알고도 숨기는 게 아니냐고 의심받았다.

거대한 기억의 파도가 밀려왔다. 빗소리인지 파도소리인지 구분이 가지 않았다. 충격을 받으면 한 번씩 과거의 기억들이 마구 떠올랐다. 이렇게 되면 잠시 지독한 두통을 감수해야 했다.

"큭…… 오늘 일진이 사납네."

용운은 현관에 우두커니 서서 눈을 감았다. 이 기억의 해일이 어서 지나가길 바라면서.

아버지가 사라진 뒤, 경찰은 단서가 없나 하고 집을 수색했다. 그 과정에서 아버지에 대한 단서 대신, 이 집이 뭔가 심상치 않다는 사실을 발견했다.

사건은 더 상부로 올라갔다. 경찰에서 문화재청을 거쳐 문화체육관광부로 이관된 뒤, 무슨 영문인지 국가정보원이 담당하게 됐다. 정부요원들과 함께 용운의 집을 찾은 학자들은 경악했다. 그곳은 엄청난 양의 연구 결과와 고고학적 보물들의 보고였다. 심지어 벽과 천장에도 마구 휘갈겨쓴 연구 내용들로 빼곡했다. 고대 문자부터 수수께끼의 지도, 뭔지 알아보기조차 어려운 문양들 등.

제일 놀라운 점은, 집 전체가 하나의 거대한 구조물이자 유적이나 마찬가지라는 사실이었다. 천재 진한성에 의해 만들어진 기묘한 유적! 함부로 해체하거나 이동시키려 들었다가는 전체가 망가지는 것이다. 그렇다고 따로 일일이 빼내서 옮기기도 힘든 상태였다.

학자들과 조사관들은 용운이 그 모든 것들을 머릿속에

담고 있으리라곤 상상조차 하지 못했다. 그래서 행여 집이 훼손될까 전전긍긍했다.

고심 끝에, 정부에서는 용운의 집을 일종의 통제구역으로 지정했다. 그리고 정기적으로 관리요원과 연구자들이 방문하도록 했다.

아버지의 사망이 백 퍼센트 확정된 게 아니기에, 용운은 간신히 집에 머물 수 있었다. 아버지의 '유산'들에 손대지 않고 내용들을 유출하지 않는 조건이었다.

이는 특이 케이스였다. 용운은 집을 마음대로 팔지도, 세를 놓지도 못했다. 대신, 보상이라는 명목으로 정부지원금이 나왔다. 돈 쓰는 데는 관심이 없었던 아버지의 저축도 있었다. 덕분에 생활에는 큰 어려움이 없었다. 철저히 혼자라는 사실이 외로웠을 뿐.

용운은 친구가 될 뻔했던 아이들의 말 한마디, 행동 하나를 다 기억했다. 또래 아이들과 늘 친하게 지내기란 어려웠다. 예민한 용운에겐 더욱 그랬다. 좋은 추억보다는 나쁜 기억들이 그의 마음을 갉아먹어 사람들로부터 멀어지게 했다.

가장 친했던 친구가 던진 무정한 한마디가 오랜 세월 가시가 되기도 한다. 그래도 대부분의 사람들은 시간이 흐르면 서운한 일을 잊어버린다. 때론 가슴에 담아두지만, 평소에도 늘 기억하진 않는다.

하지만 용운은 그러지 못했다.

"빌어먹을."

이거다. 이 쓸데없는 기억력은 지난 세월 동안 겪은 외로움과 불안함까지 고스란히 상기시켰다. 특히 지난 1년은 고난 그 자체였다. 그를 이해하는 유일한 사람인 아버지가 사라진 것이다.

아버지는 무사한 걸까. 살아계시기는 한 걸까. 난 언제까지 혼자 살아가야 하는 것인가.

그나마 어린이집 동기이자, 어머니들끼리 친했던 민주네 집에서 밑반찬이며 옷가지를 가져다주는 등 신경을 많이 써줬다. 민주의 부모님은 좋은 분들이었다.

그러다가 소꿉친구이던 민주가 언젠가부터 용운을 특별하게 대하기 시작했다. 하지만 용운이 누구도 진심으로 마음을 열고 받아들이지 못한다는 것이 문제였다. 누군가의 존재가 잠깐 들어왔다가도 가슴에 뚫린 구멍을 통해 곧바로 빠져나가버렸다. 원래 약간 꼬인 성격에 더해, 모두가 언젠가는 자신을 두고 사라지리라는 두려움 탓이었다.

돌아가신 어머니나 행방불명된 아버지처럼.

순간기억능력과 과잉기억증후군의 합작도 인간관계에 악영향을 주었다.

다행히 민주는 용운에게 상처가 될 말이나 행동을 하진

않았다. 대신, 용운은 그녀를 처음 본 순간부터 지금까지의 모든 시간들을 기억했다. 세 살 때 같이 발가벗고 목욕했던 일. 다섯 살 때 어린이집에서 그녀가 오줌 쌌던 일. 열네 살 때 민주의 얼굴에 났던 여드름의 수와 위치. 열다섯 살 때 사춘기가 한창이던 민주가 고등학생 오빠를 좋다고 쫓아다 녔던 일 등. 심지어 그녀가 머리를 안 감고 나온 날짜들까지 일일이 기억하고 있었다.

사랑하려야 사랑할 수가 없었다. 설레지 않았다. 용운에 게 민주는 그저 추억을 공유한 누이 같은 존재였다.

5분 정도의 시간이 지나자 겨우 두통이 가라앉았다. 용 운에게는 15년처럼 느껴진 시간이었다.

"후우."

용운은 머리를 한 번 내젓고 곧장 책상 앞에 앉았다. 약 간 젖은 교복 차림 그대로였다. 온몸이 욱신거렸지만 견딜 만했다. 팔과 가방으로 요령껏 막은 덕이었다. 내일 아침에 는 비명을 지르게 될지도 모르겠지만.

폭우는 더욱 거세지고 있었다. 빗줄기가 창문을 깨버릴 기세로 두들겨댔다. 이맘때의 날씨로는 드물었다.

'2월인데 태풍이라도 온 분위기네.'

용운은 컴퓨터를 켜고 '삼국지 스페셜'이라 쓰인 아이콘 을 더블클릭했다. 이게 바로 그가 오늘 모든 일을 팽개치고 귀가한 원인이었다. '삼국지 스페셜'은 이름 그대로 삼국지를 소재로 한 컴퓨터 게임이었다. 장르로는 '턴제 전략 시뮬레이션'에 속했다.

플레이어가 정해진 시간 내에 일정한 행동을 마치고 나면, 상대 혹은 컴퓨터가 마찬가지로 행동을 취한다. 이를 턴(Turn, 차례)이라 한다. 한 번씩 번갈아 조작을 하는 셈이다. 장기나 체스와 같다. 이런 턴 방식을 거듭하면서 전략을 짜서 승리하는 게 턴제 전략 시뮬레이션 게임의 목적이다.

실시간으로 캐릭터를 조종하는 스타크래프트 같은 게임들에 비해 박진감은 덜했다. 상대가 턴을 준비하는 사이 시간이 생기기 때문이다. 대신, 그 시간에 더욱 세밀한 전략을 짤 수 있다. 전쟁이라도 벌어지면 박진감이 딱히 덜한 것도 아니다.

지금까지 《삼국지》와 연관된 수백, 수천 종류의 컴퓨터 및 모바일 게임들이 출시됐다. 이 '삼국지 스페셜'은 그 모든 걸 총망라한 최신판이었다. '삼국지'라는 단어가 들어갔다 하면 그것이 책이든, 만화든, 게임이든 죄다 섭렵하고 머릿속에 넣어둔 용운이 인정했을 정도로. 당연히 엄청난 컴퓨터 사양을 요구했고 가격도 어마어마했다. 그래도 그런 투자가 하나도 아깝지 않았다.

용운이 특별히 《삼국지》 게임을 즐기는 데는 몇 가지 이유가 있었다.

우선 기본적으로 재미있어서였다. 그의 특성상, 어지간한 게임은 패턴을 외워버린다. 그러나 이 '삼국지 스페셜'은, 작은 변수 하나로 수없이 다양한 경우의 수가 생겼다.

요즘은 캐릭터 하나를 조작하여 상대 진영의 방어를 부숴가며 3대 3 혹은 5대 5로 대결하는 게임, 일명 'AOS 장르'의 게임이 대유행인 모양이지만 그쪽으로는 관심도 주지 않았다. 그의 적성에는 공들여 세세한 부분의 전략을 짜고 이를 천천히 실행해가는 방식이 맞았다.

또 그쪽 게임에는 조금만 실수해도 부모님 안부를 묻는 사람들이 많다는 소문에 기겁을 했다. 어머니를 여의고 아버지가 사라진 그에게는 큰 상처가 될 게 뻔했다. 더구나 절대 아물지도, 잊히지도 않을 상처가. 그런 위험까지 무릅쓰며 하고 싶진 않았다. 절대로 동체시력과 손이 느려서가 아니었다.

또 다른 이유는 아버지와의 기억 때문이었다. 용운이 가장 행복했던 시절은, 아버지가 어린 자신에게 《삼국지》를 읽어주고 그런 두 사람을 흐뭇하게 바라보는 어머니가 옆에 있었던 때였다. 그 모습은 그가 외로움에 사무칠 때면 아련한 영화처럼 몇 번이고 재생해보는 기억이었다.

그때를 되새기며 또 다른 《삼국지》와 만화를 읽고 게임을 했다. 그러다 보면 가슴속의 공허함이 조금은 채워지는 기분이었다.

온갖 버전으로 나온 《삼국지》를 읽고 《정사 삼국지》까지 섭렵했다. 그렇게 10년 넘는 세월을 보내다 보니, 이제 《삼국지》는 용운에게 삶의 일부이자 습관이 됐다.

'시작이다.'

용운은 '삼국지 스페셜'의 메인 화면이 웅장한 음악을 배경으로 펼쳐지는 모습을 바라보았다. 여의주를 입에 문 청룡이 창공으로 치솟고, 그 아래 지상에서는 위, 촉, 오 삼국의 영웅들이 치열하게 전투를 벌인다. 불화살이 허공을 붉게 물들이고 그 가운데를 불꽃을 품은 주작이 누빈다. 초 단위로 기억하지만 수십 번을 봐도 싫증나지 않는 장면이었다.

'너도 그렇지? 나비야.'

용운은 모니터 위의 벽옥접상(碧玉蝶像, 푸른 옥으로 만든 나비 조각)에 시선을 주며 생각했다. '나비'라 부르는 이 옥상은 아버지가 직접 준 유일한 선물이자 용운이 제일 아끼는 물건이었다. 크기는 손바닥에 올라올 정도로 작았지만 극히 정교했다.

단단한 재료인 옥으로 나비의 얇은 날개와 가느다란 몸뚱이, 다리 등을 세심하게 조각했다. 보기에 아름다울 뿐만 아니라, 손에 쥐고 있으면 신기하게도 체온만큼 따뜻해졌다. 또 전자파를 흡수하는 기능이라도 있는지, 나비상을 모니터 위에 놓고서부터 눈이 피로하거나 어깨가 결리는 현상이 사라졌다.

정부에서 압수해가서 한참 조사했지만 아무것도 발견하지 못하고 돌려준 적이 있었다. 보기엔 화려해도 골동품으로서의 가치조차 없는 단순한 조각상이라고 했다.

용운은 차라리 잘됐다고 생각했다. 그들이 조사차 가져간 사이 다시는 나비를 못 보고 못 만지게 될까봐 엄청나게 초조했었다.

'됐다.'

초기 화면이 뜨자, 용운은 '장수 편집' 메뉴를 눌렀다.

'삼국지 스페셜'에는 수천 명에 달하는 역사상의 인물이 등장했다. 잘 알려진 유비, 관우, 조조, 여포 등을 비롯해 조연에 속하는 인물, 이름만 한 번 등장하는 정도의 인물까지 모조리 출연시켰다.

장수 편집은 그런 기존 장수의 데이터를 편집하거나 새로운 장수를 만들 수 있는 메뉴였다. 그래픽 데이터만 있다면, 이용하기에 따라 《삼국지》의 세계에서 이순신 장군이 활약하게 만들 수도 있고 자신이 좋아하는 애니메이션의 주인공이 등장하게 할 수도 있다.

그러나 뭐니 뭐니 해도 최고의 대리만족은 자기 자신인

법이다. 용운은 데이터에 진용운, 즉 자기의 분신을 만들어서 넣어두었다. 외모와 성격 등 모든 요소를 최대한 비슷하게 만들었다. 단, 능력적인 부분은 제외했다. 오늘 그 능력을 설정하려는 참이었다.

'삼국지 스페셜'에는 각각의 장수에 총 다섯 개의 힘(力), 즉 능력치가 존재했다. 이 외에도 주군에게 얼마나 호감을 가졌는지 보여주는 충성심이라는 수치가 있으나, 상황 및 상대에 따라 변수가 많았다.

그 다섯 개의 힘은 다음과 같았다.

무력(武力, 군사상의 힘 혹은 본신의 전투력)

통솔력(統率力, 군대를 이끌고 움직이는 능력)

지력(知力, 사고, 이해, 판단하는 지적 능력)

정치력(政治力, 영토와 국민을 다스리는 능력)

매력(魅力, 사람의 마음을 사로잡아 끄는 능력)

능력치의 최하 수치는 1이며 최고 수치는 기본적으로 100이다. 각 능력은 이름 그대로의 효과를 가졌다. 무력 수치가 100이라면 천하무적의 맹장이 되어 전장을 누빌 수 있다. 통솔력이 100이면 최강의 군단을 육성하고 움직일 수 있다. 지력이 높은 책사는 신출귀몰한 전략으로 적군을 곤경에 빠뜨리는 게 가능하다. 정치력이 높은 문관은 효율적이고 탁월하게 내정을 안정시킨다. 매력이 높은 호걸이라면 술자리에서의 간단한 대화만으로도 영웅들을 매혹시켜 아군으로 끌어들인다.

여포의 무력과 주유의 통솔력, 제갈량의 지력, 유비의 인덕, 그리고 순욱의 정치력! 게임 속에서라면 가상의 세계에서나마 이를 다 가질 수 있다.

하지만 용운은 굳이 그렇게 하려는 건 아니었다. 무적으로 만들면 처음에는 신날지 몰라도 금세 재미가 떨어진다. 에디터나 치트키를 쓰는 것도 마찬가지였다. 당장은 신날지 몰라도 결국 게임을 빨리 접게 만들 뿐. 그는 '삼국지 스페셜'을 재미있게, 오래 즐기길 원했다.

'여기 쓴 돈이 얼만데.'

가뜩이나 한 번 플레이한 내용을 모조리 기억하는 판에, 치트키까지 써버리면 하루 만에 질려버릴 것이다.

'머리로 천하통일을 노린다는 목표에 맞게 설정하자.'

용운은 '삼국지 스페셜' 속에 저장되어 있던 자신의 분신, 장수 '진용운'의 수정 작업을 시작했다. 예전에 다른 버전의 《삼국지》 게임에서는 개인의 전투력을 의미하는 '무력' 수치와 병사를 이끄는 능력인 '통솔력'을 높여서 장군 역할을 맡길 즐겼다. 허약한 그가 현실에서 절대 할 수 없는 일이었기 때문이다.

하지만 이번에는 무력을 원래의 자신보다 조금 높다고 생각되는 수준인 10까지 낮췄다.

'이것도 많이 높인 거겠지. 《삼국지》에 나오는 최하급 장수 수준이 30 전후인데 난 그들보다도 훨씬 약할 테니. 아마 실제로 나는 4~5 정도 될 거야.'

통솔력은 60으로 했다. 정치력은 50으로, 매력은 90으로 만들었다. 정치에 관심 없고 전장으로만 나돌 생각이니 정치력은 보통 수준으로 지정했다. 정치라면 텔레비전 뉴스에서 간혹 접한 것만으로도 신물이 났다. 정부의 일방적인 일처리와 감시에 대한 반감도 한몫했다.

매력을 높인 이유는 게임 속에서라 해도 혼자 남거나 배신당하기 싫어서였다. 또 관계 맺기에 어려움을 느끼는 그에게는 무의식중에 모두가 자신을 좋아해줬으면 하는 소망이 있었다. 난 남들에게 까다로워도, 남들은 날 좋아해줬으면 하는. 이기적인 생각이지만 많은 사람들이 가진 바람이기도 했다.

'외로운 건 지겹다, 이제.'

어차피 수치로 모든 걸 판단할 컴퓨터의 인공지능이 이런 마음을 알아줄지는 모르겠지만.

마지막으로, 이번 구상의 핵심인 지력 부분이었다. 용운은 게임에서나마 확인하고 싶었다. 머리만으로도 힘을 이길 수 있고 천하를 통일할 수 있다는 것을. 자위고 대리만족이라는 걸 안다. 하지만 이런 짓이라도 하지 않으면, 오늘 맞은 일을 떠올릴 때마다 속이 쓰릴 것 같았다.

그랬다. 용운은 병화에게 폭력을 당하면서 자존심에 큰 상처를 입었다. 애써 내색하지 않으려 했을 뿐. 그가 아무리 특별한 능력을 가졌다 해도, 결국 열여덟 살의 소년인 것이다.

'어느 정도로 할까?'

잠시 망설이던 용운은 지력을 기본 설정인 50에서 95로 올렸다. 다시 잠깐 주저하다 1을 더 높였다. 96이라 해도 조조가 거느리고 있던 천재 참모 '곽가'나, 한 번도 패배한 적이 없다는 군사 '가후', 오나라의 천재 '육손' 등과 거의 비등한 수치이니 엄청난 것이다.

현실에서는 빌 게이츠의 지력 정도 될까? 아니면 스티븐 호킹 박사? 스티브 잡스? 아무튼 책사로서 전장에서 활약하기에는 충분한 수치였다.

그때, 폭우가 쏟아지고 있던 바깥에서 갑작스럽게 천둥이 쳤다. 하늘이 쪼개진 것 같은 엄청난 굉음. 바로 옆에서 울리기라도 한 듯 귀가 먹먹했다.

용운은 움찔했다. 단, 그가 놀란 건 천둥소리 때문이 아니었다. 용운은 집 안에서 나는 모든 소음을 기억했다. 냉장고가 돌아가면서 내는 소리, 은근히 큰 정수기소리, 비가 올 때 물이 떨어지는 소리까지도.

이 소리는 그 어떤 소리와도 달랐다. 우연히 날 수 있는 종류의 소리도 아니었다. 순간, 그는 깨달았다.

'집 안에 누군가 들어왔어.'

용운은 의자에서 조심스레 일어났다.

도둑? 빈집털이? 아니면 설마, 병화 그 미친놈이?

아니다. 고작 그까짓 놈들이 이 집에 침입할 수 있을 리 없었다. 용운의 집은 특수 문화재이자 국가 유산이었다. 실시간 경보장치는 물론, 집 안팎 곳곳에 CCTV가 설치되어 있었다. 싫긴 하지만 도둑 걱정은 없었다. 그것도 모자라 요원들이 교대로 감시하고 있었다. 딱히 용운을 보호하기 위해서라기보단, 박물관에 경비원들이 상주하는 것과 같았다.

갑자기 방문이 벌컥 열렸다. 문 앞에는 뜻밖에도 청바지를 입은 청년이 서 있었다. 오후에 용운을 구해준 요원이었다.

"아저씨? 무슨 일……."

용운이 말하다 말고 움찔했다.

요원의 입에서 피가 주룩 흘러나왔다. 다시 보니, 복부에 큰 상처가 나 있었다. 굳어버린 용운에게 요원이 힘겹게 말했다.

"달아나……."

그때였다. 서걱! 용운의 눈앞에서, 요원의 목이 대각선으로 서서히 미끄러졌다. 그러다 왼쪽 어깨를 지나 바닥으로 떨어졌다. 용운은 전신의 피가 얼어붙는 것 같은 느낌에 휩싸였다. 비명도 나오지 않았다. 그리 크지 않은 소음이 쿵하고 울렸다. 머리가 바닥에 떨어지는 소리였다.

맙소사. 용운은 서둘러 눈을 질끈 감았다. 하지만 이미 모든 걸 본 후였다. 손이, 다리가 걷잡을 수 없이 와들와들 떨렸다. 평생 안고 갈 악몽이 또 하나 늘어나버렸다. 게다가 이번에는 호러 장르였다. 너무도 끔찍한 광경에 현실감이 나지 않았다.

머리 잃은 요원의 몸이 앞으로 풀썩 쓰러졌다. 놀랄 정도로 많은 피가 뿜어져나왔다.

그 뒤에서 만행을 저지른 장본인이 드러났다. 얼굴만 봐서는 그저 마음씨 좋은 요리사처럼 생긴 남자였다. 통통한 몸집에, 자루가 긴 커다란 식칼을 들고 있어서 요리사를 연상한 것이다. 그 식칼에서 사람의 피가 뚝뚝 떨어지고 있긴 했지만.

용운을 본 남자가 눈을 둥그렇게 떴다. 그러더니 뭐라고 말을 했다. 중국어였다. 자신의 재능을 이용했다면 쉽게 배웠겠지만 용운은 아쉽게도 중국어를 아예 접하지 않았다.

가뜩이나 기억들이 넘쳐나 괴로운데, 쓸 일도 없는 중국어를 입력하기 싫어서 피한 것이다.

그러나 중국어는 일상생활 속에서도 생각보다 많이 사용되었다. 지하철에서, 비디오 게임에서, 텔레비전에서. 결정적으로 용운은 중국 영화를 본 적이 있었다. 남자의 말을 듣는 순간, 영화에서 들었던 말과 거기 일치하는 대사가 선명하게 떠올랐다.

"너, 아들?"

남자는 식칼을 든 채 다가왔다. 방금 사람의 목을 잘랐다고는 믿기지 않을 정도로 태연했다. 그가 발을 내딛자 철벅하고 피가 튀겼다. 용운은 반사적으로 뒷걸음질 쳤다.

남자가 용운에게 손을 내밀었다.

"가자. 너, 아버지, 필요."

그 순간, 용운은 보았다. 남자의 손목 안쪽에 붉은색으로 새겨진 별 모양의 문신을. 별 아래에는 81이라는 숫자가 있었다. 동시에, 아버지가 남겼던 메시지의 내용이 번개처럼 떠올랐다.

— 위원회 조시ㅁ 별 삼

"위원회를 조심. 별."

용운은 자기도 모르게 중얼거렸다.

"위원회?"

바로 그들, 혹은 그라는 걸 직감했다. 아버지가 그리도 다급하게 경고한 상대. 과연 위험하기 짝이 없는 인간이었다. 한 국가의 요원을 태연히 죽여버릴 정도였으니. 아버지가 조심하라고 한 걸 보면, 언젠가 그들이 용운과 마주칠 것을 예상한 듯했다.

왜 굳이 집으로 찾아왔을까? 용운은 곧 답을 유추해냈다. 이 집에 '위원회'가 필요로 하는 뭔가가 있어서다. 아버지와 관련된 어떤 것. 아버지의 행방을 찾기 위해 필요한 것. 그래서 찾아온 것이다.

남자가 다시 한 번 말했다.

"가자. 너 아버지 때문. 필요."

용운은 가타부타 말하지 않고 스마트폰을 찾았다. 거기 비상호출 앱을 깔아두었다. 결코 이 남자를 순순히 따라가선 안 된다.

남자는 눈살을 찌푸렸다.

"너 팔 하나. 없다. 반항 없다."

"뭐? 우왁!"

용운은 힘껏 몸을 젖혔다. 식칼이 그의 오른쪽 어깨를 스치고 지나갔다. 용운이 순순히 말을 듣지 않자, 팔을 통째로 자르려 한 것이다.

"이런 미친!"

이대로라면 팔이 잘린 채 끌려간다. 무기가 될 만한 것이 필요했다. 팔이 닿는 거리와 각도 내에서, 적당한 크기 및 강도를 지닌 것이. 그럴 만한 건 고작 키보드뿐이었다. 더 둘러볼 필요도 없었다. 이 방 안에 있는 모든 물건들의 종류와 위치를 기억하니까.

용운은 키보드를 들어 남자의 머리를 힘껏 내리쳤다. 키보드가 반으로 부러졌다. 히죽 웃은 남자가 그를 걷어찼다.

와장창! 용운은 책상과 함께 날아가 축 늘어졌다. 어깨를 으쓱한 남자가 다가왔다. 그가 용운의 멱살을 잡아 일으키려 할 때였다.

마침 경보장치가 울렸다. 남자가 뒤를 돌아보았다. 용운은 쓰러진 채, 오른손으로 남자의 목덜미를 내리쳤다. 용운의 손에는 벽옥접상이 꼭 쥐어져 있었다. 책상에 부딪혀 모니터가 쓰러지는 순간 잡은 것이었다. 나비상의 뾰족한 꼬리 부분이 남자의 목을 찌르기 직전이었다. 남자는 재빨리 물러나면서 식칼을 내밀었다. 오히려 용운이 찔릴 판이었다.

식칼이 크게 확대되며 가까워졌다. 평범한 식칼이 아니었다. 칼날 면에 뭔가 복잡한 문양이 가득 새겨져 있었다. 용운은 그 와중에도 문양들 중 하나를 알아보았다. 어떤 상황에서도 시각 정보로 받아들인 것을 기억하기 때문에 순간기억능력자인 것이다.

'저 문양은 분명 우리 집 옥상에 있는……'

거기까지 본 용운은 나비상을 쥔 채 손으로 얼굴을 가렸다. 얼굴로 칼이 날아오자 본능적으로 취한 행동이었다. 쩌엉! 식칼 끝부분과 벽옥접상이 부딪쳤다.

별안간 눈부신 섬광이 실내를 가득 메웠다. 번갯불과는 확연히 다른 빛이었다. 오히려 그보다 더 밝고 강렬했다.

'으악!'

비명을 지르려 했지만 목소리가 나오지 않았다. 남자도 놀랐는지 눈을 휘둥그레 떴다. 섬광은 바로 용운이 손에 든 벽옥접상, 나비로부터 뿜어져나오고 있었다.

나비상이 날개를 천천히 움직이기 시작했다. 그 날개 위에, 지금까지 보이지 않았던 글자들이 돋아났다.

悲願成真(비원성실, 간절한 꿈이 현실로 되다)

그러더니 눈앞이 캄캄해졌다.

4

낯선 세계

정확한 시간을 알 수 없는 깊은 밤. 불빛의 흔적이라곤 찾아볼 수 없는 황무지였다. 가로등이나 네온사인은 고사하고 인가조차 없다.

대신 유난히 커 보이는 만월이 떠올랐다. 야맹증이 아닌 사람이라면 사물을 분간할 만했다. 간혹 눈에 띄는 거라곤 말라비틀어진 풀더미와 군데군데 놓인 바윗덩어리가 다였다. 줄기만 남은 마른 풀들이 무리지어 일렁였다. 그 위에 내려앉은 달빛이 함께 흔들렸다.

"헉, 헉."

용운은 황무지를 필사적으로 달리고 있었다. 야리야리

한 몸에 얼굴선이 가늘었다. 얼핏 보면 여자로 착각할 법한 외모였다. 그는 교복 상하의 차림에 맨발이었다. 바지 주머니에는 푸른 옥으로 만들어진 나비 조각상, 벽옥접상이 들어 있었다.

겁에 질린 기색으로 보아, 뭔가 위협적인 대상에 쫓기고 있는 듯했다. 연약한 발바닥이 거친 지형에 찢어지는 바람에 핏자국이 남았다. 갈색 곱슬머리는 땀에 젖은 채 헝클어졌다.

"헉, 허억!"

용운은 거센 숨을 몰아쉬며 고개를 돌려 뒤를 돌아보았다. 다리가 후들후들 떨렸다.

'아, 평소에 운동 좀 할걸.'

심장이 터질 것처럼 뛰고 입에서는 단내가 났다. 태어나서 이토록 열심히 달려본 적이 없었다.

하지만 추격자들은 여전히 따라붙고 있었다.

"저기다!"

"서라!"

더구나 힘까지 넘쳤다. 고래고래 고함을 지를 정도로.

'미치겠네……'

용운이 잠깐 숨을 돌리려는 찰나, 그들이 다시 모습을 드러냈다.

추격자는 모두 셋. 전부 사내였다. 또래에 비해 작은 편인 용운과 키가 비슷했다. 거기다 몸집은 오히려 더 왜소했다. 누더기 사이로 앙상한 갈비뼈가 드러났다. 조잡한 창과 잔뜩 녹슨 검 따위를 각자 들었는데, 창은 대나무 끝에 쇳조각을 이어붙인 것이었다. 물론 조잡하고 녹슬긴 했어도 충분히 위협적인 무기였다.

하지만 용운이 두려워하는 건 무기가 아니었다. 달빛에 반사되는 사내들의 눈빛. 반쯤 미친 듯한 그들의 눈빛이 무서웠다. 하나같이 탐욕과 살의에 취해 번들거렸다.

용운은 사람의 눈도 짐승처럼 밤에 빛을 반사한다는 사실을 처음 알았다. 사내들의 눈에 실핏줄이 거미줄처럼 엉겨 있었다. 병화가 돌아버리기 직전일 때 보여주는 눈빛을 수십 배로 뻥튀기한 듯한 느낌이었다.

한 걸음도 더 못 떼리라 생각했다. 하지만 그 눈빛을 보자 저절로 다리가 움직였다. 붙잡히면 결코 무사하지 못하리라. 사내들에 비하면 병화는 귀여운 수준이었다. 동물원의 배부른 여우와 야생의 굶주리고 사나운 들개 같은 차이랄까.

'절대로 잡히면 안 돼.'

용운은 다시 등을 돌리고 달아나려 했다.

"쌍!"

사내들 중 하나가 욕설과 함께 창을 던졌다. 날아온 창이 용운의 다리 사이의 땅에 박혔다. 그는 다리가 뒤엉켜 나뒹굴고 말았다.

그걸로 끝이었다. 다시 일어설 힘이 없었다. 그 틈에 사내들이 재빨리 용운을 둘러쌌다. 그들은 신음하는 소년을 내려다보며 저마다 한마디씩 내뱉었다.

"비실비실해 보이는 게 애를 먹이는군. 대체 이 옷은 어디 옷이야? 희한하게도 생겼네. 오랑캐의 복장인가?"

"고거 참, 사내 같은데 어찌 이리 곱상하지? 계집이라고 해도 믿겠구먼."

"흐흐. 계집일지도 모르지. 홀랑 벗겨서 확인해보자고. 잡아먹기 전에 재미를 좀 봐도 되겠어."

고통과 피로로 흐릿해졌던 용운의 눈이 휘둥그레 뜨였다.

잠깐. 잡아먹는다고? 농담이겠지. 아니, 그것도 문제지만…… 재미? 무슨 재미?

'차라리 그냥 잡아먹어!'

용운은 소리 없이 절규했다.

느물거리는 사내들을 바라보는 그의 눈에 두려움과 경멸감이 가득 차올랐다.

'도대체 어쩌다 이런 상황이 된 거지?'

불과 서너 시간 전까지만 해도, 그는 일상을 보내고 있었다. 여느 때와 좀 다른 일상이긴 했다. 마지막으로 기억하는 건, 눈앞을 가득 채운 엄청난 섬광과 나비상이 움직이던 모습, 그리고 날개에 떠오른 글자였다.

눈을 떠보니 이미 어딘지 알 수 없는 황무지에 쓰러져 있었다.

대체 여긴 어디고, 어떻게 여기에 와 있는 걸까?

아무리 생각해도 감이 안 잡혔다. 기절한 사이에 누군가가 옮겨다 놓은 걸까? 왜, 무엇 때문에? 혹시 정부에서 집을 아예 빼앗으려고 꾸민 일일까? 아니면 그 위원회라는 놈들 짓일까?

깨어났을 때는 여전히 나비상을 꼭 쥐고 있었다. 사람 목을 단숨에 벤 칼과 부딪쳤는데 나비상에는 흠집 하나 없다. 제일 아끼던 물건이 처음으로 낯설게 보였다. 그걸 이리 만지고 저리 만지고, 머리도 돌려보았다. 심지어 바닥에 내리쳐보기도 했지만 아무 일도 일어나지 않았다. 양손으로 붙잡고 소원을 빌어봐도 마찬가지였다. 결국 제풀에 지쳐서 포기했다.

경찰에 신고하거나 민주를 부를 수도 없었다. 핸드폰이 없고 공중전화도 안 보였기 때문이다. 영문을 모른 채 인적을 찾아 헤매다가 날이 어두워졌다. 도로며 건물 같은 건 흔적도 없었다. 그저 삭막한 황무지가 끝없이 펼쳐져 있을 뿐.

용운은 자신이 이곳을 처음 본다는 사실을 확신했다. 실제로도, 영화나 책 속에서도, 그 어디에서도 본 적 없는 지형이었다. 점차 절망감이 가슴에 차올랐다.

그러다 드디어 사람을 만났을 때는 얼마나 기뻤는지 모른다. 그런데 그들은 흉흉한 기세로 다짜고짜 공격을 가해왔다. 그렇게 쫓기다가 급기야 이제는 잡아먹힐 지경에 이른 것이다.

'아니, 잡아먹기 전에 재미도 본다고 했어. 아저씨들, 제발. 난 남자라고요!'

용운은 몹쓸 일을 당할 위험에 처한 여자들의 심정이 어떨지 절절히 깨달았다. 그건 아주 무섭고도 더러운 기분일 터였다. 이 더러운 기분이 평생 기억되는 건 덤이었다.

사내들은 용운을 붙잡아 기분이 좋아진 듯했다. 낄낄대며 자기들끼리 농을 주고받았다.

용운은 그들을 멍하니 보다가, 모두 이마에 누런 천을 둘렀다는 사실을 뒤늦게 깨달았다. 밤인 데다, 천이고 사람이고 할 것 없이 워낙 더러워서 잘 구분하지 못했던 것이다.

순간, 기이한 일이 벌어졌다. 사내들의 몸통 위로 희미하게 빛나는 붉은색 원형이 떠올랐다.

용운은 눈을 크게 치떴다. 보자마자 곧바로 뭔지 알았다. 이미 수도 없이 봤던 것이기 때문이다. 한 번 스치듯 본 것도 기억하는 그인데 저걸 못 알아볼 리 없었다.

그 원은, '삼국지 스페셜'에서 장수 정보를 표시하는 그래프였다. 일명 '정보창'이라 칭하는 것이다. 모양뿐만 아니라 형식도 동일했다. 원의 가운데에 이름과 특기가 표시되고 바깥쪽에 능력치가 나타난다.

'저게 어떻게······.'

사내들은 여전히 자기들끼리 떠들고 있었다. 한 번씩, 날카로운 눈길로 용운을 보았다. 그러나 원의 존재는 전혀 의식하지 못했다.

'저들에겐 저게 안 보여.'

용운은 황당한 가운데서도 본능적으로 내용을 훑어보았다.

무력(武力) 22 / 통솔력(統率力) 20
장삼(張三)
지력(智力) 15 / 정치력(政治力) 18
추적(追跡)
협박(脅迫)
매력(魅力) 17 / 호감(好感) 42

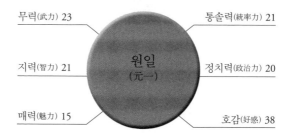

무력(武力) 23 / 통솔력(統率力) 21
원일(元一)
지력(智力) 21 / 정치력(政治力) 20
매력(魅力) 15 / 호감(好感) 38

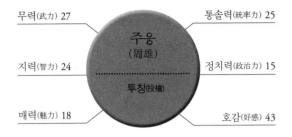

무력(武力) 27 통솔력(統率力) 25

주웅
(周雄)

지력(智力) 24 정치력(政治力) 15

투창(投槍)

매력(魅力) 18 호감(好感) 43

'정보창이다. 저건 확실히 삼국지 스페셜의 정보창이 맞아.'

《삼국지》라는 배경에다 사내들의 행색과 능력치를 대입하자, 자연스레 그들의 정체가 짐작이 갔다. 그들은 아마도 '황건적'일 터였다. 단, 이 상황이 꿈이라는 가정하에. 게임의 정보창은 말할 것도 없거니와, 현실 세계에 황건적이 나타날 리 없었기 때문이다.

중국 한나라 말기, '태평도'란 사교가 발생했다. 교주 장각(張角)은 자신을 따르는 농민들을 이끌고 황색 천을 둘러 표지를 삼게 했다. 이에 태평교도들을 '황건적' 혹은 '황건군'이라고 했으며 그들이 일으킨 난을 '황건적의 난'이라고 하였다.

뒤에 토벌군에게 궤멸당했으나, 그 황건적의 난으로 말미암아 후한의 정체성이 흔들렸다. 군벌이 난립하여, 마침

내 한나라가 멸망하고 삼국시대가 열리는 계기가 되었다. 한마디로 사이비 종교에 빠진 중국의 농민 반란군이었다.

물론 1000년도 더 전의 일이었다. 이 황건적의 난은 '삼국지 스페셜' 게임에서 시나리오 모드를 택했을 때 제일 처음 고를 수 있는 스테이지이기도 했다.

용운은 자기 눈이 이상해진 건가 싶었다. 그러나 다시 봐도 '호감'이라는 수치만 '충성도'로 바꾸면 모든 게 게임의 정보창과 똑같았다.

순간, 갑자기 실소가 나왔다. 자기도 모르게, 도저히 억누르지 못하고 튀어나온 웃음이었다.

"풋!"

실제로 게임 정보창이 나타난 것만도 황당한데, 거기다 세 황건병들의 수치는 엉망이었다. 게임에서 속된 말로 '쓰레기'라고 불릴 만한 수준이었다. 예를 들어, 10단위의 지력을 가진 장수는 맡긴 대부분의 임무에서 실패했다. 거기다 매력이 20 아래면 결혼 기능도 실행이 안 되었다.

그런 사람들이 실제로 눈앞에 있다. 그토록 무섭던 자들이 별안간 시시해 보였다. 갑자기 이 생각이 떠올라 자기도 모르게 웃음이 나왔다. 일종의 패닉에 빠져 있는 탓이기도 했다. 감정 조절에 혼란이 온 것이다. 너무 슬플 때 오히려 눈물이 안 나오거나, 갑자기 너무 어이없는 일을 당하면 웃게 되는 것처럼.

"이 새끼가 미쳤나? 웃어?"

'주웅'이란 자가 발을 들었다. 그는 셋 중 무력과 통솔력, 지력 등의 수치가 제일 높았다. 아마 그래서 은연중에 리더 역할을 하는 듯했다. 아까 창을 던져 용운을 쓰러뜨린 자이기도 했다. 그러고 보니 '투창'이라는 특기를 가지고 있었다.

픽! 픽픽! 주웅은 사정없이 용운을 걷어차고 짓밟았다. 순간, 이 상황이 꿈이나 환각이 아니라 현실일지도 모른다는 의심이 강하게 들었다.

더럽게 아파서였다.

"아악!"

절로 비명이 터져나왔다. 태어나서 이토록 모질게 맞아본 건 처음이었다. 가뜩이나 병화에게 맞은 상태라 고통이 더했다. 피가 튀고 온몸이 저렸다. 꿈이나 환상이 이토록 생생한 아픔을 전할 리 없었다.

다행히 구경하던 황건적들 중 하나가 주웅을 말렸다.

"이봐, 주웅. 적당히 해. 너무 상하게 하면 그거 할 맛이 떨어지잖아? 되도록 옷도 안 더러워지게 하자고. 천이 특이해서 비싸게 팔 수 있을 거 같아."

"아, 그런가?"

멈칫한 주웅이 고개를 갸웃거렸다.

"아니, 그런데 별로 세게 때리지도 않았어. 때리다 보니 이상하게 맘이 약해져서. 이 자식, 엄청 약골이네."

"허허. 자네가 그런 소리를. 그래도 마침 딱 좋게 다져놨구면. 이 정도면 반항하거나 달아날 생각은 못하겠지."

"크흐흐. 내가 저번 전투에서 말이지……."

용운은 아득해지려는 의식을 간신히 붙잡았다. 기절해버리면 진짜 큰일 난다는 생각에서였다. 그 와중에 문득 뭔가 이상하다는 기분이 들었다. 물론 지금까지 쭉 이상한 일 투성이이긴 했지만, 이번엔 좀 다른 부분에서였다.

그러고 보니 처음 만났을 때부터 지금까지 사내들이 지껄인 말은 일관되게 중국어였다. 지금도 중국어로 떠드는 소리가 들려왔다. 그런데 그들이 쓰는 중국어는 용운이 들어본 어떤 것과도 달랐다. 그걸 딱히 의식도 안 하고 자연스럽게 알아듣고 있었다.

현지인이거나 거기서 오래 살았던 사람이 아닌 이상, 외국어는 어쩔 수 없이 몇 단계 과정을 거쳐 표현하게 된다. 일단 듣고 그것을 자신의 모국어로 해석한다. 다음에는 모국어로 거기 맞는 말을 떠올린다. 그 답변을 다시 해당 외국어로 바꿔 말한다. 그 과정에 걸리는 시간과 해석능력은 숙련도에 따라 천차만별이다.

그런데 용운은 사내들의 말을 들으면서 그런 과정 자체를 거치지 않았다. 그저 그들이 한국어를 말하고 있는 것처럼 받아들였다. 귀에 들리는 언어는 분명 중국어인데도.

용운은 시험 삼아 말을 걸어보기로 했다. 어차피 죽을 거라면 밑져야 본전이라는 생각에서였다.

"저, 아저씨들. 잠깐만요⋯⋯."

황건적들 중 하나가 의외라는 듯 대꾸했다.

"응? 이 애송이, 피부가 허옇고 통 말을 안 하기에 혹시 서역 오랑캐인가 했더니. 우리말을 할 줄 알잖아?"

알아듣는다! 용운은 오히려 가슴이 철렁 내려앉았다. 그는 당연히 한국어로 말을 걸었다. 그런데 사내들은 말의 의미를 이해했다. 심지어 '우리말'이라고 표현했다. 즉 그들에겐 중국어로 들린다는 뜻이다.

순간, 몇 가지 정보들이 번개처럼 뇌리를 스쳤다. 그것들이 합쳐지며 한 가지 터무니없는 가정이 떠올랐다.

중국어를 쓰는, 황건적과 흡사한 행색의 사내들.

무력, 통솔력, 지력, 정치력, 매력, 특기로 이뤄진, '삼국지 스페셜'의 그것과 동일한 정보창.

위원회, 나비상, 황건적, 중국어, 정보창, 식칼의 문양, 섬광, 맞았을 때 느껴지던 생생한 고통, 꿈이라 보기 어려운 현실감⋯⋯.

마지막으로, 정신을 잃기 직전에 봤던, 나비 날개 위의 네 글자 '비원성실(悲願成真)'!

간절히 바란 소망이 현실이 된다는 의미였다.

이런 정보들이 모여 뭉쳐지고 새로운 문장과 결론을 만들어냈다. 머리에 열이 확확 올랐다.

'난 어쩌면 게임 속의 세상에 와 있거나, 삼국시대 자체에 와 있는 것일지도 몰라.'

스스로 생각해도 미친 소리였다. 하지만 이 외에는 달리 설명이 되지 않았다. 몰래카메라도, 영화 촬영도, 정부의 수작도 아니었다. 살아오면서 보고 저장해온 어떤 정보를 대입해봐도 이 상황과 맞지 않았다.

'이렇게 되기 직전에 삼국지 스페셜 게임을 하던 중이었지. 나 자신을 주인공 삼아서. 그때 나비상에 뭔가가 일어났고.'

묘하다. 죽기 직전의 상황인데 더욱 생각에 빠져든다. 아버지에게서 물려받은 성격 중 일부였다. 수수께끼가 생기면 풀고 싶어진다. 그게 어떤 상황에서든.

그 바람에, 진한성은 어린 아들을 버려두고 세계를 떠돌았다. 고대의 유물이라는 거대한 수수께끼에 미친 것이다.

'아버지는 위원회를 조심하라는 말을 남겼다. 위원회는 확실하게 아버지와 관련되어 있다. 그것도 나쁜 쪽으로. 그

들은 아버지를 찾고 있어. 때문에 나까지 끌고 가려고 했다.'

아버지와 위원회의 접점을 고민하자, 남자가 가지고 있던 무기가 생각났다. 돌이켜 생각해보면 그 식칼도 이상했다. 평범한 식칼이 단숨에 사람의 목을 치긴 어렵다.

'다시 살펴보자.'

용운의 눈앞에 식칼의 모양이 입체적으로 완벽하게 재생됐다. 기억을 떠올린 것이다. 역시 식칼이라기에는 손잡이가 지나치게 길었다. 칼날 면에 새겨진 문양들도 평범하지 않았다.

아버지가 직접 그렸던 집 옥상의 문양과 완벽하게 같았다. 티베트에서 발견한 문양이라 했다. 중국제 식칼에 새겨진 문양이, 아버지가 그린 고대 티베트의 문양과 일치할 확률이 얼마나 될까? 그렇다면 그 식칼도 고대의 유물인 건가?

'나비상도 유물……. 유물끼리 접촉해서…….'

거기에 대한 정보는 확실히 들은 적이 없다. 대신, 아버지가 예전에 했던 말이 떠올랐다. 왜 그렇게 유물을 찾는 데 집착하느냐고 아버지에게 불평했을 때였다. 늘 하던 '연구용'이란 대답이 아니라, 처음으로 진지하게 해준 답변이었다.

— 용운아, 고대 유물들 중에는 엄청난 힘을 가진 것들도 있단다. 현대의 과학 기술로도 도저히 설명이 안 되는 것들.

그런 유물들 중 어떤 것은 핵무기보다 위험한 것도 있지. 그러니 나쁜 사람 손에 들어가게 하면 안 되는 거야.

그때는 말도 안 되는 소리라고 웃어넘겼었다.

그 힘. 위원회라는 자들이 유물의 비밀을 알아냈고, 아버지를 통해 그 힘을 얻으려는 거다.

'나비상 역시 아버지가 남긴 물건인 만큼 평범한 게 아닐 가능성은 분명히 있어. 하지만 아무리 그래도 소원을 이뤄준다니. 무슨 마법의 램프도 아니고.'

역시 여기서 막힌다. 그래도 억지로 생각을 진행했다. 버릇처럼 사고를 지배하려 드는 상식과 과학을 배제했다. 그러자 비로소 다음으로 나아갔다.

돌이켜보면 용운의 소원은 늘 하나였다. 바로《삼국지》의 세계를 경험해보는 것. 인정하기 싫지만 그랬다. 결코 일어날 수 없는 일이기에, 말 그대로 소원이고 꿈이었다. 과학자가 되고픈 아이가 우주여행을 꿈꾸는 것과 비슷했다. 그래서 막연히 상상만 하고 묻어두었다.

그게 고대 유물의 힘으로 이뤄져버린 것이다. 그가 제일 좋아하는《삼국지》게임과 뭔가 뒤섞인 형태로.

내용은 방대했지만, 여기까지 생각하는 데 걸린 시간은 몇 초에 불과했다. 십 수 년간 지속된 과잉기억증후군 때문에 용운의 사고 속도와 정보처리 속도는 엄청났다. 안 그러면 계속해서 쌓이는 기억에 묻혀 뇌가 질식해버렸을 것이다.

단, 황건적들은 용운의 깨달음에 무관심했다.

"뭐야. 부르더니 더 할 말 없냐?"

용운이 자기들의 말을 한다는 사실에 잠깐 흥미를 보였을 뿐, 하려던 일을 계속하기로 마음먹은 듯했다. 한 놈이 용운의 양쪽 다리를, 다른 놈이 양팔을 단단히 붙잡았다. 그 바람에 완성된 형태를 잡아가던 추론이 깨져버렸다.

'아냐. 내가 상상하던 《삼국지》의 세상은 이런 게 아닌데…… . 아니, 어쩌면 이게 현실인 건가?'

1800여 년 전의 중국이다. 복지나 치안 따위, 제대로 되어 있을 리 없었다. 난세 중의 난세이니 도덕심을 기대하기도 어렵다.

용운은 저항할 기력도 없어 축 늘어졌다. 바지춤을 풀어헤친 주웅이 그를 내려다보며 느물거렸다.

"꼬마야, 걱정 마라. 안 아프게 금방 끝낼 테니. 뭐, 말 잘 들으면 목숨은 살려서 데리고 다녀주마."

주웅이 바지를 내렸다. 용운의 눈앞에 뭔가가 보였다.

아, 그런 거 보여주지 말라고! 난 평생 기억한다고!

정신이 번쩍 든 용운이 발버둥을 쳤다. 그러다 그만 주머니에서 나비상이 흘러나왔다. 나비상은 달빛을 받아 은은

하게 빛났다. 황건적들의 관심이 그리로 쏠렸다.

"응? 뭐야, 이거. 계집애처럼 생긴 놈이, 계집들 노리개 같은 걸 가지고 다니네."

"오호, 제법 값 좀 나가 보이는데?"

"이런 게 있었으면 미리 내놨어야지."

벽옥접상. 나의 나비. 원래부터 소중히 여기는 물건이었다. 이제는 이 모든 일의 열쇠를 쥐고 있는 유일한 단서이기도 했다. 빼앗기면 끝장이다.

용운은 마지막 힘을 다해 덤볐다. 하지만 주먹질 한 번에 단숨에 나가떨어지고 말았다. 그를 떨쳐낸 황건적들이 나비상을 집어들고 낄낄댔다.

아득한 절망감이 밀려들었다. 용운이 꿈꾸던 《삼국지》의 세계야말로, 동시에 그가 혐오하는 진정한 약육강식의 세상이었다. 힘으로 모든 게 해결되는 세상. 더구나 그를 잡아먹으려는 맹수는 고작 무력 20대의 황건적들이었다. 그렇다면 어차피 이 세계에서 생존하긴 글렀다.

쓰러진 용운의 눈가로 눈물이 흘렀다. 이대로 치욕을 당하느니 차라리 죽는 게 낫지 않을까 하는 생각마저 들었을 때였다.

"잠깐만."

"뭐, 또 잠깐만이야? 더 할 말이 남았냐?"

용운이 힘겹게 대꾸했다.

"내가 한 말…… 아냐."

"응?"

"이쪽이다."

주웅이 다급히 고개를 돌렸다. 퍼억!

"에쿠쿠!"

그의 몸이 추풍낙엽처럼 바닥을 뒹굴었다. 강력한 발차기에 정통으로 맞은 것이다. 이어서 누군가의 음성이 용운의 귓가에 울려퍼졌다. 낮고 깊은 목소리였다.

"황건의 잔당들이 추잡한 짓거리를 하고 있군."

'누구……?'

용운은 눈을 떠 상대를 살피려 했다. 하지만 자꾸만 눈이 감겼다. 몇 시간 동안 헤매고 다니다가 온 힘을 쏟아내 달려서 이미 탈진 상태였다. 조금 전에 몰매를 맞은 게 결정타였다. 그 탓에 구원자의 희미한 윤곽만 간신히 봤을 뿐이다.

키가 크고 건장한 남자였다. 적게 잡아도 180센티미터는 되어 보였다. 그것만으로도 어느 정도 안도감이 들었다.

하지만 황건적들 또한 만만치 않았다. 능력치와는 별개로, 비록 졸병이지만 전장을 경험한 병사들이었다. 사람을 죽여본 경험이 있다는 의미였다. 놈들은 누구냐고 묻거나 당황하는 대신, 즉각 무기를 들고 사내를 향해 달려들었다.

"흠."

사내는 체격에 어울리지 않게 번개처럼 움직였다. 물러나기는커녕 오히려 앞으로 뛰어들어 주춤하는 황건적 한 놈의 목덜미를 수도로 내리쳤다. 연이어 다른 놈의 옆구리에 발을 내질렀다.

"끄악!"

"꿱!"

황건적 장삼과 원일은 돼지 먹따는 소리를 내지르며 나가떨어졌다.

거기까지 본 용운은 까무룩 의식을 놓아버렸다. 안심이 되자 긴장이 풀린 것이다.

"이런!"

사내가 당황하여 달려오는 기척이 어렴풋이 느껴졌다.

5
동행

'따뜻하다.'

제일 먼저 든 생각이었다. 곧 용운은 자신이 움직이고 있음을 깨달았다. 넓고 단단하며 따뜻한 등이 느껴졌다. 누군가 자신을 업은 채로 걷고 있었다.

역시 모든 게 꿈이었나 보다. 누군가의 등에 업혀 잠든 사이에 꾼 악몽.

그래. 그런 일이 일어날 리가 없다. 그렇다면 나를 업고 있는 이 사람은 혹시…….

"아버지?"

용운이 작게 중얼거리며 눈을 떴을 때였다.

"정신이 드셨습니까?"

'기억'된 음성이 울렸다. 낮고 깊은 목소리. 그를 황건적들로부터 구한 사내의 목소리였다.

"아……."

용운은 가볍게 탄식을 내뱉었다. 꿈이 아니었다. 만약 꿈이라면, 여전히 계속되는 중이었다.

그때, 문득 나비상이 떠올랐다.

"헉! 나비는……."

"이것 말입니까?"

사내가 왼손을 뒤로 돌려 나비상을 건넸다.

"범상치 않은 물건인 것 같아 챙겨두었습니다. 집안의 가보인 듯하더군요."

"아아, 고, 고맙습니다."

용운은 나비상을 꼭 움켜쥐었다. 자신을 구해준 행위는 물론, 이걸 순순히 돌려주는 것만 봐도 사내는 믿을 만한 사람이었다. 안심이 됐다.

그나저나 얼마나 정신을 잃었던 걸까. 악몽 같던 밤이 지나고 주변이 어슴푸레 밝아오고 있었다.

'이 사람, 설마 날 업고 밤새 걸은 거야?'

미안함과 당혹감에 몸을 비틀자, 사내가 조심스레 말했다.

"불편해도 함부로 움직이지 마십시오. 몸이 많이 상했습니다. 갈비뼈도 부러진 것 같고."

그 말을 듣는 순간, 격통이 밀려왔다.

"크윽!"

온몸이 와들와들 떨렸다. 이게 꿈이든 아니든, 아까 같은
일은 두 번 다시 경험하고 싶지 않았다.

아아, 이 고통마저 생생히 기억되겠군.

과다기억증후군 환자의 삶은 고달프다.

"괜찮으십니까?"

"네…… 구해주셔서 감사합니다."

용운은 힘겹게 인사를 했다.

"마땅히 해야 할 일이었습니다. 한데, 공자는 어쩌다 그
런 곳에서 혼자 떠돌고 있던 것입니까? 이 근방은 몹시 위
험한데."

사내가 가볍게 책망했다. 악의 없는, 걱정이 담긴 목소리
였다. 그러나 답하자니 말문이 막혔다.

뭐라고 해야 할까? 조각상에서 뿜어져나온 이상한 빛에
감싸였는데, 눈을 떠보니 여기 와 있었다고? 지금 자신은
이 상황이 꿈인지 생시인지, 아니면 자신이 미쳐서 보는 환
각인지조차 구분을 못하겠다고?

그때였다. 용운의 눈앞에 붉은 글자가 떠올랐다. '삼국지
스페셜'에서 장수 특기가 발동될 때 표시되는 글자였다.

'또야!'

놀란 용운은 눈을 비볐다. 그래도 글자는 여전히 떠 있다가, 허공으로 녹아들듯 스르르 사라졌다.

언변(言辯)

'언변……?'

이어서 용운의 머릿속으로 생각이 물밀듯이 밀려왔다. 그는 이 생각들을 자신이 떠올린 것인지, 아니면 누군가 직접 머릿속에 대고 불러주는 것인지 구분이 잘 가지 않았다. 확실한 것은 용운이 저장하고 있는 방대한 기억들 속에는 이런 내용의 말이 없다는 사실이었다. 물론 그가 경험한 일도 아니었다.

불과 1~2초 사이에 벌어진 일이다. 어쨌거나 덕분에 대답할 말이 생겼다. 그는 더듬거리며 갑자기 떠오른 생각들을 한마디씩 내뱉기 시작했다.

"저는…… 어릴 때부터 스승님 밑에서 오랫동안 수행 중이었습니다. 그러다…… 스승님께서 승천하셔서 하산하게 됐습니다. 산속에서 학문만 닦은지라…… 세상 돌아가는 것을 잘 모릅니다. 이에 몸을 의탁할 곳을 찾던 중에…… 여기서 길을 잃고 헤매다 봉변을 당한 것입니다."

용운은 말을 끝내자마자 후회했다. 아니, 하는 도중에 이미 후회가 시작됐다. 자신의 명치를 세게 치고 싶었다.

'어처구니가 없네. 스승? 수행? 내가 왜 그딴 소리를 했지? 이 이상한 말투는 뭐고? 분명히 미친놈 취급할 거야.'

그러나 사내의 반응은 예상과 사뭇 달랐다.

"흐음, 그렇습니까. 그러고 보니 의복이 특이하다고 생각했는데, 도복 같은 것이었나 보군요."

의외로 그는 용운의 말을 크게 의심하지 않는 듯했다. 한 술 더 떠서 복장까지 알아서 납득해주었다.

'헐, 이런 변명이 통했단 말이야? 꿈이라서 내가 뭔 소리를 해도 먹히는 건가?'

용운이 두서없는 생각들을 떠올릴 때 사내가 말했다.

"아 참, 그러고 보니 통성명도 하지 않았군요. 저는 조(趙)씨 성을 쓰며 이름은 운(雲), 자는 자룡(子龍)이라 합니다."

"네?"

용운은 놀라서 자기도 모르게 반문했다. 이 시대에는 본명 외에도 '자'라는 이름을 하나 더 사용했다. 평소에는 주로 그 자를 사용해 불렀다.

성이 조 씨에 이름이 운이고, 자가 자룡이라면.

'헐. 조운 자룡!'

조운. 흔히 조자룡으로 회자되는 사내. 《삼국지》에 조금이라도 관심이 있는 사람이라면 모를 수가 없는 이름이다. 문과 무, 성품, 충성심, 심지어 외모에 이르기까지 가장 완벽한 장수로 평가받는 사람이었다. 또 중국사를 통틀어 창술의 명수를 꼽을 때면 늘 그의 이름이 처음으로 거론되었다.

특히, 조조(曹操)가 형주(荊州) 땅을 빼앗았을 때의 일화는 유명했다. 주군 유비가 패주하자, 유비의 부인인 감부인(甘夫人)과 자식 아두(阿頭, 劉禪)를 구하기 위해 조조의 대군을 혼자 휘젓고 다녀 끝내 구출한 것이다. '조자룡 헌 창 쓰듯 한다'는 속담도 그때 생겨났다고 한다. 훗날 한중왕이 된 유비는 조운을 촉의 오호대장군 중 한 사람으로 임명하기도 했다.

그 조운이 황건적들로부터 자신을 구해줬다니.

'게다가 지금은 조운한테 업혀 있잖아!'

《삼국지》의 조운이 아닌, 이름만 같은 인물일지 모른다는 생각 따위는 조금도 들지 않았다. 이름과 자가 모두 일치하기도 어려울뿐더러 놀라서 고개를 든 순간, 사내의 머리위에 떠올라 있는 정보 그래프가 눈에 들어왔기 때문이다.

원래 몸 위에 표시되는데, 대상에게 업힌 바람에 밀착해있으니 가시권으로 이동한 듯했다.

'삼국지 스페셜'의 수치보다는 다소 낮지만 게임 속 조운의 능력치와 대체로 비슷했다. 거기에 결정적으로 '조가창

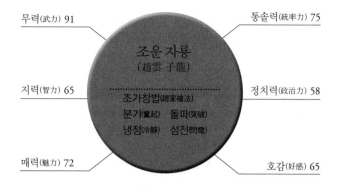

무력(武力) 91

통솔력(統率力) 75

조운 자룡
(趙雲 子龍)

지력(智力) 65

정치력(政治力) 58

조가창법(趙家槍法)
분기(奮起)   돌파(突破)
냉정(冷靜)   섬전(閃電)

매력(魅力) 72

호감(好感) 65

법'이란 특기를 가졌다. 조씨 가문에 전해오는 창술이란 뜻이다.

창을 잘 쓰는 조운 자룡.《삼국지》의 그 말고는 생각할 수가 없다. 어차피 황건적도 나온 마당이 아닌가.

용운의 반문에 조운이 말했다.

"왜 그리 놀라십니까?"

"아, 아닙니다. 들어본 듯한 성함이라…….."

"하하, 아마 착각일 겁니다. 전 아직 세상에 이름을 알릴 일이 딱히 없었습니다."

"……그러셨군요."

꿈이라기에는 대화가 너무 자연스러웠다. 자기도 모르게 대꾸하고 말았다. 만약 꿈이라면, 이런 조운의 대답 또한 용운 자신의 머릿속에서 만들어진 것이라는 말이 된다. 게

다가 중국어로.

이게 가능한 일인가?

"공자의 존함은 어떻게 되십니까?"

공자, 존함. 거기다 극존칭이었다.

조운은 아까의 황건적들과 마찬가지로 중국어로 말하고 있었다. 여전히 그게 용운에게는 저절로 번역이 되어 들렸다. 이것이 바로, 생생한 고통과 더불어 지금 상황이 꿈이 아니라고 여겨지는 결정적 이유였다. 귀에 들려오는 중국어가 꿈이라기에는 너무도 유창했다.

아무리 순간기억능력과 과다기억증후군이 있어도, 주위들은 중국어만으로 이런 문장을 구현하긴 어려웠다. 또 순간기억능력의 상당 부분은 '시각'에 좌우됐다. 들은 것을 기억하는 능력은 아무래도 약했다.

어쨌든 황건적들의 거친 말과는 달리 이런 식으로 들려오는 걸 보니, 조운은 초면이고 나이도 어린 용운에게 매우 정중한 말투를 쓰고 있다는 뜻이었다. 과연 꿈 혹은 망상 속에서조차 성품이 훌륭하다고 용운은 생각했다.

"저는 진용운이라고 합니다. 자는 따로 없습니다."

"진용운……. 진 공자라고 부르면 되겠군요. 정해둔 행선지는 있습니까?"

"아니요, 아직……."

잠시 침묵이 찾아왔다. 서로 딱히 나눌 얘깃거리가 없었기 때문이다.

그사이 용운은 다시 고민에 빠졌다.

'난 미친 게 아냐. 미친놈이 자기가 미쳤다고 인정하진 않겠지만, 뭐라 표현할 순 없어도 내 이성이 정상적으로 작동하고 있다는 걸 알 수 있어.'

자신의 이성이 명료하며 정상이라는 것. 일단 용운은 여기서 다시 출발했다.

'그 증거로 내가 이제까지 담아온 기억들을 고스란히 떠올릴 수 있다. 또한 내가 미쳐서 이런 망상을 하는 게 아닌지 고민한다는 것 자체가 내가 미치지 않았다는 증거지. 미쳤다면 그냥 자연스럽게 받아들였을 테니까. 그렇다면 역시 《삼국지》 게임 속에 들어온…… 아니, 말이 안 되잖아. 무슨 판타지 소설도 아니고.'

용운은 필사적으로 이 상황을 설명해보려고 애썼다.

'나란 놈은 혹시 기절한 상태에서도 꿈속에서 《삼국지》 게임을 하고 있는 걸까? 가상현실 게임처럼 말이야. 그러니까 지금 실제의 내 몸은 병원 침대에 누워 있는 거지. 그 식칼 든 위원회란 놈에게 당해서 의식불명인 상태로. 이건 좀 그럴듯한…….'

여기까지 생각했을 때였다. 문득 서늘한 바람이 뺨을 스치고 지나가는 게 느껴졌다. 머리카락이 가볍게 휘날렸다.

용운은 바람의 감촉에 잠깐 넋을 잃었다. 순간, 온몸에서 전해지는 '감각'을 실감했다. 옆구리의 쑤심, 이마의 미열, 조운의 등을 통해 전해지는 체온, 그가 걸을 때마다 들리는 발소리, 심지어 약한 체취까지. 모든 감각이 너무도 생생했다.

결국 아무래도 꿈은 아닌 것 같다는 확신과 더불어, 가장 믿기지 않지만 현재로서는 가장 유력한 가정만이 남았다. 도저히 받아들일 수 없는 일이기에 계속 부인해오던 추측이었다.

'내가 정말…… 《삼국지》의 세상에 오기라도 했다는 건가? 유물들의 작용으로?'

여전히 섣불리 단정할 순 없었다. 워낙 황당무계한 결론이었기 때문이다. 상황에 대해 고민을 거듭하던 용운은 한 가지 결심을 했다.

'일단 이거 하나는 확실해. 난 조운 옆에 붙어 있어야 한다는 것.'

평소대로 낯가림을 하고 까칠하게 굴 때가 아니다. 지금의 자신은 스스로를 지킬 힘이 없었다.

이게 게임 속인지, 꿈속에서 게임을 하는 건지, 게임 속에서 꿈을 꾸는 건지, 현실인지는 아무리 생각해도 정확한 답이 안 나왔다. 마치 장자가 말했던 '호접몽(胡蝶夢)'처럼.

―언젠가 내가 꿈에 나비가 되었다. 훨훨 나는 나비였다. 나 스스로 아주 기분이 좋아 내가 사람이었다는 것을 모르고 있었다. 이윽고 잠을 깨니 틀림없는 인간인 나였다. 도대체 인간인 내가 꿈에 나비가 된 것일까, 아니면 나비가 꿈에 이 인간인 나로 변해 있는 것일까.

　이는 장자의 '제물론(齊物論)' 중 일부이다. 만물의 변화인 물화. 나와 우주가 하나라는 뜻.

　꿈속이라면 답을 내봐야 어차피 소용없다. 또한 용운 자신이 속한 지금의 세계도 하나의 세상으로 인정해야 한다.

　그러나 어떤 경우이든, 아까 같은 흉한 일을 당하고 싶지 않기는 마찬가지였다. 어차피 꿈이니 악몽이라도 상관없다고 할 순 없다. 그리고 고작 게임이니 지거나 죽어도 괜찮은 것도 아니다. 악몽을 꾸려고 잠드는 이는 없고 굳이 패배를 즐기기 위해 게임을 하는 사람도 없다. 그 꿈과 게임에서 느껴지는 감각이 현실처럼 생생하다면 더욱 그럴 것이다.

　무엇보다 누굴 믿고 누굴 조심해야 할지 모르는 상태에서 더 이상 혼자 남겨지고 싶지 않았다. 그렇다면 조운과 함께 다니는 게 현재로서는 최선이었다. 그는 훌륭한 성품과 무력을 가졌다.

　'그 상황에서 조운을 만난 것은 내게 주어진 최고의 행운

일지도 몰라.'

단, 이대로 가다가는 조운이 자신을 두고 갈 공산이 컸다. 굳이 짐만 되는 이와 동행할 이유가 없기 때문이다.

'이 사람이 나에게 흥미를 갖도록 해야 돼. 아니면 최소한 나와 동행할 필요성이라도 느끼게 만들어야 한다.'

우선, 안전해져야 했다. 인정하자. 그냥 지금 이 상황을 현실이라 믿자. 전쟁을 실감하지 못하는 병사는 빨리 죽는다. 악몽조차 기억해버리는 나는, 꿈이라 해도 되도록 좋은 꿈을 꿔야 한다.

용운은 바삐 머리를 굴렸다. 머릿속에 저장한 방대한 기억들 중에서 《삼국지》에 해당하는 부분을 찾아 넘겼다.

황건적의 잔당이 돌아다니고 조운이 세상에 알려지기 전이라는 말, 또 그가 혼자 방랑하는 걸로 보아, 지금 시기는 대략 서기 180년 중후반에서 190년 초반이었다. 그리고 그때의 조운이 향한 곳은…….

생각을 정리한 용운이 입을 열었다.

"뭐 하나 여쭤봐도 되겠습니까?"

"그러시지요."

"혹 조운 님께서는 공손찬에게 가는 길이십니까?"

"……그걸 어찌 아셨습니까?"

조운의 목소리에 가벼운 경계심이 느껴졌다. 적중은 했

지만 용운은 아차 싶었다. 너무 갑작스레 들이댄 걸까.

공손찬(公孫瓚)은 중국 후한 말의 군웅이었다. 북방에서 이민족을 토벌하여 명성이 높았다. 유비와 친교가 있었으며, 조운이 두 번째로 휘하에 들어갔던 자이기도 했다.

지금이 진짜 삼국시대라면, 교복 차림인 용운의 행색은 가뜩이나 기이할 터였다. 거기다 목적지까지 알고 있으니 불필요한 의심을 살 수도 있었다. 용운은 '지식'으로 조운에게 어필하여 동행할 셈이었다. 한데 생각해보니 너무 드러내면 오히려 독이 될지도 몰랐다.

그는 서둘러 다음 말을 궁리했다.

'공손찬의 근거지는 분명 유주(幽州)였지. 유주, 기주, 병주를 통틀어 하북이라 했고.'

유주는 중국 대륙의 북동쪽 끝이다. 한 번도 본 적 없는 지형인 게 당연했다. 그러자 여기가 대충 어디쯤일지도 짐작이 갔다. 그렇다 해도 매우 넓은 범위지만.

어쩐지 평소보다 두뇌회전이 더 잘되는 것 같은 느낌은 기분 탓이리라.

용운은 최대한 자연스러운 투로 말했다.

"하북 일대에서 의탁할 만한 군웅은 백규 님밖에 없지 않겠습니까? 스승님을 통해서도 그 이름 정도는 들어보았습니다."

'백규(伯珪)'는 공손찬의 자였다. 조운의 자가 '자룡'인 것과 마찬가지다.

조운이 자연스레 말을 받았다.

"하긴, 백마장군은 오래전부터 북방을 정벌해온 하북의 호걸이죠. 하지만 원 공이 아닌 공손찬 님을 떠올리다니, 공자도 나와 통하는 데가 있는 모양이군요."

백마장군은 공손찬의 별명이다. 백마를 즐겨 타고 백마로 이뤄진 부대를 운용하여 백마장군이란 별명이 붙었다.

조운이 언급한 '원 공'은 '원소 본초'라는 인물을 의미했다. 원소는 후한 말의 최대 귀족인 원씨 일가의 인물로, 조운이 처음으로 섬긴 자였다.

그에 대해 떠올린 용운은 자기도 모르게 말을 받았다.

"원소는 비록 지금은 가문 덕에 명망을 얻고 있을지 모르나 오만하고 우유부단하여 따를 인물이 못 됩니다."

다음 순간 또 아차 싶었다. 정보가 떠오르는 바람에 무심코 말해버렸다. 너무 나대지 않기로 했는데!

잠깐 조용하던 조운이 웃음을 터뜨렸다.

"하하하!"

듣기 좋은 웃음소리였다.

그러고 보니 조운이 원소를 좋아했다는 내용은 본 기억이 없다. 오히려 처음에는 원소에게 임관해놓고 굳이 그를 떠나 공손찬을 택했다. 뭔가 불만이 있었다는 뜻이다.

"진 공자가 스승께 배웠다던 학문은 혹시 인물 감평입니까? 당금 원 공을 두고 그리 혹평할 수 있는 사람은 많지 않을 겁니다. 진 공자는 무예는 익히지 못했을망정 배포가 있군요."

조운의 목소리가 한결 부드러워졌다. 순간, 사라졌던 그의 정보창이 다시 떠올랐다. 호감도 수치가 붉게 반짝였다. 변화가 생겼다. 잘 보니 68로 상승해 있었다. 정보창은 곧 모습을 감췄다.

'좋아, 호감도를 올렸어. 일단 이런 식으로 친해지는 거다.'

용운이 안도할 때였다. 조운이 우뚝 걸음을 멈추고 주위를 둘러보았다. 어느새 황무지가 끝났다. 두 사람은 마른 나무가 빽빽한 숲 속에 들어와 있었다.

"아, 힘드시죠? 이제 걸을 수 있을 것 같습니다. 너무 폐를 끼쳤네요."

용운이 조심스레 말했다. 그러고 보니 멀쩡히 대화를 계속 나누면서도 쭉 업혀왔다. 조운의 등이 너무 편해서 업혔다는 사실도 그만 잊고 있었다.

얼굴이 달아올랐다. 제대로 민폐다.

어딘가를 유심히 바라보던 조운이 말했다.

"아, 아닙니다. 제가 뭔가 착각했나 봅니다. 진 공자가

너무 가벼워서 전혀 힘들지 않으니 마을까지 그냥 가도 됩니다."

그는 다시 걸음을 재촉했다. 오히려 속도가 처음보다 더 빨라졌다.

두 사람이 그 자리를 떠난 얼마 후였다. 땅속에서 누군가가 불쑥 튀어나왔다. 정체불명의 인물이 용운과 조운이 간 방향을 보며 중얼거렸다.

"애송이 주제에 제법 예민하네."

그러자 나무 위에서 다른 그림자 하나가 그 말을 받았다.

"걸음도 꽤 빨라. 이러다 놓치겠어."

"쳇. 저 녀석, 우리가 막 나서려는 참에 갑자기 나타나선 일을 귀찮게 만들고 있어. 멋지게 등장할 타이밍을 놓쳤다."

"그게 아니라 그 황건적 놈들을 잘근잘근 다져놓느라 늦은 거잖아."

"당연하지. 감히 주인님께 손댄 것들인데."

나무 뒤쪽에서도 한 인영(人影)이 모습을 드러냈다.

"그나저나 우리가 갑자기 나타나면 놀라시진 않을까?"

마지막으로 덤불에서도 누군가 튀어나왔다. 모두 네 사람이었다.

"그럴 리 없어. 우릴 만드신 분인걸?"

"그렇겠지? 얼른 따라가자. 우리가 보호해드려야 해. 주인님을 업고 간 저 녀석은 약해빠졌어."

"맞아, 맞아."

천하의 조운을 애송이에다 약해빠졌다고 평한 네 그림자는 다시 두 사람을 추적하기 시작했다.

신속하고 은밀하게.

6

능력의 자각

조운은 그 후에도 용운을 업은 채 한참 걸었다. 용운이 내려달라고 간청하지 않았다면 계속 그대로 갈 기세였다.

조운은 자신의 짐에서 신발을 한 켤레 꺼내주었다. 짐승의 가죽으로 만든 신이었다. 먼 길을 떠나면서 예비용으로 챙긴 것인 듯했다.

"공자에게 좀 크겠지만 맨발보단 나을 겁니다."

해가 떠오른 후로 거의 네 시간을 꼬박 업혀 있었다. 거기다 신발까지 얻어 신었다. 용운은 미안해서 어찌할 바를 몰랐다. 타인과 관계 맺는 걸 꺼려왔기에 이런 도움을 받은 적이 없었다.

"으으. 정말 여러모로 죄송합니다. 자룡 님."

"아니요. 저는 아무렇지 않습니다."

조운은 웃으며 엄청난 말을 했다.

"수련할 때는 150근의 무쇠를 지고 하루 종일 달리곤 했습니다. 진 공자는 그 쇳덩이보다 훨씬 가볍습니다."

"헐."

"네?"

"아, 아닙니다. 놀라서……."

150근이면 무려 90킬로그램이다.

조운의 짐은 용운이 다가 아니었다. 그는 용운을 업고 오는 내내, 창날이 뒤쪽을 향하게 해둔 창을 어깨에 걸치고 있었다. 왼손으로 용운을 받치고 오른손으로는 창대 끝을 잡았다. 언제든 휘두를 수 있는 자세였다.

통짜 쇠로 된 창 자체의 무게도 상당해 보였다. 한데 그 끝에 봇짐을 걸기까지 했다. 그런 상태로 하루 종일 움직인 것이다. 말뿐만이 아니라 정말 이마에 땀 한 방울 맺히지 않았다. 호흡도 자연스러웠다.

'무려 촉의 오호대장군에 오를 사람이잖아. 기본적으로 체력이 받쳐주겠지. 그래도 그렇지, 장난이 아니네.'

용운은 진심으로 감탄했다.

"자룡 님은 정말 체력이 강하시군요."

"음…… 진 공자의 회복력도 대단한 것 같습니다만. 늑골도 부러졌을 거라고 생각했는데 괜찮으신가 봅니다. 혹시 선술(仙術, 신선의 도술) 같은 게 아닐까 생각될 정도로 놀랍습니다."

"네?"

용운은 어리둥절했다. 그러다 자신의 상태를 깨닫고 깜짝 놀랐다.

병화에게 발로 실컷 차이고 위원회 소속의 남자에게도 세게 한 방 먹었다. 급기야 탈진 직전의 상태에서 황건적들에게 몰매를 맞기까지 했다. 평소의 그였다면, 모르긴 해도 보름은 족히 입원해야 했을 것이다.

그런데 아무렇지 않게 걸을 수 있었다. 심지어 통증이 느껴지는 부위도 없었다. 찢어졌던 발바닥도 멀쩡했다. 의식하지 못하는 사이, 부상이 거의 나아버린 것이다.

'이게 대체 어찌 된 거지?'

다행스럽긴 한데, 원인을 모르니 영 찜찜했다.

"몸 상태……."

몸 상태가 뭔가 달라진 것 같다고 말하려던 용운은 움찔했다. 갑자기 눈앞에 무수한 문자와 숫자들이 나열됐기 때문이다.

'이건……!'

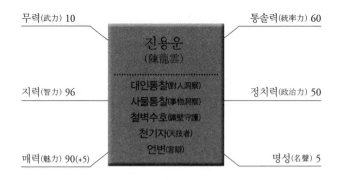

무력(武力) 10

통솔력(統率力) 60

진용운
(陳龍雲)

지력(智力) 96

대인통찰(對人洞察)
사물통찰(事物洞察)
철벽수호(鐵壁守護)
천기자(天技者)
언변(言辯)

정치력(政治力) 50

매력(魅力) 90(+5)

명성(名聲) 5

소지물품 - 금강벽옥접(金剛碧玉蝶)

용운은 곧 문자와 숫자들의 정체를 깨달았다. 황건적들과 조운에게 나타났던 정보창이다. 단, 내용은 진용운 자신의 것이었다. 그래서인지 타인의 정보창과 형태가 좀 달랐다. 레이더처럼 둥근 모양이 아니라, 투명한 직사각형의 차트 같은 느낌이었다.

'이건 또 뭐야……. 현실이라고 인정하려 해도 이딴 게 구현되면 그러기도 힘들잖아.'

별안간 힘이 쭉 빠졌다.

어느 정도 혼란이 가라앉고, 이 상황이 '현실'이라 인정한 후였다. 용운은 자신이 과거로 오게 된 거라 예상했다. 그것이 《삼국지》의 세상에 와 있는 것에 대해 그의 이성이 허락하는 가장 타당한 답이었다. 용운이 짐작하는 현재의 시간은 서기 187~189년 정도였다. 그 시기에 이런 홀로그램이나 가상 스크린 따위가 존재할 리 없었다.

이런 현상은 대체 어떻게 해석해야 할까?

'나에게서만 게임의 특질이 나타나고 있다는 소리인데……'

가만히 서 있자 정보창은 곧 사라졌다.

조운이 갑작스레 침묵하는 그를 보며 걱정스레 물었다.

"공자, 아직 다 회복된 게 아니었습니까? 그럼 다시 업혀……"

"아뇨! 아닙니다. 원래 상처가 빨리 낫는 체질입니다."

용운은 아무 일도 없는 양 다시 걸음을 옮겼다. 역시나 조운에게는 정보창의 내용이 안 보이는 듯했다. 용운은 애써 마음을 추슬렀다. 겨우 나름의 결의를 다졌는데 흔들리고 싶지 않았다.

그래, '왜'를 먼저 생각하지 말자. 생각해봐야 답이 안 나오니까. 이건 그저 하나의 현상. 결국 여기에 대해 고민해봐야 시간낭비일 뿐이다. 이 상황에 적응하는 데도 방해만 된다.

'진용운, 일단은 어떻게, 를 우선순위에 두는 거다. 《삼국지》 시대로 왔다는 믿기 어려운 사건에, 게임 상태창이 보이는 게 하나 더해졌을 뿐이다. 그게 뭐 그리 대단한 일이라고.'

자기 자신의 정보창은 뜬금없이 나타나는 게 아니었다.

뭔가 조건이 있는 게 분명했다.

용운은 창이 나타나기 직전에 했던 행동들을 차례로 돌이켜보았다. 곧 스스로의 컨디션에 대한 생각을 했다는 사실이 기억났다.

그는 똑같은 말을 떠올렸다.

'몸 상태가 뭔가……'

순간, 다시 정보창이 떠올랐다. 이걸로 한 가지는 확실해졌다.

'나 자신의 정보를 보려면, 상태란 말을 떠올리기만 해도 되는군.'

두어 번 더 해봐도 결과는 같았다. 이번에는 방법을 바꿨다. 창이 사라진 후, 조운에게 말을 걸어보았다.

"자룡 님은 몸 상태가 괜찮으세요?"

조운이 웃으며 답했다.

"네, 전 멀쩡합니다."

잘못 짚었다. 그의 정보가 표시되지 않았다. 그러고 보니 맨 처음 조운을 봤을 때와 호감도가 변했을 때 이후로는, 한 번도 그의 정보창을 본 적이 없었다.

'어라, 이거 어떻게 해야 하는 거지?'

어차피 한 번만 보면 절대 잊지 않긴 한다. 조운의 수치도 스크린샷을 찍은 것처럼 선명하게 기억하고 있었다. 그러나 능력치는 변화의 가능성이 있었다. 예를 들어, 부상을 입거나 병에 걸리면 무력 수치가 깎인다. 그게 아니더라도, 한 번은 다시 확인해야 할 일이 생길 것이다.

'음…….'

의문은 오래가지 않았다. 용운은 자신의 특기에서 실마리를 찾았다. 한문의 뜻만 알면 간단히 추론 가능한 문제였다.

그는 조운을 보며 입속으로 중얼거렸다.

"대인통찰."

과연, 조운의 몸 위에 예의 레이더 같은 그래프가 곧장 나타났다. 능력을 인정하고 사용법을 배운 순간이었다.

용운은 그 외에도 이런저런 테스트를 해보았다. 그 결과, 몇 가지 결론을 내렸다. 우선, 어떤 원리인지는 몰라도 상대의 정보를 게임처럼 표현하여 보는 능력을 얻었다. 처음 보는 상대는 본 순간 최초 1회에 한해 정보창이 표시된다. 황건적도, 조운도 그랬다.

한 번 본 상대의 정보를 다시 확인하려면, 그를 보며 '대인통찰'이라는 단어를 말해야 한다. 이는 곧 대인통찰 특기를 사용하는 것이다.

상태 정보는 보고 있는 사람의 것을 기준으로 한다. 사람이 아닌 일반 사물을 보거나, 눈을 감은 채라면 대인통찰은 발동하지 않는다.

또한 특정 상황이 되면 저절로 작동하는 특기도 있다. 조운과의 대화 시 발동했던 '언변'과 같은 종류다.

소지물품인 '금강벽옥접'이란 벽옥접상, 그러니까 안주머니에 들어 있는 나비상을 가리키는 게 분명했다. 이름만 봐도 그랬다. 어차피 그 밖에는 별 물건도 없었다. 뇌의 과부하로 갑작스럽게 두통이 올 때를 대비한 진통제 한 통과 500원짜리 동전 한 개가 전부였다.

'나비상의 진짜 이름이 금강벽옥접이었구나. 뭔가 대단해 보인다. 하긴, 정말로 소원을 들어주는 힘을 가졌다면 이름이 과장된 게 아니지.'

용운은 정보창의 다른 항목들을 확인했다. 능력치 부분은 '삼국지 스페셜' 게임을 할 때 입력해둔 자신의 것과 거의 일치했다. 알 수 없는 효과에 의해 매력이 5만큼 추가된 게 유일한 차이점이었다. 역시 이 괴상한 능력을 얻은 데는 게임 중이었던 것도 뭔가 연관이 있는 게 분명했다.

다만, 특기 부분은 좀 달랐다. '언변'을 제외하곤 '삼국지 스페셜'에 아예 존재하지 않는 특기들이었다. 이제 그 나머지를 시험해볼 차례였다. 대인통찰 특기를 통해 사용법은 알았다.

용운은 나직하게 중얼거렸다.

"사물통찰."

그는 자기도 모르게 신음을 흘렸다.

"윽!"

엄청난 양의 문자와 숫자들이 갑자기 시야를 가득 채웠다. 조운이 입은 의복과 그의 창은 물론이고, 가시권에 보이는 온갖 나무와 바위들에 대한 정보까지 모조리 나타났다. 동시에 찌르는 듯한 두통이 느껴졌다.

용운은 얼른 눈을 감았다.

'사물통찰은 주의해서 써야 할 능력이구나. 한 가지 물건에만 집중해서 써야겠다.'

자기 자신의 정보는 상태라는 단어를 떠올리는 것만으로도 확인 가능했다. 반면, 다른 특기들은 입 밖에 내어 말해야 했다. 왜인지 그제야 이해가 갔다. 쉽게 말해, 필요할 때만 쓰고 평소에는 스위치를 꺼둬야 할 특기인 것이다.

마치 자신이 게임에 들어와 있는 것처럼 느끼게 하는 이 기이한 현상이 무슨 원리로 작동하는 건지는 여전히 짐작조차 가지 않았다. 하지만 제법 체계를 갖춘 건 사실이었다. 이 힘에도 어떤 기준이 있어서 거기 맞춰야 했다. 상상하는 대로 다 되는 건 아니었다. 그 부분에선 차라리 안심이 됐다.

용운이 갑자기 신음하고 눈을 감자, 놀라 멈춰섰던 조운이 그를 불렀다.

"진 공자?"

"아, 아무 일도 아닙니다. 순간적으로 머리가 아파서요……."

"무리하지 말고 힘들면 바로 말씀하십시오. 크게 서두를 필요가 없는 길입니다."

"네, 그러겠습니다."

용운은 다른 특기들도 더 확인해보고 싶었다. 하지만 혼자가 아니란 점이 걸렸다. 만약 '철벽수호' 특기를 발동했는데, 엄청나게 화려한 효과를 동반하는 것이라면?

거기에 대해 조운에게 설명할 자신이 없었다.

'조급해하지 말자. 일단은 상대의 정보를 확인하는 능력을 갖게 됐다는 것과 게임과 흡사한 방법으로 힘을 발휘할 수 있다는 사실을 안 것만으로 충분하다.'

그러나 지금 당장 해봐야 할 게 하나 있었다. 용운은 나비상을 꺼내 손에 들었다. 그리고 거기 정신을 집중하여, 특기 '사물통찰'을 사용했다.

즉시 붉은색의 정보창이 나타났다.

금강벽옥접
(金剛碧玉蝶)

여와호응(女媧呼應)
급속회복(急速回復)

반고의 뼈가 깃든 벽옥으로 만든 나비상.
4대 기물 중 하나로, 다른 고대 유물과
접촉할 때마다 능력을 각성하는 특징이 있다.
가치 45

용운은 나비상의 효용에 깜짝 놀랐다. 고대 유물과 접촉
할 때마다 능력을 각성한다. 이 부분에서 그가 《삼국지》의
세계로 오게 된 원인을 유추할 수 있을 듯했다. 역시, 위원
회의 사내가 가졌던 식칼도 유물이 분명했다.

'여와호응이라는 기능이 내가 과거로 온 것과 관련된 것
같은데…… 정확한 의미를 모르겠네.'

하지만 급속회복의 뜻은 바로 알 수 있었다. 비로소 상처
가 빨리 나은 이유가 밝혀졌다. 나비상을 몸에 지니고 있었
기 때문이다. 용운은 나비상을 결코 몸에서 떼지 않겠다고
다짐했다.

'그나저나 4대 기물이라니. 내 나비상과 엇비슷한 기능
을 가진 유물이 최소 세 개는 더 있다는 소리잖아? 설마 그
식칼도 4대 기물 중의 하나는 아니겠지?'

어쩌면 위원회의 사내가 찾아온 건, 이 나비상 때문이었
을지도 모르겠다는 생각이 들었다.

그 후로는 걷는 데 집중했다. 용운은 조운과 나란히 걸었

다. 중간에 잠깐 물가나 바위에 앉아 쉬기도 했다. 조운이 건네는 마른 고기로 허기를 달랬다. 물은 산속에 흐르는 냇물을 마셨다. 낯선 세계에서의 낯선 경험이었다.

조운은 대체로 말이 없는 편이었다. 용운 또한 섣불리 말을 하지 못했다. 행여 이상한 소리를 하게 될까 염려되어서였다.

그래도 둘이 함께 움직이다 보니, 조금씩 이런저런 대화를 나눴다. 그 덕에, 숲을 나올 때쯤에는 제법 친해져 있었다.

대화를 통해 알게 된 조운의 나이는 24세였다. 고향은 상산(常山)국 진정현이다. 거기 부모님과 형이 있다고 했다. 아직 결혼은 하지 않았다. 과묵한 그였지만, 무예에 대한 얘기를 할 때는 조금 달랐다.

"가문에 내려오는 창술을 익힌 지 10년이 넘었습니다. 스승님과 아버님으로부터 배웠고요. 여덟 살 때 창을 손에 쥔 후부터 하루도 수련을 게을리 한 날이 없습니다."

조운은 말끝에 자신의 손을 보여주었다. 두터운 굳은살이 손바닥 전체를 덮다시피 했다. 아마도 수백 번은 벗겨졌다가 새로 덮였으리라.

여덟 살이면 초등학교 1학년이다. 현대의 한국에서는 친구들과 뛰어놀거나 학원에 다닐 나이였다. 조운은 그 대신, 창을 잡았다. 심지어 잘 때도 창대를 잡고 잤다고 했다. 거의 하루 종일 창술에 빠져서 산 모양이었다.

그렇게 약 15년을 수련했다. 손에서 드러나듯 설렁설렁한 게 아니었다. 가문과 재능에 노력까지 더해졌다. 그는 강할 수밖에 없는 사내였다.

"이제 배워서 익힐 수 있는 것은 다 끝났다고 하시어, 미진한 능력이나마 천하를 위해 쓰려고 세상에 나왔습니다. 하지만 현실은 제가 생각한 것과 많이 다르더군요."

조운이 쑥스러운 듯 말끝을 얼버무렸다. 용운은 진심으로 궁금해져서 물었다.

"천하를 위해 힘을 쓴다는 게 대체 뭡니까?"

천하란 곧 이 세상이다. 세상을 위해 힘을 쓴다는 것. 용운에게는 매우 추상적인 얘기였다. 영화 속 마블의 히어로들이나 할 만한 말이었다.

평생 봉사활동이라도 해야 하나? 그럼 먹고사는 문제는 어쩌고? 현실에선 그저 무의미하게 살아갈 뿐이었다.

조운의 표정이 진지해졌다.

"중요한 질문을 하셨군요. 그것은 바로 섬길 만한 주군을 택하여 충, 의, 협을 실천하는 것입니다."

충(忠)이란 크게는 한 황실, 작게는 모시는 주군에 대한 충성이다. 의(義)란 옳은 일을 행하는 자세다. 협(俠)은 약한 이를 돕는 것이다.

이게 조운의 신념이었다.

조운은 강하되 아직 순수했다. 고향에서 오직 창술만 익히며, 충과 의 그리고 협을 마음에 담아왔다. 그 힘을 옳은 일에 쓰겠다는 일념 하에.

그가 용운을 구한 것은 당연했다. 그에게도 매우 의미 있는 일이었으리라.

너무도 올곧은 대답에 오히려 말문이 막혔다. 그 침묵을 달리 해석한 조운이 말했다.

"너무 제 얘기만 떠들었군요. 진 공자는 산속에서 어떤 수행을 하신 겁니까?"

조운의 말에 잠깐 생각한 용운이 답했다.

"저는…… 천기를 읽는 법을 배웠습니다."

"천기요?"

천기(天氣)란 말 그대로 하늘의 기운이다. 하늘의 기운을 읽는다는 것은 별의 움직임을 보는 것에서부터 앞날을 예측하는 등의 일까지 포함한 행위였다. 적어도 이 시대에서는 그랬다.

용운은 거기에 한마디를 덧붙였다.

"네. 그리고 관상도 조금 배웠고요."

이는 자신이 아는 지식들을 활용할 핑계였다. 딱 점쟁이나 철학관 주인 취급받기 좋은 말이다.

하지만 조운은 크게 감탄했다.

"대단합니다! 아무나 익힐 수 있는 게 아니지 않습니까?"

순진한 반응에 용운은 쑥스러워졌다.

"꼭 그렇진 않습니다."

"진 공자의 연배는 어떻게 됩니까?"

"열여덟 살입니다. 어릴 때 모친을 여의었고 아버지가 계시지만 지금은 행방을 모릅니다. 수행하러 들어갈 때 헤어졌다가 연락이 끊겼습니다."

용운은 말해도 되는 부분은 솔직히 털어놓았다. 무의식 중에 목소리에서 괴로움이 배어나왔다.

조운이 좋은 말로 그를 위로했다.

"진 공자는 흔치 않은 재주를 가졌으니 곧 천하에 이름을 떨칠 것입니다. 그러면 부친도 꼭 다시 찾게 될 겁니다."

"네……."

안됐다거나 힘내라거나 하는 인사치례가 아니었다. 조운의 말에 경찰들의 음성이 오버랩됐다.

─말해. 넌 알지? 네 애비 어디 숨어 있는지.

─국가에 신고 안 된 물건이 무수하더군. 그거 다 밀수라고. 다른 것들도 다 꺼내놔. 하나도 빠뜨리지 말고.

호기심을 가장하여 상처를 주려고 애쓰던 학교 애들의 말도 떠올랐다.

—야, 너희 아버지 중국 갔다가 장기가 뽑혀서 죽었다 며? 진짜야?

—아닌데? 나는 마약 운반했다고 들었는데?

—다들 뭘 모르네. 쟤 아빠는 고고학자라고. 중국으로 몰래 문화재 반출하다가 걸렸대.

용운은 사람들이 자신에게 한 모든 말들을 하나도 잊지 않고 기억했다. 그중 정말 그를 위로하는 말은 2퍼센트도 채 되지 않았다.

한데 여기서 진심 어린 위로를 받았다. 1800년 전의 사람에게.

조운은 용운에게 어떤 것도 바라지 않았다. 상처를 주려는 것도 아니고 자신의 우월함을 과시하려는 건 더더욱 아니었다. 그저 순수한 인정에서 우러나온 격려였다. 어쩐지 눈물이 날 것 같았다.

갑자기 낯선 세계로 날아와 수난을 당했다. 보통 사람이라면 미쳤을지도 모를 일이었다.

용운은 두 가지의 재능이자 천형인 순간기억능력과 과잉

기억증후군 때문에 평소 혹독하게 정신이 단련됐다. 좋았던 기억들뿐만 아니라 괴로운 일들, 상처 받은 일들, 잊고 싶은 것들까지 늘 기억하니 단련될 수밖에 없었다. 아이러니하게도 그 덕에 제정신을 유지하고 있었다.

그러나 막막하고 두렵기는 그도 마찬가지였다. 앞으로 뭘 어떻게 해야 할지 짐작도 가지 않았다. 원인도 해결책도 몰랐다. 용운의 신경은 이래저래 예민해질 대로 예민해져 있었다. 조운의 따뜻한 말이 그런 그를 어루만졌다.

"네, 꼭…… 하지만 나는…… 아, 제길."

용운은 두서없이 중얼거렸다. 그러다 기어이 눈물이 터졌다. 그는 소리 내지 않으려고 애쓰며 울었다.

잠시 말이 없던 조운이 입을 열었다.

"진 공자, 괜찮다면 저와 함께 공손찬 님에게 의탁해보지 않겠습니까?"

뜻밖의 제안이었다. 놀란 용운은 딸꾹질을 했다.

"흐끅. 네?"

"물론 백규 님이 평생의 주군이 될지는 저도 알 수 없습니다. 북방에서 이민족을 막아 백성들과 나라를 보호한 점을 인정한 겁니다. 확실한 건 직접 겪어봐야겠지요."

"……."

"오랜 수련을 마치고 세상에 나왔다는 점에서 저와 진 공자는 같습니다. 공자 또한 저와 마찬가지로, 재능을 펼칠 장소를 찾아야 합니다. 부족한 대로 저의 이 무(武)와 공자의 문(文)이 더해진다면 난세를 종식시키고 천하를 돌볼 길을 조금 더 빨리 찾을 수 있지 않을까요?"

거창한 설명에 용운은 멍해졌다. 세상을 뭐 어쩐다고?

그의 표정을 본 조운이 씩 웃으며 말했다.

"한마디로, 이리 만난 것도 인연이니 벗이 되자는 얘깁니다."

용운은 당황하여 눈물을 닦았다.

"제가 어떻게 감히 자룡 님의 벗이……."

조운은 짐짓 시무룩한 얼굴을 했다.

"역시 안 되겠지요? 무식한 무부에, 벼슬은 고사하고 전공(戰功, 전투에서 세운 공로) 하나 없는 촌구석 무사인지라……."

"아, 아뇨. 그게 아니고!"

"할 수 없군요. 억지로 권할 수도 없는 노릇이니, 그럼 제가 좀 돌아가는 한이 있더라도 진 공자의 고향에 데려다……."

한국도 아닌 중국에 고향 따위 있을 리가 없다. 싫어서 망설인 것도 아니었다. 갑작스러운 말에 당황했을 뿐.

조운의 제안은 게임으로 치면 초대박 이벤트였다. 용운

은 허겁지겁 대꾸했다.

"형이라고 할게요!"

"하하!"

조운이 시원하게 웃었다.

사실 그는 자신에게 놀라고 있었다. 조운은 본래 낯을 제법 가리는 편이었다. 딱히 사교성이 없어서라기보다 상산의 장원 밖으로 나올 일이 많지 않았기 때문이다. 원소의 진영에 있었을 때도 교분을 나눈 이는 극소수에 불과했다. 또나약한 사내보다는 아무래도 무인을 존중했다.

한데 만난 지 하루밖에 안 된 소년에게 먼저 손을 내밀어형제의 의를 맺고자 하고 있다. 이름 외에는 자세한 내력도, 성품도 모른다. 목숨보다 의리를 중시하도록 배운 조운에게 의형제란 곧 친형제나 마찬가지. 결코 가볍지 않은 행위였다.

'이상한 기분이군.'

조금 당황스러울망정 후회는 되지 않았다. 이 용운이란신비한 소년에게는 뭔가 사람을 끌어당기는 구석이 있었다.

'진지한 얼굴로, 천기를 읽는 수행을 했다고 말하는 소년이라니. 게다가 저 아름다운 용모 하며. 내 옆에 두지 않으면 죽기 딱 좋지 않은가.'

잠시 조운을 바라보던 용운이 손을 내밀었다. 조운은 그게 무슨 의미인지 몰랐다. 그 행동이 '악수'란 이름을 가졌다는 것도.

하지만 그의 손을 잡았다. 따뜻하고 부드러운, 마치 여인의 그것 같은 감촉이었다. 태어나서 칼 한번 잡아보지 않은 손이 분명했다. 그래도 정확히 알 수 없는 이상한 힘이 느껴졌다. 어쩌면 이 힘에 끌렸는지도 모르겠다고 조운은 생각했다.

손을 잡은 용운이 진지한 어조로 말했다. 목소리가 약간 떨려 나왔다.

"잘 부탁합니다, 자룡 형님."

말한 그는 배시시 웃었다. 누군가를 형님이라 부르는 게 굉장히 신선하게 느껴졌다. 형제자매도 없고 친한 선후배도 없었으니.

조운이 큰 손으로 용운의 머리를 쓰다듬었다.

"그러고 보니 우리 둘 다 이름에 같은 글자를 쓰고 있구나. 나도 너 같은 아우가 생겨서 기쁘다. 천지신명 앞에서 형제의 의를 맺었으니, 비록 피가 안 섞였고 혈서(血書)는 쓰지 못했더라도 평생 서로에게 도리를 다해야 할 것이다."

"명심할게요."

용운은 용운대로, 전혀 기대하지 않았던 상황에 기뻐하면서도 놀라고 있었다. 살아남기 위해 조운에게 딱 붙어 있

어야겠다는 생각은 했다. 하지만 단 하루 만에, 그것도 그가 먼저 벗이 되자고 제안해올 줄은 몰랐다.

여기에는 몇 가지 이유가 작용했다. 첫 번째는 용운의 높은 매력 수치였다. 간단히 생각해서, 매력이 80이면 그를 만난 사람 백 명 중 팔십 명은 호감을 갖는다는 뜻이다.

그런데 현재 그의 매력은 무려 95에 달했다. 본래 90인 수치에, 알 수 없는 이유로 5가 더해졌다. 심지어 그 흉악한 황건적들조차 용운을 때릴 때 무의식중에 사정을 두었다. 이상하게 마음이 약해져서 별로 세게 때리지도 않았다, 라고 주웅이란 자가 말하지 않았던가. 그런데도 빈사 상태가 된 건 용운이 워낙 약해서였다. 그 높은 매력 수치가 조운을 강하게 끌어당겼다.

두 번째는 조운의 마음속에 있던 감상이었다. 원소에게 실망하여 그를 떠난 이래 최초의 협을 행했다. 그 대상이 바로 용운이었다. 그를 구했다는 사실이 뿌듯했다. 더불어 도저히 모른 척 두고 가기가 어려워졌다. 아니, 조운의 성정상 버리고 떠난다는 선택지는 떠올린 적조차 없었다. 형제의 연을 맺는 것은, 조운이 그를 계속해서 보호할 최고의 명분이었다.

마지막은 용운에게서 느낀 어떤 예감이었다. 운명과도 같은. 비록 황건적의 잔당도 감당하지 못할 정도로 무력은

약하지만 그 이상의 것을 가지고 있었다. 이런 재능을 지켜
주고 만개시키는 것 또한 천하를 위한 일일 것이다. 서로 재
능을 발휘하여 난세의 종식을 앞당기자는 조운의 말은 허
언이 아니었다.

이렇게 해서, 용운은 조운 자룡과 의형제가 되었다. 그가
《삼국지》의 세계로 온 지 만 하루 만의 일이었다.

순간, 조운의 몸 위에 정보창이 나타났다. 큰 변화가 일
어난 호감도 부분이 빨갛게 표시되어 있었다.

호감(好感) 92

7

위원회와의 조우

"자룡 형님은 충성스럽고 용맹한 장수로 명성을 떨치다가 천수를 누릴 거예요. 또 평생 전장에서 큰 패배를 겪지 않을 겁니다. 후세에도 길이 이름을 남길 거고요."

관상을 봐달라는 조운의 부탁에 용운이 한 말이었다.

조운이 씩 웃었다. 그야말로 최고의 평가이니, 설령 지어낸 얘기라 해도 기분이 나쁘진 않았다.

"녀석, 형의 부탁이라고 좋은 말만 해준 건 아니냐?"

"정말인데……."

"그래. 내 너의 관상이 사실임을 증명하기 위해서라도 꼭 그렇게 살다 죽도록 하마."

이제 두 사람은 이런 식으로 가끔 농도 주고받으며 걸었다.

심하게 험하진 않지만 제법 높이가 있는 계곡이 계속 이어졌다. 그새 또 해가 졌다. 산길을 걸으며 꼬박 하루를 보낸 것이다.

용운은 지칠 대로 지쳤다. 숨이 거칠어지고 땀이 비 오듯 흘렀다. 발도 퉁퉁 붓고 물집이 잡혔다. 금강벽옥접의 급속회복은 부상 치유에는 탁월하지만 체력과 기력에는 크게 관여하지 않는 듯했다.

'그래도 나비 덕에 평소의 스무 배는 걸었어.'

조운이 안쓰러운 듯 물었다.

"괜찮으냐?"

"네……."

"업히겠느냐?"

"아니요. 이제 안 업힐 겁니다."

조운은 주위를 둘러보며 말했다.

"그럼 오늘은 이쯤에서 쉬자꾸나. 날도 어두워졌으니."

"흐아아!"

용운은 말이 떨어지자마자 털썩 주저앉았다.

"우연히 멈춘 곳이지만, 야영하기에 나쁘지 않구나. 가까이에 물도 있고……."

말하던 조운이 입을 다물고 어딘가를 유심히 노려보았

다. 그가 보는 것은 지나온 뒤편의 어둠이었다. 그새 아예 드러누운 용운이 말했다.

"왜 그러세요, 형님?"

"이상하구나. 어제 한 번, 오늘은 이걸로 두 번째. 분명 뭔가의 기척이 느껴지는데 다시 보면 없으니. 난 필부요, 용운이 너도 하산한 직후인지라 감시당할 일도 없을 터인데."

'설마 원소가 보낸 자객인가?'

조운은 곧 그 생각을 떨쳤다. 원소의 그릇이 작음을 간파하고 그를 떠났지만 그 정도로 옹졸한 위인은 아니었다. 무엇보다 원소에게 자신은 그리 큰 의미가 있는 존재가 못 되었다. 아마 자신의 이름조차 기억하지 못할 것이다.

"산적 같은 걸까요?"

"아니. 산적들이 이토록 기척을 숨기는 일에 능하다면, 난 다시 고향으로 돌아가서 10년쯤 더 수련해야 할 거다."

조운은 돌멩이 하나를 주워들고 팔매질을 했다. 가벼운 팔매질이었으나, 사람이 맞으면 뼈가 부러질 정도의 위력이 실려 있었다.

딱! 하고 돌이 나무에 부딪치는 듯한 소리가 났다. 그게 다였다. 어둠 속에서는 어떤 움직임도 없었다.

"산짐승의 기척을 내가 예민하게 받아들이는 건가?"

웃어넘긴 조운은 주변의 잔가지며 마른풀 등을 모아 쌓

은 뒤, 숫돌로 불을 붙였다. 작은 모닥불이 하나 만들어졌다. 그 옆에 짐승가죽으로 된 모포를 깔았다. 빠른 속도에 한 치의 머뭇거림도 없는 것이, 수도 없이 경험하여 익숙해진 손놀림이었다.

용운은 양 무릎을 끌어안고 앉아서 그가 하는 양을 멍하니 바라보고 있었다. 거들려고 해도 할 줄 아는 게 없었다. 똑똑히 봐뒀다가 연습해서 도와줄 셈이었다.

자신의 무력함이 사무치게 와닿았다. 더불어 새삼 조운에 대한 고마움이 느껴졌다. 그가 아니었다면 지금쯤 황건적들에게 몹쓸 짓을 당한 다음 잡아먹혔을 것이다. 목숨을 구원받은 것만도 큰 은혜인데, 앞으로 나아갈 방향까지 생겼다.

'어떻게든 고마움을 표하고 싶다……'

용운은 주머니를 더듬어보았다. 여전히 진통제 한 갑과 500원짜리 동전 하나가 전부였다. 화수분도 아니고 당연히 물건이 저절로 늘어날 리 없다. 망설이던 그가 동전을 꺼냈다.

'이거라도 주자. 이 시대 사람에게는 신기한 물건일 수도 있고 이제 내게도 큰 의미가 생겼으니까. 몇 안 남은 원래 세상의 흔적이니……'

그사이 조운은 잠자리를 다 만들었다. 그가 모닥불을 사이에 두고 털썩 앉으며 말했다.

"자, 이 정도면 따뜻하게 잘 수 있을 게다."

"수고하셨어요, 형님."

자리에서 일어난 용운이 조운의 옆으로 다가왔다. 그리고 손에 쥔 뭔가를 조심스레 건넸다.

"저, 이거⋯⋯."

"이게 뭐냐?"

"형님께 드리고 싶어서요."

500원짜리 동전을 받은 조운이 그것을 유심히 살폈다. 앞뒤를 들여다보고 불에 비춰보기도 했다. 잠시 후, 그는 약간 굳은 표정으로 그것을 다시 용운에게 내밀었다.

"이걸 왜 내게 준다는 거냐?"

"계속 도움을 받기만 한 게 죄송하기도 하고, 고맙고 그래서⋯⋯."

"우린 형제가 아니냐. 형이 아우를 돕는 거야 당연하다. 그런 일로 이런 귀한 물건을 받을 순 없다."

"그렇게 귀한 거 아닙니다, 형님."

"귀한 게 아니라니. 이 형태나 질감의 단단함은 보기 드문 귀한 금속이다. 거기다 금방이라도 날개를 펴고 날아오를 것 같은 학의 움직임과 깃털 하나하나의 묘사까지. 조각한 솜씨를 보니, 그것을 만든 사람은 가히 천하제일의 장인이겠구나. 그런 보물을 내가 어찌 받겠느냐. 마음만으로 충분하니 넣어두거라."

"아니, 이건 그냥 500원⋯⋯."

"넣어두래도."

한사코 거절하니 더 주고 싶어졌다. 용운은 다른 이유를
댔다.

"증표로 받아주시면 안 됩니까?"

"증표?"

"네, 형제의 연을 맺었다는 증표. 그건 절대 녹슬지 않는
금속으로 만들어졌거든요. 뒤의 숫자는 500을 의미하는 거
고요. 즉 우리 인연이 500년 동안 이어지게 해달라는 뜻입
니다. 어차피 형님께서 그걸 가지고 도망가시거나 어디다
팔아먹을 것도 아니지 않습니까."

용운 자신이 생각해도 잘 갖다 붙였다.

"음⋯⋯."

조운은 잠깐 고민하다 마지못해 동전을 품에 넣었다.

"알았다. 네가 그렇게까지 말하니 받으마."

"헤헤."

"이제 그만 자자꾸나. 너도 많이 지쳤고 내일은 또 아침
일찍부터 걸어야 하니 말이다."

"네. 안녕히 주무세요, 형님!"

"그래, 잘 자라."

말과 달리 조운은 모닥불 옆에 꼿꼿이 앉아 있었다.

"지금 안 주무세요?"

"먼저 자거라. 난 좀 더 불을 살피다 잘 테니."

용운이 느끼기에 이곳은 겨울이 가까워졌다. 하물며 숲 속의 밤은 더더욱 춥다. 불이 일찍 꺼지면 그만큼 춥게 자야 하는 시간이 길어진다. 또 산짐승도 있다.

조운은 모닥불이 꺼지지 않게 돌보면서 불침번을 서려는 것이다. 이를 깨달은 용운이 말했다.

"좀 있다가 제가 교대하겠습니다."

"하하, 알았다."

마음 같아서는 먼저 불침번을 서고 싶었다. 하지만 이미 눈이 반쯤 감겼다. 녹초가 된 몸에 불을 쬐자 전신이 살살 녹아내리는 것 같았다. 의지로 버틸 수 있는 게 아니었다.

용운은 모닥불 옆에 누웠다. 그리고 흐릿한 시선으로 조 운을 바라보았다.

조운은 불을 지켜보며 뭔가 생각에 잠겨 있었다. 피곤할 법도 한데, 눈매가 여전히 또렷했다.

용운은 문득 아버지와 캠핑 갔던 때의 기억이 떠올랐다. 그가 여섯 살 때의 일이었다. 그게 처음이자 마지막 캠핑이 었다.

산속에 텐트를 치고 제대로 캠핑을 했다. 그때 무서워하는 용운을 위해 아버지도 주무시지 않았다. 대신, 텐트 입구에 앉아서 책을 읽었다. 그런 아버지를 지금처럼 누워서 바라보았다. 저 사람이 날 지켜준다고 생각하니, 든든함에 가슴이 뿌듯해졌었다.

지금도 그랬다.

그러고 보니, 조운은 아버지와 어딘가 닮았다.

그런 생각을 하며 스르르 잠에 빠져들었다.

얼마나 잤을까. 귓가에 속삭이는 소리가 들려왔다. 여자의 목소리였다. 목소리가 제각기 다른 걸 보니 여럿이었다.

"완전히 곯아떨어지셨네. 그럴 만도 하지."

"아오, 저 애송이. 갑자기 돌을 던져서 머리에 혹이 났잖아. 확 죽여버릴까 보다."

"안 돼. 주인님과 의형제를 맺었단 말이야."

"나도 알아. 그냥 해본 소리야. 그런데 우리는 언제 불러준담?"

"때 되면 어련히 부르시겠지. 하하."

"언니들, 나 배고파. 이게 허기라는 거구나."

조금 놀라긴 했지만 무섭진 않았다. 아무래도 용운 자신에 대해 얘기하는 듯했다. 배고프다는 부분만 빼고.

'누구지?'

간신히 눈을 떴을 때는 이미 아무도 없었다. 까만 나뭇가지 사이로 보이는 밤하늘과 별들이 전부였다. 용운은 고개를 들고 주위를 둘러보았다. 조운이 근처의 나무에 기대앉아서, 창을 쥔 채로 자고 있었다. 용운의 기척에 그가 눈을 떴다.

"어디 불편한 것이냐?"

"아니요. 그냥, 잠이 깨서요."

"아무 일 없으니 더 자거라."

"이제 교대하겠습니다."

"괜찮다. 난 이대로 자도 편하다."

조운은 다시 눈을 감았다. 용운이 고개를 든 것만으로도 깨어난 그다. 짐승이라도 다가오면 즉각 알아차릴 것이다. 작은 기척도 예민하게 느끼는 조운이 여자들의 목소리를 듣지 못했을 리 없다.

꿈이었나.

이상한 꿈이라고 생각하며, 용운은 다시 잠을 청했다.

다음 날 아침 일찍 출발한 두 사람은 드디어 마을에 들어섰다. 조운의 말에 따르면 공손찬이 다스리는 우북평에 속한 지역이었다. 작은 촌락이었으나 성 밖에 있는 마을치고는 제법 규모가 컸다.

"언제 이런 마을이 생겼는지 모르겠구나. 들은 적 없는 곳인데……."

다져진 흙길이 너르게 뻗어 있다. 그 길 양옆으로 노점이며 상점이 드문드문 늘어섰다. 흙이나 나무로 지은 야트막한 건물들이었다.

"와아!"

용운은 두리번거리며 구경하기 바빴다. 이 세계로 온 후, 본 거라고는 황무지와 숲이 전부였다. 처음으로 사람이 사는 마을에 들어왔으니 신기할 만했다.

'이게 서기 190년 무렵 중국인들이 살던 모습이구나. 아버지의 책으로는 봤지만 실제로 보니 장난 아닌데? 설마 저 움집 유적 같은 게 집이야? 저런 데서 어떻게 살았지?'

조운은 그런 용운의 모습에 가볍게 웃었다.

'어릴 때 산에 들어간 이후 수행만 하다가 며칠 전에 내려왔다더니, 이런 촌락도 번화가로 보이는 모양이군. 그나저나…….'

그는 경계하는 시선을 느꼈다. 마을 사람들은 외지에서 온 둘을 이상한 눈빛으로 흘끔거렸다.

황건의 난은 아직 완전히 진압되지 않았다. 거칠어진 잔당들이 사람을 함부로 죽이고 식량과 재물을 빼앗았다. 용운이 만났던 것도 그런 자들이었다.

치안의 부재.

중앙의 정치는 동탁의 횡포로 문란의 극치를 달렸다. 제후들은 제후들대로 자기 성과 재산을 지키기 급급했다. 치안이 좋지 않으니 도적과 강도가 만연했다. 백주에도 살인이 벌어지기 일쑤였다. 외지인을 경계하는 것도 무리는 아니라고 조운은 생각했다.

"우선 객잔을 찾아서 제대로 된 식사를 하자꾸나."

조운이 말했다.

고개를 갸웃거리던 용운이 속삭였다.

"형님, 여기 좀 이상한데요?"

"음? 뭐가 말이냐?"

"얼핏 오래된 마을처럼 보이긴 하는데, 사실은 새로 만든 곳 같아요. 그것도 상당히 서둘러서."

"왜 그런 생각을 했지?"

"우선, 이 길 말입니다."

용운은 바닥을 가리켰다.

"오래된 길은 흙길이라도 단단히 다져지게 마련이죠. 하지만 건물이 들어서 있는 곳과 큰 차이가 없어요. 나무를 뽑아낸 자국이 아직 남아 있을 정도로요. 서둘러 비질을 한 흔적도 있고. 집을 지은 목재들도 다 새것입니다."

보이지 않던 것들이, 듣고 나자 비로소 보였다. 은은한 나무 냄새가 진동했다. 하지만 누가 길을 걸으면서 일일이 저런 부분들을 확인한단 말인가. 조운은 이 곱상한 의제가 지닌 의외의 일면에 감탄했다.

"과연……."

"그게 다가 아닙니다. 점포는 있는데 물건을 사는 사람이 거의 없어요. 결정적인 건 마을 입구의 나무 아래에서 햇볕을 쬐던 노인이 지금은 저 노점의 꼬치 장수가 되어 있다는 겁니다."

조운은 반사적으로 꼬치구이 장수를 보았다. 30대 초반 정도로 보이는 장한이었다. 처음 보는 얼굴일뿐더러 그에게서는 조금도 노인의 흔적이 보이지 않았다. 또한 조운과 눈을 마주쳤는데도 전혀 당황하는 기색이 없었다.

하지만 조운은 용운의 말을 믿었다. 변장까지 해가면서 자신들의 행적을 따르고 있다. 좋은 의도라고 보긴 어려웠다.

'그랬군. 이틀 전부터 느꼈던 이상한 기척은 이곳과 무관하지 않은 모양이구나.'

조운은 일언반구도 없이 꼬치 장수의 앞에 섰다.

꼬치 장수가 말했다.

"어서 옵쇼! 이 마을은 찾아오는 사람이 많지 않은데, 먼 곳에서 오신 객인가 봅니다."

"그대는 누군가?"

"네? 전 꼬치 장수인덴쇼."

"왜 우리를 감시하는 거지?"

"감시라니요, 손님. 당최 무슨 말씀인지."

꼬치 장수가 어깨를 움츠렸다. 그 행동이 너무도 태연해서, 조운은 순간적으로 자신이 잘못 짚었나 생각했을 정도였다.

그때 조운의 옆으로 온 용운이 말했다.

"어? 그런데 이런 쇠꼬챙이로 고기를 구우면 뜨거워서 집을 수 없지 않아요?"

사실 용운은 꼬치 장수를 향해 특기, 대인통찰을 발동한 상태였다. 조운이 꼬치 장수 앞에 선 직후였다.

무력(武力) 40
통솔력(統率力) 45
장회
(張回)
지력(智力) 38
정치력(政治力) 15
암기(暗器)
위장(僞裝)
매력(魅力) 28
호감(好感) 35

무력과 통솔력 등 대부분의 항목에서 꼬치 장수의 수치가 전장을 경험한 황건적 병사들보다 훨씬 높았다. 더구나 평범한 꼬치 장수의 특기가 암기와 위장술일 리 없었다. 전형적인 암살자의 특기였다. 그러자 부자연스러운 꼬치가 자연스레 눈에 들어왔다. 이에 일부러 조운에게 그 사실을 알린 것이다.

조운은 석쇠 위에 늘어놓은 꼬치를 내려다보았다. 어른 팔뚝 길이의 쇠막대에 고기가 끼워져 있다. 조운의 눈이 가늘어졌다. 보통 이런 데는 가늘게 깎은 대나무에 물을 먹여서 썼다. 저렇게 끝을 뾰족하게 다듬은 강철 꼬치를 사용할 이유가 없었다. 채소 다듬는 데 대도를 쓴 모양새랄까.

꼬치 장수는 두꺼운 장갑을 끼고 있었다. 그의 관자놀이를 타고 땀이 흘렀다. 턱 끝에 맺힌 땀이 석쇠로 떨어졌다. 순간, 꼬치 장수가 손에 들고 있던 꼬치를 조운에게 던졌다. 동시에 조운의 손도 창대로 향했다. 좌판을 사이에 두고, 불과 1미터도 안 되는 거리였다. 긴 창보다는 당연히 쇠막대가 빨랐다. 원래는 그랬어야 했다.

콰득!

기이한 소리와 함께 꼬치 장수의 왼쪽 어깨가 내려앉았다. 조운이 창대 끝을 잡아, 반 바퀴를 돌리면서 그대로 내리친 것이다. 꼬치 장수가 던진 쇠막대 두 개는 조운의 왼손에 잡혀 있었다.

"끄아악!"

꼬치 장수가 한발 늦게 비명을 질렀다. 창을 들어올린 조운이 다시 가볍게 내리쳤다. 이번에는 꼬치 장수의 왼쪽 빗장뼈가 부러졌다. 그의 양팔이 축 늘어졌다. 이로써 더 이상 암기를 던지지 못하게 됐다.

"공격한 이유가 무엇이냐?"

조운이 차갑게 내뱉었다. 용운은 갑작스러운 기습에도 놀랐지만 조운의 변화에도 깜짝 놀랐다.

'형님 화나니까 무섭네……. 그나저나 이거, 상황이 대체 어떻게 돌아가는 거야? 《삼국지》에 이런 내용은 없었는데. 장회란 인물도 기억에 없고.'

용운은 몰랐지만 방금 두 개의 암기들 중 하나는 그를 향하고 있었다. 그게 조운을 더욱 분노케 했다.

꼬치 장수가 이를 악물고 말했다.

"흐흐, 어리석은…… 몰랐으면 자연히 우리 성혼단(星魂團)의 일원이 되어 새로운 하늘을 여는 데 동참했을 터인데."

"성혼단?"

성혼단이라는 이름을 들은 순간, 용운이 움찔했다. '별'이 연상되어서이기도 했고 이상하게 꺼림칙한 느낌이 들었다.

"아직 늦지 않았다. 네 정도 실력이라면 곧장 높은 직위에 오를 수 있을 터. 어떤가, 단장님을 뵙고 세례를 받는 것이."

"사교로군."

조운이 창날로 꼬치 장수의 목을 겨눴다.

그가 아는 하늘이란 천자(天子), 곧 후한의 황제 하나뿐이었다. 새로운 하늘을 연다는 말은 황건적들이 외쳤던 구호이자 역모의 상징이나 마찬가지가 아닌가.

'반란을 획책하는 사교 집단의 일원이자, 나와 용운에게 살수를 쓴 자다. 목숨을 빼앗아도 의(義)에 어긋나지 않을 터.'

조운이 꼬치 장수를 막 참하려던 차였다.

"형님……."

용운이 그의 옷자락을 당겼다. 어느새 두 사람의 주변을, 무수한 병사들이 둘러싸고 있었다. 그 수는 대략 삼백 이상. 전원 철편 갑옷을 입고 무기를 들었다. 이 정도의 군사가 어디서 튀어나왔는지 신기할 정도였다.

용운이 떨리는 목소리로 말했다.

"저거 다 마을 사람들이에요."

분명 좀 전까지 점포 주인이었던 사내도, 우물가에서 뛰어놀던 아이도, 그 아이를 돌보던 여인도, 하릴없이 길가에 앉아 있던 노인도…… 모두 무장을 하고 두 사람을 노려보고 있었다. 그 비정상적인 모습은 기이한 공포감을 주었다.

조운이 보니, 과연 병사들 중에는 여자와 노인, 심지어 아직 앳된 소년도 섞여 있었다.

"본색을 드러냈다 이건가?"

용운을 보호해가며 단신으로 삼백이 넘는 적과 싸워야 할 상황이었다. 아무리 아녀자가 섞여 있다 해도 수적 차이가 컸다. 그러나 조운의 목소리는 한 점 흔들림도 없이 평온했다. 기세가 오른 꼬치 장수가 말했다.

"어떠냐. 개죽음당하지 말고 우리 성혼단에 들어와 세상을 바꾸자."

조운은 일언지하에 거절했다.

"그런 시시한 짓을 하려고 고향을 떠나온 게 아니다."

꼬치 장수의 얼굴에 노기가 떠올랐다.

"시시한 짓? 감히……."

"여자와 노인, 아이들까지 꼬드겨 무기를 들리는 게 시시한 짓이 아니면 뭐겠는가? 너희의 하늘은 그렇게밖에 열 수 없는 것이냐?"

"스스로 자신들의 세상을 열 기회를 주는 것뿐이다. 어차피 지부의 위치를 알았으니, 우리 형제가 되지 않겠다면 입을 막아야 한다. 죽여라!"

퍼억!

꼬치 장수의 말이 떨어지자마자, 그의 입에 조운의 창이 틀어박혔다. 창날에 혀가 잘렸는지, 입에서 놀라울 정도로 많은 양의 피가 쏟아졌다.

"흡!"

용운이 숨을 들이켰다. 그는 눈앞에서 사람이 죽는 광경에, 순간적으로 가벼운 패닉에 빠졌다. 정부요원이 죽는 모습을 본 경험이 있어서 그나마 충격이 덜했다.

'뭐지? 방금 무슨 일이 벌어진 거야?'

하지만 놀라는 사람은 용운 자신뿐. 미미한 동요의 기색은 있어도 누구 하나 비명을 지르지 않는다. 당연히 경찰이 달려오는 일도 없었다.

꼬치 장수가 석쇠 위로 엎어졌다. 피가 숯불 위에 떨어져 치익 하더니 수증기가 피어올랐다. 단숨에 꼬치 장수를 절명시킨 조운은 오른손으로 창을 빼내면서 왼팔로 용운을 안았다.

"우와아아!"

"지부장님의 원수다. 죽여라!"

병사들이 저마다 무기를 휘두르며 우르르 달려들었다.

"흔들려도 좀 참아라, 용운."

용운에게 속삭인 조운이 창으로 땅을 찍었다. 그는 오른손을 창대 끝에 올린 채, 창을 축으로 삼아 회전했다. 회전하면서 날린 발차기에 앞 열의 병사들이 우르르 쓰러졌다.

그에 아랑곳하지 않고 두 번째 열의 병사들이 돌진해왔다. 조운은 착지와 동시에 창을 빼냈다. 이어서 창을 거꾸로 잡아 머리 위로 한 번 크게 휘두르고, 연이어 낮게 앉으면서 또 한 번을 휘둘렀다. 춤을 추듯, 그림 같은 수법이었다. 머리와 다리를 연이어 창대로 얻어맞은 병사들이 나뒹굴었다.

"흠."

일어선 조운이 눈살을 찌푸렸다. 발로 차냈던 병사들이 아무렇지 않게 일어나는 모습을 본 것이다. 적들 틈에 노인과 여자가 섞여 있어 힘을 아끼긴 했다. 하지만 힘을 조절했다곤 해도 금세 일어설 정도의 타격은 아니었다.

'괴이한 일이로구나.'

조운은 몰려오는 적들을 다시 한 번 창대로 두들겼다. 꼬치 장수는 해치웠지만 그는 노인과 여자를 죽일 정도로 모질지는 못했다. 단, 이번에는 조금 더 힘을 실었다. 갑옷이 찌그러지고 팔다리가 부러졌다. 그제야 병사들이 주춤했다.

'손을 쓰기가 난감하니, 일단 여기서 빠져나가야겠다.'

조운이 용운을 옆구리에 낀 채 퇴로를 뚫으려 할 때였다.

타앙!

천둥 치는 듯한 굉음이 울려퍼졌다. 조운이 용운을 놓치며 뒤로 날아가 쓰러졌다.

"어이쿠!"

"별의 힘이다! 놈이 별의 저주로 죽었다!"

조운의 활약에도 태연하던 병사들이 일제히 엎드렸다. 바닥을 뒹군 용운은 벌떡 상체를 일으켰다. 귀가 먹먹할 정

도의 소리와 땅에 떨어진 충격에, 오히려 패닉에서 깨어나 정신을 차렸다.

"형님!"

그가 조운에게 달려가려 할 때였다.

"어라? 뭐여. 너 설마 천기자냐?"

엎드린 병사들 사이로 한 사내가 걸어나오며 말했다. 홀 쩍하니 키가 크고 마른 사내였다. 생김새나 차림새 등이 한 눈에 봐도 이질적이었다. 팔도, 손가락도, 얼굴도 길었다. 긴 앞머리를 늘어뜨려 눈이 잘 보이지 않았다.

용운은 발을 멈추고 고개를 돌렸다. 그의 뇌가, 분명 들 어본 적 있는 '천기자(天技者)'라는 단어를 저장소에서 끄집 어냈다.

'내 정보 중 특기 부분에 있던 단어.'

꼭 그 말이 아니더라도, 사내의 외형이 정체를 일부나마 짐작하게 했다. 팔 부분을 잘라낸 검은색 가죽조끼. 마찬가 지로 검은색인 현대식 군화. 게다가 그의 손에는 이 세계에 결코 있을 수 없으며, 있어서도 안 될 물건이 들려 있었다.

바로 파르스름한 연기가 피어오르는 권총이었다. 방금 전 굉음의 원인이자, 조운을 쓰러뜨린 무기다. 그를 본 순 간, 용운은 강한 충격을 받았다.

'저 남자도 나처럼…… 현대에서 온 사람이야!'

어찌 보면, 같은 처지에 놓인 사람이었다. 하지만 전혀 반갑지 않았다. 아니, 오히려 강렬한 적대감이 느껴졌다.

용운이 타임슬립을 겪은 계기는 위원회에 속한 남자가 가지고 있던 무기와 나비상이 충돌한 것이리라 짐작됐다. 그렇다면 저 남자 또한 위원회 소속일 가능성이 높았다. 당장, 중국어를 쓰는 것만 봐도 그랬다. 뿐만 아니라 저 남자는······.

'자룡 형님을 총으로 쐈어.'

조운에 대한 기억들이 어지러이 떠올랐다. 진심을 담아 격려하던 목소리, 형님이라 불렀을 때의 시원한 웃음소리, 넓고 따뜻한 등과 쓰다듬어주던 커다란 손.

길지 않은 시간이었으나 온통 좋은 기억뿐이었다. 이제 그런 기억을 다신 더할 수 없게 됐다. 격렬한 분노와 슬픔에 몸이 부르르 떨렸다.

사내는 총을 겨눈 채 용운에게 다가왔다.

"묻잖아, 너도 천기자냐고?"

'너도'란 말은 사내 또한 천기자란 뜻이었다. 천기자는 어떤 종류의 특기인 걸까? 아니면 단순한 호칭인가?

'정보가 부족하다.'

용운은 사내를 노려보며 특기를 발동했다. 타인은 거의 들을 수 없게 입안으로 말했다.

"대인통찰!"

머리가 약간 아팠다. 하지만 견딜 만했다. 총에 맞은 조운에 비하면, 이 정도는 아무것도 아니었다. 즉시 레이더 형태로 된 정보창이 나타났다.

무력(武力) 55
통솔력(統率力) 38
지력(智力) 35
정치력(政治力) 24
매력(魅力) 30
호감(好感) 34

왕정륙
(王定六)

고속주행(高速走行)
천기자(天技者)
사격(射擊)
기만(欺瞞)

정보창을 본 용운이 중얼거렸다.

"왕정륙?"

권총을 든 사내가 움찔 놀랐다.

"어라? 너 진짜 뭐야? 내 이름은 어떻게 아는 거지?"

용운은 말문이 막히자, 저절로 언변 특기가 발동했다. 그는 떠오르는 생각대로 말했다.

"그래, 나도 천기자다. 위원회 소속이고. 이렇게 대뜸 공격하면 어떡해?"

먹힌 모양이다. 사내가 총구를 내리고 반색했다.

"야아, 그랬으면 진작 말을 하지. 괜히 애꿎은 네 부하만 쏴죽였잖아. 내가 애써 만든 지부를 박살 낼 기세라서 그랬으니 이해해라."

"……갑자기 찾아온 내 잘못도 있지."

용운은 어금니를 악물었다. 따지고 보면, 용운이 조운과 같이 보낸 시간은 고작 이틀이었다. 그러나 그의 죽음 앞에 억제하기 어려운 감정이 들끓었다. 태어나서 처음 느끼는 격한 분노였다. 그 분노를 초인적인 인내심으로 가라앉혔다.

제대로 복수하기 위해서였다.

순간, 눈앞에 새로운 메시지가 떠올랐다.

특기, 냉정(冷靜) 습득

갑작스런 현상에 용운이 멈칫할 때였다.

"그래서 넌 몇 번째인 거야?"

"……."

왕정륙이란 이름의 사내가 물었다. 용운은 답하지 못하고 망설였다.

그는 이때 한 가지 사실을 깨달았다. 답이 정해져 있는 구체적인 질문에는 언변 특기가 작동하지 않는다는 것을.

대체 뭐가 몇 번째냐고 묻는 건지도 모르겠다.

용운은 눈을 딱 감고 나오는 대로 내뱉었다.

"나는 열 번째."

그 말에 왕정류이 깜짝 놀랐다. 그는 즉시 무릎을 꿇고 외쳤다.

"왕정류이 제10위(十位), 시진 님을 뵙습니다!"

"그, 그래……."

"라고 할 줄 알았냐, 쥐새끼야?"

순간, 왕정류이 그 자리에서 사라졌다. 용운은 뒤통수에 차갑고 딱딱한 금속이 와닿는 것을 느꼈다. 어느 틈에 뒤로 돌아간 왕정류이 총구를 갖다댄 것이다.

"겁나 빠르지? 이게 천기자로서의 내 천기, 고속주행이다. 멍청한 놈. 하필 열 번째를 사칭하다니. 차라리 내가 본적 없는 4위(四位) 이상을 말하지 그랬냐? 어차피 속일 거."

상대는 눈앞에서 사라졌다고 느낄 정도로 빨랐다. 그런 적이 권총까지 들고 머리를 겨누고 있다.

용운은 그대로 굳어버렸다.

"……."

"과거로 온 데다 위원회의 존재도 안다……. 이 자식, 수상한 것투성이네. 나와 함께 가줘야겠다. 성수(聖水)를 마시면 알아서 실토하게 될 거다. 자, 일어서!"

왕정륜은 왼손으로 용운을 거칠게 잡아 일으켰다. 용운이 후들거리는 다리로 섰을 때였다. 엎드려 있던 병사들 틈에서 한 여자가 불쑥 튀어올랐다. 눈만 내놓은 채 복면을 한 여자였다. 검은 무복 위에 병사들의 것과 똑같은 갑옷을 입었다. 아무도 그녀의 존재를 눈치채지 못하고 있었다.

"어?"

순간, 왕정륜의 주의가 그녀에게로 쏠렸다.

복면 여인이 용운을 향해 외쳤다.

"답답해 죽겠네. 특기를 쓰라고요, 좀! 지켜줄 수 있게!"

여자의 말. '지켜준다'는 단어를 듣는 순간, 용운의 머릿속에 한 가지 특기가 떠올랐다. 분명 보유하고 있지만 아직 써본 적 없는 특기였다.

용운이 말했다.

"철벽수호."

동시에, 특기의 봉인이 풀렸다.

8
사천신녀

용운이 '철벽수호'라고 말한 찰나, 복면의 여인이 환희에 찬 목소리로 외쳤다.

"아하하. 드디어 나설 수 있게 됐구나!"

엎드려 있던 병사들 사이에 혼란이 일어났다. 당황한 왕 정륙이 권총으로 용운의 머리를 내리쳤다. 뭔가 하기 전에 기절시키려는 생각이었다.

"이 자식. 무슨 수작이냐!"

슝.

분명 내리쳤다고 생각했는데, 손에 느낌이 없다.

"······?"

이상하다. 용운의 머리는 그대로 있는데, 왕정륭의 팔만 허공을 갈랐다. 갑자기 팔이 짧아진 것처럼.

철컹. 이어서 금속 물체가 부딪치는 소리가 들렸다. 왕정륭은 소리를 따라 바닥을 보았다. 거기 권총이 뒹굴고 있었다. 손잡이에 자신의 오른손을 매단 채로. 그제야 오른쪽 손목 아래가 사라진 게 보였다.

"큭!"

왕정륭은 이를 악물고 뒤로 물러났다. 엄청나게 빠른 속도였다.

"와아악!"

덩달아 그의 왼손에 뒷덜미를 잡혀 있던 용운도 쭉 끌려왔다. 왕정륭은 그 와중에도 용운을 인질로 삼아야겠다는 생각을 한 것이다. 그는 고속주행을 발동한 상태였다. 용운의 눈에 비친 주변 풍경이 휙휙 지나갔다. 24배속 정도로 감은 영화 장면 같았다. 정신이 하나도 없었다.

왕정륭은 물러나면서 바삐 머리를 굴렸다.

'이럴 수는 없어. 누가, 어떻게 나도 못 느낀 사이에 내 손목을 자른 거지?'

천기(天技), 곧 하늘이 준 기술이다. 그 이름처럼 보통 사람의 상식을 뛰어넘는다. 천기자란 유물을 가지고 있으며, 그 유물의 작용으로 과거로 오는 과정에서 '특별한 힘'을 갖게 된 사람을 의미했다.

위원회에서는 그 힘을 '천기'라 칭했다. 위원회의 간부들은 전원 천기자였다. 심지어 말단인 왕정류 자신조차 '고속주행'이라는 강력한 천기를 보유하고 있었다. 이름 그대로, 보통 사람의 동체시력으로는 따라오기 어려울 정도로 움직이는 능력이었다. 직선상의 거리를 단순 이동할 때 더 빨라지며, 모든 신진대사가 그 속도에 맞춰 변화했다.

천기, 고속주행의 강점은 단발성이 아니라 일정 시간 동안 유지된다는 것이다. 보이지 않는 상대는 그 고속주행이 적용되어 있던 왕정류의 손목을 잘랐다.

그 바람에 고속주행의 단점이 드러났다. 혈액의 흐름과 심장박동을 포함한 신진대사가 가속화된 까닭에, 출혈도 엄청나다는 것이었다. 왕정류의 잘린 손목에서 피가 분수처럼 솟구쳤다.

그렇다고 고속주행을 멈출 수도 없는 상황. 손이 잘리고 권총도 놓친 상태에서 고속주행을 중단했다가는 단숨에 당하고 말 터였다.

'출혈량으로 보아, 앞으로 버틸 수 있는 시간은 길어야 5분. 그 안에 끝을 내야 한다.'

갑자기 일어나서 뭔가를 외친 복면 여자는 그 자리에 쭉 서 있었음을 확인했다. 용운의 움직임도 없었다. 결국 제3의 인물이 있다는 얘기였다.

'고속주행을 발동한 나보다 빠른.'

왕정륙이 여기까지 생각했을 때였다. 귓가에 서늘한 여인의 목소리가 들려왔다.

"더러운 손으로 감히 어디를 잡고 있느냐?"

"……쌍."

왕정륙은 용운의 덜미를 잡았던 손을 놨다. 용운은 졸지에 달리는 차에서 떨어진 꼴이 됐다.

"으아아아아……."

그가 비명과 함께 순식간에 멀어졌다. 일부러 놓은 것이다.

왕정륙이 상황을 보니, 정체불명의 상대는 십중팔구 저예쁘장한 꼬마를 지키려는 듯했다.

'그렇다면 날 공격하는 대신 꼬마를 구하려 할 것이다. 그 틈에 반격하거나 달아난다.'

이게 왕정륙의 계획이었다. 결과적으로 그의 예상은 반만 맞았다.

서걱! 소름끼치는 소리와 함께 왕정륙은 왼손마저 잘려나갔다. 저만치서 누군가가 용운을 받아 안는 게 보였다. 상대는 하나가 아니었던 것이다.

"크아악!"

왼손이 잘리는 순간, 왕정륙이 비명 같은 기합과 함께 몸을 틀었다.

투두두둑!

고속으로 이동하던 중의 갑작스러운 방향 전환에, 온몸의 뼈와 근육이 비명을 질렀다. 그의 몸을 중심으로 작은 회오리바람이 일었다.

'양손을 잃었지만 아직 싸울 수 있다.'

왕정륙이 신은 군화는 고속주행을 버틸 수 있도록 특수 제작된 것이었다. 당연히 강도가 남달랐다. 천기 고속주행을 발동한 상태에서 그 군화를 신고 날리는 돌려차기는, 두께 수십 센티미터의 콘크리트벽도 부술 수 있었다.

이름하여 '신풍각(神風脚)'. 왕정륙이 자랑하는 비장의 절기였다. 여기에는 막강한 상대도 당황한 모양이었다. 왼손이 잘렸는데도 곧장 반격해온 왕정륙의 투지가 먹혔다고나 할까. 순간적으로 상대의 움직임이 멎었다. 왕정륙은 비로소 적을 볼 수 있었다.

'여자……?'

긴 머리를 우아하게 틀어올린, 단아한 외모의 여인이었다. 놀라울 정도로 키가 컸다. 오른손에 폭이 좁은 장검을 들었다. 오른쪽 옆구리 아래에는 그보다 짧은 또 다른 검이 매달려 있었다.

자신의 두 손을 냉혹하게 잘라버린 장본인이라고는 도저

히 믿기지 않는 생김새였다. 물론 그렇다고 발차기를 멈추지는 않았다. 여자라고 약하라는 법은 없었다. 위원회에도 고위계의 여성 간부는 많다. 무엇보다 혼자 죽진 않을 것이다.

"죽어라, 계집!"

막 왕정륙의 뒤꿈치가 여인의 관자놀이에 꽂히기 직전이었다.

푸슉!

그의 명치로 창날이 빠져나왔다. 한 차례 경련을 일으킨 그가, 믿기지 않는다는 표정으로 자신의 가슴을 내려다보았다.

장신의 여인은 담담한 표정이었다. 이리 될 것을 예상한 듯했다. 아니면, 어차피 신풍각 자체가 그녀에게는 별 위협이 되지 않았기 때문일 수도 있었다. 믿고 싶지 않지만.

왕정륙은 천천히 고개를 돌렸다. 등 뒤에서 자신을 찌른 남자의 모습이 보였다. 분명, 심장 쪽에 총을 제대로 맞았는데, 어떻게?

조운이 쓸쓸하게 내뱉었다.

"미안하군. 등 뒤에서 공격하는 짓은 좋아하지 않지만 그대가 여인에게 살수를 쓰려 하니 어쩔 수 없었다."

그 말을 들은 장신의 여인이 희미하게 웃었다.

"빌어…… 먹을."

중얼거린 왕정륙은 털썩 무릎을 꿇더니 앞으로 고꾸라졌다. 그는 곧 숨이 끊어졌다.

"고마워요."

장신의 여인이 조운에게 말했다. 사실 도움은 필요 없었지만, 자신을 구하려 한 행위 자체는 기분 좋았다. 조운은 다소 얼떨떨한 표정으로 답했다.

"아닙니다. 당연한 일을……."

그는 곧 당황스러운 기분의 정체를 알았다. 자신을 정면으로 마주 보며 말하는 여인을 만난 건 태어나서 처음이었다.

'크, 큰 분이구나.'

저만치서 용운이 달려오는 모습이 보였다. 그 뒤로 또 다른 세 여인이 따르고 있었다. 분위기로 보아, 장신 여인의 동료인 듯했다.

"형님! 자룡 형님!"

달려온 용운이 조운의 허리를 얼싸안고 매달렸다. 얼굴이 온통 눈물로 젖어 있었다.

총성과 함께 조운이 날아가던 모습이 생생했다. 그 순간의 끔찍한 기분도. 그가 무사히 서 있는 게 꿈만 같았다.

"형님, 살아계셨군요!"

조운은 용운의 머리를 부드럽게 쓰다듬었다.

"그래, 난 괜찮다."

그때 갑작스럽게 으스스 소름이 끼쳤다.

'아직 다른 적이 남은 건가?'

조운은 얼른 고개를 들고 주변을 살폈다. 하지만 무표정하게 서 있는 네 여인들 외에 다른 기척은 느껴지지 않았다. 그는 고개를 갸웃거렸다.

'이상하군.'

마침 용운이 격앙된 어조로 묻는 바람에, 조운의 주의는 그쪽으로 쏠렸다.

"어떻게 무사하신 거예요? 분명 총…… 아니, 암기에 맞았는데."

"네 덕이다."

조운은 손바닥에 뭔가를 올려 보여주었다. 그것은 가운데가 움푹 들어간 500원짜리 동전이었다.

"암기가 옷 안에 입은 철편 갑옷까지 뚫었는데, 여기 맞은 덕에 무사할 수 있었다. 그런데도 충격에 잠시 몸을 움직이기 어려웠지. 그런 무서운 암기술이 있을 줄은 진정 몰랐구나. 역시 천하는 넓다고 해야 하나……."

"아, 정말 다행이에요."

용운은 기뻐서 어쩔 줄 몰랐다. 그가 다시 조운의 허리를 안고 가슴에 얼굴을 기댔다. 조운의 심장은 크고 분명하게 뛰고 있었다. 생명의 기운이 생생하게 느껴졌다.

'역시 이 상황은 꿈도, 게임도 아냐. 자룡 형님은 이렇게 분명하게 살아 있는 사람인걸.'

원래 용운은 누구에게도 이런 행동을 해본 적이 없었다. 포옹은커녕 타인과 손끝이 스치는 것도 싫어했다. 그만큼 조운이 살아 있다는 사실이 기뻤다. 그를 깊이 믿고 의지하게 된 까닭이기도 했다.

용운이 안는 순간이었다. 조운은 재차 한기(寒氣)를 느꼈다. 그는 비로소 그 기운이 어디서 오는지 깨달았다. 이에 네 여인들의 눈치를 보며 용운을 조심스레 밀어냈다.

"자…… 이럴 게 아니라, 놈이 누군지, 어찌 된 일인지 살펴보자꾸나. 그 전에 이분들 좀 소개해주지 않겠느냐?"

"아 참. 네!"

시간을 되돌려 몇 분 전. 용운은 뒤쪽으로 무섭게 날아가며 생각했다.

'이 속도로 어딘가 부딪치면 최소 중상, 운 나쁘면 사망이다. 나 이렇게 죽는 건가…….'

직후 뭔가와 충돌했다. 제풀에 놀란 용운은 소리 없이 절규했다

'아아악!'

뭉클.

'으아, 내 머리, 내 등…… 응? 뭉클?'

충격은 없었다. 부드러운 감촉만 있을 뿐. 어리둥절해하는 그를, 누군가 등 뒤에서 내려다보며 말했다.

"괜찮으세요, 주군?"

꿀처럼 달콤한 목소리가 흘러나왔다. 목소리의 주인은 비현실적으로 아름다운 여인이었다.

용운은 비로소 자신이 어떤 자세로 있는지, 어디에 충돌했는지 깨달았다.

"어…… 아, 네! 덕분에…… 아니, 그보다 가슴! 아니, 가슴이 아니라…… 그, 가슴에 제가…… 엄청 세게 부딪쳤는데 그쪽이야말로 괜찮으세요?"

여인은 필사적으로 허둥대는 용운에게 말했다.

"호호, 네. 걱정 마세요. 주군께서 날아오는 속도에 맞춰서 뒤로 적당히 빠지며 충격을 줄였거든요."

"아, 그렇군요."

그런 게 가능한가. 그보다 아까부터 굉장히 마음에 걸리는 단어가 있었다.

"저기, 그런데 왜 자꾸 저를 보고 주군이라고 하시죠?"

"그야 저희를 만든 창조주시니까요."

"네……?"

"절 모르시겠어요?"

여인은 굉장히 서운한 표정을 지었다. 몰라보는 게 죄처럼 느껴질 지경이었다. 하지만 용운의 기억 속에는, 소꿉친구인 민주를 제외하면 어떤 여성 지인도 존재하지 않았다. 그런데 볼수록 묘하게 낯이 익긴 했다.

결국, 여인이 가볍게 한숨을 내쉬며 말했다.

"너무하시네. 저, 성월(星月)입니다. 주군의 네 호위병, 사천신녀(四天神女) 중 셋째요."

"네 호위병…… 사천신녀!"

용운은 자신이 봤거나 행한 일이라면 아무것도 잊지 않는다. 그가 벌떡 일어서서 여인을 마주 보았다. 과연 익숙한 얼굴이었다. 익숙하다고 표현한 건 그의 기억과 완벽하게 일치하진 않았기 때문이다. 그래서 미처 몰라본 것이다. 이 여인이 실존한다는 자체가 있을 수 없는 일인 까닭도 있었다.

아래로 살짝 처진 눈매, 왼쪽 눈 아래의 점과 도톰한 입술, 하나로 묶은 긴 머리와 등 뒤에 멘 붉은색 활. 무엇보다 저 큰 가슴!

모두 용운이 '설정'한 것과 동일했다. 그래픽으로밖에 볼 수 없었던 여인이 지금 눈앞에 실체화되어 서 있었다.

용운은 멍하니 중얼거렸다.

"설마…… 그 성월? 내가 '삼국지 스페셜'에 만들어놓았던 신장수 말이에요?"

"네, 그 성월이랍니다. 드디어 알아보셨네요."

"그, 그럼……."

성월의 뒤에, 쭈뼛거리며 서 있는 두 명의 여인이 더 있었다. 얼굴을 복면으로 가린, 착 달라붙는 검은 무복 차림의 여인. 병사들 틈에 섞여 있다 일어나, 특기를 쓰라고 외쳤던 여자였다.

용운이 그녀를 보며 말했다.

"둘째…… 청몽(靑夢)."

복면 여인이 고개를 주억거렸다.

"니예니예. 일찍도 알아보시네여."

용운은 그 옆의, 만두 머리를 하고 거대한 망치를 든 소녀에게 시선을 옮겼다.

"막내, 사린(蛇鱗)."

소녀가 망치에 기대서서 몸을 비꼬았다.

"넵. 끄앙. 짱 부끄."

"이럴 수가……."

용운은 경악하지 않을 수 없었다. 모두 재현됐다. 정보창과 특기 등 '삼국지 스페셜' 게임의 시스템적인 부분뿐만 아니라, 용운 자신이 재미로 만들어뒀던 네 명의 무장까지 재현된 것이다.

'삼국지 스페셜'은 신무장 시스템으로 새로운 인물을 만드는 게 가능했다. 이를 이용하면, 삼국시대에 존재하지 않았던 '항우', '공자' 등의 인물이나 '이순신 장군' 같은 한국의 위인, 심지어 좋아하는 만화영화의 주인공 등 누구라도 게임에 등장시킬 수 있었다.

용운은 그 시스템으로 자신의 분신 진용운을 생성한 바 있다. 그러면서 예전에 네 명의 호위병을 함께 만들어뒀다. 단순한 재미에 가까웠다. 그 넷은 저마다 용운의 이상형들을 반영한 거였다.

첫째, 검후는 아마도 평생 그리워할 엄마.

둘째, 청몽은 소꿉친구인 민주.

셋째, 성월은 한때 짝사랑했던 양호선생님.

넷째, 사린은 여동생이 있으면 이랬겠지 하는 상상의 산물이었다.

넷째도 모델이 있긴 했다. 민주의 동생, 민지였다. 용운을 곧잘 따랐지만 밀어내어 상처만 줬던 아이다. 이게 기본 설정이 됐다.

다음은 세부 설정이었다. '삼국지 스페셜'의 인물 세부 설정은 크게 세 가지 요소로 나뉘었다.

첫 번째는 외형이었다. 외형은 3D 폴리곤 및 초상화로 구현됐다. 용운은 여기에 특별히 심혈을 기울였다. 만들다 보니 완벽하게 하고 싶어졌던 것이다. 자신의 이상형을 반영했기 때문에 더 그랬을지도 몰랐다.

그 결과, 가히 그래픽으로 표현 가능한 최고의 미인들이 탄생했다. 미묘하게 실제 모델들과 닮았으면서도, 가상의 아름다움이 더해져 더욱 빛이 났다.

첫째는 180센티미터의 장신에 균형 잡힌 늘씬한 몸매였다. 팔다리며 손가락도 늘씬하고 길었다. 둘째는 민주가 그렇듯 비율이 제일 좋았으며, 특히 눈과 다리가 예뻤다. 셋째는 예전 양호선생님처럼 글래머였다. 전체적으로 나른하면서도 요염한 분위기를 풍겼다. 넷째는 소녀 체형이지만 곧고 날씬했다. 용운이 가끔 민지를 '막대기'라고 놀렸듯이.

두 번째는 능력이었다. 용운은 넷 모두를 무력 최강급으로 만들어버렸다. 감정을 이입하여 만들고 보니, 그녀들이 가상의 게임 속일지라도 적장에게 패하여 포로가 되거나 전사하게 내버려두기가 죽도록 싫었기 때문이다. 또 호위병인 그녀들이 패한다는 것은, 곧 용운 자신도 위험해짐을 의미했다. 그래서 아예 그럴 일이 없도록 만든 것이다.

신장수 편집 기능을 이용해 높일 수 있는 각 능력의 최대치는 100이었다. 용운은 이때 단 한 번 금기를 깼다. 해킹 프로그램까지 써서 어울리지 않게 능력치를 조작했다.

그 결과, 네 호위병들에 한해 255까지 설정이 가능해졌다. 255는 십진법으로 표현 가능한 데이터의 최대 수치였다. 그리하여 만들어진 네 장수의 무력은 전원이 200을 넘었다.

대신, 전술적인 특기는 부여하지 않았다. 내정 쪽도 마찬가지였다. 지력은 보통 수준이었다. 오직 용운 자신을 보호하는 임무와 일대일의 대결에만 능력이 발휘되도록 제한한 것이다. 안 그러면 밸런스 불균형이 지나치게 심화되어, 그녀들이 속한 국가는 무조건 승리하게 될 테니까.

인물 세부 설정의 세 번째 항목은 '일대기'였다. 한마디로 그 인물이 언제 태어나서 언제 죽었으며, 살아 있는 동안뭘 했는지 정리해두는 공간이었다.

실제 역사상의 인물일 때는 기본적으로 그 내용이 기록되어 있었다. 하지만 가상의 인물일 경우는 일대기를 지어내서 입력해줘야 했다.

다소 번거로워도 이 과정을 꼼꼼히 해두면, 더욱 실감나고 재미있는 플레이가 가능했다. 백 퍼센트 적용되진 않지만, '삼국지 스페셜'에는 이 일대기의 내용을 데이터와 연결하여 일부 반영하는 기능이 존재하는 까닭이었다.

예를 들어, 어떤 장수의 일대기에 '아쉽게도 병으로 인해요절했다'라고 기록한 다음, 출생연도와 사망연도를 입력하고 수명을 짧게 조절하면 그 장수는 해당 나이가 됐을 때병에 걸려 사망했다. 또 일대기에 '조조와의 대결 끝에 패하여 전사했다'고 적은 후, 조조의 데이터와 연결해두면 지정 일시에 전장에서 조조를 만났을 때 이벤트가 발생하며 전사하는 식이었다.

용운은 네 호위병의 일대기까지 꼼꼼히 작성했다. 성격은 어떻고, 뭘 좋아하고 싫어하며, 말버릇은 뭔지, 나이는 각각 몇 살인지.

그 내용을 10분의 1 정도로 간략화하면 대충 이랬다.

첫째, 검후는 넷 중 가장 지력이 높아 통솔하는 역할을 맡는다. 침착하고 냉정하지만 분노하면 가장 무섭다. 무기는 두 자루의 검이다.

이건 실제로 돌아가신 엄마의 성격과 가까웠다.

둘째, 청몽은 겉으로는 까칠하나 속마음은 여리다. 장난기가 많으며 종종 떼를 쓰고 아이처럼 군다. 정이 깊어서 동료의 고난을 외면하지 못한다. 무기는 사슬낫이다.

이건 민주의 성격을 상당 부분 반영했다.

셋째, 성월은 술을 좋아하여 늘 술병을 들고 다닌다. 주량이 거의 무제한이다. 느긋하고 여유로운 반면, 호기심이 많다.

이건 용운이 기억하는 양호선생님의 성격.

넷째, 사린은 먹는 것을 좋아해서 늘 뭔가 먹고 있다. 그런데도 신기할 정도로 살이 찌지 않는다. 귀엽고 애교가 많으며 먹는 문제만 빼면 대체로 언니들을 잘 따른다.

이것은 민주의 동생, 민지의 성격이었다.
그리고 좀 부끄러웠지만 넷 모두에게 공통적으로 이런 문구를 넣었다.

넷은 의자매(義姉妹) 관계로 맺어져 서로를 깊이 신뢰한다. 또한 결코 주인인 용운을 배신하지 않으며, 그에게 절대적으로 충성한다.

사실 이는 반드시 필요한 내용이었다. '삼국지 스페셜'에는 포로로 잡은 장수를 회유하는 기능도 존재했다. 물론 인공지능도 이를 사용했다.
만에 하나, 넷 중 하나라도 포로가 된 다음에 회유에 넘어가 적군이 되면 그야말로 악몽이었다. 아군일 때 가장 강력하던 존재가 최악의 적이 되는 셈이니까. 마지막 공통 문구는 그런 일을 방지하기 위해서였다.

네 호위병은 이렇게 해서 탄생한 것이다. 이 사실을 깨달았을 때는 황당하기 짝이 없었다. 그러나 용운은 처음과 달리 비교적 빠르게 순응하고 이를 받아들였다. 이미 비현실적인 일을 충분히 겪었기 때문이다. 일종의 내성이 생겼다고나 할까.

무엇보다 화면 속에서만 볼 수 있었던 그녀들이 이렇게 진짜 사람이 되어 나타났다는 사실이 정말로 기뻤다. 처음으로 이 괴이한 상황에 감사했을 정도였다. 그 기쁨이 놀라움과 의심을 대부분 희석시켰다. 또 여인들에게서는 이상하게 친근감이 느껴졌다. 아주 오래전부터 함께 지냈던 것 같은 기분이어서 조금도 어색하지 않았다. 여인들의 모습과 언행이 모두 익숙했다. 그녀들에 대해 속속들이 알고 있어서일까.

용운은 조운에게 그녀들을 뭐라고 소개할까 잠깐 고민했다. 그러자 기다렸다는 듯 언변 특기가 발동했다. 그는 뇌리에 떠오르는 말들을 따라했다.

"형님, 여긴 제 사매(師妹, 같은 스승에게서 배운 아래 여제자)들이에요. 저와는 달리 넷 모두 무예 쪽을 익혔습니다. 하산하면서 뿔뿔이 흩어졌었는데, 제 무력이 약함을 염려한 사매들이 뒤를 쫓아온 모양입니다. 왼쪽부터 첫째인 검후, 둘째 청몽, 셋째 성월, 막내 사린이라고 합니다."

조운은 고개를 끄덕였다.

"그랬구나. 이렇게 만나게 되어 다행이다. 저는 조운 자룡이라 합니다. 용운이와 우연히 만나게 되어, 서로 도운 끝에 형제의 의를 맺었습니다."

조운은 굳이 서로 도왔다는 표현을 썼다. 사매들이라 하자, 용운의 체면을 세워준 것이다.

그는 포권(包拳, 오른손을 주먹 쥐어 주먹 앞부분을 왼손 바닥에 댄 상태로 두 손을 가슴에 모아 인사하는 중국의 옛 인사법)을 취하며 말을 이었다.

"사교의 무리를 만나 큰 위험에 처했을 때 도움을 주시어 감사합니다. 여러분이 아니었다면 낭패를 당할 뻔했습니다."

"호호, 아닙니다. 주군을 지켜주셨으니 저희야말로 감사해야지요."

검후의 말에 조운은 살짝 의아한 표정을 지었다.

"주군…… 이요?"

"네, 사매라고는 해도 그 전에 용운 님은 저희 넷의 주군이시랍니다. 앞으로도 그렇게 알아주세요."

"아아."

조운은 나름대로 그 말을 이해했다.

용운의 스승이란 인물은 아무래도 용운에게 큰 기대를 건 듯했다. 천기를 보는 능력은 아무에게나 전수하는 것이 아니다. 그것을 가르쳐줬을 정도이니, 자신의 모든 학식을 전수한 직전제자라 봐도 무방하리라.

네 여인에게 굳이 무예를 가르친 까닭도 그래서일 것이다. 용운이 하산한 뒤, 무력이 약한 그를 위험으로부터 지키라는 의미에서 말이다. 왜 하필 여인들을 골라 택했는지는 모르겠지만.

'그리고 자신의 수제자이자 후계자인 용운이를 주군으로 모시도록 유언이라도 남겼을 테고. 그거 참, 용운이가 살아 있는 한은 옆에서 지켜야 할 터이니 저 여인들에게는 너무 가혹한…… 아니지, 저런 재주를 가졌어도 어차피 여인이 관직에 나가거나 출세하기는 힘든 세상이다. 무엇보다……'

조운은 용운을 둘러싼 네 여인의 표정을 보았다.

첫째 검후는 잔잔한 가운데 시종일관 은은한 미소를 머금고 있었다. 둘째 청몽은 짐짓 뚱한 표정을 짓고 있으나, 용운을 볼 때마다 눈꼬리가 휘어졌다. 셋째 성월은 용운의 어깨를 툭툭 치면서 호탕하게 웃고 있으며, 넷째 사린은 모두의 주위를 강아지처럼 빙빙 돌면서 신이 나 어쩔 줄 몰라

했다.

'무엇보다 저들이 저렇게 행복해하지 않는가.'

조운의 추측은 어떤 부분에선 거의 들어맞았다.

"자, 용운아, 이제 의논을 좀 해보자꾸나. 이 사교 집단의 정체가 무엇이며, 왜 우리를 공격했고 뭘 하려 했는지 말이다."

"네, 형님."

조운에게 답하던 용운이 멈칫했다. 뭔가 잊은 듯한 기분이 들었다. 순간기억능력자이자 과다기억증후군인 그에게는 극히 드문 일이었다.

이건 그의 무의식이 해당 기억을 외면하려 함으로써 순간적으로 발생한 현상이었다. 조운이 살아 있다는 사실이 너무도 반가워서, 또 네 자매가 구현됐다는 게 놀랍고 기뻐서 미처 의식을 하지 못했다.

용운은 주위를 천천히 둘러보았다. 보이지 않던 것들이 비로소 눈에 들어왔다. 사방이 인간의 피와 잔해였다. 마을 사람들로 위장하고 있던 '성혼단'이라는 집단의 병사들이 남긴 흔적이었다.

건장한 남성은 물론 노인도, 아녀자도 누구 하나 살아남지 못했다. 이토록 강렬한 피비린내를 어째서 깨닫지 못했을까. 용운이 떨리는 목소리로 입을 열었다.

"이게…… 어떻게 된 거예요?"

둘째 청몽이 천진하게 대꾸했다.

"네? 저랑 막내가 다 죽였습니다만. 언니가 제일 센 놈을 맡고 셋째는 주군을 받았으니, 우리도 놀고 있을 순 없잖아요?"

조운은 지그시 눈을 감았다. 용운은 빈속인데도 욕지기가 치밀었다.

"……우욱!"

결국, 견디지 못하고 무릎을 꿇더니 구토를 시작했다.

내심 칭찬을 기대하고 자랑하던 청몽이 혼란스러운 기색으로 눈을 굴렸다. 나도, 나도! 라고 외치려던 사린도 슬며시 양팔을 내렸다.

조운은 안타까웠다. 네 여인이 어떻게 길러졌는지 알 듯했다. 그는 청몽과 사린이 사람들을 학살하는 모습을 봤다. 하지만 그녀들을 막는 것보다 위험한 처지로 보였던 검후를 구하는 게 우선이었다.

조운의 추측과는 다르지만, 용운이 설정한 네 호위병 사천신녀의 일대기에는 공통적인 문장 하나가 더 있었다.

진용운을 해하려 한 자는 말살한다.

9

백마장군의 성으로

용운은 한참이나 구토를 억제하지 못했다. 남녀노소 할 것 없이 수많은 사람이 죽었다. 그것만으로도 충격인데, 그 일을 행한 자가 자신이 창조한 호위병이었다.

학살의 현장은 용운의 뇌리에 똑똑히 새겨졌다. 만약 왕 정륙과의 전투 중에 새로 얻은 특기, '냉정'이 없었다면 토하다가 의식을 잃었을지도 몰랐다. 냉정이 발동된 덕에 충격이 서서히 가라앉았다.

쭈그리고 앉은 용운의 앞에, 청몽과 사린이 와서 섰다. 청몽이 모기 같은 목소리로 웅얼거렸다.

"잘못했어여……."

그러더니 눈물을 뚝뚝 흘렸다. 덩달아 사린도 함께 울었다.

"끅끅. 우리 버리지 마세요, 주군."

결국, 검후와 성월까지 풀이 죽었다.

용운은 깊은 한숨을 내쉬었다. 단언컨대 그녀들은 자신들이 뭘 잘못했는지도 모를 것이다. 만들어진 대로 행했기 때문이다. 마을 사람들 혹은 성혼단의 병사들은 분명 용운을 해하려 했다. 그래서 '철벽수호' 특기가 발동된 후에 죽였다. 사천신녀를 저런 성격으로 만들고, 철벽수호 특기를 사용한 건 용운 자신이었다. 결국 이는 모두 자신의 잘못이었다.

일어선 용운이 왼손으로 청몽의 오른팔을 잡았다. 오른손으로는 사린의 왼팔을 잡았다. 따뜻한 체온과 탄탄하면서도 부드러운 살의 감촉이 느껴졌다. 분명 살아 있는 사람들이었다. 불가능한 일이지만 그랬다. 경이로우면서도 무서웠다.

'내가 책임져야 해. 내게 자룡 형님과 사천신녀들 외엔 아무도 없듯이, 사천신녀도 그래.'

용운은 두 여인을 한꺼번에 끌어당겨 안았다. 두 사람은 움찔하면서도 순순히 끌려왔다. 그는 여인들을 안은 채 나직하게 말했다.

"아니에요. 여러분은 잘못한 거 없어요. 제 잘못입니다. 제가 제대로 알려줬어야 하는데……. 절대 안 버릴 테니까

울지 마세요."

"감사합니다, 주군."

"나도 살려줘서 고마워요."

"흐에엥."

"흑흑. 훌쩍."

청몽과 사린이 더 크게 흐느꼈다. 안심이 되자 또 눈물이 나는 모양이었다.

용운은 그런 두 사람을 향해 부드럽지만 강한 어조로 덧붙였다.

"그리고 앞으로는 제가 그러라고 하기 전까진 절대 함부로 사람을 죽여선 안 됩니다. 설령 나를 해치려고 한 사람이라도. 알겠죠?"

"네에⋯⋯."

청몽과 사린은 동시에 답하며 고개를 끄덕였다.

용운이 고개를 돌렸다.

"검후⋯⋯ 씨와 성월 씨도 마찬가지예요."

"명심하겠습니다. 그리고 말씀 낮추십시오."

검후가 힘주어 답했다.

"조금 더 적응하면요."

용운은 약간은 안심이 됐다. 어쩌면 이렇게라도 빨리 그녀들의 위험성을 알게 된 게 다행인지도 몰랐다. 더 큰 비극을 막은 것일 수도 있으니까.

'이보다 더 큰 참상을 상상하긴 어렵지만.'

조운이 좋은 말로 분위기를 바꿨다.

"자, 분명 손속이 심하긴 했으나 주군으로 모시라 명받은 용운 아우를 해치려 했으니 당연한 일이 아니겠느냐. 만일 내가 모시는 주군을 누군가 해하려 했다면, 나라도 같은 일을 했을 것이다."

"……그 상대 중에 노인과 여자가 섞여 있어도요?"

"그래."

조운은 단호히 고개를 끄덕였다. 실제로 그도 사부로부터 배웠다. 강도나 암살자들 중에는 노인과 여자, 아이 등으로 변장하여 방심을 노리는 자들도 있다고. 인질이 되거나 어쩔 수 없이 행한 일이라면 모를까, 살의를 품고 공격해왔다면 그 순간부터 상대의 나이와 성별 따위는 무의미했다.

이 세계에서는 그게 상식이자 정의였다.

"그렇군요. 휴…… 알겠어요."

용운은 실감했다. 자신이 현대의 가치관과는 다른 고대의 중국에 와 있다는 사실을 말이다. 또한 다짐했다. 이 모두를 바꿀 힘을 갖지 못했다면, 휩쓸리진 않더라도 최소한 적응은 하기로. 그게 지금 자신의 곁에 있는 사람들에 대한 예의일 터였다.

소동이 일단락되자, 용운과 조운은 다시 이 사태에 대한 논의로 되돌아갔다. 결코 가벼이 볼 문제가 아니었다.

용운이 죽은 왕정륙에게 시선을 주었다.

"저자를 뒤져보면 뭔가 단서가 나올지도 모릅니다."

"과연, 그렇겠구나. 행색이 참으로 기이했다."

조운은 엎어져 있는 왕정륙의 시신으로 다가갔다. 그 뒤를 용운과 네 자매가 따랐다.

용운은 중간에 떨어져 있는 손을 봤다. 잘린 상태에서도 권총을 꼭 쥐고 있었다. 손목 안쪽에 별 모양의 문신이 선명하게 드러나 보였다. 집에 침입해 용운을 납치하려 했던 사내와 같은 문신이 확실했다. 차이라면, 별 아래에 104라는 숫자가 더해져 있다는 점이었다.

'역시 위원회였어. 둘 다. 저 숫자는 뭐지?'

시신 앞에 선 조운이 살펴보려 할 때였다. 쏴아아아. 별안간 급격한 풍화가 일어났다. 의복을 포함해 시신 바깥쪽부터 가루가 되어 흩어지기 시작한 것이다.

"이런!"

깜짝 놀란 조운이 막아보려 했으나 헛된 일이었다. 시신은 순식간에 풍화되어 뼈만 남더니, 결국 그 뼈마저 먼지가 되어버렸다.

왕정륙이 지니고 있었을 유물도 함께 풍화된 듯, 시신이 있던 자리에는 아무것도 남지 않았다. 손과 권총도 동시에 풍화됐다. 손은 그렇다 쳐도, 강철로 된 권총이 풍화되는 현상은 결코 평범하지 않았다.

용운은 굳은 표정으로 그 광경을 지켜보았다.

'위원회란 대체……'

용운은 왕정륙과 나눈 대화들을 빠짐없이 기억했다. 덕분에 이제 위원회에 대해 조금 더 알게 됐다. 우선, 위원회의 인물들도 용운 자신처럼 이 세계로 왔다는 것. 몇 명인지는 모르지만, 최소한 열 명 이상이었다. 죽은 왕정륙이 자신은 말단이라고 했으니 어쩌면 수십 명일지도 몰랐다. 그 숫자가 지위를 나타내는 거라면, 무려 백 명이 넘는다.

위원회는 아무래도 '몇 번째 위'라는 식으로 서열을 정하는 듯했다. 그에 따르면, 열 번째 위치에 있는 자의 이름은 '시진'이었다. 정말인지 지어낸 건진 몰라도, 용운이 가짜라는 사실을 알고 연기에 몰입한 왕정륙이 무심결에 발설했을 가능성도 있었다.

'아무튼 알아두자. 어차피 기억됐으니.'

다음은, 위원회의 인물들이 현대의 물건을 가지고 왔을 가능성이 높다는 점이었다. 그중에는 무기도 포함돼 있었다.

용운은 눈살을 찌푸렸다. 이 부분이 특히 골치였다. 조운에게도 의논할 수 없는 문제다. 우연히 주머니에 들어 있어서 진통제와 동전을 가져오게 된 자신과는 달리, 위원회는 의도적으로 물건을 가져온 게 분명했다. 우연히 혹은 실수로 권총을 가지고 있었을 리는 없으니까.

조운이 아무리 용맹무쌍한 장수라도 총알보다 빠르진 못했다. 또한 총알에 급소를 맞으면 죽을 수밖에 없다. 이미 실제로도 죽을 뻔했다.

'미친놈들. 대체 무슨 생각으로.'

아직 화약도 발명되기 전의 시대였다. 자칫 권총의 존재가 구체적으로 알려지기라도 하면 이 세계, 나아가 앞으로의 역사에도 엄청난 혼란을 초래할 터였다.

위원회가 무슨 목적으로 《삼국지》의 시대로 왔는지는 알수 없었다. 용운 자신이 왜 하필 하고많은 과거의 시간 중에서 여기로 왔는지 모르는 것과 마찬가지였다. 어쩌면 용운이 그랬듯, 실수이거나 우연의 산물일 수도 있었다.

하지만 용운은 계획적이라는 데에 무게를 두었다. 인원이 다수였으며 체계적으로 조직을 만든 듯했고 여기서 뭔가 일을 꾸미고 있었다. '성혼단'부터 해서, 꼬치구이 장수로 위장했던 '장회'란 자가 한 말이 그런 증거들 중 하나였다.

—새로운 하늘을 연다.

—가만히 있었으면 우리 형제가 되었을 것이다.

여기에 더해, 왕정륭은 '성수'를 마시면 순순히 실토하게 될 거라는 말을 했다. 그 말로 미뤄보아, 성수는 마신 자에게 일종의 세뇌와 같은 작용을 하는 듯했다. 또 노인과 여자도 성수를 마시면 장정만큼 힘이 세졌다. 조운의 발차기도 버텨낼 정도로.

'죽은 병사들은…… 대부분 성수를 마신 것 같다. 그걸 마셨더라면, 조운 형과 나도 병사들처럼 됐을지도 모른다.'

이 마을이 뭔가 수상함을 눈치채지 못했다면, 두 사람은 꼬치를 사먹고, 물로 위장하여 건네진 '성수'를 마셨으리라. 그게 아니더라도 뭔가를 마시게 할 방법은 얼마든지 있었다. 상상만 해도 치가 떨렸다.

'그다음엔 왕정륭의 지시대로 따르는 병사가 됐을 테지. 일본식으로 표현하자면 형제라 쓰고 꼭두각시라 읽는…….'

생각 끝에 용운이 내린 결론은 위원회가 이 세계에서 성혼단이란 하부 조직을 만들었으며, 이 마을은 그 성혼단의 병사를 육성하거나 만들기 위해 급조된 장소라는 것이었다. 하부 조직이라 여긴 이유는 왕정륭이 '애써 만든 지부를 박살 낼 기세'라고 말했기 때문이다.

꼬치구이 장수, 장회가 지부장이라 불렸다. 왕정륭이 이 마을을 만든 다음, 장회를 책임자로 앉힌 것이다.

"성수!"

용운이 손바닥을 탁 쳤다.

"성수라는 걸 찾아야 해요. 마신 사람을 꼭두각시처럼 만드는 효과가 있는 물일 겁니다. 분명 이 마을 어딘가에 있을 거예요."

"그런……."

조운은 얼굴을 일그러뜨렸다.

황건의 난을 일으켰던 장각 삼형제 또한 부적을 태운 물 등을 병자들에게 마시게 하여 효험을 봤다고 들었다. 그 물을 마셔 병이 나은 사람들은 장각을 신처럼 따랐다. 조운이 생각하기에 그 물에는 사술(邪術, 사악한 주술)이 작용했음이 분명했다.

'장각의 망령이 여전히 활개치고 있는 건가.'

무고한 사람들이 성수를 마시고 홀려서 자신들을 공격한 거라면, 그 얼마나 잔인무도한 행위인가. 성혼단이라는 이름은 반드시 멸절해야 할 대상으로 조운의 가슴에 새겨졌다.

용운과 성월, 검후와 조운, 청몽과 사린이 각각 한 무리가 되어 마을을 샅샅이 뒤졌다. 그 결과, 수상한 병 여러 개를 찾아냈다.

'이건, 역시…….'

검후와 청몽이 들고 온 병을 본 용운은 입술을 깨물었다.

그것은 유리로 만들어진 삼각형의 병, 다른 말로 삼각 플라스크였다. 이 세계에 존재할 수 없는 물건이다. 이걸로 위원회가 관여했음이 명료해졌다.

플라스크의 주둥이는 단단히 밀봉돼 있었다. 그 안에서 수상한 액체가 찰랑였다.

'아마 저게 성수겠지. 마셔볼 수 없으니 백 퍼센트 장담은 못하겠지만 거의 확실해.'

조운이 플라스크를 뚫어져라 노려보며 말했다.

"참으로 기묘한 병이로구나. 이건 설마 유리인가? 유리를 이런 모양으로 이토록 투명하게 만들 수 있다니 대단한 기술을 가진 자들이로군."

"네, 저도 그렇게 생각합니다."

조운은 유리를 알아보았다. 이 시대에도 유리는 사용됐던 모양이다. 이렇게 성수는 찾아냈지만 성분을 알 방도가 없었다.

'국과수에 성분분석을 의뢰할 수도 없고.'

용운과 조운은 의논한 끝에 한 병만을 남겨두고 모두 파괴하기로 했다. 두 사람은 플라스크를 산산조각 내고 안에 든 액체도 바닥에 쏟았다. 액체는 금세 흙 속으로 흡수되어 사라졌다. 유일하게 남긴 한 병은 깨지지 않도록 천으로 잘 쌌다. 보관은 사천신녀의 막내인 사린이 맡았다.

그녀는 망치의 머리 부분을 뚜껑처럼 열더니, 안에 천 뭉치를 밀어넣었다. 망치 안에는 그것 말고도 온갖 잡동사니들로 가득했다.

'저것은 속이 빈 무기였군.'

조운은 뭔가 안심이 됐다. 물론 속이 비었다곤 해도, 두께가 손가락 세 개 굵기만큼은 족히 되어 무겁긴 마찬가지였지만.

왕정륙과의 충돌. 위험한 순간이 있었고 큰 충격을 받기도 했다. 특히 그 살육의 현장은 계속해서 용운을 괴롭힐 것이다. 거기에 덤덤해질 때까지.

그래도 결과적으로 용운에게는 큰 수확이었다. 강력한 네 자매를 얻었고 현재 상황이 보다 명료하게 파악됐다. 주변에 자욱하던 안개가 걷힌 기분이었다.

왕정륙은 용운에게 똑똑히 말했다. '과거로 온 데다 위원회의 존재까지 아는 수상한 녀석'이라고.

이걸로 용운은 마침내 확신할 수 있었다. 자신은 과거, 그것도 까마득한 과거인 중국의 삼국시대 즈음으로 온 것이다.

그 과정에서 '삼국지 스페셜' 게임과 연관된 이상한 능력을 갖게 됐다. 왕정륙이 초고속으로 움직이던 능력과 마찬가지였다. 위원회는 그런 능력을 가진 사람들을 일컬어 '천기자'라 칭하는 모양이었다. 용운의 정보 중 특기 부분의 천기자가 바로 그것이리라.

"이제 출발해요."

용운의 말에 조운이 답했다.

"좀 쉬지 않아도 괜찮겠느냐?"

"네. 이곳에 더 있고 싶지 않아요."

"그럼 바로 떠나자꾸나. 어차피 목적지도 가까우니."

이제 여섯이 된 일행은 마을로 위장했던 성혼단 지부를 떠났다.

그들이 떠나고 얼마 후였다. 한 남자가 그곳에 모습을 드러냈다. 특이하게도 붉은 머리카락을 가진, 왜소한 남자였다. 나이는 대략 마흔 중반 정도로 보였다.

남자는 아연한 표정을 짓더니, 곧 분노한 기색으로 외쳤다.

"누구냐! 누가 감히 우리 회의 일에……."

그는 깊은 숨을 토해내더니 분노를 가라앉혔다. 그때 그의 눈이 머리카락 색처럼 붉게 변했다. 눈동자도 흰자위도 전부 빨개졌다. 그는 붉게 변한 눈을 부릅뜨고 마을을 돌아다녔다. 그사이 눈 한 번 깜빡이지 않았다.

그러기를 약 한 시간. 남자가 다시 심호흡을 했다. 그러자 눈 색깔이 원래대로 돌아왔다.

"왕정륙이 죽었군."

적발의 남자가 내뱉듯 말했다.

남자는 자신의 천기, '적기안(赤記眼)'을 통해 마을에서 일어났던 일을 봤다. 적기안은 일정 범위 내의 공간에서 열두 시간 내에 일어났던 일의 기억을 볼 수 있었다. 단, 잔류 사념을 이용한 것이기에 사물은 보지 못했다. 또 소리도 들을 수 없었다. 그래도 엄청나게 유용한 능력임에는 분명했다.

자신이 본 것들을 되짚어보던 남자는 혼란스러워졌다.

'그런데 이상하구나. 내가 본 적은 소년 하나와 창을 쓰는 듯한 남자 하나가 전부다. 남자가 지부장을 죽이면서 전투가 시작됐다. 왕정륙이 그자를 총으로 쐈고, 그는 급소를 맞아 쓰러졌다.'

붉은 머리의 남자는 생각하면서 사건이 일어났던 장소로 걸어갔다. 기억을 더 또렷이 하기 위해서였다.

'왕정륙이 소년을 붙잡자, 총을 든 손이 갑자기 잘렸다. 놀란 왕정륙은 고속주행 상태에서 뒤로 달아났다. 그러다 소년을 포기하고 던졌다. 그때 총에 맞았던 창잡이가 다시 일어나, 등 뒤에서 왕정륙을 공격했다.'

남자는 왕정륙이 조운에게 등을 찔린 지점에 섰다.

'여기서 창잡이가 왕정륙에게 치명상을 입힌 건 맞는데, 그 전에 그를 겁에 질려 달아나게 하고 양손까지 자른 자의

모습이 안 보인다. 뿐만 아니라, 날아가던 소년을 받아낸 자도, 형제들을 주살한 자들의 모습도 안 보여.'

덕분에 남자는 매우 기괴한 광경을 봤다. 뒤로 날아가던 소년이 허공에 멈춘 건 약과였다. 아무도 없는 공간에서 사람들의 목이 저절로 끊기고 몸이 짜부라졌다. 수많은 사람들이 갑자기 상처를 입으며 죽어가는 모습은 괴이하기 짝이 없었다.

'한 명은 예리한 낫 같은 병기를 쓰고, 다른 하나는 둔중하고 큰 무기를 쓴다.'

영상은 소년과 창잡이가 마을을 떠나면서 끝났다. 그때까지도 끝내 다른 사람들의 모습은 보이지 않았다. 창잡이와 소년의 행동, 또 전투의 흔적으로 보아 분명히 누가 더 있었음에도 불구하고.

'내가 못 보는 기억은 있을 수 없다. 유령이나 귀신이 아닌 한은. 정말 사신(死神)이라도 왔다 갔단 말인가? 아니면, 이게 그 꼬마의 천기란 말인가?'

손끝도 대지 않고 수백의 사람들을 갈가리 찢는 능력. 혹시 염동력인가 하는 생각도 들었다. 사실이라면, 매우 성가신 적이 나타난 것이다. 그가 보기에 소년은 분명 천기자였다. 동행한 창잡이는 이 세계에 속한 사람인 듯했다.

위원회에 속하지 않은 천기자가 갑자기 나타난 것이다.

'젠장, 그자 하나만으로도 성가신데 변수가 또 늘다니.'

남자는 소년을 추적할까 하고 잠깐 고민했다. 그러나 곧 그 생각을 버렸다. 그는 전투력이 약한 편이었다. 보통 사람보다는 강하지만 위원회에서는 바닥 수준이었다. 소년은커녕 창잡이도 당해낼 자신이 없었다. 몸놀림으로 보건대 창잡이는 이 시대의 이름난 무장이 확실했다.

남자의 임무는 어디까지나 자신이 본 것들을 상부에 알리는 것. 더구나 여기서 그가 본 것은 매우 중요한 정보였다. 공을 탐하다 죽으면 그보다 부질없는 짓이 없다.

마음을 정한 남자는 서둘러 마을을 떠났다. 용운 일행이 향한 곳과 반대되는 방향이었다.

한편, 용운 일행은 빠른 속도로 달린 끝에 그날 저녁 동북평에 닿았다. 이미 상당히 가까운 곳에 와 있었던 것이다.

검후와 성월이 용운을 번갈아 업었다. 덕분에 더 빠른 이동이 가능했다. 두 사람은 그 상태에서도 날듯이 달렸다. 심지어 여유롭게 대화까지 나눴다. 엄청난 경신술(輕身術, 몸을 가볍게 하여 달리는 기술)이라고 조운이 감탄할 정도였다.

가장 빠른 것은 둘째인 청몽이었다. 그러나 그녀는 도시 앞에 먼저 도착한 직후, 어디론가 자취를 감춰버렸다.

"원래 사람들 앞에 나타나는 걸 별로 안 좋아해요."

검후가 설명하자 용운은 고개를 끄덕였다. 그도 잘 아는 사실이었다. 자신이 설정했으니 모를 리가 없었다. 둘째인 청몽의 콘셉트는 암살자였다.

"청몽 언니는 그래도 근처 어딘가 숨어 있을 거야."

사린의 말에 조운은 청몽의 기척을 찾아보려 했다. 하지만 전혀 느낄 수가 없었다. 그는 쓴웃음을 지으며 포기했다.

'적이 아니라서 다행이구나.'

전답이며 가옥들을 지나 얼마간 더 달리자, 높은 성벽으로 둘러싸인 웅장한 성이 나타났다.

일행은 그때부터 속도를 늦췄다.

성벽이 전부가 아니었다. 그 성벽을 빙 둘러싸고 있는 해자의 깊이도 엄청났다. 북방의 이민족인 오환이 종종 쳐들어와, 그에 대한 방비를 철저히 하기 위함이었다. 해자는 적의 침입을 막기 위해 성 밖을 둘러 파서 만든 도랑이다. 물을 채우기도 하고 채우지 않기도 한다.

북평성의 해자에는 물이 없었다. 혹독한 기후 탓에 물이 얼어붙기라도 하면 무용지물이 되기 때문이다. 공손찬은 여기 주둔하면서, 흰 말로 이뤄진 기병대로 오환을 격퇴하여 '백마장군'이란 명성을 얻었다.

조운은 그 공손찬의 수하로 임관하려는 것이었다.

용운 일행은 해자를 가로질러 성문까지 놓인 다리를 건

넜다.

"흐아…… 아찔하네."

용운은 아래를 내려다보며 중얼거렸다. 난간이 없는 다리였기에 더 무서워 보였다. 사린이 뒤에서 그의 손을 가만히 잡고 속삭였다.

"걱정 마세요, 주군. 저는 설령 주군이 다리 아래로 떨어진다 해도 무사히 구할 수 있어요."

"하하, 고마워. 믿음 직하다."

오는 길에 용운은 네 자매들의 강력한 요구로 그녀들 모두에게 말을 놓기로 했다. 안 그러면 자신과 대화를 안 하겠다니 어쩔 수 없었다. 그는 사린의 머리를 쓰다듬어주었다. 사린이 좋아하며 헤벌쭉 웃었다. 민주의 여동생인 민지를 모델로 한 까닭인지, 친숙한 동생 같은 느낌이 들었다.

'민지는 잘 있겠지? 민주도…….'

원래 있던 세계에 대한 상념이 잠깐 떠올랐다. 정부요원이 살해당했으니 곧 국가기관이 움직였을 것이다.

난 어떻게 처리됐을까? 아버지처럼 행방불명됐다고? 민주는 내가 사라져서 슬퍼할까?

"와! 사람이 엄청나게 많네요."

용운은 성월의 탄성에 상념에서 깨어났다.

그녀의 말대로, 다리 위는 용운 일행뿐만 아니라 수많은 인파로 가득했다. 대부분 남자였다.

조운이 혼잣말을 했다.

"무슨 일이라도 생긴 건가. 정말 이상할 정도로 사람들이 많군."

다리를 지나 성문 앞에 다다르자, 창을 든 병사들이 일행을 가로막았다.

"잠깐. 어디서 오는 길이오?"

조운이 나서서 말했다.

"태수님의 휘하에 무장으로 들어가기 위해 왔소. 나는 상산의 조자룡이라고 하오."

그는 야영을 해가며 오래 여행을 한 데다 성혼단 지부에서 전투까지 벌인 탓에 행색이 남루했다. 병사들이 그를 미심쩍은 눈으로 바라보았다.

"아무나 받아줄 수는 없소."

그 꼴을 보던 용운은 속으로 어이가 없었다.

'니들이 지금 누구를 거절하는 줄이나 아냐?'

조운은 품에서 죽간을 꺼냈다. 스승과 아버지가 써준 추천서였다. 내용을 보일 것까진 없으나, 추천서를 들고 왔다는 것 정도는 알려줄 수 있다. 그것만 해도 아무것도 없는 것보단 훨씬 나았다.

"강 대장님!"

병사들의 외침에 강 대장이란 자가 나섰다. 죽간을 받아 살펴본 그는 고개를 끄덕였다. 어차피 가짜 추천서가 통할 일도 없다. 판단은 관리들이 하리라.

"좋소. 저들은……."

조운의 어깨너머를 보며 말하던 강 대장이 입을 헤벌렸다. 검후와 성월 그리고 사린의 미모 때문이었다. 드물게 큰 키에 늘씬한 몸매를 뽐내는 검후, 풍만한 가슴과 가느다란 허리가 돋보이는 요염한 매력의 성월, 거기에 귀엽기 짝이 없는 사린까지. 그녀들은 시대와 배경을 초월하는 아름다움을 뿜어냈다.

간신히 정신을 차린 강 대장이 말을 이었다.

"저들은…… 당신의 일행이오?"

"그렇소."

미녀를 하나도 아니고 셋이나 거느렸다. 강 대장은 착각에서 비롯된 시샘에 쓸데없는 소리를 내뱉었다.

"아이에 여자들이라. 아무리 봐도 무인으로는 안 보이는데? 게다가 여자들이 무기까지 들고. 닭이라도 때려잡겠다는 건가?"

그의 말에 병사들이 폭소했다. 성으로 들어가기 위해 뒤에 줄을 섰던 사람들도 킬킬댔다.

검후가 훗 하고 싸늘하게 웃었다. 성월은 무심히 코를 만졌으며, 사린은 "배고파"라고 작게 중얼거렸다.

다행히 아무도 무기를 잡진 않았다. 용운에게 위해를 가한 건 아니기 때문이다. 또 사람을 함부로 죽이지 말라는 용운의 명도 있었다. 병사들은 방금 염라대왕 코앞에 갔다 온 건 모르고 그녀들을 훔쳐보느라 여념이 없었다.

조운이 차분하게 답했다.

"이쪽 공자는 학문을 익혔으므로 문관에 지원할 것이며, 여인들은 그의 시중을 들 시녀요. 동시에 경호도 맡을 것이오."

용운과 미리 말을 맞춰둔 내용이었다.

"경호 시녀? 그렇군."

강 대장은 고개를 주억거렸다. 경호 시녀라면, 극히 드물긴 하나 아주 없진 않다. 주로 돈을 과시하려는 부자들이 이민족 여인을 사서 훈련시켜 경호 시녀로 삼는다. 말이 경호 시녀이지 잠자리 상대를 많이 했다.

또 명문가의 자제들은 다른 고장으로 떠날 때 자신이 부리던 하인이나 시녀를 데리고 가는 일이 흔했다. 목적지에 가서 새로 고용하기도 하지만 아무래도 원래 부리던 사람이 편한 법이다.

아무튼 병사들은 용운을 '좀 있는 집의 자식'으로 여기게 됐다. 특이한 복색 하며, 시녀라는 여인들의 미색이 보통이 아니어서 더욱 그랬다.

'마치 계집처럼 생긴 데다, 새파랗게 어린 녀석이 참모라. 이르면 열여덟에 관직에 나가기도 하지만 열서넛 정도로밖에 안 보이는데.'

강 대장은 입맛을 쩝 다셨다.

'뭐, 원소에게 가지 않은 걸 고맙게 여겨야 하나? 죄다 그리로 가버리는 바람에, 지금 우리는 고양이 손이라도 빌려야 할 판이니.'

그는 어깨를 으쓱하며 용운 일행을 통과시켰다.

"어서 오시오. 동북평에 온 걸 환영하오."

10
객잔에서의 하룻밤

용운 일행이 입성한 후, 날이 완전히 저물었다. 해가 지자 주변은 놀라울 정도로 어두워졌다. 가로등이나 네온사인 등 다른 조명이 없어서다.

횃불을 든 병사들이 즉시 성문을 닫았다. 미처 들어오지 못한 이들이 항의했지만 소용없었다. 통금이 엄격하게 지켜지는 듯했다. 아마도 오환족과 싸우는 변방 도시인 까닭이리라고 용운은 짐작했다.

'어둠을 틈타 성 내부에 적이 침입하면 치명적인 결과를 낳지. 지휘관을 암살할 수도 있고 성문을 안에서 열어버릴 수도 있으니까.'

결국, 사람들은 투덜대며 흩어졌다. 다시 다리를 건너 마을로 돌아가려는 것이다. 숙소라도 잡으려면 빨리 움직여야 했다.

"후아!"

성문 안에 들어선 용운은 살짝 숨을 들이켰다. 제일 먼저 눈에 들어온 것은 입구에서부터 정면으로 곧게 펼쳐진 대로(大路)였다. 돌이 깔린 단단한 길이 끝없이 이어져 있었다.

"과연 백마의종(白馬義從)의 성답구나."

조운이 감탄했다. 이런 길이 흔하지 않다는 의미이리라.

'백마의종'이란 공손찬이 자랑하는 기병대를 말했다. 모두 흰 말로 이뤄져서 백마의종이란 이름이 붙었다. 그 말에 용운은 이 길이 기병대를 위한 것임을 깨달았다. 이 정도 길이라면 다수의 기병대가 대열을 맞춰 빠르게 이동할 수 있을 듯했다.

대로 양쪽으로 건물들이 빼곡히 들어섰다. 대부분 흙벽으로 된 집인데, 간혹 벽돌로 만든 집도 보였다. 지붕은 짚을 엮어 덮거나 기와를 올렸다. 그런 건물들 사이로 샛길이 수도 없이 뻗어 있었다.

'꼭 민속촌에 온 것 같은 기분이네.'

용운은 이 세계가 당연히 난생처음이었다. 사천신녀들은 그를 따를 뿐이다. 그렇다 보니 조운이 자연히 일행을 이

끌게 됐다.

조운은 기본적으로 이 세계의 사람일 뿐만 아니라, 원소 밑에서 어느 정도 사회생활도 했다. 고향을 떠난 후로는 유랑도 해봐서 이런 일에는 익숙했다.

"오늘은 푹 쉬고 내일 아침 일찍 임관을 청하도록 하자."

조운의 제안으로, 용운 일행은 성문 근처의 객잔에 들기로 했다. 객잔은 여관과 주점을 겸하는 장소였다. 간단한 식사를 팔기도 했다. 그들처럼 밤늦게 들어오거나 아침 일찍 성 밖으로 나가는 사람들이 많아서인지, 성문 근처에는 객잔이 많았다.

전기가 있을 리 없는 시대였다. 해가 지면 모두 일찍 잠자리에 든다. 당연히 점포도 문을 닫는다. 하지만 객잔은 불을 밝히고 나름 성업 중이었다.

'저게 무슨 초지?'

용운은 객잔 입구의 촛대에 켜둔 불을 흥미롭게 바라보았다. 조잡하게 만든 양초 같은데, 색이 누르스름하고 이상한 냄새를 풍겼다.

그는 연습도 할 겸 신기한 마음에 '사물통찰'의 특기를 사용해보았다. 그 전에 초를 향해 의식을 집중하는 것도 잊지 않았다. 그가 바라보는 초 위에, 나비상을 봤을 때와 마찬가지로 붉은색 정보창이 떠올랐다.

납촉
(蠟燭)

밀랍과 고래 기름으로
만든 초.
불을 밝히는 데 사용.
가치 2

'납촉이라 하는구나. 저쪽에 저건 등잔불 같고.'

객잔 중 하나를 고른 용운 일행이 들어섰다. 어른거리는
불빛 아래로 시선들이 일제히 집중되었다. 특히 뒤쪽의 세
자매를 보는 눈이 많았다. 놀라움과 욕정이 뒤섞인 눈빛들
이었다.

조운은 안을 둘러보며 가볍게 기운을 흘렸다. 한마디로
관심 끄라는 뜻이었다. 곧 시선들이 분분히 흩어졌다.

용운은 객잔 안의 생소한 광경에 또 어리둥절했다. 흙이
드러난 맨바닥이었다. 반으로 자른 커다란 통나무가 여러
개 놓여 있었다. 테이블 대용으로 쓰는 물건인 모양이었다.
그런 통나무를 중심으로 바닥에 삿자리(갈대를 엮어서 만든 자
리)를 깔고 여러 사람들이 앉아 있었다. 삿자리라는 것은 사
물통찰을 통해 알았다.

간혹 등받이 없는 나무 벤치 같은 물건에 앉은 사람도 있

었지만 대부분 삿자리를 이용했다. 통나무 위에 조잡한 병과 잔, 접시 등이 어지러이 널려 있었다. 흙으로 구운 토기였다. 네모반듯하고 다리가 달린 테이블이나 등받이 있는 의자 따위는 눈 씻고 봐도 없었다.

'뭐야. 의자도 없어?'

7세기 이전까지 한족은 방바닥에 바로 앉거나 삿자리, 방석 등을 깔고 앉았다. 일반인들이 쓰는 의자는 10세기경에야 처음 등장했다. 삼국시대가 끝나고도 몇 백 년이나 지난 후다. 그런 사실까지는 몰랐던 용운은 당황할 수밖에 없었다.

거기다 이상한 악취가 코를 찔렀다. 씻지 않은 인간의 체취와 술 냄새, 토사물 냄새 등이 뒤섞인 것이다. 객잔에 들어선 사린이 코를 벌름거렸다.

"맛있는 냄새가 난다. 배고파요!"

아무래도 그녀는 선별해서 냄새를 맡는 듯했다.

"사린 소저, 일단 방부터 잡고 식사를 합시다. 여기 방 있소?"

조운이 방을 청하자, 객잔 주인은 난감한 표정이 됐다.

"죄송하지만 빈방이 작은 걸로 하나뿐인뎁쇼."

"보시다시피 일행 중에 아녀자들이 있소. 어찌 안 되겠소?"

"그게, 태수님께서 대대적으로 사람을 모은다고 포고문

을 내신지라. 일대의 성읍에서 장정들부터 온갖 어중이떠 중이들까지 다 모여들었습니다요. 여기뿐만 아니라, 다른 객잔들도 상황은 마찬가지일 겁니다."

그러고 보니 성에 들어오려는 사람들이 유난히 많았다. 이런 변방에 늘 그토록 많은 방문자가 있진 않을 터였다.

"안 그래도 사람을 모으는 중이었대요."

용운의 말에, 조운이 고개를 끄덕였다.

"그렇구나. 곧 전투가 있을 모양이다."

객잔 주인이 놀란 투로 말했다.

"아니, 아직 그 소식 못 들으셨습니까?"

"무슨 소식 말이오?"

"얼마 전에 궁에서 난리가 났잖습니까. 십상시들이 하진 대장군을 죽였고 그에 분노한 원소 공이 환관들을 쳐죽였습죠."

"그건 알고 있소만."

객잔 주인의 음성이 낮아졌다.

"그 뒤에 동탁이 천자님을 몰아내고 새로 황제를 세웠답니다. 그에 분노한 병주자사가 군사를 일으켰지요. 동탁의 횡포를 막으려고요. 지금 언제 전쟁이 날지 모른다고 소문이 자자합니다요."

객잔 주인의 얘기를 듣던 조운은 깜짝 놀랐다. 그가 발해군에서 동북평으로 오는 사이 벌어진 일이었다. 그 못지않게 용운도 놀라고 있었다.

'이 얘기는…… 십상시의 난 이후.'

순간, 용운의 머릿속에 거대한 탑이 나타났다. 수천 개의 층에, 각 층마다 수천 개의 방이 자리한 탑이었다. 그가 '기억의 탑'이라 이름 붙인 가상의 공간이다. 그 방들은 수천 개의 서랍장으로 채워졌다. 각각의 서랍에는 용운이 보고 들은 모든 정보가 서류의 형태로 채워져 있었다.

용운은 그중에서 한 서랍을 열어, 십상시의 난에 대한 서류를 꺼내 읽었다.

십상시(十常侍)는 후한의 정치권력을 장악하고 있던 열 명의 환관들이었다. 정확히 열 명은 아니나 보통 십상시라 칭했다. 선대 황제인 영제의 사망 후, 십상시와 대장군 하진은 후계자 문제 및 권력을 놓고 첨예하게 대립 중이었다.

하진은 원래 백정이었다. 여동생이 영제의 후궁이 되어 총애를 받은 덕에 출세가 시작됐다. 180년에 누이가 마침내 정식 황후가 되자 그도 하남윤에 올랐다. 그 후 황건적의 난 때 대장군으로 임명됐다.

하진은 누이 하황후의 아들이자 자신의 조카인 '유변'을 차기 황제 자리에 앉히려 했다. 반면, 십상시는 왕미인의 아들 '유협'을 다음 황제로 지지하고 있었다. 왕미인은 하황후가 황후 자리에 오른 뒤, 영제가 새로 맞아들인 후궁이었다. 하진과 하황후가 용납할 리 없었다.

'대립할 수밖에 없는 상황이었지.'

그러다 189년 8월 25일, 마침내 십상시들이 하진을 암살했다. 이에 하진의 수하이던 조조와 원소, 원소의 동생 원술 등이 군사를 이끌고 궁으로 쳐들어가 십상시를 포함한 환관들을 닥치는 대로 죽였다. 그 과정에서 무려 이천여 명의 사람들이 살해당했다. 궁은 피로 물들다시피 했다. 이 사건을 십상시의 난이라 칭했다.

'공손찬이 괜히 사람을 모은 게 아니었구나. 그도 십상시의 난을 계기로 격변이 몰아칠지도 모른다고 생각한 것이다. 이미 동탁이 낙양에 들어가 병권을 장악했으니 너무 늦었지만.'

공손찬의 근거지는 중앙에서 상대적으로 멀었다. 궁에 딱히 연줄도 없다. 자연히 정보 입수가 늦었다. 또한 결단력이 부족하여 빨리 대응하지 못했다.

'아니, 어쩌면 그게 다행이었는지도 모른다. 병주자사가 군을 일으켰다고 했나? 십상시의 난 때, 동탁에 맞서려고 일찌감치 출병했던 병주자사 정원은 여포의 배신으로 죽었지. 현재 동탁의 힘은 제후 한둘의 능력으로 맞설 수 있는 게 아니야. 섣불리 혼자 나섰다간 공손찬도 위험했을 것이다.'

십상시의 난은 189년 8월 25일에 일어났다. 덕분에 용운은 지금이 189년 9월 무렵이란 사실을 알았다.

그가 생각을 정리할 때쯤, 조운도 객잔 주인과의 대화를 끝냈다.

"이게 나한테 악재일지 그 반대일지 모르겠군. 아무튼 어쩔 수 없지. 남은 방 하나라도 주시오. 용운아, 너의 사매 분들을 거기 묵게 하고 우린 여기서 쉬자꾸나."

그 말에 검후와 성월, 사린이 동시에 기겁했다.

"안 돼요!"

조운이 살짝 당황했다.

"왜들 그러시오?"

"주군은 저런 흙바닥에서 밤을 새우게 하고 저희는 방에서 자다니요. 절대 안 될 말입니다. 어차피 우리는 안 자도 되고 안 먹어도 됩니다."

검후의 말에 사린이 다급히 반박했다.

"아닌데, 아닌데? 먹는 건 먹어야 되는데?"

"사린 소저의 말이 맞소. 사람이 어찌 먹지도, 자지도 않아도 된단 말이오?"

성월이 빈 삿자리에 털썩 앉았다.

"알아서들 하세요. 난 여기서 밤새 술이나 풀라니까."

"저······."

사린도 얼른 그 옆에 붙어 앉았다.

"그럼 나는 밤새 먹을래!"

어느새 그녀의 맞은편에 앉은 검후도 말했다.

"전 이 둘을 돌봐야겠군요. 이리 됐으니 자룡 님과 주군은 들어가서 주무시지요. 아, 그 전에 식사는 같이 하시고요."

"이런……."

조운은 쓴웃음을 지었다. 불편한 잠자리뿐만 아니라, 여인들의 미색도 문제였다.

반나절을 꼬박 달려왔다. 그 과정에서 숲을 헤치고 황무지를 지났다. 그런데도 어찌 된 영문인지 그녀들은 흙먼지가 묻어 더러워지거나 땀을 흘리지 않았다. 땀 냄새조차 없었다. 지저분해지기는커녕 미모가 더욱 빛을 발했다.

'마치 스스로 빛을 내는 듯하군. 자체발광(自體發光)이라고나 할까.'

조운은 세 여인들을 보며 생각했다. 그녀들이 여기서 밤새 있다가는 위험해질지도 모른다. 그녀들이 아니라, 추근거린 남자들이 말이다.

조운은 이미 검후의 몸놀림과 검술실력을 봤다. 입 밖에 내어 말하진 않았지만 큰 충격을 받았다. 그녀의 검술은 조운 자신의 창술과 비등 혹은 그 이상이었다. 그녀 혼자만으로도 이 객잔에 있는 모든 사내들을 제압하고도 남을 것이다.

그뿐만이 아니었다. 사린과 함께, 삼백에 달하는 적을 참살한 청몽이라는 여인도 있다. 보이진 않지만 근처에 그녀가 있다는 사실을 알 수 있었다. 날벌레가 불빛에 꼬이듯, 사내들은 여인들의 미색을 보아 넘기기 어려울 것이다. 그리 되면 필연적으로 피를 볼 가능성이 컸다. 여인들끼리만 있는 일행이라면 더욱 그렇다.

결국, 조운도 가까이에 있는 자리에 앉았다.

"별수 없군. 주인장, 방은 됐소. 여기 적당히 먹을 만한 것들과 술 좀 충분히 내주시오."

"그럽지요."

객잔 주인이 용운 일행의 통나무 상(床)에 등잔불을 놓고 갔다.

엉거주춤 서 있는 용운에게 성월이 손짓했다.

"이리 오세요, 주군. 거기 장승처럼 서 있지 말고."

"으, 응."

"자, 그리고 이렇게."

그녀는 다가온 용운을 가뿐하게 들어 자기 무릎에 앉혔다. 용운이 깜짝 놀라 버둥거렸다.

"으앗! 왜 이래. 나 내려갈 거야."

"호호. 그냥 여기서 드세요."

"무겁잖아. 다리 아플 텐데."

"전혀 안 무섭답니다. 그보다 주군을 이런 너저분한 곳에 앉게 할 수는 없지요."

사린과 검후는 각각 성월의 왼쪽, 오른쪽 옆으로 얼른 옮겨 앉으며 투덜거렸다.

"앗, 성월 언니. 반칙!"

"……칭찬받을 일이다만, 제법 손이 빠르구나, 성월. 아까 마을에서도 네가 주군을 받아 안지 않았니?"

성월은 용운의 허리를 안고 느긋하게 웃었다.

"후후. 억울하면 잽싸게 행동하라고, 언니. 그리고 동생아."

조운은 졸지에 혼자서 세 자매와 용운을 마주 보고 앉은 꼴이 됐다.

잠시 후, 객잔에서 일하는 소년이 삶은 고기와 술, 볶은 나물, 소면 따위를 내왔다. 검후가 고기 한 점을 젓가락으로 집어 용운의 입으로 가져갔다.

"자, 아 하세요."

"……그냥 내가 먹을게."

"제 정성을 거부하시는 건가요? 제가 주는 것은 드시기 싫다는 거죠?"

"……아."

용운은 검후와 성월이 번갈아 먹여주는 음식을 아기새마냥 받아먹었다. 구경하던 사내들은 질시에 찬 표정에서 거의 울 지경이 됐다.

사린은 맨손으로 음식을 흡입하느라 바빴고 조운은 못 본 척 조용히 식사를 했다.

처음에는 부끄러워하던 용운은 곧 체념했다. 그렇게 먹다 보니 은근히 편하기도 했다. 여인들은 용운이 음식을 다 씹어 먹고 삼키는 시점을 정확히 맞춰 새로 먹여주었다.

'그런데 되게 맛없다.'

용운은 살짝 콧잔등을 찌푸렸다.

삶은 고기는 소위 수육(水肉)이라 하는 형태. 양념이나 소스는커녕 살짝 소금 간을 한 게 전부였다. 나물도 마찬가지로 그냥 기름에 볶았을 뿐이다. 워낙 배가 고팠기에 먹었지, 평소라면 거들떠보지도 않았을 음식들이었다. 당분간 이런 것들만 먹고 살 생각을 하니 답답해졌다.

그때 조운이 한 말에, 하마터면 먹던 걸 뿜을 뻔했다.

"이 집, 보기보다 음식은 괜찮구나."

아니, 이 사람들 대체 뭐 어떤 걸 먹고 사는 거야!

조운뿐만 아니라, 이런 음식을 정신없이 먹고 있는 사린도 안쓰러웠다.

용운은 결심했다. 틈나는 대로 뭐든 재료를 모아, 일행에게 밥을 해먹이기로. 1년 넘는 자취생활 덕에 요리는 자신 있었다. 그때, 사린이 작게 중얼거리는 소리가 용운의 귀에 들렸다.

"우웅, 맛없쪄. 떡볶이나 스테이크 먹고 싶다."

떡볶이? 스테이크?

순간, 벼락같은 위화감이 닥쳤다. 용운이 움찔하는 게 느껴진 걸까. 성월이 작게 경고했다.

"사린."

그저 이름을 불렀을 뿐이다. 하지만 묵직한 압박감이 풍겼다. 평소에 늘 웃고 있는 그녀이기에 더했다. 사린은 얼른 입을 다물었다.

"……."

잠시 묘한 침묵이 감돌았다.

용운은 혼란스러워졌다. 떡볶이나 스테이크는 이 시대에 없는 음식들이다. 거기다 스테이크는 외국어고 떡볶이는 한국의 음식이다. 그런 것들을 사린이 어떻게 알고 있는 걸까? 삼국시대라는 배경에 맞춰 만들어낸 '신장수'인 그녀가 말이다.

'애초에 이들의 정체는 뭐지?'

사천신녀는 조운처럼 실존하는 인물들이 아니었다. 용운 자신이나 위원회의 멤버처럼, 과거로 온 현대인도 아니다. 그렇다고 유령일 리도 없다.

한데 생각해보면 그녀들에게는 부모도, 가족도 존재하

지 않았다. 분명 살아 있는 사람이면서, 누군가로부터 '태어난' 게 아닌 것이다. 하늘에서 떨어지거나 땅에서 솟아오른 것처럼, 불쑥 나타났을 뿐.

어차피 지금의 상황 자체가 비상식적인 일이다. 그래서 네 여인들에 대해서도 깊이 생각하지 않으려 했다. 그렇게 억눌러왔던 의문이 용운의 기질에 따라 끝없이 부풀어올랐다.

하지만 물어보기가 두려웠다. 어떻게 그런 말들을 알고 있느냐고. 너희는 어디서 나타났으며, 어떤 원리로 만들어졌느냐고. 묻는 순간, 그녀들이 사라져버릴 것만 같은 기분이 들었다. 마치 마법이 풀리듯이.

고민을 하니 목이 탔다. 용운은 별생각 없이 눈앞의 잔을 들어 마셨다. 순간, 그는 독한 냄새와 함께 목이 타는 듯한 감각을 맛봤다.

"으아…… 콜록콜록!"

성월이 시치미를 떼고 말했다.

"어머, 주군. 의외로 남자셨네요. 화주를 한 번에 들이켜시다니."

"이거 술…… 이었어? 켁켁."

용운은 까만 눈에 눈물을 그렁그렁 담고 괴로워했다. 사린이 얼른 물을 건넸다.

"아아, 귀여워!"

성월은 물을 마시는 용운을 꽉 끌어안았다. 용운은 아직 그녀의 무릎 위에 앉아 있었다. 자연히 뒤에서부터 안은 모양새가 됐다. 술 한 잔에 사레 들린 용운을 비웃던 사내들이 다시 울 듯한 기색으로 변했다. 그들은 저마다 수군거렸다.

"저놈은 전생에 나라를 구했나."

"보면 모르나. 잘생겨서 그렇지."

사내들은 감히 집적댈 생각은 못했다. 강자의 분위기를 물씬 풍기는 조운 때문이었다.

물을 마시자 겨우 용운의 기침이 가라앉았다. 성월은 여전히 그를 꼭 안고 있었다.

"우웅…… 답답해."

꿈틀거리던 용운이 잠잠해졌다. 그는 얼굴이 발개진 채, 성월의 팔뚝에 턱을 얹고서 잠들어버렸다. 가뜩이나 피곤하던 차에 취기까지 돌았다. 이를 못 이기고 순식간에 곯아떨어진 것이다.

"주무신다!"

사린의 속삭임에 검후가 말했다.

"피곤하셨을 만도 하지. 이곳에 와서 갑자기 너무 많은 일들을 겪으셨으니."

조운은 조금 전부터 말없이 술만 마시고 있었다. 여인들을 물끄러미 바라보던 그가 말했다.

"실례지만 뭐 좀 여쭈어도 되겠습니까?"

성월이 셋을 대표하여 답했다.

"말씀하시지요."

주군인 용운의 의형제이자, 그를 보호해준 사람. 여인들은 조운을 인정하고 정중히 대했다. 조운이 던졌던 자갈에 맞은 청몽만 빼고. 다행히 청몽은 은신하여 쉬는 중이었다.

"용운이와 소저들은 대체 어디서 온 겁니까? 내 아무리 고향을 떠난 적이 없다 하나, 기본적인 식견은 있습니다. 용운이는 그렇다 치고, 소저들은 산에서 수련만 했다고 하기에는 너무…… 뭐랄까, 소쇄합니다."

소쇄(瀟洒)는 자연스럽고 품위가 있다는 뜻이다. 현대식으로 표현하면, 세련되었다는 말이었다.

조운의 시선이 검후에게 흘끔 가닿았다. 성월의 입꼬리가 슬쩍 올라갔다. 헛기침을 한 조운이 말을 이었다.

"예까지 오는 길에 본의 아니게 들은 바로는, 가끔 낯선 말들을 쓰기도 하고 말입니다. 무공도 대단하시고……. 그저 궁금해서 여쭙는 겁니다. 원치 않으시면 답하지 않아도 됩니다."

"숨길 일도 아니니 알려드리지요. 주군과 저희는 사실 먼 이국땅 출신이랍니다."

"이국…… 말입니까?"

"예. 아실는지 모르겠으나, 한(漢)의 동쪽 끝에 있는 작은 나라입니다. 거기서 전란이 일어나, 주군을 모시고 우리 모두 피란해왔지요. 그 후로 깊은 산중에서 수련만 한 게 사실입니다."

"어떤 수련을 하셨습니까?"

"주군은 천기를 읽는 능력과 여러 학문을, 저희 자매들은 그런 주군을 보호하기 위한 무예를 익혔지요. 그러다 주군의 스승이 돌아가신 걸 계기로 세상에 나와보니, 이곳 또한 어지럽긴 마찬가지군요."

"그런 사정이 있었군요."

조운은 그 이국이라는 곳에서의 용운의 신분이 범상치 않으리라 여겼다. 어쩌면 태어났을 때부터 이미 네 여인의 주군이었을지도 모른다. 고위 관료나 왕족의 자식이 아닐까, 얘길 듣다 보니 그런 기분이 들었다.

"만약 용운이가 여기서 임관하게 되면 여러분은 어찌하실 겁니까?"

그 말에는 검후가 답했다.

"저희는 주군이 가시는 곳이라면 어디든 따릅니다. 그곳이 설령 지옥이라 할지라도."

"그렇습니까……."

한 치의 망설임도 없는 단호한 어조였다.

조운은 문득 용운이 부럽게 느껴졌다. 단순히 미인들과 함께여서가 아니다. 비록 여인이라 해도 저런 충절을 가진 수하가 곁에 있다는 사실이 부러웠다.

"정말 잘 주무시네."

성월은 용운을 조심스레 움직여, 자신의 허벅지를 베고 눕게 했다.

조운은 잠든 용운을 바라보았다. 그린 듯한 눈썹과 긴 속눈썹, 이마에 드리운 갈색 머리카락, 투명한 피부와 붉은 입술까지. 사내지만 아름답다는 생각이 절로 들었다.

그때 조운에게 검후가 정중한 어조로 말했다.

"사교 무리와의 전투 이후, 여정을 서두르느라 제대로 말씀을 못 드렸군요. 주군을 구해주고 돌봐주신 데 대해 진심으로 감사드립니다. 정말 큰 은혜를 입었습니다."

그녀는 깊이 고개를 숙였다. 어쩐지 쑥스러워진 조운도 마주 포권을 취했다.

"거두십시오. 마땅히 해야 할 일을 한 것뿐입니다."

"안다고 누구나 행하진 않지요. 이 은혜는 반드시 갚도록 하겠습니다."

검후는 부드럽게 웃었다. 그 웃음을 본 조운의 가슴이 철렁 내려앉았다.

이상했다. 검후라는 여인을 보거나 목소리를 들을 때마

다 가슴이 뛰고 얼굴이 붉어졌다. 알게 된 지 하루도 안 된 여인이었다.

'미쳤구나, 조운. 정신 차려라. 그래, 이건 훌륭한 검술을 본 데서 온 착각이다.'

그러나 그게 아님은 그 자신이 잘 알았다. 이 마음은 그의 뜻대로 되는 게 아니었다.

다른 세 여인들도 검후 못지않게 아름다웠다. 검후가 단아하면서도 지적이라면, 청몽은 드러난 눈만으로도 미색을 짐작할 수 있을 정도였다. 성월은 가히 뭇 사내들을 홀릴 만했다. 사린 또한 싱그러운 청초함을 뿜냈다.

그러나 그들 중 누구도 검후 같지는 않았다. 적어도 조운에게는 그랬다.

얼마나 시간이 흘렀을까. 객잔을 가득 채웠던 사내들이 하나둘 잠자리에 들었다. 개중에는 용운 일행처럼 술을 마시던 삿자리 위에 그대로 드러누워버린 자들도 있었다.

배를 채운 사린은 망치를 안고 모로 누운 채 잠들었다. 성월도 앉은 자세로 꾸벅꾸벅 졸기 시작했다. 언제인지 소리 없이 나타난 청몽은 대들보 위에서 잠을 청했다.

조운과 검후는 말없이 함께 술을 마셨다.

둘은 밤새 그렇게 술잔을 나눴다.

용운은 날이 채 밝기 전에 눈을 떴다. 제일 먼저 보인 것은 청몽이었다. 그럴 만도 한 것이, 그녀는 정확히 용운의 머리 위쪽 대들보에서 자고 있었기 때문이다.

'깜짝이야. 저런 데서 잘도 자네. 떨어지면 어쩌려고.'

이어서 용운은, 자신이 뭔가 부드럽고 따뜻한 것을 베고 있음을 느꼈다. 일어나 앉은 그는 깜짝 놀랐다.

'으아, 성월……. 대체 언제부터 무릎베개를 해주고 있었던 거야? 쥐 안 났나?'

성월은 무릎을 꿇고 앉은 자세 그대로 눈을 감고 있었다. 사린은 그 옆에 대자로 뻗어 있었다. 그녀가 입맛을 다시며 중얼거렸다.

"음냐, 음냐. 내 고기……."

검후는 팔짱을 낀 채 성월과 마주 앉아서 눈을 감고 있었다. 용운을 사이에 둔 위치였다. 하도 꼿꼿이 앉아 있어서, 자는 건지 깨어 있는 것인지 구분이 가지 않았다.

마침, 일찍부터 어딘가 나갔던 조운이 들어왔다. 그가 용운을 보고 인자하게 웃었다.

"잘 잤느냐?"

"예, 형님은 좀 주무셨어요?"

"그래, 나도 잘 잤다. 밖에서 포고문을 보니, 오늘까지는 무관 채용이 있고 문관은 내일부터라는구나. 그러니 아우는 오늘 하루 더 푹 쉬었다가 내일 찾아가면 될 것이다."

"아, 네, 알겠습니다."

"그나저나 용운. 참으로 충성스러운 사매들을 두었구나."

"네?"

"성월 소저는 밤새 네 머리를 무릎으로 받치고 있었다. 검후 낭자 또한…… 조금 전까지 너와 동생들을 살피다가 잠들었고. 간밤에 돌아온 청몽 소저는 널 보호하기 제일 좋은 대들보에 자리하더구나."

"아……."

용운은 뭔가 따스한 기운이 가슴속에 피어오르는 걸 느꼈다. 조운이 그의 머리를 쓰다듬으며 말했다.

"그럼 나는 먼저 나가서 몸을 좀 푼 다음, 관청으로 바로 가겠다. 어쩌면 무술 시범을 보여야 할지도 모르니 말이다."

"예. 잘하고 오세요, 형님!"

"염려 마라. 끝나고 다시 여기로 올 테니, 이곳에서 만나자꾸나."

조운이 나간 후.

용운은 좀 떨어진 자리로 가서 앉았다. 거기서 잠든 네 자매를 가만히 응시했다. 어머니가 돌아가신 뒤로는 처음 느껴보는 애정과 보호였다. 어떤 대가도 바라지 않는 무조건적인 사랑.

그녀들을 보고 있노라니 점차 웃음이 났다.

그래, 아무렴 어떠냐. 이들은 분명 살아 있는 사람이고 내게 소중한 존재들인 것을. 필요하다면 언젠가 이들이 말해줄 것이다.

"고마워."

용운이 작게 속삭였다. 잠결에 그의 목소리를 듣기라도 했는지, 자매들의 입가에 희미한 미소가 떠올랐다.

11

임관을 청하다

    조운이 임관을 위해 공손찬을 만나러 간 사이, 용운은 합류한 청몽까지 더하여 네 자매와 함께 성 곳곳을 돌아다녔다. 채소며 고기, 그 밖에 제법 다양한 물건들을 파는 시전을 둘러봤다. 다리가 아프면 노점에 앉아 지나가는 사람들을 구경하기도 했다. 또 틈틈이 자매들과 수다를 떨었다. 그러면서 더욱 가까워졌다. 그렇게 하루가 훌쩍 지나갔다.

    조운은 밤늦게 돌아왔다. 그가 객잔으로 들어서자마자, 용운이 잽싸게 달려가서 물었다.

    "어떻게 됐어요?"

    결과는 이미 알고 있었다. 역사에 의하면, 조운은 공손찬의 수하가 된다. 하지만 무슨 연유에서인지 눈에 들지 못했다.

비로소 실력을 인정받는 건, 원소와의 전쟁 중인 192년에 일어난 반하 전투에서였다. 앞으로 3년 남짓 더 남았다.

조운은 덤덤하게 대꾸했다.

"졸백(卒伯)직을 받았다."

"졸백이요?"

졸백은 맨 처음 조운이 원소에게 임관하였을 때 받은 직책이기도 했다. 병졸들의 우두머리라는 뜻이다. 적게는 열에서 많게는 백 명 정도의 병사를 지휘하는 자리였다.

공손찬에게 임관한 조운이 처음에 받은 직책에 대해서는, 용운이 본 문헌에 나와 있는 바가 없었다. 하지만 예상보다 박한 대우였다. 용운은 은근히 속이 상했다.

"형님한테 겨우 졸백이라니, 공손찬도 사람 보는 눈이 없기는 마찬가지군요."

용운의 말에 조운은 오히려 그를 다독였다.

"신경 쓰지 마라. 내가 큰 전공을 세운 것도 아니고 태수님은 나에 대해 모른다. 처음부터 중책을 맡기는 게 오히려 이상한 일이다."

조운은 공손찬을 대면했을 당시의 일을 잠깐 떠올렸다.

겉보기에는 목소리가 우렁우렁하고 장부다운 기개가 있어 보였다. 공손찬은 조운의 창 솜씨를 보고 감탄했다. 또한 그가 원소를 떠나 자신에게 왔다는 사실을 알고 매우 기뻐했다. 하지만 굳이 하지 않아도 될 질문을 했다.

"듣자 하니 그대의 고향 사람들은 모두 원 씨를 따르고 싶어한다던데, 그대는 어찌 혼자 마음을 돌려 미혹에서 정도(定道)로 돌아올 수 있었는가?"

조운은 그 말에 이렇게 답했다.

"천하가 흉흉하여 누가 옳고 그른지 알 수 없으며, 백성은 눈앞에 액운을 걸어놓고 사는 형편입니다. 저희 주의 의견은 인자하게 다스리는 쪽을 따르지, 원 공(袁公, 원소를 높여 이른 말)을 경시하고 장군을 따르려는 게 아닙니다."

"흐음."

한마디로 더 옳은 쪽을 택한 것이지 원소를 가벼이 여긴 건 아니라는 의미였다. 그 말을 들은 공손찬의 표정은 미묘했다. 어쩌면 좀 더 듣기 좋은 대답을 원했으리라. 원소는 허명만 자자할 뿐 모실 인물이 못 되고, 공손찬 당신이야말로 진정한 주군감이라는 식의. 하지만 안타깝게도…….

'그런 생각 또한 들지 않았다.'

조운은 고개를 저었다. 이제 첫 대면이자 시작이었다. 선부른 판단은 금물이다. 어지러워지려던 마음을 추스른 그가 용운에게 말했다.

"내일은 네 차례다. 문관으로 임관하려는 이들이 많지

않았으니, 아마도 대전에서 직접 태수님과 관리들을 대면하여 평가받게 될 것이다. 아우라면 잘하겠지만 긴장하지 말되 너무 드러내 보이지도 마라."

"알겠습니다."

용운은 고개를 끄덕였다. 조운이 긴장하지 말라고 했지만 벌써부터 살짝 배가 아팠다.

'으, 내가 공손찬에게 임관 테스트를 받게 되다니. 어쩌다가 여기까지 왔지?'

하지만 하루빨리 어딘가 거취를 정해야 하는 것은 사실이었다. 이런 미지의 세상일수록 떠돌아다니는 것은 위험했다. 불확실요소가 너무 많고 치안도 엉망이다.

물론, 지금의 시대에도 용운이 살던 시대와의 공통점은 있었다. 바로 뭐든 돈이 든다는 점이다. 용운은 성에 들어온 직후 그 사실을 깨달았다. 그와 사천신녀들에게는 돈이 없었다. 그래서 조운이 모든 비용을 지불했다. 용운과 세 자매들(특히 사린)이 엄청나게 먹어치운 음식값. 또 세 자매들(특히 성월)이 마셔댄 술값.

조운은 거기에 대해 아무 불만도 표하지 않았다. 그러나 언제까지고 그에게 의존할 순 없다. 최소한 의식주 문제에 있어서는 그랬다.

'돈이 있다고 해도 객잔에서 계속 먹고 자기도 싫고 말

이지.'

오늘 하루 동안 마냥 놀기만 한 건 아니었다. 용운은 현대의 지식을 이용해 장사를 해볼 생각도 했다. 그래서 시전을 돌아다니며, 어떤 상품들이 팔리는지 관찰했다.

압도적으로 많은 게 농산물이었다. 그다음이 도기나 삿자리 등의 수공예품 위주. 농사짓기는 자체 패스했다. 땅도 없고 수확을 얻기까지 얼마의 시간이 걸릴지 몰랐다. 또한 장사에도 최소한의 밑천은 필수였다.

일단 집부터 먼저 지을까 하고도 생각해봤다. 그것도 결코 쉬운 일은 아니었다. 용운 자신뿐만 아니라, 네 명의 여인이 함께 기거할 집이기 때문이다. 큰 방과 화장실을 비롯해, 최소 네 개 이상의 나뉜 공간이 있어야 했다. 그런 집을 지을 엄두도 안 날뿐더러 사천신녀에게 시키기도 뭐했다. 그녀들은 무인이지, 하인이 아니다.

조운의 말에 따르면, 임관하면 녹봉은 물론이고 관사(官舍, 관리가 거주하는 집)도 나온다고 했다. 거기서 사천신녀와 함께 지낼 수 있을 것이다. 아무리 생각해도 임관이 제일 빨리 의식주를 해결하는 길이었다.

'그래. 우선 첫 번째 목표는 취직이닷!'

용운은 작은 주먹을 불끈 움켜쥐었다.

일단 관직을 받고 나서 일을 할 수 있을지 없을지를 생각하자. 그래도 배운 게 있는데 어떻게든 되겠지.

그 모습을 흐뭇하게 바라보던 검후가 입술을 달싹거렸다. 밖으로 소리 내지 않고 의사를 전달하는 기술, 바로 전음(傳音)이라 하는 무공이었다.

〈아무래도 주군은 여기서 일단 정착하시려는 듯하구나. 청몽, 네가 은밀하게 경호해라. 그리고 누구라도 주군에게 위해를 가하려 들면 죽여.〉

청몽은 살짝 고개를 끄덕였다. 벌떡 일어선 그녀가 객잔 밖으로 나갔다.

"어? 청몽아! 이 시간에 어디 가는 거야?"

용운이 불렀지만 그녀는 뒤도 안 돌아보고 사라졌다. 입술을 삐죽거리는 용운에게 검후가 말했다.

"청몽이는 타인들 앞에 모습을 드러내는 걸 좋아하지 않잖아요. 가까이에 은신해 있을 겁니다."

용운은 대들보 위에서 자던 청몽의 모습을 떠올렸다.

"청몽이를 위해서라도 꼭 임관해서 관사를 받아내야겠어……."

그가 중얼거렸다.

그날 밤, 조운와 용운은 늦게까지 대화를 나누며 아쉬움을 달랬다. 날이 밝으면 조운은 배정받은 병영으로 옮겨야 했던 것이다. 혼인을 한 사람은 예외였으나 조운은 거기 해당되지 않았다.

"너무 서운해 말거라. 종종 틈을 내어 보면 되지 않겠느냐. 어차피 너도 임관하면 바빠질 테고."

"네……."

말은 그렇게 해도, 아마 틈을 내기 어려울 것이다. 이제 조운은 엄연히 녹을 받는 관리가 됐기 때문이다. 기본적으로 출퇴근에 병사들 훈련을 시켜야 했다. 그의 성격상 대충하기도 어렵다.

용운은 의형의 위로를 듣던 중, 한 가지 의문이 들었다.

'그런데 공손찬이 망하고 나면 형님과 나는 어쩌지?'

그가 기억하는 역사에서, 공손찬은 비참한 최후를 맞이했다. 몇 해에 걸친 원소와의 전쟁에서 패배하자, 제 손으로 식솔들을 죽인 뒤 스스로 누각에 불을 질러 타죽은 것이다.

그게 서기 199년. 앞으로 정확히 10년 후의 일이었다.

'10년이나 남긴 했지만……. 아!'

순간, 용운은 엄청난 생각을 떠올렸다. 삼국시대로 온 후, 휩쓸려 다니기만 했던 그가 처음으로 발상의 전환을 시작한 순간이었다.

'내가 그걸 막을 수도 있는 거 아닌가?'

용운은 역사를 알고 있었다. 그저 아는 수준이 아니라 똑똑히 기억했다. 미래에 대한 정보와 현대에서 익힌 지식을 활용하면, 원소와의 전쟁이 시작되기 전에 공손찬의 세력이 더 강성해지도록 만드는 일이 가능했다. 전쟁이 시작된 후라도, 승리로 이끌 만한 계책을 내놓을 수도 있다.

물론 결코 쉽지는 않을 터였다. 원소라고 구경만 하겠는가. 공손찬과 싸울 당시 원소의 세력은 날로 강성해지는 중이었다. 안량과 문추로 대표되는 맹장들뿐만 아니라, 당대 최고의 모사진도 갖춘 상태였다.

그러나 용운의 머릿속에는 원소에 대한 정보도 가득했다. 그가 거느린 모든 인재들에 대한 것, 그의 강점과 약점, 주요 전투의 흐름과 결과, 심지어 주변 세력의 동향까지.

용운과 대화하던 조운은 입을 다물고 조용히 그를 지켜보았다. 의제(義弟)가 뭔가 중요한 생각에 빠져들었다는 사실을 눈치챈 것이다.

용운은 계속 생각을 이어나갔다. 이미 주변의 소리는 그의 귀에 들리지 않았다. 이럴 때의 그는 아버지와 꼭 닮아 있었다.

'그런데 꼭 그래야 하나? 그래도 되나?'

설령 그럴 수 있다 치자. 용운에게는 공손찬의 몰락을 막아야 할 어떤 이유도 없었다. 굳이 따지자면, 현재 조운이 그에게 임관했다는 것. 또 용운 자신에게도 첫 임관지가 될 듯하다는 인연 정도였다.

만약 그렇게 공손찬을 도왔다간 필연적으로 거대한 '변화'가 일어난다는 데 생각이 미쳤다. 원소에게 패하여 죽었어야 할 공손찬이 살아남는다. 혹은 반대로 원소를 이겨, 하북의 패자로 군림하게 된다. 이 결과가 불러올 변화는 엄청날 것이다.

그 전쟁에서 죽었을 수십만의 사람들이 살고, 살았어야 할 사람들이 죽는다. 그 후손들의 운명도 따라서 바뀐다. 태어났어야 할 사람들이 태어나지 못하게 되고 대가 끊겼을 가문이 이어진다. 그중에는 또 장래에 수많은 인명을 구할 사람이 있을 수도 있고 무수한 사람을 죽일 살인마가 있을 수도 있다. 거기에 따라, 또 엄청난 수의 변화가 발생한다.

그게 2000년에 걸쳐 쭉 이어진다면?

용운은 오싹 소름이 끼쳤다. 진씨는 중국에서 온 성씨라고 들었다. 만에 하나, 용운 자신이 21세기의 한국에 존재조차 못하게 될 수도 있는 것이다.

게다가 곧 유비가 공손찬을 찾아온다.

유비 현덕(劉備 玄德).

도원결의로 유명한 유비, 관우, 장비 삼형제의 맏형이며, 촉나라를 세워 삼국시대의 한 축을 담당하게 되는 영웅이다. 최고의 지략가이면서 정치가로 꼽히는 제갈량의 주군이 될 사람이자, 원래대로라면 조운의 미래의 주군이기도 했다.

유비를 만나고 그와 교감한 조운은 자신을 중용하지 않는 공손찬을 떠나 유비에게로 향한다. 그 뒤로 한순간도 유비를 떠나지 않고 충성을 다하는 것이다.

'만약 자룡 형님이 유비를 택한다면⋯⋯. 나도 아마 형님을 따라가겠지. 그럼 자연스레 유비의 세력에 속하게 될 테고.'

유비에 대해서는 별 감흥이 없었다. 단, 조운과 적이 되어 싸우는 일은 상상하기도 싫었다.

하지만 이미 변화는 시작되었다. 조운이 원래 이 시대에는 없었던 용운 자신을 만난 것이다. 지금의 조운도 과연 유비에게로 갈 것인가? 조운이 유비에게 가길 원하면 그를 따라가야 할까, 아니면 만류해야 할까? 만약 공손찬이 책 속에서 본 것과 전혀 다른 인물이라면. 그래서 용운 자신이 몸을 맡기기에 충분한 그릇이라면, 그래도 굳이 그를 떠나 유비를 따라가서 예정된 온갖 고난을 겪어야 할까?

고민하던 용운은 마음을 정했다.

'그래, 어차피 내 가정일 뿐. 일단 직접 공손찬을 만나보고 정하자.'

섣불리 역사를 바꾸는 행위는 극히 위험했다. 그저 흘러

가는 대로, 자신과 사천신녀들 그리고 조운의 무사안녕만 목표로 하여 사는 게 최선일 수도 있었다. 역사의 큰 줄기는 절대 건드리지 않고 말이다. 그렇게 해서 언젠가 원래 있던 곳으로 돌아가는 방법을 찾아낼 때까지.

"휴우."

용운은 긴 한숨을 내쉬었다.

검후는 그런 용운의 뒤에 그림 같은 모습으로 앉아 있었고 성월은 술을 홀짝이고 있었다. 사린은 성월과 같은 상에 앉아 열심히 고기를 뜯는 중이었다.

조운이 빙긋 웃었다.

"다 끝났느냐?"

"아, 형님! 죄송해요. 갑자기 머릿속에 무슨 생각이 떠올라서……."

"무슨 생각을 그리 골똘히 했느냐?"

용운은 장난 반 충동 반으로 사실을 말했다.

"미래에 대해서요. 공손찬 님을 어찌할까 하는 생각. 10년 후로 예정된 그의 몰락을 내가 막아줄까, 아니면 관두고 내 살 길이나 도모할까 하는 생각을 했습니다."

조운에게는 모든 사실을 털어놓고 싶은 용운의 심리가 작용한 결과였다. 조운은 농담 말라며 웃지도, 황당한 얘기라고 무시하지도 않았다. 그가 진지한 표정으로 말했다.

"앞으로 10년인가?"

"……형님, 그냥 농담한 겁니다."

"용운, 넌 관상도 배웠다고 했었지."

"네에."

"네가 그를 살펴봐다오. 그가 과연 천하를 안정시키고 흔들리는 이 나라를 구할 수 있는 그릇이어서, 네가 땜질할 가치가 있는지. 아니면 잠시 타올랐다가 사라질 무수한 군웅들 중의 하나일 뿐인지."

"……알겠습니다."

용운은 조운을 마주 보며 고개를 끄덕였다.

다음 날, 용운은 일찌감치 객잔을 나섰다. 조운과 함께였다. 사천신녀는 일을 마친 용운이 돌아올 때까지 거기 남아 있기로 했다.

"잊지 마. 누가 집적댈 때 패는 건 괜찮아. 하지만 함부로 죽이면 안 돼! 그럼 여기서 취직…… 아니, 임관하지 못하게 된다고."

용운은 몇 번이나 당부했다.

검후가 웃으며 말했다.

"걱정 마세요, 주군. 동생들은 제가 책임지고 단속하겠습니다. 잘하고 오시길."

"응, 검후만 믿을게."

조운과 용운의 등 뒤에서 사린이 열심히 손을 흔들었다. 성월은 입술을 내밀어 보였다.

"빠빠이~ 잘 다녀오세요오~!"

조운이 궁금한 듯 물었다.

"빠빠이가 무슨 말이냐?"

"그…… 저희 고향의 인사말 같은 거예요."

"그렇군. 어감이 참 재미있구나."

두 사람이 향하는 곳은 본성이었다. 다른 말로 내성(內城)이라고도 했다.

외성은 적으로부터 시설을 방어하고 출입자들을 관리한다. 적이 쳐들어왔을 때는 백성들을 외성 안으로 들여보내고 성벽 위에 병사들이 올라가 싸운다. 내성은 태수를 비롯한 주요 관리들이 기거하며 업무를 보는 곳이다. 관청들도 대부분 내성 안쪽이나 그 주변에 위치해 있다.

찾기는 어렵지 않았다. 돌로 포장된 대로를 쭉 따라가기만 하면 되었다.

"긴장되느냐?"

"조금요."

"별것 아니다. 만일 네가 문전박대라도 당하면 나도 함께 떠나면 그만이다."

"하하. 어렵게 얻은 자리인데, 어디로 가시려고요?"

"글쎄. 원 공한테 돌아갈 순 없고. 유우(劉祐) 공한테나 가볼까?"

조운의 말에, '유우'라는 인물에 대한 정보가 용운의 뇌리에 떠올랐다가 사라졌다.

온후하고 사려 깊으며 겸손한 황족. 현재 공덕과 치적으로 후한 내에서 견줄 사람이 없을 정도로 훌륭한 인물이지만, 훗날 공손찬에게 죽임을 당할 사람이었다. 또한 그때부터 공손찬의 몰락이 시작됐다.

담소를 나누는 사이, 내성 앞에 도착했다. 내성 입구에서 병사를 대동한 관리가 다시 한 번 신분과 무기 소지 여부 등을 확인했다.

조운은 이미 임관이 결정됐기에, 관리가 그를 알아보았다. 조운이 관리에게 용운을 소개했다.

"함께 온 내 의제요. 태수님께 임관을 청하러 왔소."

"일찍 왔구려. 갑시다. 기다리고 계실 터이니."

조운은 용운에게 말했다.

"난 여기서 가봐야 한다."

"네, 파이팅!"

"응? 파 뭐라고?"

"잘하겠다는 뜻입니다. 헤헤."

"녀석, 실없기는."

조운이 가볍게 웃었다.

용운의 파이팅은 조운에게라기보다 긴장한 자기 자신에게 한 말이었다.

조운이 떠나자, 관리가 무뚝뚝하게 말했다.

"따라오시오."

용운은 그를 따라 걸음을 옮겼다. 본성 안에서는 관리들이며 병사들이 분주히 움직이고 있었다.

'와…… 나도 여기서 일하게 되는 건가?'

이윽고 대전 앞에 다다랐다. 대기하라는 손짓을 한 관리가 먼저 문을 열고 들어갔다. 용운이 도착했음을 보고하려는 것이리라.

'이거 점점 더 긴장되네.'

생애 최초의 면접을 삼국시대에 와서 보다니. 게다가 그 상대는 무려 공손찬이다.

용운은 길게 심호흡을 했다.

'침착하자. 내가 아는 지식을 요령껏 이용해서 능력자로 보이면 된다. 어려울 것 없어!'

잠시 후, 관리가 다시 모습을 드러냈다.

"들어오시오."

안으로 들어서자 석재와 나무로 벽을 만든 대전이 나타

났다. 투박하지만 웅장한 것이, 성 주인의 취향을 보여주는 듯했다. 가운데 깔린 기다란 붉은 천이 누대까지 이어졌다. 천의 오른쪽에는 문관으로 보이는 관리들이, 왼쪽에는 무장들이 시립해 있었다.

석재 누대에 앉은 갑옷 차림의 장년인이 고개를 들었다. 보는 순간, 용운은 그가 공손찬일 것이라 짐작했다. 뭔가 다른 오라가 풍긴다고나 할까.

'어디 한번 볼까? 긴장도 가라앉힐 겸 나에 대한 감정이 어떤지도 봐야 하니.'

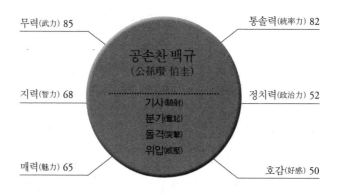

과연, 주군급다웠다. 조운을 제외하곤 이제까지 본 인물들 중 능력치가 가장 우수했다. 특기도 네 가지나 갖추고 있었다. 게임에서 다뤄지는 것보다 무력은 좀 더 높고 매력은

많이 낮았다.

'호감도가 50인 건 중립적인 감정이라 봐야 하나? 딱히 싫지도 좋지도 않은 상태.'

따지고 보면, 이제까지 용운이 제대로 대면한 삼국시대의 인물은 조운이 유일했다. 그 밖에는 황건적의 잔당이나 마을 사람들 정도.

그러나 조운은 처음부터 형제의 의를 맺었기에 친근한 감이 있었다. 직접 상대해야 할 군웅으로서는 공손찬이 최초인 것이다. 그는 결코 만만한 자가 아니었다.

"그대가 진용운이라는 학사인가?"

공손찬이 용운을 내려다보며 말했다. 넓은 대전이 우렁우렁 울렸다. 특기, '위압'의 효과일까. 용운은 어쩐지 기가 죽는 걸 느꼈다. 좀 가라앉으려던 긴장감이 다시 무럭무럭 피어올랐다.

"네. 제가 진용운입니다."

그는 공손히 고개를 숙였다.

"흐음. 복색이 특이하군."

공손찬이 중얼거렸다.

아무리 인재가 필요하다고 해도, 찾아온다고 아무나 만나지도 않고 임관시키지도 않는다. 최소한 해당 지역 관리의 추천서나, 하다못해 자신의 내력을 적은 소개서라도 있어야 한다.

하지만 공손찬은 아무것도 없는 용운이란 청년을 만나보기로 했다. 쓸 만한 문관이 부족해서이기도 하지만 어제 임관시킨 조자룡이라는 자의 말에 마음이 움직인 것이다. 조운은 돌아가기 전에 말했다.

"저는 가벼이 쓰셔도 됩니다. 허나 내일 찾아올 진용운이란 자를 꼭 만나보십시오. 제 명예를 걸고 추천합니다. 그야말로 천고의 기재입니다."

정작 그 조운은 공손찬의 마음에 들지 않았다. 이유를 말로 딱 잘라 설명하긴 어려웠다. 분명 창술도 뛰어났고 원소를 떠나온 것도 좋았다. 하지만 뭐랄까, 지나치게 고지식한 느낌이었다.

공손찬은 어느 정도 융통성 있고 유들유들한 자에게 더 끌렸다. 사제인 유비 현덕처럼. 그러나 그런 조운과 같은 종류의 인간들은 쉽게 허언을 하지 않는 것도 사실이다. 그 조운이 간곡히 추천하니 호기심이 생겼다.

용운은 공손찬의 말에 속으로 혀를 찼다. 이 세계의 옷을 사서 갈아입을까 하는 생각을 하지 않은 건 아니었다. 그러나 옷을 사려면 또 돈이 필요했다. 매번 조운에게 손을 벌릴수는 없다. 그리고 어쩐지 이 교복을 벗고 싶지 않았다. 뭔가, 자신의 정체성을 유지해주는 끈 같은 느낌이 들어서였다. 때문에 검후가 옷을 깨끗이 빨아준 걸로 만족했다. 거기에 더해 젖은 옷을 단숨에 말려버리는 신기한 기술도 구경했다.

"그래, 그대는 뭘 할 줄 아는가?"

공손찬의 질문에 답하기 위해 용운이 고개를 들었다. 그러자 여기저기서 숨죽인 탄성이 터졌다.

서기 189년이면 거의 2000년 전이다. 2000년 전과 현대와는 사고방식도, 미의 기준도 많이 다를 터였다. 하지만 용운은 그런 차이를 뛰어넘을 만한, 신비로운 용모를 가지고 있었다. 사천신녀들과 마찬가지로.

"네, 저는……."

막 답을 하려던 차였다.

용운 자신도 미처 생각하지 못한 뜻밖의 사태가 벌어졌다. 머리가 하얘지더니 말문이 막힌 것이다.

용운은 사람들 속에서 고립된 채 살아왔다. 아버지와 민주 정도가 대화 상대의 전부였다. 조운처럼 짧은 기간에 마음을 터놓은 사람은 거의 없다시피 했다. 그렇다 보니 당연히 내성적이고 폐쇄적인 성격을 지닐 수밖에 없었다.

그런 그가 여러 사람들이 지켜보는 앞에서 자기 자신을 어필해야 할 상황이 됐다. 숨이 턱 막히고 당황스러운 게 당연했다. 한마디로 공황 상태에 빠진 것이다.

이는 사람과 사물을 게임화하여 보는 능력이나 그가 가진 특기들과는 아무 관계도 없었다. 그런 것들을 자신이 할 줄 아는 일이라고 내세울 수도 없다.

언변 특기가 발동해도 입술 자체를 떼기 어려운 지경이었다.

"저는……."

용운은 계속 말을 잇지 못했다. 그의 관자놀이로 식은땀이 흘렀다. 대전 안의 관리들이 수런거리기 시작했다. 공손찬의 얼굴에 서서히 짜증이 피어올랐다.

문관들 중 누군가가 내뱉었다.

"어디서 굴러먹다 왔는지 알 수도 없는 촌뜨기가 태수님의 귀한 시간을 빼앗고 있구나!"

또 다른 누군가가 그 말을 받았다.

"얼굴만 예쁘장한 것이 시동 노릇을 시키면 되겠소."

두 사람은 그쯤에서 입을 다물었다. 이상하게 소름이 끼치며 마음이 불안해진 까닭이었다.

용운은 뭐라도 말하기 위해 안간힘을 쓰는 중이었다. 어젯밤 사이 생각해둔 내용들은 분명 똑똑히 기억한다. 그런데 입이 떨어지지 않으니 미칠 지경이었다.

'젠장, 뭐 하는 거야, 진용운! 너 바보냐?'

끙끙대던 그의 눈에 이상한 게 비쳤다. 대전 천장 구석에 거무스름한 기운이 피어올랐다. 그 위에 붉은색 글자가 떠 있었다.

암살지정(暗殺指定)

글자를 보는 순간, 그 말에 대한 기억이 떠올랐다.

'암살지정'은 용운이 신장수를 만들 때, 둘째인 청몽에게 부여한 특기였다. 은신 상태에서 일정 시간 내에 목표로 정한 대상을 공격하면, 그 대상이 죽을 때까지 어떤 타격도 입지 않는 무시무시한 특기.

'그게 왜 여기…… 청몽이가? 헉!'

용운은 무슨 일이 벌어졌는지 깨달았다.

청몽이 대전에 숨어들어와 그를 지켜보고 있었다. 그러다, 그를 비웃은 관리들에게 살심이 든 것이다.

'청몽이가 폭주하면 공손찬이고 뭐고 다 죽는다.'

용운이 당황할 때였다. 공손찬의 목소리가 그의 귀에 들어왔다.

"조자룡이라 했던가. 그가 자신의 명예까지 걸고 추천한 자치고는…… 실망스럽군. 천고의 기재라 해도 제대로 말 한마디 못한다면 어찌 일을 논하겠는가."

명예를 걸고 추천했다고? 자룡 형님이, 날?

용운은 그제야 알 것 같았다. 무턱대고 임관을 청한 사신을 공손찬이 만나준 이유를.

용운은 바보가 아니었다. 하다못해 편의점에서 아르바이트를 하려 해도 이력서와 신분증을 들고 가야 했다. 그건 옛날이라고 다르지 않을 것이다. 무려 한 군의 태수인 공손찬이 듣도 보도 못한 자신을 직접 부른 게 의아했다. 단순히 일을 시킬 관리를 뽑는 거라면, 시험관을 통해서도 얼마든지 가능하니까.

스스로를 담보로 한 조운의 추천 덕분이었다. 그는 용운의 재능을 진심으로 믿은 것이다. 그럼 여기서 이렇게 버벅대다가 쫓겨난다면…….

'형님의 명예를 더럽히는 일. 날 인정해준 사람을 망신시키는 꼴사나운 짓…….'

용운은 피가 나도록 입술을 깨물었다. 마음이 바뀌었다. 미리 생각해둔, 임관만 하면 된다는 식의 평이한 답변으로는 안 된다. 공손찬을 비롯해 이곳에 있는 사람들을 청몽으로부터 구하기 위해서라도. 또 자신을 믿어준 조운의 명예를 봐서라도.

'그래, 공손찬의 몰락을 아예 막진 못해도 늦추는 정도라면, 그리고 그의 세력을 적당히 키워주는 정도라면, 내가 인정받는 한도 내에서 역사의 뒤틀림을 최소화할 수 있지 않

을까.'

그 정도면 여기 머무르며 기반을 다지기에도 좋을 것이다.

공손찬이 막 용운을 쫓아내라 명하려던 차였다. 용운의 맑은 목소리가 대전에 똑똑히 울려퍼졌다.

"뭘 할 줄 아냐고 하셨지요. 방법을 알려드리겠습니다."

공손찬은 들었던 손을 내리고 물었다.

"무슨 방법 말인가?"

잠깐 뜸을 들인 용운이 선포하듯 말했다.

"원소를 잡아먹는…… 방법입니다."

순간, 대전에 숨 막히는 침묵이 감돌았다.

12

용운, 임관하다

누군가의 호통이 대전의 침묵을 깼다. 가늘면서도 카랑카랑한 목소리였다.

"네 이놈! 백면서생이 어디서 뚫린 입이라고 함부로 놀리는가. 당장 아무 말이나 내뱉어서 이 자리를 모면하면 되는 줄 아느냐?"

백면서생(白面書生)이란, 글만 읽어서 세상 경험이 없는 사람을 뜻했다.

'아예 틀린 말이 아니긴 한데…….'

용운의 눈길이 호통의 장본인에게 향했다. 일단 문관 쪽 줄에 속한 사람이었다. 공손찬에게 제일 가까운 위치에 서 있다. 그걸로 보아, 지위가 높거나 신임받는 사람일 듯했다. 물론 둘 다일 수도 있었다.

퍼런 얼굴빛에 광대뼈가 도드라지고 턱이 뾰족했다. 척 보기에도 깐깐한 인상이었다. 관모를 쓰고 관복을 입었는데, 한 치의 흐트러짐도 없었다.

'누구지?'

당연히 얼굴만 보고 알 리가 없다. 하지만 그를 논파(論破, 논리로 깨뜨리다)하면, 분위기를 자신에게 가져올 가능성이 높았다. 지피지기면 백전백승이다. 용운은 그를 보며 특기, 대인통찰을 사용했다. 미미한 두통과 함께 정보창이 떴다.

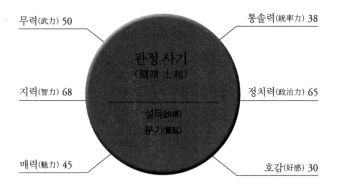

상대는 더 이상 미지의 존재가 아니었다. 그래, 이 상황은 분명 현실이다. 이제 그걸 똑똑히 알 수 있다. 하지만 현실이면서 또한 게임이었다. 그렇기에 눈앞의 장애물부터 차근차근 클리어해나갈 것이다.

숨 막힐 듯한 압박감은 완전히 가라앉았다.

'관정.'

관정은 《삼국지연의》, 즉 소설판 《삼국지》에서는 등장하지 않는 인물이었다. 대부분의 사람들이 알고 있는 《삼국지》는 《삼국지연의(三國志演義)》(나관중 저)라는 소설이다.

소설은 곧 허구. 《삼국지연의》 또한 작가의 취향에 따라 등장인물들이 미화되거나 폄하되었다. 아예 존재하지 않았던 가상의 인물이 활약한 경우도 있으며, 실존인물임에도 불구하고 지워져버리기도 했다.

관정은 후자의 경우였다. 그는 공손찬의 심복이자 최후를 함께한 꽤 비중 있는 인물이다. 그러나 소설에서는 등장하지 않는다. 《삼국지연의》는 역사에 기초하여 각색한 소설이니만큼 모든 내용이 허구는 아니었다. 하지만 전부 사실인 것도 아니다.

예를 들어, 장비의 무기로 알려져 있는 '장팔사모'는 그 시대의 주조기술로는 만들기 불가능했다. 만약 용운이 《삼국지연의》의 내용만 알고 있었다면 관정의 등장에 당황했을지도 모른다.

'《삼국지》 정사(正史, 정확한 역사 또는 그 기록)를 다룬 책들

도 읽어두길 잘했네.'

용운은 '기억의 탑'에서, 관정이란 인물에 대한 서류를 꺼냈다.

관정. 자는 사기(土起). 병주(幷州) 태원군(太原郡) 사람이다. 공손찬 밑에서 장사(長史)를 지냈다. 법령에 철저한 혹독한 관리였다. 유능한 자는 아니었으나 아첨을 잘하여 총애를 받았다.

원소가 공격해왔을 때, 공손찬은 역경루(易京樓)에서 출진하여 대항하려 했다. 관정은 '안에서 버티고 있으면 원소는 필히 물러갈 것'이라며 그를 말렸다. 공손찬은 관정의 말이 옳다고 여겨 출진하지 않았다.

훗날 공손찬이 원소와의 싸움에서 패하여 자결하자 '군자는 남을 위험에 빠뜨리면 필히 그 고난을 함께한다 하였으니, 어찌 홀로 살아남을 수 있겠는가!'라는 말과 함께 말을 타고 스스로 적진으로 돌진하여 죽었다.

용운은 떠올린 정보와 눈으로 본 정보를 종합하여 관정에 대해 추론했다.

'과연 주군 앞에서 큰 소리를 내도 괜찮을 정도의 신임을 받고 있군. 주름 하나 없는 옷소매와 깃, 또 문양의 줄까지 맞춰 입은 걸로 보아 결벽증에 가까운 철저한 성격. 그렇다 보니 법령에도 철저하여 관리로서는 혹독했겠지.'

그런 성격이라면 용운이 여러모로 거슬렸을 터. 우선, 임관 절차를 제대로 따르지 않았다. 그다음으로 나이가 너무 어려 보였다. 마지막으로 돌발 발언까지 했다.

관정이 안 나설 상황이 아니었다.

'법령을 잘 따르는 혹독한 관리와 아부라는 단어는 뭔가 어울리지 않는다. 그만큼 주군의 신임을 얻기에 필사적이 었다는 뜻. 능력이 부족하니 아부로 메웠고. 비록 잘못된 간언을 하여 전쟁을 패망으로 이끌었으나 공손찬을 따라 죽을 정도의 의리는 있었다. 그 주군 앞에서 망신을 당한다면, 성격상 원한을 잊지 않을 유형일 것 같군. 망신을 주는 건 금물이다. 인정해주고 적당히 다독인다.'

버릇인 냉소적 말투는 자제한다. 논파보다 설득 위주로 나간다.

용운은 여기 기준을 두고 할 말을 설정하여, 순식간에 생각을 정리했다. 그는 관정을 향해 정중히 포권을 취했다.

"사기 님을 뵙게 되어 영광입니다."

노해 있던 관정이 멈칫했다.

"······날 아는가?"

"공손찬 님께 임관을 청하면서, 어찌 그 총신(寵臣, 총애받는 신하)조차 모르고 왔겠습니까."

"흥. 최소한의 예의는 있는 자였군. 하지만 임관을 위해

허언을 해서야 되겠는가."

"허언이 아닙니다, 사기 님."

"뭐라? 그 말에 책임질 수 있느냐?"

스으으응.

용운을 몰아붙이는 관정의 머리 위로 검은 기운이 어렸다. 청몽의 분노가 그를 향했음을 의미했다.

'아, 이 아저씨야, 적당히 해. 지금 저승사자가 당신을 노리고 있다고!'

그때, 공손찬이 입을 열었다.

"그만. 어디 한번 들어보자."

여전히 중후한 음성이었다.

하지만 용운은 거기 깔린 떨림을 읽어냈다. 그가 기억하는 처음의 목소리와 톤이 미묘하게 달랐다. 두려움이 아니라 기대에서 온 떨림이었다. 혹시나 하는, 아주 작은 기대.

관정은 마지못해 물러났다.

공손찬이 용운에게 말했다.

"나는 딱히 원소와 척을 진 적이 없다. 그는 명문가의 자손이며 십상시를 척결한 호걸이다. 차라리 좋은 감정이 있다고 할 수 있지. 당금 모든 제후들이 경계해야 할 적이라면 오히려 동탁을 들 수 있을 것이다. 그런데 굳이 원소를 입에 올린 이유가 무엇인가?"

원소에게 좋은 감정이 있다고?

'날 시험하는군.'

기회를 얻은 용운이 말했다.

"그 원소가 최근 발해태수로 임명되었지요."

공손찬의 눈썹이 꿈틀했다.

십상시의 난 후, 정권을 장악한 자는 동탁이었다. 원소는 동탁과 심하게 반목한 끝에 낙양을 떠나 발해로 향했다. 동탁은 원소를 죽이려 하였으나, 조정에 그를 지지하는 사람이 많아 회유하기로 했다. 이에 발해태수의 자리를 준 것이다.

조운이 원소에게 처음 임관했던 게 그때였다.

발해는 기주에 속해 있다. 유주에 속한 북평과 밀접한 곳은 아니었다. 하지만 이는 중국 대륙이 워낙 넓어서일 뿐, 행정구역상으로는 맞닿아 있었다. 기마병으로 강행군하면 사흘, 아니 이틀. 신경이 쓰이기에는 충분한 거리였다.

공손찬은 이민족을 격퇴하며 강력한 군세를 키워왔다. 이를 바탕으로 기주까지 세력을 넓히려는 야심이 있었다. 기주는 북평의 남쪽에 위치한 지역이었다. 따라서 중원으로 나가기 위해 반드시 거쳐야 하는 땅이다.

그 기주 발해군에 원소가 자리 잡은 것이다. 원소는 발해에서 힘을 키우기 시작했다. 그의 명망을 좇은 선비와 재사들이 연일 모였다. 그에게는 그들을 감당할 만한 재산도 있

었다. 자연 공손찬으로서는 압박감을 느낄 수밖에. 그 점을
용운이 정확히 건드린 것이다.

"원소는 야심이 있는 인물이니 반드시 기주를 차지하려 들
것입니다. 필연적으로 태수님과 충돌할 수밖에 없습니다."

공손찬은 무심한 표정으로 듣고만 있었다.

눈치를 보던 관정이 또 어깃장을 놓았다.

"감히 원소 따위가 어찌 태수님을 위협한단 말이냐? 태
수님은 놈이 갓 임관했을 때부터 이미 거칠기 짝이 없는 오
랑캐들을 상대로 전공을 쌓고 계셨다."

용운은 차라리 잘됐다 싶었다. 공손찬의 반응이 미적지
근하니, 다른 쪽을 흔들어봐야 했다.

"원소는 위협이 안 되지만 그의 가문은 위협이 되지요.
더구나 그는 낙양에서 십상시를 주살하고 동탁에게 맞선
일로 명성을 떨쳤습니다. 하루가 멀다 하고 천하의 맹장들
과 재사들이 그에게 모이는 형국입니다."

"그, 그런 어중이떠중이들 따위…… 수백이 모여도 주
군의 적은 못 된다!"

"물론 사기 님께 비하면 어중이떠중이에 불과한 무리들
입니다. 허나 그런 자들이 수백이 아니라 수천, 수만이 모여
들면 버겁지 않겠습니까?"

"으음……."

용운은 관정을 슬쩍 떠받들어주면서도 물러나진 않았다. 과연 관정의 말문이 막히자 지켜보던 공손찬이 나섰다.

"원소의 가문은 삼대에 걸쳐 쌓아온 위명과 부를 가졌다. 그의 가문에 신세 졌거나 부하였던 자들이 천하에 널렸다. 그것을 보고 모여드는 이들을 어찌 막겠는가?"

"원소를 막는 게 아닙니다. 태수님이 그보다 커지는 겁니다."

"내가…… 커진다?"

"그렇습니다. 아시다시피 북방에서 떨치신 무명(武名)만으로는 부족합니다."

여기서 용운은 잠깐 말을 멈췄다. 그리고 슬쩍 대전을 둘러보았다. 잠깐 호흡을 조절하려는 듯 보이는 행동이었다. 그러나 실제로는 공손찬의 수하들을 살피고 있었다. 그들 모두를 향해 대인통찰을 사용한 것이다.

'윽!'

좀 전보다 강한 두통이 관자놀이를 찔렀다.

'이거 막무가내로 무한정 쓸 순 없겠구나.'

용운은 재빨리 그들의 정보를 눈에 담았다.

'왕문, 전예, 단경, 전해, 추단.'

그중에서 특히 왕문(王門)이란 무관을 눈여겨보았다. 훗날 공손찬을 배반하고 원소에게 가는 인물이기 때문이다.

'그건 그렇고, 진짜 그나마 쓸 만한 사람은 무관투성이네. 관정이랑 같은 줄에 서 있어서 문관인 줄 알았던 사람도 능력치와 성향을 보니 무관에 가까워. 내가 처음 보는 이름들, 그러니까 정사에서조차 등장하지 않는 사람들은 진짜 눈물 나는 능력치……. 문관이란 자가 무관들보다 지력이 낮으니. 공손찬은 관정 외에는 참모진이 없는 거나 마찬가지였군.'

군이 문관을 따로 모집하는 이유를 알 듯했다. 또 용운 자신에게까지 기회가 돌아온 이유도. 조운의 강력한 천거가 있었다곤 하나, 그 조운 또한 어차피 공손찬의 입장에서는 무명소졸이 아닌가. 현재까지는 말이다.

'이 정도면 나를 욕심낼 수도 있겠다.'

수하들의 면면을 확인한 용운이 말했다.

"물론, 태수님께서 거느린 장군들…… 왕문 님, 전예 님, 단경 님, 전해 님, 추단 님 등도 모두 맹장들입니다. 거친 오환족과 선비족을 상대한 역전의 용사들이시죠."

그는 말하면서 속으로 생각했다.

'다 합쳐도 조운 형님 하나보다 못하지만 말이지.'

용운의 말을 들은 무장들의 반응은 제각각. 어색해하는 자도 있고 고개를 끄덕이는 자도 있었다. 또 쑥스러운 듯 웃는 자도 있었다. 용운이 자신들의 이름까지 다 아는 데 대해 감탄하는 자도 있었다. 용운은 그들의 행동을 모두 기억해 두었다.

"하지만 오랑캐들만 상대하다 보니, 중원에 이름을 알리지 못했습니다. 태수님께서는 이제부터 천하에 위명을 떨치셔야 합니다. 원씨 가문의 후광을 압도할 만큼. 그래서 발해로 향하던 자들의 걸음이 그곳을 지나 이 북평까지 향하도록 만들어야 합니다. 가문의 힘이 아닌, 스스로 쌓은 명성으로 원소보다 커지시는 겁니다."

그때였다. 듣기만 하던 무장들 중 하나가 처음으로 입을 열었다. 이는 좋은 징조였다. 용운의 말이 제대로 흥미를 불러일으켰다는 증거이기 때문이다.

"태수님 스스로의 명성으로 원씨 가문의 후광을 압도한다. 좋은 말이지만 방도가 있는가? 현재로서는 이민족들도 잠잠하고 난을 일으킨 자도 없네만."

즉 딱히 명성을 떨칠 거리가 없다는 소리였다.

용운은 자신 있게 말했다.

"있습니다."

"그게 무엇인가?"

'드디어 하이라이트.'

용운의 목소리에 힘이 들어갔다.

"반동탁연합군을 결성하자는 격문을 천하의 제후들에게

보낸 후, 동탁과의 전쟁에서 최고의 전공을 올리는 것입니다."

공손찬이 눈을 치떴다. 그의 가신들이 일제히 술렁였다.

"뭐……?"

"반동탁연합군?"

"동탁을 치자고?"

용운은 아랑곳하지 않고 말을 이었다.

"아까 태수님도 말씀하셨지요. 현재 모든 제후들이 경계해야 할 적은 동탁이라고. 거병은 내년 정월쯤이 좋겠습니다. 새로운 하늘을 연다는 의미에서요. 그 전쟁에는 반드시 천하의 눈이 쏠릴 것입니다. 무수한 제후들이 보는 앞에서 동탁을 상대로 태수님이 큰 승리를 거둔다면, 더 나아가 그자의 손아귀에서 낙양을 탈환하고 천자를 구한다면!"

용운은 목소리를 조금씩 높였다. 대전의 분위기가 서서히 달아오름이 느껴졌다.

"이것은 그야말로 천리(天理, 하늘의 바른 이치)를 행한 것. 그 공이 어찌 원소 따위에 비할 바가 있겠습니까? 거기다 태수님께서 바라시던 중앙으로의 진출까지 절로 이뤄지니 일석이조가 아니겠습니까?"

"와하하하하!"

별안간 공손찬이 크게 웃음을 터뜨렸다.

관정이 다급히 말했다.

"아니 될 말입니다, 태수님. 그 격문에 제후들이 응하지 않는다면, 자칫 동탁의 노여움만 사는 꼴이 됩니다."

용운은 보일락 말락 고개를 저었다.

'그건 아니지.'

《삼국지연의》에서는 조조(曹操)가 반동탁연합군의 격문을 띄운 것으로 묘사된다. 정사에서 본래 그 격문을 발송한 자는 교모(橋瑁)였다. 연주자사와 동군태수를 역임했으며, 위엄과 온정을 겸비한 인물이다.

교모는 동탁이 정권을 장악하자, 그의 횡포를 보다 못해 삼공(三公, 후한의 가장 높은 세 관직이자 정무의 최고 책임자인 사도, 태위, 사공 혹은 거기 속한 부서)의 공문을 날조했다. 바로 동탁에 대항하여 병사를 일으킬 것을 호소하는 내용이었다. 거기 응하여 여러 제후들이 병력을 이끌고 낙양으로 향했다.

현재 공손찬의 이름값은 교모의 그것에 뒤지지 않는다. 오히려 무장으로서의 명성은 더 높다고 할 수 있었다. 공손찬의 부대는 실전으로 다져진 정예병들이다. 강군(强軍)을 거느린 그가 격문을 돌린다? 호응도가 더 높으면 높았지 결코 적지 않을 것이다. 그만큼 승리할 확률이 높아지기 때문이다.

명예면 명예, 실리면 실리. 어차피 대부분의 제후들이 그 기회를 틈타 뭔가 이익을 얻으려 할 것이기도 하다. 역사에서 밝혀진 바가 아니더라도 반드시 호응해온다.

그리고 관정은 마음이 급한 나머지 한 가지 실수를 했다.

공손찬이 관정에게 말했다.

"그대는 지금, 나 공손찬의 이름이 그 정도 반향도 불러 일으키지 못할 거라 말하는 건가?"

관정은 금세 기가 죽었다.

"그, 그것이 아니라……."

"더구나 동탁의 노여움? 내가 그자를 두려워해야 하는 것인가?"

공손찬이 누대에서 떨치고 일어났다.

"동탁이 북방 이민족들을 물리치고 한수의 난을 진압하여 명성을 얻었다고 하나, 나 또한 그에 못지않다. 또 그자는 황건적에게도 패하여 면직되었던 전력이 있지 않은가. 나 백규는 이제까지 패배를 몰랐다. 그런 내가 어찌 동탁을 두려워해야 한단 말인가!"

"제가 실언하였습니다."

관정이 입을 다물었다.

공손찬은 대전을 둘러보며 말했다.

"진용운의 제안을 어찌 생각하는가?"

대부분의 수하들이 고개를 주억거렸다.

"충분히 가능성이 있습니다."

"동탁의 전횡을 멈추게 할 때도 됐지요."

"그럴 사람이 있다면 태수님뿐입니다."

결국, 관정도 찬성의 뜻을 표했다. 공손찬이 용운을 돌아보았다.

"그대를 동북평의 군리(郡吏)에 임명한다."

"감사합니다. 삼가 받들겠습니다."

용운은 적당한 자리라고 생각했다. 군리는 군(郡, 행정구역 단위)의 사무를 보는 관직이다. 조조의 수하 장수인 가규(賈逵)와 유비의 신하인 황권(黃權) 등이 군리로 벼슬을 시작한 바 있다. 군대의 관원을 칭하는 군리(軍吏)와 하는 일이 전혀 달랐다.

'자고로 사무직이 꿀이지. 난 실내 체질이라.'

하지만 공손찬의 말은 끝난 게 아니었다.

"또한 거병이 결정되면 참모로서 출진하여 나를 보좌하라."

"……네?"

"그대가 내놓은 책략이다. 직접 나서서 끝을 맺어야 할 게 아닌가?"

관정이 희미하게 웃었다. 용운은 아찔해졌다. 큰 그림만 그려주려 했을 뿐인데, 색칠까지 해서 완성하라고 한다. 졸지에 전쟁터에 나가게 생겼다.

역시 게임과 현실은 달랐다.

몇 시진 후.

축 처져서 돌아온 용운을 자매들이 맞이했다. 청몽도 어느새 앞질러 와서 시치미를 뚝 떼고 앉아 있었다.

"어서 오세요, 주군!"

"생각보다 오래 걸렸네요."

"어찌 되었나요?"

"응…… 차례대로 물어봐."

답하려던 용운이 멈칫했다. 객잔 안의 풍경이 뭔가 이상했다. 통나무로 된 탁자들이 부서지고 흙바닥 여기저기 웅덩이가 보였다. 피 웅덩이였다.

"으……."

"아이고, 나 죽네……."

그러고 보니 어둑한 구석 여기저기에서 신음도 들렸다. 장한들이 널브러져 죽는 시늉을 하고 있었다.

용운이 검후에게 물었다.

"이게 다 무슨 일이야?"

검후는 단아하게 웃으며 답했다.

"분명히 경고했는데도 계속 치근대는 바람에 어쩔 수 없이 손을 썼습니다. 주군과 약속한 대로 아무도 죽이진 않았습니다."

사린이 검후의 뒤에서 고개를 쏙 내밀고 거들었다.

"웅웅, 맞아요. 그냥 여기저기 부러뜨리기만 했어요. 아, 깨진 곳도 있나?"

용운을 본 객잔 주인이 달려와 아우성을 쳤다.

"당장 물어내시오! 남의 가게 장사도 못하게 해놓고 이 거 다 어떡할 거요!"

"······아아."

용운은 양손으로 머리를 감싸 쥐었다. 이런 일이 생길지도 모른다고 예상은 했다. 하지만 어쩔 수 없었다. 가는 곳마다 자매들을 데리고 다닐 순 없으니까.

"죄송합니다, 주군."

표정이 굳어진 검후가 말했다.

용운은 고개를 저었다.

"너희 잘못이 아냐."

그의 말대로 사천신녀를 나무랄 일은 아니다. 분명 잘못한 쪽은 집적댄 사내들이었다.

'빨리 관사로 옮겨야겠다. 그리고 외출할 때는 둘째처럼 복면을 쓰게 하거나······.'

그때였다. 객잔 문이 벌컥 열리더니 한 사내가 들어왔다. 180센티미터를 넘는 검후보다도 키가 컸으며 기골이 장대한 사내였다. 남자다운 외모에 팔이 길고 피부는 갈색이었다. 객잔 안을 한 바퀴 둘러본 사내의 시선이 용운 일행에게 멎었다. 그가 묵직한 목소리로 말했다.

"내 벗을 다치게 한 요녀(妖女)들이 그대들인가?"

사내의 뒤에는 쥐새끼 같은 인상의 남자가 숨어 있었다. 그는 입술이 터지고 왼팔이 축 늘어진 채였다. 객잔에서 검후에게 얻어터지고 달아났던 자였다. 그가 벌벌 떨며 사내에게 말했다.

"마, 맞아. 저년들이야!"

잠깐 난감한 표정을 지은 사내가 말했다.

"……여인들과 아이에게 손을 댈 순 없으니, 순순히 무릎을 꿇고 사죄하면 용서하는 게 어떤가?"

"무슨 소리야! 겉으로는 저래 보여도 나찰이 따로 없다고. 얼른 팔다리를 분질러버려!"

두 사람의 대화를 듣던 사천신녀의 눈빛이 서서히 차가워졌다.

13

태사자라는 사나이

객잔의 공기가 얼어붙었다.

"달아날 수 있도록 다리는 안 건드렸더니, 죽을 자리인 줄 모르고 돌아오셨군요."

검후가 싸늘하게 내뱉었다. 그녀는 양 옆구리에 짧고 긴 두 자루의 검을 각각 차고 있었다.

짧은 검은 검신이 넓고 장검은 폭이 좁았다. 짧고 넓은 검의 이름은 총방도(摠防刀), 좁고 긴 검의 이름은 필단검(必斷劍)이라 했다. 모든 걸 막는 도(刀)와 반드시 베는 검(劍)이다.

검후는 그중 총방도의 손잡이에 손을 올렸다. 긴 손가락들이 우아하게 내려앉았다. 그녀의 살기를 느낀 사내의 표정이 굳었다.

"사람을 죽인다는 말을 그토록 쉽게 하다니, 과연 무도한 계집이로구나. 그 검을 뽑으면 반드시 후회할 것이다."

"그럴까요?"

일촉즉발의 순간, 용운이 한 발 앞으로 나섰다. 그는 사내를 똑바로 노려보며 말했다.

"사과할 사람은 당신입니다."

사내는 약간 당황하여 용운을 내려다보았다.

"공자는 남의 일에 나서지 마시오."

"남이 아닙니다. 이 여인들은 제 사매들이니까요."

"사매?"

사매란 한 스승에게서 배운 손아래 여제자를 뜻했다. 과연 그렇다면 개입할 자격이 충분했다.

"정확한 사정을 알지도 못하고, 제 사매들을 요녀라 함부로 말했습니다. 방금은 또 계집이라고 했지요. 그 말에 대해 사과하십시오."

"사술을 써서 무고한 사람을 다치게 하였소. 게다가 그 일에 대해 항의하러 온 이를 죽이려 드니, 어찌 요녀라 하지 않을 수 있겠소?"

"하하! 무고한 사람? 사술이라고요?"

용운이 웃었다. 그가 진짜로 화가 났다는 의미였다.

"뒤에 숨은 양아지가 낭신이랑 무슨 관계인지는 모르겠는데, 그저 제 사매들을 집적대다가 맞은 겁니다. 당신은 그말만 듣고 우릴 협박하고 있는 거고요. 뭐가 무고이고 사술입니까?"

사내의 표정이 굳었다. 양아치란 말이 뭐라고 번역되었는지는 모르겠지만, 나쁜 의미로 전달된 건 확실해 보였다.

"지금 내 벗을 모욕하는 건가?"

"아아, 벗이요? 참 훌륭한 친구 두셨습니다. 친구 아니라 친구 할아버지라도 잘못한 게 있으면 욕먹어야죠. 진정한 벗이라면 감싸기만 할 게 아니라 잘못을 깨우쳐줘야 하는 겁니다. 더구나 그 잘못이 여인을 희롱한 거라면, 옆에 두기도 부끄러운 쓰레기 아닙니까?"

용운은 겁도 없이 사내를 몰아붙였다. 그는 자신이 약한 걸 잘 알았다. 따라서 위험한 상황은 피해가는 편이었다.

그가 이러는 경우는 딱 하나뿐이었다. 바로 자신에게 소중한 이를 건드렸을 때였다. 병화가 민주를 입에 올렸을 때 분노했듯이.

"쪼르르 달려가서 힘센 친구를 불러오기까지 했네. 쓰레기가 아니라 개였나요? 발정난 개. 생긴 건 쥐새끼인데 참 가지가지 하네요."

용운의 독설에 먼저 반응한 것은, 사내가 아니라 그 뒤에 숨어 있던 무뢰한이었다.

"이놈, 그 주둥이를 찢어주마!"

쥐 상의 남자가 격분하여 튀어나왔다. 그의 오른손에는 짧은 비수가 들려 있었다.

치안은 엉망이며 명예와 체면을 중시하는 세상. 이런 일로 용운을 죽이려 드는 것도 이상하진 않았다. 실제로 관우도 소금 밀매에 관여하다가, 폭리를 취하는 밀매상을 죽였다. 그 후 도피 중에 유비를 만났다는 설도 있다.

검후보다 둘째 청몽이 먼저 움직였다. 사슬낫이 튀어나와 남자의 목으로 날아갔다. 카앙! 날카로운 소리가 울려퍼졌다. 갈색 피부의 사내가 한 발 물러났다. 그가 쥐를 닮은 남자를 막아서서 청몽의 사슬낫을 튕겨낸 것이다.

그의 양손에는 어느 틈에 한 쌍의 '단극(短戟)'이 들려 있었다. 뒤 허리춤에서 뽑아든 듯했다. 창날 외에 수직으로 튀어나온 날을 하나 더 가진 무기를 '극(戟)'이라 한다. 그 극의 손잡이를 짧게 잘라, 한 손으로 다룰 수 있게 한 무기가 단극이었다.

'청몽이의 기습을 막았어?'

용운이 놀란 표정을 지었다. 청몽은 최고 수준의 암살자로 설정돼 있다. 아무나 막아낼 수 있는 공격이 아니었다.

흥분했던 머리가 차갑게 식었다. 비로소 사내가 보통 사람이 아님을 깨달았다.

'누구지? 동북평에 이런 실력자가 있었나?'

용운은 사내를 향해 대인통찰을 발동했다. 내용을 확인한 그는 더욱 놀랐다.

무력(武力) 90
통솔력(統率力) 84

태사자 자의
(太史慈 子義)

지력(智力) 70
정치력(政治力) 55

분기(奮起)
돌격(突擊)
돌파(突破)
맹공(猛攻)

매력(魅力) 78
호감(好感) 35

'으악, 대박. 태사자다!'

하마터면 이름을 크게 외칠 뻔했다.

삼국시대는 중국 대륙이 세 나라로 나뉜 때였다. 조조의 위, 유비의 촉, 손권의 오가 그것이다. 태사자는 그중 오나라의 무장이었다. 정확히는 훗날 오의 무장이 될 예정이다. 그는 용모와 무예, 신의가 모두 빼어났다. 한마디로 오나라의 조운과도 같은 존재였다.

'아니, 잠깐. 태사자가 이 시기에 왜 동북평에 있는 거야?'

잠깐 고민에 빠진 사이, 태사자가 움직였다. 태사자의 성품이 아무리 훌륭하다 하나, 공격을 받고도 가만히 있을 사람은 아니었다. 그는 눈을 부릅뜨고 청몽에게 달려들었다.

화가 나긴 청몽도 피차일반이었다. 언니에게 계집이라고 폭언을 했다. 용운이 보는 앞에서 자신의 공격이 막혔다. 결정적으로 주군을 해하려 했다.

그녀의 눈에서도 파란 불길이 일었다. 보는 이를 서늘하게 만드는 불길이었다.

"감히 누굴 공격한 건지 똑똑히 알게 해주지."

청몽이 막 싸우려는 차였다. 이번에는 검후가 태사자를 막아섰다. 그녀는 방어용의 짧은 도, 총방도를 휘둘러 태사자의 단극을 쳐냈다. 묵직한 소리가 울렸다.

"아, 왜! 뭐! 내 상대라고! 죽여버릴 거니까!"

분개하는 청몽에게 검후가 말했다.

"머리를 식혀라. 주군께서 저자가 죽는 걸 원하지 않으신다. 그러니 내가 맡으마."

청몽이 보니, 과연 용운이 다급한 표정으로 고개를 젓고 있었다. 청몽은 칫 하고 낫을 거뒀다.

그런 그녀의 얼굴에서 행여 검후가 지지나 않을까 하는 우려는 털끝만치도 보이지 않았다. 이는 성월과 사린도 마찬가지였다. 성월은 술병을, 사린은 고깃덩어리를 든 채 흥

미진진하게 상황을 지켜보고 있었다.

한편, 놀란 사람은 용운뿐만이 아니었다. 태사자도 그 못지않게 놀라고 있었다. 청몽의 낫을 쳐냈을 때, 하마터면 단극을 놓칠 뻔했다. 거기에 더해, 방금 키 큰 여인의 도에서 천근의 거력을 느꼈다.

'이건 순수한 무(武). 결코 사술이 아니다.'

태사자는 여인으로서 이런 경지에 오른 무인이 있다는 얘기를 한 번도 들어본 적이 없었다. 직접 무기를 맞대보지 않았다면 속임수라 여겼을 것이다. 사술이란 말이 나온 이유를 알 수 있었다.

지금도 그랬다. 자신이 온 힘을 다해 내리누르는 단극을, 여인은 태연히 한 손으로 버티고 있었다. 그에게는 실로 믿기 어려운 일이었다.

그사이, 용운은 기억의 탑을 뒤졌다. 그 결과 태사자가 왜 여기 있는지 짐작해냈다.

정사에 의하면, 태사자는 한때 요동으로 달아나 숨어 지냈던 시기가 있었다. 그게 186년, 그가 스물한 살 때의 일이었다. 동래군 주조사(奏曹史, 상부로 올리는 공문서를 책임지는 자리)를 지내던 중 상급 기관의 미움을 살 짓을 저질렀기 때문이다.

동래군은 청주에 속하는 지역이었다. 그 동래군과 청주

사이에 분쟁이 생겼다. 급기야 조정에 서로 탄핵문을 올리는 상황까지 갔다. 그때 태사자가 손을 써서 청주가 불리한 처분을 받게 한 것이다.

'그러니까 경기도와 수원시 사이에 마찰이 생겨서 정부의 결정을 기다리게 됐다 치고. 정부는 양쪽에서 올린 공문을 보고 판단하겠다고 한 거지. 그 상황에서 수원시청 서기가 시를 위해 공문서를 조작해 먼저 제출하는 바람에 경기도가 손해를 보게 만든 격이네. 수원 내에서의 평판은 좋아질지 몰라도, 나중에 분명 불이익을 당할 행동. 수원도 어차피 경기도에 속하거든.'

현대에서는 그 불이익이 인사고과로 돌아온다. 알게 모르게 승진에 제한을 받거나 지방으로 발령이 나는 식이다.

하지만 태사자가 살던 시대는 고대 중국이었다. 분노한 청주목이 자객을 고용하거나 청주 사람들이 린치를 가해도 전혀 이상하지 않을 터였다. 이에 위기감을 느껴 요동으로 몸을 피한 것이다.

요동군은 고구려에 가까운 지역이었다. 태사자의 근무지인 동래군에서는 상당히 멀었다. 효심이 지극하다는 그가 홀어머니까지 두고 달아난 걸로 보아, 적지 않은 위협을 느꼈음을 알 수 있었다.

'북평군의 동쪽이 요서, 거기서 더 동쪽이 요동이다. 육로를 통한다면 동래군으로 갈 때 거치는 길목이라 할 수 있다. 지금은 190년이니, 태사자가 최초에 요동으로 피하던 시기는 아니야. 그가 다시 동래로 돌아갔던 때는 191년이니까 그것도 아니고. 그렇다면 어머니가 걱정되어서 들여다보려고 돌아가던 길에 들렀나? 에이! 어설프게 찍어 맞히느니 확실한 부분을 물어보자.'

이러니저러니 해도, 정사 또한 남은 기록일 뿐. 그것도 아득한 옛날의 기록이 아닌가. 사실과 다를 가능성은 얼마든지 존재했다.

용운이 검후와 무기를 맞댄 태사자에게 말했다.

"잠깐! 귀공은 혹시 동래군주조사인 태사 공이 아닙니까?"

검후는 태사자가 힘을 빼는 걸 느껴 물러섰다. 태사자도 단극을 내렸다. 그는 경계 반, 놀람 반의 표정으로 용운에게 물었다.

"공자는 나를 어찌 아시오?"

"동래군을 위해 의기를 떨친 태사 공의 이름을 어찌 모르겠습니까? 다만 용모에 대해 듣기만 했지 실제로 뵌 적이 없어 긴가민가했습니다."

용운의 말은 과장이 아니었다. 의와 협을 중시하던 중국인들은 당시 태사자의 행동에 열광했다. 북해상이던 공융(孔融)이 태사자의 명성을 듣고 그 노모를 보살펴줬을 정도였다. 법을 어겼어도 그게 의를 위함이었다면 칭송받는 세상이었다. 심지어 살인이라 해도.

태사자는 쑥스러운 표정을 지었다.

"내가 모시던 상관은 청주목이 아닌 군수님이었기에 명을 따라 옳다고 생각한 일을 행했을 뿐이오."

"머리로는 알아도 가슴으로 행하기란 쉽지 않지요. 저는 진용운이라고 합니다. 이렇게 태사 공을 뵙게 되어 반갑습니다."

"으음, 진 공이구려. 묘한 상황이지만 이 태사 모를 알아봐주니 고맙소이다."

"피차 뭔가 오해가 있었던 듯한데, 좋게 해결하는 게 어떻겠습니까?"

"바라던 바요."

마침 여자를 상대로 싸우기 곤란하던 차였다. 게다가 그 여자는 무지막지하게 강했다. 이겨도 얻을 게 없고 지면 자결할 판이다. 이에 태사자는 용운의 제안을 쾌히 승낙했다.

용운이 나서자 분위기가 묘하게 돌아갔다. 태사자의 뒤에 숨어 있던 남자가 외쳤다.

"뭔가 수작을 부리는 게 분명하네. 그냥 박살 내버리게!"

태사자는 난감한 투로 말했다.

"타지에서 날 알아봐주는 이를 만났는데, 어찌 무작정

힘으로만 해결하려 하겠는가?"

"저 계집들의 손속이 악랄함을 봤지 않나!"

"일단 진 공자의 중재를 기다려보세."

태사자와 무뢰한이 가볍게 실랑이하는 사이, 용운은 우선 객잔 주인을 불렀다. 당시 상황에 대해 증언을 요청하기 위해서였다. 동시에 쥐새끼를 닮은 남자의 정보창을 살폈다. 정보창을 통해 나타난 이름은 '왕예(王禮)'였다.

'내 기억에 없다. 정사에도 등장하지 않는다. 이는 중요 인물이 아닐 가능성이 높다는 뜻.'

왕예라는 남자는 상당히 불안해 보였다. 급기야 눈을 뒤룩거리며 식은땀까지 흘렸다.

아니나 다를까, 그의 특기 중에 '서절구투(鼠竊狗偸)'와 '언변'이 있었다. 서절구투는 쥐나 개처럼 가만히 물건을 훔친다는 뜻이다. 즉 좀도둑을 이르는 말이었다. 선한 인물은 아닌 게 분명했다. 형편없는 평균 능력치에 비해 지력이 높았다. 거기에 특이하게도 언변이라는 특기를 가졌다.

용운은 대충 짐작이 갔다.

'저런 좀도둑이 어떻게 태사자와 알게 됐는지 몰라도, 말로 구워삶았나 보네.'

'부처의 눈에는 부처만 보이고 돼지의 눈에는 돼지만 보인다'는 말이 있다. 신의가 있는 사람은 타인의 말도 믿고 본다. 다들 자신처럼 정직하리라 여기기 때문이다. 태사자는 친구인 왕예라는 자의 말을 곧이곧대로 믿은 게 분명했다.

불려온 객잔 주인이 쭈뼛거리며 눈치를 봤다. 칼싸움이 벌어지자, 몇 안 되던 손님들은 대부분 다 달아났다. 눈먼 칼에 맞을까 두려워서였다.

하지만 주인은 가게가 걱정되어 그러지도 못했다. 증언 했다가 원한을 살 것도 우려됐다. 용운이 좋은 말로 그를 안 심시켰다.

"주인장, 걱정 마십시오. 저는 오늘부로 여기 동북평의 군리로 일하게 됐습니다. 제가 없는 사이에 무슨 일이 있었 는지 듣고 시시비비를 가리고 싶은 것뿐입니다. 사실대로 만 증언해준다면 결코 해가 될 일은 없을 겁니다. 그 보답으 로 부서진 기물은 모두 변상해드리지요."

듣고 있던 왕예는 또 발악했다.

"저, 저거 보라고! 관리임을 내세워서 주인장을 압박하 려는 수작이야! 변상도 해준다고 하잖아."

태사자도 다시 그를 달랬다.

"진 공의 말에서 그런 분위기는 느껴지지 않았네. 오히 려 저렇게 겸손한 태도로 말하는 관리는 많지 않네. 싸우다 부서진 거면 변상이야 당연히 해줘야 하는 것이고. 진실은 반드시 밝혀지는 법일세. 너무 염려 말게나."

태사자 또한 지방 관리 출신이 아니던가. 그는 용운에게 더 호감을 느끼고 있었다.

객잔 주인이 용운을 향해 말했다.

"뭐든 물어보십쇼. 정직하게 말씀드리겠습니다요."

"감사합니다."

포권을 취해 보인 용운은 의외로 왕예에게 먼저 물음을 던졌다.

"당신이 맞은 이유는 뭡니까?"

왕예는 갑작스러운 질문에 눈을 굴렸다. 그의 머리 위에 붉은색 글자가 나타났다. '언변'이라는 글자였다. 특기를 발동한 것이다.

용운은 속으로 코웃음을 쳤다.

'오호라. 말재간을 부리시겠다?'

재빨리 생각을 정리한 왕예가 입을 열었다.

"솔직히 말하겠소. 내 술을 몇 잔 했더니 흥취가 올랐소. 그때 절세미녀들이 눈에 들어왔으니, 사내로서 어찌 모른 척하겠소? 그래서 같이 한잔하지 않겠냐고 권했을 뿐이외다."

"그랬더니 사매들이 당신을 때렸습니까?"

"그…… 그냥 싫다고 하면 될 것을 무례한 언사로 거절하더이다. 그러니 나도 좋은 말이 나올 리 없지 않겠소? 그랬더니 갑자기 주먹질, 발길질을 했소."

"먼저 맞은 게 확실합니까?"

"그렇소."

먼저 맞은 것 하나만큼은 사실이었다. 왕예는 답하면서도 속으로 짜증이 났다. 결국 여자한테 속수무책으로 두들겨 맞았음을 자기 입으로 털어놓는 꼴이었다.

듣고 있던 객잔 주인이 고개를 갸웃거렸다.

용운이 이번에는 그에게 물었다.

"저자의 말이 다 맞습니까? 제 사매들이 먼저 폭력을 썼습니까?"

"예, 그건 그렇습니다만······."

왕예의 표정이 밝아졌다. 하지만 이어진 말에 얼굴이 서서히 굳었다.

"무사님들도 처음에는 분명 좋은 말로 거절했습니다요. 제가 똑똑히 들었습지요. 일행이 있다고도 하고 더 마실 생각이 없다고도 했습니다."

객잔 주인은 사천신녀를 '무사님'이라 칭했다. 그녀들의 엄청난 실력을 본 까닭이리라.

"그런데도 끈덕지게 달라붙다가······."

"붙다가?"

잠시 머뭇거린 객잔 주인이 말을 이었다.

"저치가 무사님들에게 입에 담기 힘든 음담패설을 했습

지요."

"음담패설이라."

용운이 차갑게 뇌까렸다. 태사자의 얼굴은 무표정하여 무슨 생각을 하는지 알기 어려웠다.

"예, 그래서 무사님들이 화를 냈더니……."

주인이 손가락으로 가게 이곳저곳을 가리켰다. 널브러져 신음하던 사내들이 움찔움찔했다.

"저 친구들까지 나서서 함께 핍박하기 시작했습죠. 제 눈에는 다 한 패거리로 보였습니다요. 급기야 저들이 억지로 끌고 가려고 하니, 무사님들이 참다 못해 손을 쓴 것입지요. 그러다 가게가 부서진 것이고요."

왕예가 외쳤다.

"모함이다! 한패가 분명해!"

그때 구석에 조용히 있던 한 청년이 말했다.

"모함은 아닌 것 같군요. 제가 본 것도 주인장이 얘기한 것과 완전히 똑같습니다. 그리고 제가 알기로, 저기 진 군리는 어제 이곳에 처음 도착해서 오늘 태수님을 뵙고 오는 길입니다. 무슨 수로 이 객잔 주인과 일을 꾸미겠습니까?"

청년은 인상이 맑고 현명해 보였다. 그는 돌아가는 상황을 흥미롭게 지켜보고 있었다. 그러다 생각지도 못한 증언을 한 것이다.

청년의 말이 결정타였다. 왕예는 별안간 봄을 돌려 날아나려 했다.

"흥! 생긴 것도, 하는 짓도 쥐새끼 같은 놈."

청몽이 신나서 뛰어올랐다. 그녀는 객잔 천장에 거꾸로 붙더니 자세를 낮추고 달렸다.

그 모습에 용운이 감탄했다.

'스파이더맨이 따로 없네. 아니, 스파이더 우먼인가?'

왕예가 가게를 미처 빠져나가기 전에, 청몽의 사슬낫이 날아와 온몸을 휘감았다.

"으악! 이거 풀지 못해!"

왕예는 쓰러진 채 힘껏 발버둥을 쳤다. 그 서슬에 품 안에서 뭔가가 툭 떨어졌다. 그것은 가죽으로 만들어 수를 놓은 전낭이었다. 왕예 옆으로 온 태사자가 전낭을 집어들었다.

"이건 내 것이로군."

그의 낮은 목소리에 왕예는 눈을 질끈 감았다.

용운이 태사자에게 물었다.

"저자와는 어떻게 알게 된 겁니까? 보셨다시피 태사 공과 교분을 쌓을 자격이 없는 놈입니다."

태사자는 긴 한숨을 내쉬었다. 이제야 모든 상황이 파악됐다. 그는 부끄러움에 땅을 파고 들어가고 싶었다.

"모두 이 태사 모의 어리석음 때문이니, 진 공을 볼 낯이 없소."

태사자가 지난 사정을 털어놓았다. 용운의 예상대로 요동에 머무르던 중 노모가 걱정되어 돌아가던 길이라고 했다. 몰래 들러 얼굴만 보고 떠나려는 생각이었다.

그러다 동북평성에서 그만 전낭을 잃어버렸다. 전낭에는 어머니에게 드릴 생활비와 왕복 여비를 포함하여 꽤 많은 돈이 들어 있었다. 하지만 돈보다는 전낭 자체가 문제였다. 그것은 어머니가 그의 임관을 기뻐하며 손수 지어주신 주머니였던 것이다.

도저히 단념할 수가 없었다. 태사자는 무턱대고 사흘을 꼬박 찾아 헤맸다. 그러던 중 왕예가 접근해왔다. 왕예는 태사자의 사연을 듣고 그를 위로하며 술과 밥을 사주었다. 또 자신을 따르는 패거리들에게 일러 전낭을 찾아보겠다고 했다. 거기에 잘 곳까지 내주니, 태사자는 그를 은인이자 벗으로 대할 수밖에 없었다.

그러던 어느 날, 왕예가 이런 제안을 했다.

"이대로 다시 요동으로 돌아가도 난감할 걸세. 차라리 여기서 내가 소개해주는 일을 하면서 잠시 머무르는 게 어떻겠나? 여비로도 쓰고 모친께도 더 많은 돈을 드릴 수 있을 테니."

태사자는 왕예의 말이 그럴듯하다고 여겼다. 어차피 전

낭을 찾고 돈을 모을 때까지 딱히 할 것도 없었다. 이에 왕예가 소개해주거나 부탁하는 일들을 처리했다. 그중에는 무거운 짐을 나르는 것도 있었고 왕예를 괴롭힌다는 주먹패들을 손봐주는 일도 있었다.

태사자는 학문을 닦는 틈틈이 무예를 익혀왔다. 훌륭한 신체조건에다, 무술에 천부적인 자질을 가진 그였다. 시장통 주먹패들 따위는 상대가 되지 못했다.

용운은 태사자의 얘기를 들으며 생각했다.

'하긴, 이제 겨우 스물한 살에, 얼마 전까지만 해도 그냥 관리로 일하고 있을 때잖아? 아직 기량이 절정에 달했을 시기도 아닌데 무력 수치가 90이라. 엄청난 거네.'

그렇게 일하면서 번 돈을 왕예에게 나눠줬단다. 소개비와 숙박비라는 명목이었다. 자기 돈을 훔쳐간 놈에게 돈을 벌어다준 꼴이다.

용운의 머릿속으로 태사호구라는 단어가 스쳤다. 물론 굳이 입 밖으로 내어 말하진 않았다.

얘기를 마친 태사자의 얼굴이 벌겋게 달아올랐다. 모든 게 밝혀지고 나니, 스스로 생각해도 수치스러운 모양이었다. 애초에 전낭을 잃어버린 것부터가 왕예의 짓이었다니. 그는 사슬에 거꾸로 매달린 왕예를 돌아보았다.

"벗이라 믿었는데, 나를 이토록 기만했느냐."

"이, 이보게, 자의."

"그 입 다물어라. 무슨 할 말이 있단 말인가?"

분노한 태사자가 큰 소리로 말했다.

순간, 객잔 내에 살기가 휘몰아쳤다.

용운은 아차 싶었다. 태사자의 손에 아직 단극이 들려 있었
던 것이다. 휘잉! 태사자가 왕예의 얼굴로 단극을 찍어갔다.

왕예와 객잔 주인이 동시에 비명을 질렀다.

단극의 날이 왕예의 눈에서 1밀리미터도 떨어지지 않은
곳에 멈췄다.

태사자가 낮게 혼잣말을 했다.

"이런 자의 피를 손에 묻혀봐야 무의미하다."

왕예는 거품을 물고 졸도해버렸다. 몸을 돌린 태사자는
단극을 허리춤에 꽂았다. 그리고 용운을 향해 정중히 포권
을 취했다.

"진 군리와 그 일행인 낭자들께, 이 태사 모가 진심으로
사죄드리는 바입니다. 제가 어리석어 진실을 구분하지 못
했습니다. 악한 자의 말에 놀아나 함부로 의심한 것부터 무
례를 범한 것까지 다 본인의 잘못입니다. 특히 진 군리 덕에
귀한 전낭을 찾았으니, 이 은혜는 반드시 갚겠습니다."

태도뿐만 아니라 말투도 깍듯이 바뀌었다. 그런 태사자
의 몸 위에 정보창이 나타났다. 용운에 대한 그의 호감도가

85로 변해 있었다. 용운은 흡족하게 웃으며 손을 지었다.

"그러지 마십시오. 시시비비가 가려진 걸로 충분합니다."

잠시 후, 신고를 받고 온 관원이 왕예와 그 패거리들을 끌고 갔다.

태사자는 돈을 돌려받아 객잔 수리비를 치렀다. 다행히 왕예는 그의 돈을 쓰지 않고 있었다. 태사자는 여비를 제외한 나머지를 모두 용운에게 주려고도 하였다.

용운은 끝끝내 거절했다. 돈보다는 태사자와 인연을 맺은 게 중요했다.

마지막에 증언해준 청년은 어느새 떠나고 없었다. 객잔 주인뿐만 아니라, 가게 안에 있던 사람들 중 아무도 그가 누구인지 몰랐다. 여러모로 신비한 청년이었다. 용운은 그에게 감사를 표하지 못한 게 못내 아쉬웠다. 태사자의 일에 신경이 쏠려, 대인통찰로 살펴보지 않은 것도 후회가 됐다.

'할 수 없지. 얼굴은 봐뒀으니까, 다음을 기약해야지.'

그날 저녁, 태사자는 용운 일행과 함께 식사를 했다. 다 같이 고기와 소면을 먹고 술을 마셨다. 그러면서 가볍게 대화를 나눴다. 처음에는 각자의 신변에 대한 내용이 주였다. 그러다 천하의 정세와 앞날에 대한 얘기로 넘어갔다. 어조가 점차 진지해졌다.

검후와 청몽은 조용히 듣고 있었다. 성월은 술을 마셨고 사린은 먹기 바빴다.

대화하는 사이, 태사자와 용운은 급격히 친해졌다. 우선, 용운의 높은 매력 지수에 태사자가 영향을 받았다. 거기다 용운으로부터 은혜까지 입었으니, 호감을 느끼는 게 당연했다.

또 용운은 용운대로, 조운과 흡사한 태사자의 성격에 친근감을 느꼈다. 서로 호감이 생기니 친해지지 않을 수 없었다. 급기야 태사자의 호감도는 90까지 올랐다.

용운은 즐거웠다. 다가오는 사람들을 거부하고 밀어냈던 게 아득한 옛일 같았다. 이 세계에 온 지 불과 나흘이 지났을 뿐인데.

그는 철이 든 이후로 늘 《삼국지》의 인물들을 접해왔다. 또 인공지능이나마 그들과 의사소통을 하고 때로는 상상 속에서 얘기를 나누기도 했다. 그 시간이 용운의 본능적인 경계심을 줄였다. 그의 마음가짐이 변한 것도 일조를 했다.

그러는 사이, 어느덧 밤이 깊었다. 태사자가 세 살이 많았기에 말을 편히 하기로 한 상태였다.

태사자는 대화를 하면 할수록 용운에 대해 감탄을 금치 못했다. 마치 미래를 내다보는 듯한 식견을 가진 까닭이었다. 어려 보이는 외모가 믿기지 않을 정도였다.

"진 군리의 혜안은 정말 대단하네. 한낱 군리로 씩기가 아깝네."

"하하, 과찬이십니다. 그리고 오늘 갓 임관했는데요, 뭘."

"진심일세. 나도 나름 공부를 한다고 했는데 진 군리 앞에서는 부끄러울 따름이네. 뭔가 책 속의 내용에만 사로잡혀서 현실을 제대로 보지 못했다고나 할까."

"아직 멀었습니다. 한데 이후에는 어쩌실 겁니까?"

"일단 내일 아침 일찍 출발해서 어머님을 뵈려고 하네. 예정보다 많이 늦어졌으니. 그 후에는 요동으로 돌아가서 좀 더 머물러야겠지."

태사자의 안색이 어두워졌다. 모처럼 벼슬길에 나갔는데 죄인처럼 숨어 지내야 한다. 더구나 언제쯤 잠잠해질지도 알 수 없었고 불러주는 곳도 없었다.

그는 자기도 모르게 큰 소리로 한탄했다.

"천하에 나 하나 쓰일 곳이 없단 말인가!"

용운이 눈을 빛냈다. 뭔가 '지금'이라는 본능적인 감이 느껴졌다. 당분간 공손찬 진영에 몸을 담기로 결정한 이상, 가장 시급한 것은 인재의 확충이었다. 문관부터 시작해서 무인까지, 공손찬은 전반적인 인재난에 허덕였다.

조운 하나로는 부족했다. 여기 태사자가 가세한다면 큰 힘이 될 것이다. 용운은 서두르는 인상을 주지 않으려고 애쓰면서, 지나가듯 자연스레 말했다.

"자의 님, 이곳에서 저와 만난 것도 인연인데, 태수님께 임관을 청해보는 건 어떻습니까? 어머님을 뵙고 온 후에 말입니다."

"백마장군에게? 흐음……."

태사자는 살짝 눈살을 찌푸렸다. 공손찬이 이민족을 정벌하여 명성을 얻었다곤 하나, 어쩐지 사욕을 채우는 인물이란 인상을 버리기 어려웠다. 그의 이름값에 비해, 천하의 큰일에는 나서지 않았기 때문이다.

태사자의 생각을 짐작한 용운이 말했다.

"태수님께서는 곧 거병하실 겁니다. 아마도 내년 정월쯤에요."

"오환족의 동태가 불온한가? 아니면 선비족?"

"둘 다 아닙니다. 이번 상대는……."

용운은 목소리를 낮추고 말을 이었다.

"동탁입니다."

"뭐라고!"

태사자는 깜짝 놀랐다. 함부로 할 얘기는 결코 아니다. 태사자가 입이 무거우며 신의 있는 사람임을 알기에 알려준 것이다. 대어를 낚으려면 미끼도 탐스러워야 하는 법이니.

"최근 동탁이 황제 폐하를 멋대로 폐하는 등 횡포가 극심

함은 자의 님도 아시겠지요. 그대로 뒀다가는 한 제국의 뿌리가 흔들릴 지경입니다. 이에 보다 못한 태수님께서 떨치고 일어나려 합니다."

"동탁의 전력은 만만치 않을 텐데."

"천하의 제후들을 상대로 격문을 발송하여 연합군을 만들 계획입니다."

"오오, 반동탁연합군이라……. 그거 대단한 생각을 하셨군그래. 그 격문을 받고도 모른 척하면 사내도 아니지."

태사자가 주먹을 불끈 쥐었다. 생각만 해도 피가 끓어오르는 모양이었다.

"그야말로 하늘의 도리를 행하는 전쟁. 자의 님께서 임관하시면 거기 참전할 수 있을 겁니다. 그 전쟁에서 공을 세우면, 사소한 과(過) 따위는 잊힐 게 분명합니다."

"그렇겠지. 내 진지하게 생각해보겠네. 한데 그대는 어찌 그런 일들까지 알고 있는 겐가? 오늘 갓 임관한 데다 고작……."

태사자는 얼른 입을 다물었다.

용운이 피식 웃었다.

"고작 군리가 말입니까?"

"실언했네."

"아니요, 고작 군리가 맞지요. 그래도 저는 그런 것들을 알 수밖에 없습니다. 왜냐하면 태수님께 그 계책을 낸 사람이 바로 저니까요."

"자네가!"

태사자의 눈이 커졌다.

14

인재를 모으다

태사자는 다음 날 아침 일찍 동래군으로 떠났다. 용운과 대화하느라 밤을 꼬박 새웠으나 전혀 피곤해 보이지 않았다. 그는 용운의 식견에 감탄하여 연신 질문을 던졌다. 특히 천하의 정세와 각 제후들의 성향에 대한 용운의 대답에 깊은 인상을 받았다. 용운은 확언하지 않되, 황당하게 들리지 않도록 노력하며 주의 깊게 답했다. 그러면서 모든 대화 내용을 빠짐없이 기억했다.

그 내용을 기억의 탑 속, 태사자라 적힌 방의 서랍 안에 넣어두었다. 그럴 만한 가치가 있는 장수였다. 꼭 필요에 의해서가 아니더라도, 말이 통하는 상대와의 대화는 즐거운

법이다. 그러다 보니 어느새 해가 떠오르고 있었다.

"곧 다시 보세. 그때는 자네의 의형인 자룡이라는 분도 소개해주게나."

"네, 몸성히 다녀오십시오."

용운은 성문 앞까지 태사자를 배웅했다. 그리고 객잔에 돌아오자마자 그대로 뻗어버렸다.

"아오, 피곤해!"

성월이 그의 머리를 허벅지로 받쳐주며 말했다.

"수고하셨어요, 주군. 그 태사자라는 사람, 은근히 말이 많군요."

"그러게. 타지에서 대화에 굶주렸던 모양이야."

"눈 좀 붙이세요."

"으으, 그러고 싶은데…… 출근해야 돼."

임관 첫날부터 결근해서야 말이 안 된다. 게다가 오늘은 특히 중요한 일이 있었다. 바로 관사 입주였다.

공손찬은 동탁 토벌전의 참여 외에도 용운에게 추가로 일을 맡겼다. 첫 번째는 반동탁연합군의 격문 작성. 두 번째는 거병하기 전까지 최대한 인재들을 모아보라는 것이었다.

둘 다 본래 군리가 할 일은 아니다. 하지만 태수의 지시이니 거부할 수도 없었다. 따지고 보면 격문도 서류에 속하긴 했다. 신입 채용, 즉 인사 관리도 비슷한 맥락이고.

어제, 지시를 내린 공손찬이 말했다.

"뭔가 필요한 것이 있으면 요청하게."

용운의 심계가 범상치 않음에 일을 맡기긴 했지만 갓 임관한 관리의 업무치고는 과하다고 생각하긴 하는 모양이었다. 용운은 사양하지 않고 대꾸했다.

"집과 돈이 필요합니다. 지금 머무를 곳도 없고 돈도 없어서요."

"……자네, 보기보다 무대뽀로군. 바로 내주도록 하지."

그 결과, 오늘 새 관사로 입주하게 된 것이다. 물론 사천신녀와 함께. 용운의 얘기를 들은 그녀들은 뛸 듯이 기뻐했다.

"우와! 드디어 우리도 살 집이 생기는 거군요."

"주군께서 취직하신 덕분입니다."

용운은 어제 받아온 돈을 검후에게 건넸다. 검후가 알아서 필요한 데 쓸 것이다.

"그래. 그러니까 오늘 반나절만 참아. 오후 늦게 관사로 들어갈 테니. 아, 이 돈 가지고 시전에서 필요한 물건들도 좀 사고."

이 시대에 관리의 월급은 녹봉이라 했다. 녹봉은 크게 곡식과 돈, 두 가지로 구분됐다. 그중 돈은 어제 받았고 '섬'이라 불리는 곡식은 관사로 보내주기로 하였다.

용운의 녹봉은 1년에 200석으로 정해졌다. 그는 현대의 가치로 간단히 계산해보았다. 물론 2000년 전의 봉급이다. 또 물가와 생활수준 등 다른 요소가 너무 많다. 정확히 추산하기 위해서라기보다 단순한 호기심에 가까웠다.

'1년에 200석이니까 월 16석이라고 치고. 전에 아버지가 한 석이 114킬로그램이라고 했었지. 그럼 한 달에 총 1,824킬로그램. 쌀 한 가마는 80킬로니까 한 달에 22.8가마. 올려서 23가마로 잡고 한 가마는 16만 원이니까…….'

계산해본 용운은 깜짝 놀랐다. 무려 한 달에 368만 원이라는 금액이 나왔다. 쉽게 말해, 곡물과 돈을 368만 원의 가치만큼 지급하는 것이다.

이 비율은 딱히 고정된 게 아니었는데, 돈보다는 주로 현물이 많았다. 또 전부 쌀로 주는 게 아니라 해당 지역의 잡곡을 적절히 섞어주었다. 지역에 따라 고기나 생선 등을 주기도 했다.

아무튼 200석이라는 녹봉은 초임 관리에게는 파격적인 대우였다. 척박하여 농사가 잘 안 되는 지역임을 감안하면 더욱 그랬다.

'뭘 얼마나 부려먹으려고. 적은 것보단 좋지만.'

성월의 무릎에 누워 눈을 감고 미적대는 사이, 내성에서 치는 종소리가 울려퍼졌다. 용운이 잔다고 여겼는지, 객잔 주인이 귀띔했다.

"진시(辰時, 오전 7시~9시)입니다요, 나리."

"아, 여기 와서도 아침부터 정시 출근인가."

용운은 툴툴대며 방으로 들어가 지급받은 관복으로 갈아입었다. 옷이 좀 컸으나 사천신녀들은 멋지다고 탄성을 질렀다. 인사를 받으며 객잔을 나서는데 어깨가 으쓱했다.

'훗, 이게 일하러 가는 가장의 기분이겠지.'

용운은 대로를 따라 본성으로 향했다. 내전에서 조례를 마친 후, 업무 보고를 들었다. 첫날이라 다른 관리들과 간단히 인사를 했다. 그다음에는 일을 할 관청을 안내받았다. 본성 안에 있는 여러 건물들 중 하나였다.

반듯한 탁자에 삿자리가 깔린 방이 배당됐다. 방이라곤 해도 문이 없고 벽은 삼면뿐이었다. 정면이 트여 있어 밖에서 일하는 모습이 고스란히 보이게 되어 있었다.

'음. 잠은 다 잤네.'

탁자 위에는 빈 죽간과 벼루, 붓 등이 놓였다. 그 외에도 각각 한 무더기의 종이와 천, 내용이 빽빽한 죽간 등이 있었다.

'2000년 전 중국 관리들은 이렇게 일을 했구나. 붓이랑 종이가 컴퓨터로 바뀌면 의외로 현대랑 큰 차이가 없을지도 모르겠다.'

용운이 신기해서 두리번거리는데, 옆 칸의 관리가 와서 간단히 몇 가지를 일러주었다.

"죽간은 매일 올라가는 단순한 공문. 종이는 중요한 내용을 특별히 올릴 때만 쓰고, 비단 두루마리는 태수님께서 직접 보셔야 할 서신이나 황실을 비롯한 상급기관에 보낼 때 쓰면 되네."

"감사합니다."

"여기가 변방이라곤 해도 안전하고 대우도 후한 편이니 잘해보게나."

"예, 명심하겠습니다."

관리는 친절한 말투로 상세하게 알려주었다. 오랜만의 신입이라 반가운 모양이었다. 용운은 일단 탁자 앞에 정좌를 했다. 두루마기 같은 관복차림으로 앉으니, 딱히 어색함도 없이 익숙한 기분이 들었다.

'나 벌써 제법 이곳 사람 같잖아?'

역시 사람은 닥치면 어떻게든 살아가게 된다. 먹는 문제와 화장실 문제를 빼면 의외로 생활하기 나쁘지 않았다. 처음엔 괴롭던 냄새는 코가 마비됐는지, 아니면 적응한 건지 어느 순간부터 무감각해졌다. 평소 민주 정도를 제외하면 딱히 친하게 지낸 사람이 없었으니 외롭지도 않았다. 오히려 조운과 사천신녀라는, 가족 같은 이들이 더 늘어났다.

스마트폰이나 인터넷을 못 쓰는 거? 이곳에 적응하기만도 바빠서, 그런 물건들은 떠오르지도 않았다. 그보다 몇 시간 후 새집에 들어갈 생각에 들떴다.

가장 감수성이 예민한 시기에, 1년이 넘도록 텅 빈 이층집에서 혼자 살았다. 이제 모두와 함께 살 곳이 생겼다고 생각하니 설레지 않을 수 없었다.

'물론 좋고 나쁘고는 좀 더 살아봐야겠지만. 음…… 이제 한동안은 일에 집중해야겠다.'

용운은 먹을 갈면서 생각을 정리했다.

일단, 최소한의 살아갈 조건은 갖췄다. 다음은 격문과 인재 모집인데, 아무리 생각해도 격문을 쓸 자신이 없었다. 그는 시험 삼아 떠오른 내용을 써보았다.

사병이 무능하면 혼자 무능하지만 장수가 무능하면 여러 사람이 무능해진다.

(兵熊熊一個 將熊熊一窩)

'오오, 된다! 생각하는 게 한문으로 써지네. 이거 참 신기하단 말이야.'

용운은 쓴 글을 소리 내 읽어보기도 했다. 그러자 마찬가지로 중국어로 읽히는 게 아닌가.

"뼹슝슝이거 쨩슝슝이워. 헐, 대박. 뭔가가 나를 조종하고 있어!"

그런 용운에게 옆 칸의 관리가 이상하다는 듯한 시선을 보냈다. 용운은 얼른 목소리를 낮췄다.

다행히 자동 번역 기능은 글에도 적용이 됐다. 생각한 것을 머릿속에서 한문으로 바꿔준다. 그렇게 떠오른 한자를 적기만 하면 되었다. 글을 읽을 때도 마찬가지였다. 소리는 중국어로 나오고 이해는 한국어로 됐다.

단, 시문이나 격문처럼 어느 정도 글 솜씨를 요하며 감성이 필요한 글을 쓰기는 어려웠다. 그런 글은 단순히 번역만 되면 써지는 게 아닌 까닭이다. 하지만 의사를 전달하기에는 충분했다.

앞으로 일상생활에서 글을 써야 할 일이 있을 때뿐만 아니라, 군리로서 업무를 보는 데도 문제가 없을 듯했다. 중요한 부분이 한 가지 해결됐다.

그러나 격문을 완성하기엔 갈 길이 멀었다. 문구 자체가 안 떠오르니 막막했다. 또 반동탁을 외쳤던 격문의 내용은 그가 읽은 역사서나《삼국지》책 중엔 명시된 게 없었다.

'우리 모두 악한 동탁 놈을 무찌릅시다. 으으. 안 돼. 유치해. 글짓기에는 영 젬병이라……'

용운은 성적이 좋았지만 예술 쪽은 서툴렀다. 단순히 한자를 아는 것과 한자로 글을 쓰는 것은 하늘과 땅 차이였다. 대부분의 한국인은 한글 사용에 능숙하다. 그렇다고 모든 사람이 작가는 아니었다. 특히 격문은 읽는 이들을 공감케 하고 끓어오르게 하는 뭔가가 필요했다.

'가만. 꼭 내가 직접 써야 한다는 말은 안 했잖아? 격문을 잘 만들어보라고 했지.'

용운이 다시 붓을 들었다. 그는 빈 죽간 위에, 방금 떠오른 이름 하나를 썼다.

진림(陳琳)

'그럼 나는 내가 할 수 있는 방식으로 해야지.'

진림은 《삼국지》에서 격문 하면 떠올리지 않을 수 없는 이름이다. 그는 본래 하진의 휘하에서 문서를 담당했다. 하지만 공문 작성이나 하기에는 너무도 뛰어난 글 솜씨를 지닌 문인이었다. 훗날 건안칠자의 한 사람으로 꼽히는 것만 봐도 그랬다.

건안칠자란, 건안 시대(중국 후한 말기, 헌제의 건안 연간 196~220)에 활동한 문학 집단 가운데 가장 뛰어난 일곱 명을 의미했다. 특히 원소 휘하에 들어간 진림이 전쟁 전 조조에게 보낸 격문은 유명했다. 조조 본인뿐만 아니라, 그의 조상 삼대까지 싸잡은 신랄한 욕. 그 내용이 어찌나 지독했는지, 기혈을 자극받은 조조의 두통이 나았을 정도였다. 물론 그저 욕만

갈겨썼다고 해서 명문이 될 순 없었다. 그만큼 문장도 뛰어났던 것이다.

그 진림으로 하여금 반동탁 토벌군의 격문을 작성케 한다면 효과는 배가 될 터였다. 스스로 쓸 자신이 없다면, 쓸 수 있는 사람을 찾아내면 되는 것이다.

'진림…… 진림이 지금 어디서 뭘 하더라!'

용운은 단순히 격문과의 연상작용으로 진림을 떠올린 건 아니었다.

190년 현재, 진림의 행보는 공백기였다. 십상시들의 손에 하진이 죽었을 무렵, 진림은 난을 피해 궁을 나왔다. 그후…….

"기주로 갔다!"

용운은 자기도 모르게 소리를 질렀다. 등용 가능성이 커진 까닭에 순간 흥분한 것이다. 아직 진림이 원소에게 임관하기 전일 터였다. 더구나 기주는 행정구역상 동북평이 속한 유주에서 제일 가까운 지역 중 하나다. 진림이란 걸출한 문인을 가로챌 기회였다.

옆방 관원이 깜짝 놀라 쳐다보았다. 아무래도 괴짜 동료가 왔다고 여기는 듯했다.

'그래, 진림은 지금 기주에 있어. 그가 궁을 나온 건 하진이 죽은 직후니까, 대략 189년 8월 말. 지금은 9월. 사표 낸

지 한 달도 채 안 지났다. 기주까지 가는 데 걸린 시간 등을 감안하면……. 기주에 도착한 후에도 여독으로 좀 쉬었을 수도 있고.'

문제는 이곳이 중국이라는 것이다. 가깝다곤 해도 걸어서 며칠이 걸릴지 몰랐다. 제일 빠른 교통수단이라고는 말(馬)이 전부다. 그 말조차 못 타는데 무슨 수로 기주까지 간단 말인가.

'흐엉, 늦기 전에 데려와야 하는데! 태사자가 떠날 때 부탁할걸. 내가 가려고 해도 지리를 전혀 모르니. 아예 갈 엄두도 못 낼 익주(동북평 기준으로 서쪽 끝)나 양주(중국 대륙의 서북쪽)였으면 차라리 깨끗이 포기할 텐데.'

끙끙대던 용운이 천장을 슬쩍 쳐다보았다. 그가 속삭이듯 말했다.

"청몽아! 거기 있지?"

곧 들릴락 말락 한 대꾸가 날아왔다.

"네……."

"혹시 기주에 갔다 올 수……."

"안 되거든요."

"아 왜?"

"몰라요."

"장난치지 말고."

"장난이 아니라, 진짜 모른다고요."

"왜 못 가는지를 모른다고?"

"네, 우린 모두 주군한테서 일정거리 이상 떨어지지 못하게 되어 있어요."

"뭐?"

용운은 처음 듣는 얘기에 놀랐다. 저런 요소는 '삼국지 스페셜' 내에서 설정할 수도 없고 자신이 설정한 적도 없었다.

'사천신녀의 출생…… 이라고 하니 이상하네. 탄생과 관계가 있는 건가? 내가 이 세계에 옴으로 인해서 그녀들이 나타났으니.'

용운은 문득 이런 의문이 들었다. 내가 원래 세계로 돌아가면, 사천신녀는 어떻게 되지? 잘해야 게임 데이터로 되돌아가는 정도. 어쩌면 소멸…….

여기까지 생각한 그는 고개를 설레설레 저었다.

'아직 돌아가는 방법의 실마리조차 찾지 못했어. 일단 지금 해야 할 일에 집중하자. 그러니까 진림을 어떻게 데려온다?'

용운이 방법을 고민하는데, 마침 조운이 들렀다. 의제의 임관 소식을 듣고 축하하러 온 것이다.

"첫날부터 일이 쉽지 않은 모양이구나."

"형님!"

"얘기 듣고 왔다. 장하다."

용운은 반가운 마음에 벌떡 일어서서 조운을 맞이했다.

"마음대로 다니셔도 되는 거예요?"

"영내에 머무르는 것만 제외하면 한가하구나. 당장 싸울 일이 없으니. 할 일은 하루에 두 번 병사들을 훈련시키는 정도인데, 이미 오전 훈련은 끝났다."

"전 골치 아프게 됐습니다."

용운은 조운에게 어제오늘 사이 있었던 일들을 쭉 들려주었다. 주의 깊게 듣고 난 조운이 말했다.

"과연, 하늘의 이치를 따르면서 실리를 챙긴다는 건가. 반동탁연합군을 결성하여, 그 선봉에 태수님을 세운다는 네 계책은 확실히 대단하다."

용운은 어쩐지 겸연쩍어서 뒤통수를 긁었다. 엄밀히 말하면 자신이 생각해낸 계획이 아니다. 남의 생각으로 태사자에 이어 조운에게까지 칭찬을 받으니, 뭔가 커닝하다 들킨 기분이었다.

"태수님께서 계책만을 받아들이고 네겐 잡무를 맡겨도 감히 이의를 제기할 사람은 없을 것이다. 한데 그 일의 진행과 더불어 인재를 찾아보라고까지 하셨다니, 널 중히 쓰시려는 모양이구나."

"그런 걸까요?"

"너도 알다시피 지금 인재 등용은 태수님께서 직접 포고문을 내걸 정도로 중시하는 일이 아니더냐."

"아무튼 반동탁연합군 결성의 계(計)로 임관한 건 좋은데, 전쟁터에 나가게 생겼어요."

푸념하는 용운에게 조운이 힘주어 말했다.

"염려 마라. 그런 전쟁이라면 당연히 나도 종군하게 되겠지. 내가 결코 널 위험에 처하게 하지 않을 것이다."

"헤헤."

용운은 금세 기분이 좋아졌다. 이 세계로 와서 처음 만난 사람이 조운이라는 게 새삼 다행스러웠다.

"격문은 잘되어가느냐?"

용운이 쓴 문구를 본 조운이 가볍게 탄복했다.

"사병이 무능하면 혼자 무능하지만 장수가 무능하면 여러 사람이 무능해진다라……. 좋은 말이구나. 한데 이건 격문의 시작 같진 않다만."

"하하, 그냥 생각나서 써본 말입니다."

"이쪽은 두 글자만 덜렁 적혀 있구나."

"그건 사람 이름인데요. 그가 바로……."

용운은 진림이 얼마나 뛰어난 문인인지 대충 얘기했다. 물론 아직 일어나지 않은, 조조에게 보낸 격문에 대한 일은 뺐다.

진림에 대한 얘기를 들은 조운이 선뜻 말했다.

"그가 꼭 필요한 인물이라면 내가 메리오마."

"네? 형님께서요?"

"그래. 난 잠시나마 발해에 머물렀던 까닭에 그곳 길을 잘 안다. 기마술에도 자신 있는 편이니, 튼튼한 말 한 필을 얻을 수 있다면 왕복 닷새로 충분할 것이다."

"와아! 그럼 최고죠. 마침 당장 급한 업무도 없다니, 제가 태수님께 상신해보겠습니다."

"가서 찾는 거야 문제가 아니다. 낙양에서 주부 벼슬을 하다 내려온 진림이란 사람을 수소문하면 되니까. 다만, 내가 일을 그르칠까 걱정이구나. 진 주부가 날 탐탁지 않게 여길 수도 있지 않겠느냐?"

"음…… 그럴까요."

조운을 싫어할 사람은 거의 없으리라 생각됐지만, 가능성이 아예 없는 일은 아니었다. 당장 공손찬만 해도 이상하게 조운을 꺼리는 게 느껴졌으니까. 생각이나 취향은 사람마다 다르기 마련이다.

잠시 생각하던 용운이 뭔가를 휘갈겼다. 대개 보관용 문서 용도로 사용한다는 죽간이 아닌, 서신용의 비단 위였다. 굳이 비단을 쓴 데는 진림에 대한 존중의 의미도 있었다. 이왕이면 다홍치마라고 했다. 조금이라도 기분을 좋게 해주면 일이 그만큼 수월해지지 않겠는가.

"만약 진 주부가 임관을 거절한다면, 이것을 보여주십시오."

"음."

비단에 쓰인 글귀를 본 조운이 고개를 끄덕였다. 그는 비단 두루마리를 품에 넣고 일어섰다.

"이만 가서 떠날 채비를 해야겠구나."

"예, 저도 형님께서 움직일 수 있도록 바로 위에다 요청하겠습니다."

조운이 나간 후, 용운은 가볍게 한숨을 내쉬고 업무를 시작했다.

근무 첫날, 그는 10여 건의 공문을 작성했다. 대부분 시키는 대로 쓴 내용이다. 단 하나, 조운의 파견을 요청하는 것만 제외하고. 파견지는 당연히 기주였다.

낯선 환경에서 정신없이 일하는 사이 오후가 됐다. 점심으로 구운 양고기와 밥이 나왔다. 그럭저럭 먹을 만했다.

오후 업무를 보던 용운은 일찍 퇴청을 했다. 관사 입주를 위해 미리 허가받은 부분이었다. 그는 객잔으로 가서 사천신녀와 합류하여 언질받은 장소로 향했다.

막내 사린이 신이 나서 말했다.

"끄야! 그러면 이제 우리 집이 생기는 거예요?"

"음, 정확히 말하면 우리 집은 아니지만 당분간 다 같이 거기서 지낼 거야."

"헤헤헤, 완전 신나요. 낮에 언니들하고 시전에 가서 이 것저것 필요한 것들도 다 샀어요."

"그랬어? 잘했네."

분명 설명을 들었는데도 처음엔 조금 헤맸다. 도중에 관인에게 물어 무사히 찾을 수 있었다.

한 번 가면서 기억해뒀으니 이제 잊지 않으리라.

관사는 내성 바로 근처의 저잣거리에 있었다. 민가와 상업지구가 겹치는 위치였다. 그 탓에 다소 소란스러웠지만 다섯 사람이 지낼 만한 건물이 그것뿐이라고 했다.

자매들, 특히 성월과 사린은 그 점이 오히려 마음에 드는 눈치였다. 먹을 것과 술을 사러 나가기가 편했기 때문이다.

용운은 약간 어두운 집 안을 둘러보았다.

'한옥이랑 비슷하네. 좀 더 어둡고.'

흙벽돌과 나무로 제법 탄탄하게 지어진 집이었다. 니은(ㄴ) 자로 꺾인 본채를 따라 큰 방 네 개가 있어서 자매들이 둘씩 한 방을 쓰고 용운이 하나를 쓰면 될 듯했다. 나머지 하나는 손님용이나 창고용이다.

특이한 것은 잠자리였다. 돌을 쌓은 단 위에 삿자리가 여러 겹으로 깔려 있었다. 거기 누워서 이부자리를 덮고 자는 모양이었다.

'여기 와서 돌침대를 쓰게 될 줄이야. 근데 이거 엄청 배기겠는데.'

용운이 석단 위에 슬쩍 앉았을 때였다. 청몽이 씩씩대며 방으로 들어왔다. 그녀는 그대로 용운의 옆에 털썩 앉았다. 복면에 가려 보이진 않았지만 잔뜩 화난 기색이었다.

"무슨 일이야?"

용운은 어리둥절해져서 물었다. 청몽이 볼멘 어조로 대꾸했다.

"사린이 녀석이 자꾸 제일 바깥쪽 방을 쓴다고 우기잖아요. 거긴 내 건데……."

"그럼 너랑 사린이가 거길 같이 쓰면 되잖아."

"하지만 셋째도 거길 쓰겠다고…… 시전에서 가까워야 한다나."

"저런. 검후는?"

"언니는 아무 데나 상관없대요."

"그래서 나한테 일러바치러 온 거야?"

"아니요. 생각해보니 난 항상 주군을 호위하고 있어야 하니까, 이 방을 같이 쓸래요."

"응?"

용운이 살짝 당황했다.

그건 좀 곤란한데.

알 수 없는 원리로 땅에서 솟았든, 하늘에서 떨어졌든 분명 사천신녀들은 여자였다. 그것도 연예인 저리 가라 할 정도의 미녀들. 한창 피가 끓을 나이임에도, 본래 용운은 이성에 큰 관심이 없었다. 하지만 의식조차 하지 않는 건 아니었다. 남녀 간의 일에 대해 모르는 것도 아니다.

용운은 대답을 주저했다. 청몽이 얼굴을 가까이 들이밀었다.

"안 돼요?"

복면 위로 까만 두 눈이 반짝였다. 잔혹함과 천진함이 동시에 담긴 신비한 눈. 달콤한 체향이 전해져와 아찔했다.

날 지키기 위해서라면 뭐라도 할 수 있는 여자. 눈도 깜빡하지 않고 수백 명을 참살하면서도, 사소한 일로 다투고 와서 하소연하는 여자.

대체 어떤 힘이 이런 존재를 만들었는가.

그것은 아주 잠깐의 마법 같은 시간이었다. 집이라는 밀폐된 공간에, 처음으로 이들끼리만 남게 됐다. 거기에 용운은 미묘하게 흥분되어 있었다. 막막하기만 하던 이곳에서, 자신의 힘으로 할 일을 찾았다. 또 모두를 쉬게 할 장소도 마련했다. 그 고양감이, 평소라면 절대 하지 않을 행동을 부추겼다.

용운은 손을 올려 청몽의 뺨을 어루만졌다. 그녀는 흠칫 놀랐지만 움직이지 않았다. 얇은 복면 아래에서 은은한 열기가 전해졌다. 문득 복면 아래의 얼굴이 궁금해졌다. 그러고 보니 한 번도 본 적이 없다.

용운이 복면에 손끝을 댄 직후였다.

"주군! 누가 찾아왔쩌여!"

사린이 혀 짧은 소리로 외치며 뛰어들어왔다.

마법은 풀렸다. 용운은 얼른 손을 내리며 말했다.

"누, 누가?"

"어떤 아저씨가요. 그런데 둘째 언니 혼내고 있었어요? 언니 체온이 올라갔는데……. 혼내지 마요. 제가 방 같이 쓸 거예요!"

당황한 용운 대신 청몽이 대꾸했다.

"아니거든, 멍충아."

휙! 그녀는 그대로 대들보 위로 올라가버렸다.

"나 멍충이 아니야! 언니랑 방 같이 안 써!"

용운은 사린의 외침을 뒤로하고 방을 나왔다.

'휴, 내가 무슨 짓을.'

옷을 벗긴 것도 아니고, 그저 복면을 내려보려던 것뿐이다. 그런데도 이상하게 심장이 터질 것처럼 뛰고 피가 얼굴로 쏠렸다.

용운의 상념은 마침 들려온 목소리에 깨졌다. 중정이 없는 대신 만들어놓은 앞마당에 한 사내가 서 있었다.

"진 군리님이십니까?"

"접니다. 누구시죠?"

"말씀 편하게 하십시오. 저는 태수님의 명으로 온 하인입니다. 이제부터 여기서 일하게 됐습니다. 잔심부름이나 청소, 집 관리 등은 제게 맡겨주시면 됩니다."

"아! 그렇군요. 잘 부탁드립니다."

"예, 예."

나이 지긋한 하인은 조금 당황했다. 이제까지의 주인들과는 다른 용운의 태도와 말투 때문이었다. 게다가 너무 어렸다. 좀 색다른 주인이긴 한데, 나쁜 쪽으로는 아니었다. 더구나 절세의 미녀들이 함께 머무르는 집이니 절로 일할 맛이 날 듯싶었다.

그때, 또 다른 사람이 앞마당으로 들어왔다. 그는 본성에서 나온 전령이었다. 전령은 잠깐 머뭇거리다가 하인에게 말했다.

"진 군리님 되십니까?"

화들짝 놀란 하인이 고개를 저었다. 마루에 서 있던 용운이 손을 흔들어 보였다.

"접니다!"

"이런, 실례했습니다. 저, 태수님께서 유시(酉時, 오후 5시
~7시)까지 입궁하시랍니다."

"네, 알겠어요."

"옛. 그럼."

전령이 나가는 걸 보고 있던 용운의 등 뒤에서, 어느새
다가온 검후가 물었다.

"무슨 일이기에 퇴청한 군리를 굳이 불러야 할까요?"

"나도 그게 궁금해. 가보면 알겠지."

돌아선 용운이 나직하게 말했다.

"검후, 부탁이 있어."

"말씀하십시오."

"그 전에 질문. 너희가 내게서 최대한 떨어질 수 있는 거
리가 얼마나 되지?"

"청몽이에게 들으셨나 보군요. 이 성내 정도의 넓이라면
상관없습니다."

"그래도 꽤 범위가 넓네. 좋아. 그럼, 이 성안에 혹시 위
원회에 속한 자들이 있나 찾아봐줘. 알지? 손목에 별과 숫
자를 새긴 자들."

"시간이 걸릴 것입니다."

"지금 당장 찾아내라는 건 아냐. 그저 평소에 꾸준히 살
펴봐달라는 거야. 위원회를 아는 동시에, 나를 도와줄 만한

사람들은 너희뿐이니까. 검후가 직접 해도 되고 둘째나 셋째, 넷째 중 아무에게나 시켜도 괜찮아. 그쪽에서 먼저 다가오길 기다리기엔 아무래도 찜찜해."

계속 마음에 걸리던 것이었다. 이 세계로 오기 전부터의 악연, 그것이 이어지고 있음을 알았다.

그때는 두려움에 몸이 떨렸다. 동시에, 그들은 전부터 이미 이 세계에 와 있었으며, 북평성 내에도 있을지 모른다는 데 생각이 미쳤다.

지피지기면 백전백승이라 했다. 어느 쪽이든 상대의 존재를 먼저 파악한 자가 유리할 터였다.

"확실히 그냥 두기 거슬리는 무리들이었지요. 명 받들겠습니다."

검후가 정중히 예를 취했다.

그날 저녁, 공손찬에게 호출된 용운은 뜻밖의 명을 받았다.

스무 날쯤 뒤에 참전하라는 날벼락 같은 소리였다. 게다가 상대는 거칠기 짝이 없다는 북방의 이민족인 선비(鮮卑)족이었다.

15
.
첫 참전

갑작스런 출병을 명받고 사흘째 되는 날이었다.

퇴근한 용운은 네 자매와 함께 저녁을 먹었다. 메뉴는 제육 덮밥으로, 구운 고기와 소면에 질린 용운이 직접 만들었다.

'이제까지는 귀찮아서 고기를 구워먹기만 했지만, 그러기에는 생각보다 식재료가 많단 말이야. 추운 날씨인데 채소도 있고. 아! 이때 이미 온실 기술을 썼다고 《한서》에 나와 있었지?'

《한서(漢書)》는 중국 후한 시대의 역사가 반고(班固)가 저술한 역사서였다. 즉 지금 용운이 있는 이 시대에 대한 책이다. 아버지의 노트 중에 그 《한서》 번역본이 있었다. 아버지가 직접 《한서》를 번역해서 적어둔 것이다. 《한서》는 총 백 권으로 이뤄졌다. 따라서 노트의 양도 어마어마했다.

행방불명된 아버지에 대한 단서를 찾으려고 그 모든 노트와 메모를 뒤졌다. 혹시 행간에 숨겨둔 부분이 있나 해서 모조리 읽었는데, 후한 시대에 대한 지식만 늘었다.

'그걸 실제로 써먹을 일이 생길 줄은 몰랐지.'

아무튼 《한서》에는 "태관은 정원에서 겨울에 파, 부추, 버섯과 같은 채소를 심었는데, 지붕을 덮고 밤낮으로 불을 은근히 때어 그 온기로 채소들이 잘 자랐다"라는 대목이 있었다. 실제로 시전에 나가보니, 겨울에 가까운 날씨인데도 푸른 잎채소가 드문드문 보였다.

성월이 관사 앞 시전에서 고기와 채소를 사왔다. 가마솥에 밥을 안친 다음, 돼지고기를 삶았다. 채소로는 마늘과 부추, 버섯, 파 등 필요한 종류가 대부분 있었다.

녹봉으로 받은 현물 중에 간장과 참기름, 설탕이 있어 그것들도 썼다. 마늘을 다져 간장에 섞었다. 거기 참기름과 설탕을 넣어 매콤달콤한 소스를 만들었다. 살짝 삶은 고기를 그 소스에 한 번 더 졸였다. 마지막에 파와 부추를 크게 썰어 넣어 완성했다. 그때쯤에는 밥이 다 지어져 있었다.

'고춧가루가 없어서 아쉽네.'

갓 지은 밥에 양념한 돼지고기를 얹었다. 맛이 기가 막혔다. 다들 정신없이 먹었다. 하인 왕 씨도 눈이 휘둥그레졌다.

"제 평생 이런 별미는 처음입니다요."

"하하, 맛있다니 다행이네요."

강제 자취 1년 동안 쌓은 요리 솜씨가 빛을 발하는 순간이었다. 일단 한번 외운 레시피나 조리해본 음식은 절대 잊어버리지 않으니 실력이 좋아질 수밖에 없었다.

순간, 용운의 눈앞에 왕 씨의 호감도가 상승했음을 알리는 상태창이 떠올랐다.

'어라?'

60 정도이던 호감도가 단숨에 70을 넘었다. 그가 혹시 위원회나 성혼단의 일원이 아닌지 확인하기 위해 대인통찰을 써뒀었다. 그때의 수치에서 변화가 일어나 알려온 것이다.

사천신녀는 애초에 호감도가 255였다. 거기다 설정 자체가 하락하지 않도록 되어 있어 바뀔 일이 없다. 어쨌든 용운은 얼결에 좋은 걸 하나 배웠다.

'음식으로도 호감도를 높일 수 있구나. 종종 써먹어야지.'

그러고 보니 《한서》에 이런 대목도 있었다.

임금은 백성을 근본으로 삼고, 백성은 먹는 것을 하늘로 여긴다.

(王者以民爲本, 民以食爲天)

역대 중국의 통치자들은 나라를 다스리는 데 음식을 매우 중요한 문제로 여겼다는 증거였다. 또한 다스리는 방법을 음식에 비유하여, 노자(老子)는 "나라를 다스리는 것은 생선을 요리하는 것과 같다(治大國, 若烹小鮮)"고도 했다.

식생활은 중국 문화에서 그 정도로 비중이 컸다.

'유념해야겠군.'

식사를 마친 후, 용운은 참전에 대해 사천신녀와 논의했다.

"안 됩니다. 어찌 그런 위험한 곳에 주군을."

사정을 들은 검후가 단호히 말했다. 그녀뿐만 아니라, 사천신녀들은 하나같이 입을 모아 절대 못 보낸다고 난리를 쳤다. 그 바람에 사린은 입에 가득 든 음식을 뿜어내고 말았다. 그녀는 남은 밥과 고기를 모조리 흡입하던 차였다. 그게 용운의 얼굴로 튀었다.

용운이 손등으로 뺨을 훔쳤다.

"사린아, 걱정해줘서 고마운데 다 삼키고 말해줄래?"

"읍, 꿀꺽. 죄, 죄송해여!"

"아무튼 임관한 이상, 이유 없는 항명은 처벌감이야. 관직을 버리고 도망치지 않는 한은."

그 말에 청몽이 대꾸했다.

"그럼 그 태수라는 놈을 제가 죽일까요?"

"……제발 가만히 있어줘."

"니예니예."

검후가 청몽의 머리를 쥐어박았다. 발끈한 청몽이 외쳤다.

"아, 뭐! 왜! 뭐!"

"주군께 그게 무슨 말버릇이냐."

용운은 그 모습을 보며 고민에 빠졌다.

'어차피 동북평에 자리 잡은 지도 며칠 안 됐잖아. 전쟁에 나가느니 그냥 확 튀어버릴까?'

아니, 역시 그건 아니다. 용운은 고개를 저었다.

일을 하고 대가로 녹봉을 받게 됐다. 네 자매와 함께할 거처도 얻었다. 무엇보다 조운이 아직 돌아오지 않았다. 그는 진림을 찾기 위해 어제 기주로 떠났다.

이 모든 걸 포기하고 달아날 순 없었다. 이런 식으로 회피하게 되면, 장애가 생겼을 때 일단 피할 생각부터 하게 될 것이다. 그런 마음가짐으론 이 세계에서 살아남기 어려웠다.

하지만 그건 그거고 무서운 건 무서운 거였다. 아주 잠깐, 달아나는 걸 진지하게 고려했을 정도로.

21세기의 한국 군대는 비판받는 일이 많았다. 그래도 병사들의 복지, 안전, 인권, 환경의 쾌적함 등 비판의 원인이 된 것들조차 이 시대와는 비교조차 할 수 없을 정도로 질이 높았다.

'무려 2000년의 세월을 사이에 뒀으니 당연한 일인가.'

그럼에도 불구하고 입대를 피하려다 처벌받는 일이 끊임없이 벌어졌다. 하물며 이 시대의 군대와 전장은 위험하기 짝이 없을 터였다.

'전투라곤 게임으로 해본 게 다인데…….'

실전을 앞두고 아무렇지 않다면 그게 비정상이었다. 머릿속에서는 연신 선비족의 강함과 잔인함에 대한 내용이 맴돌았다.

그래서 용운은 조금이라도 승률, 아니 생존율을 올리려고 필사적으로 고민하는 중이었다.

성월이 뒤에서 용운의 어깨에 턱을 얹고 나른한 투로 말했다.

"그런데 그 태수인지 생수인지는 왜 주군더러 전장으로 나가라는 거죠? 이건 행정병보고 총 쏘라는 거나 마찬가지잖아요."

"행정병? 그런 말은 어떻게 아는 거야?"

움찔한 성월이 얼버무렸다.

"호호, 행정을 보는 병사면 행정병이죠, 뭐."

"뭐, 앞으로 날 군무에 종사시킬 생각이래."

청몽이 슬며시 일어나며 중얼거렸다.

"역시 죽일까봐."

"아냐, 몽아. 어차피 난 군대와 엮일 거야."

사린이 궁금한 듯 물었다.

"왜요?"

용운은 그녀의 머리를 쓰다듬으며 말했다.

"이 세계에서 내 재능을 가장 잘 사용할 수 있는 무대는 역시 전장인 것 같거든. 공손찬의 세력을 제일 빠르게 강화시킬 수 있는 방법도 전쟁이고."

"뀨……."

"일단 우리는 여기 속하게 됐으니까, 본진을 탄탄하게 다진 후에 앞일을 생각해봐야지."

그 시작점이 바로 눈앞에 다가온 선비족과의 전투였다. 죽으면 당연히 말짱 헛일. 용운은 쩝 하고 입맛을 다셨다.

'죽는다……는 선택지는 생각도 하지 말자.'

그렇다고 그냥 살아남는 정도로는 안 된다. 무조건 이겨야 했다. 패배해도 앞으로 피로해질 게 뻔했기 때문이다.

일단 공손찬이 용운의 능력에 의구심을 가질 것이다. 그로 인해, 반동탁연합군 봉기의 계책까지 위태로워질 가능성이 있었다.

속된 말로, 입을 턴다는 표현이 있다. 허풍을 떤다는 뜻이다. 세 치 혀로 천하를 갖는 거야 누가 못하겠는가.

더 많은 녹봉을 받고 위치를 공고히 하는 방법, 바로 자신이 가치가 있음을 증명하는 것이다. 동탁과의 전쟁은 고사하고 공손찬군이 밥 먹듯 때려잡는 선비족에게도 패한다면? 최악의 경우 파직될지도 몰랐다.

'아냐. 그래도 문관이 귀하니까 바로 자르진 않으려나? 어쨌든 그리 되면 난 어제랑 오늘처럼 관청에서 사무나 보게 될 거야. 그럼 공손찬의 운명은 정해진 수순대로 흘러갈 테고……. 결국 원소한테 져서 폭망하겠지. 내가 그때까지도 원래 있던 세계로 돌아가지 못한다면, 또 의탁할 곳을 찾아 떠돌아다녀야 하고. 조운 형님은 결국 유비에게 가게 되려나? 나랑 같이 다녀달라고 할 순 없으니까. 으으, 싫다!'

용운을 바라보던 사린이 중얼거렸다.

"아, 주군한테서 암울한 기운이 뿜어져나온다."

성월은 입맛을 다셨다.

"어쩜, 암울한 모습도 참……."

"셋째 언니도 배고파?"

"……너 일곱 그릇 먹지 않았니?"

"뀨……."

용운은 새삼 결의를 다졌다. 그래, 사린의 식비를 위해서라도 하루빨리 중책을 맡아 녹봉이 인상돼야 한다.

'공손찬의 의도를 파악해보자.'

용운은 사흘 전, 공손찬과의 대면을 떠올렸다. 대전에 주요 신하들이 다 모여 있었다. 그 자리에서 공손찬은 용운에게 말했다.

"선비족의 작은 부락들 몇 개가 불온한 움직임을 보인다는 첩보가 들어왔네. 놈들이 뭉치면 성가셔지니 흩어놔야 하네. 상장(上將) 전해의 부관으로 그 임무에 참여하게."

전해는 깊이 고개를 숙였다.

'잉? 전투에 나가라고? 언제?'

당황한 용운보다 관정이 먼저 입을 열었다.

"주군, 군무(軍務, 군대의 일)가 아니라 성의 행정을 보게 하려고 채용한 자입니다. 재주가 아까운 자를 개죽음시키는 일이 아닐는지요."

첫인상은 마음에 들지 않았을망정 용운의 필요성은 관정도 인정하고 있었다. 특히 희소성에서 오는 가치가 컸다. 동북평에 뛰어난 문관이나 참모가 부족한 데는 지형적인 탓도 있었다. 북쪽 변방에 위치해 있기에 출사를 꺼린 것이다. 그곳에 모처럼의 인재가 제 발로 걸어들어왔다. 그런 고급 인력을 선비족과의 싸움에서 잃을까 우려된 것이다.

'오오, 관정 아저씨! 저번에 속으로 욕했던 거 사과할게요.'

용운이 이런 생각을 할 때였다.

공손찬은 더 놀라운 소리를 했다.

"진 군리는 장차 군무를 보게 할 것이네. 앞으로 직책도 그에 걸맞게 바뀌겠지."

처음에는 군리를 시켰다가 군무 쪽으로 생각을 바꾼 데는 분명 이유가 있을 터였다. 참전을 결정한 것 또한.

'혹시 동탁 토벌전에 앞서 나한테 전장을 경험시키려고 그러는 건가? 테스트도 할 겸?'

용운의 추측은 거의 들어맞았다. 반동탁연합군의 결성을 제안하는 과정에서 용운은 본의 아니게 여러 가지를 드러냈다. 자신을 어필하려다 보니 어쩔 수 없었다.

천하 정세를 보는 눈, 공손찬과 원소와의 관계를 꿰뚫은 통찰력, 관정을 비롯한 신하들의 신상을 파악하고 온 세밀함과 정보 수집력 등.

공손찬은 무심한 척하며 이 모두를 보고 있었다.

'조운의 말대로 범상치 않은 인재로구나.'

본래 역사상 교모가 내건 동탁 토벌의 격문은 기발한 책략이라기보다 해프닝에 가까웠다. 소설《삼국지연의》에서는 이를 조금 더 보완했다. 동탁의 전횡을 막음과 동시에, 천하의 잠룡들을 일깨우기 위해 조조가 격문을 뿌린 것처럼 묘사된 것이다. 심지어 정사에서 공손찬은 그 전쟁에 참여하지도 않았다.

용운은 그것을 공손찬의 현 상황과 엮어버렸다. 그 덕에 공손찬이 가졌던 고민거리들이 일서에 해소되었다. 중앙으로의 진출에 대한 명분, 원소에 대한 열등감과 압박감, 더 큰 세력을 키우고픈 열망 등. 아니, 당장 해소된 건 아니더라도 최소한 길이 열렸다. 어떤 식으로 해결할 것인지에 대한 길이. 쓰인 시기와 쓴 사람이 달라지자, 해프닝이 귀계(鬼計, 귀신같은 계책)로 탈바꿈했다.

'저 재능을 제일 잘 활용할 방법은 무엇인가?'

공손찬은 그 방법으로 전장을 택한 것이다. 검증되지 않은 자였기에 군리에 앉혔으나, 그거야 확인 후 바꾸면 그만. 이번 선비족의 도발은 용운을 전장에 익숙하게 하는 동시에, 역량을 시험해보기에도 적격인 무대였다.

공포심은 사람의 몸과 머리를 굳게 만든다. 막상 전쟁터에서 얼어버리면 쓸모가 없다. 동탁과의 전쟁이 시작되기 전에, 어느 정도 단련시켜둘 필요가 있다.

이게 공손찬의 생각이었다.

"하아."

사흘 전의 일을 떠올린 용운은 한숨을 내쉬었다. 스스로가 생각한 자신의 쓰임과도 일치하기에 공손찬을 원망하기도 뭐했다. 아니, 적당한 데뷔 장소를 마련해준 데 대해 오히려 고마워해야 할 것이다.

"좋게 생각하지 뭐. 매도 먼저 맞는 게 낫다고, 나도 어차피 기반을 다져야 하니까. 기반…… 안정. 안정? 안정감!"

용운이 양손을 짝 하고 마주쳤다.

"그래, 등자다! 등자를 만들어 공급하는 거야."

등자는 승마 시 발을 디딜 수 있도록 안장에 이어진 일종의 받침대다. 탄 후에도 안정감을 주는 역할을 했다. 승마는 물론이고 말을 탄 상태에서의 전투나 사격 등에 큰 도움을 줄 터였다.

인류가 말을 타기 시작한 것은 무려 기원전 4500년경. 그에 비해 등자의 발명은 매우 늦었다. 중국에서 본격적으로 사용되기 시작한 때는 서기 3세기경이라고 한다. 어차피 100년 내로 누군가 만들어낸다는 뜻이다. 용운은 그 시기를 자신이 조금 앞당겨도 문제없으리라 생각했다.

'총을 만든 것도 아니고. 일단 내가 살고 보자.'

다음 날, 용운은 특별 상소를 올렸다. 등자의 설계도 및 예상되는 효과에 대한 일종의 보고서였다. 상소는 곧장 공손찬에게 들어갔다.

내용을 읽던 그가 눈을 가늘게 떴다. 자기도 모르게 심장 박동이 빨라지기까지 했다.

'등자라…….'

공손찬은 지략가는 아니었으나 둔하지도 않았다. 무엇

보다 지금까지의 평생을 대부분 밀 등과 전쟁터에서 살았다. 그는 설계도만 보고도 한눈에 그 물건의 효용을 알아보았다. 그것은 안 그래도 강한 백마의종에 날개를 달아줄 게 분명했다.

'옥인 줄 알았더니, 금덩어리였던가.'

기분이 좋아진 공손찬이 수하 엄강에게 명했다.

"진 군리에게는 쌀 10석을 포상으로 내려라. 그리고 이 도면을 따라 등자라는 물건의 제작에 즉시 착수하라."

"얼마나 만들면 되겠습니까?"

"천 개 정도면 되겠지. 열흘 안에 끝내도록."

"즉시 이행하도록 하겠습니다."

북평성의 모든 대장장이와 기술자들이 그 일에 달라붙었다. 모두 밤낮을 안 가리고 일했다. 그 결과, 열흘 만에 목표치인 천 개의 등자를 완성했다.

공손찬은 본래 출진시키려 했던 백마의종 대신 일반 기병대에 등자를 먼저 장착했다. 등자를 단 신생 기병대의 지휘는 정했던 대로 전해에게 맡겼다. 용운의 참전도 예정대로였다.

하지만 두 가지가 처음과 달라졌다.

첫 번째는, 그사이 용운의 추천으로 임관을 청해온 태사자도 참전하게 됐다는 것. 태사자는 어머니를 만난 뒤, 용운과 약속한 대로 동북평으로 돌아왔다. 거기에는 어머니의 충고가 크게 작용했다. 자식이 겪은 일을 들은 어머니는 이렇게 말했다.

"은혜를 입었다면 반드시 갚아야 사내대장부라 할 수 있다. 내 걱정은 하지 마라. 그곳에서 공을 세운 뒤 날 데려가면 되지 않느냐."

이에 태사자는 홀가분한 마음이 되어 공손찬의 수하로 들어왔다.

두 번째는, 용운이 계책을 내놓으면 가능한 한 최대한 따르라는 명이 전해에게 내려진 거였다. 용운에 대한 평가가 또 한 단계 상승한 것이다.

그리고 보름이 지났다.

동북평 북부, 열하강 상류의 산간지대. 나무 한 그루 없는 척박한 계곡이었다. 작은 강줄기를 따라 협곡이 좁고 길게 뻗었다. 그 사이로 매서운 칼바람이 불었다.

그곳을 한 무리의 인마(人馬)가 달리고 있었다. 용운과 태사자가 포함된 공손찬의 군사였다.

"때맞춰, 자의 님이, 와주신 게 다행입니다."

용운은 진심이 담긴 어조로 외쳤다. 그러나 목소리가 뚝뚝 끊겨 우스꽝스럽게 들렸다.

태사자기 대답했다.

"새삼 무슨 말인가?"

"이번, 작전에는, 자의 님이 꼭, 필요했습니다."

"드디어 반격하는 건가?"

"예, 그간, 잘, 참아주셨습니다."

"자네가 말을 못 타서 그런 건 아니고? 하하!"

"사실, 그것도 좀 있고요."

용운은 쓴웃음을 지었다. 안 그래도 엉덩이에 감각이 없을 지경이었다. 나름 열심히 연습했지만 승마 실력은 좀체 늘지 않았다. 허벅지 안쪽은 벌겋게 허물이 벗겨진 지 오래다.

그는 태사자의 허리를 꼭 잡은 채였다. 태사자의 넓은 등도 바람을 다 막아주진 못했다. 차가운 바람이 용운의 귓가를 스쳤다.

'내 계산으로는 분명 10월 하순인데 한겨울이나 다름없네. 북쪽이라 그런가?'

용운은 자체적인 달력을 만들어서 사용했다. 역사적으로 기록된 사건을 기준으로 한 것이다. 물론 이 시대에도 달력이 있긴 했다. 심지어 상당히 정교했다. 1년이 약 365.25일로 된 음양력을 썼다. 현대의 달력과도 큰 오차가 없었다.

문제는 시기의 어긋남에 대한 우려였다. 역법과 간지, 사용법 등은 외우면 그만이었다. 하지만 용운이 기억하고 있는 정보들은 어디까지나 현대의 사가(史家)들이 현대 시간을 기준으로 저술한 것이다.

'서기'로는 190년 10월에 일어난 사건이, 이 시대의 역법으로는 다른 날짜일 수도 있었다. 그런 오차가 심각한 결과를 불러올지도 몰랐다.

고심하던 용운은 한 가지 방도를 떠올렸다.

최근의 가장 큰 사건은 역시 십상시의 난이다. 하진의 죽음에 분노한 원소 일파가 환관들을 주살하고 황제가 궁 밖으로 피신한 사건. 역사상의 날짜는 서기 189년 8월 24일이었다. 그 일이 여기선 언제 일어났는지를 알아보았다.

몇몇 관원들에게 들은 대답은 한결같았다. 모두 40일 전에 난이 일어났다고 답한 것이다. 따라서 용운이 질문한 그날은, 8월 24일로부터 40일 후인 10월 3일인 셈이었다. 그 시점을 기준으로 날짜 계산을 시작했다. 그렇게 센 오늘의 날짜는 189년 10월 22일. 이곳은 이미 겨울이었다.

"옵니다!"

척후병의 다급한 목소리가 울려퍼졌다. 그 목소리의 메아리가 채 꺼지기도 전, 좁은 협곡의 양쪽 길을 타고 인마(人馬)가 돌진해왔다.

이래서야 정찰의 의미가 없다. 어차피 이리로 끌어들이려 한 것이긴 하지만.

'있다! 선비족이다!'

용운은 자기도 모르게 고개를 숙였다. 이젠 처음 보는 게
아닌데도 여전히 두려웠다.

선비족. 흉노가 힘을 잃은 후, 내몽골 지역에서 발생한
혼혈 유목민족이다. 2세기 중엽, '단석괴(檀石槐)'라는 선비
족의 지도자가 여러 부족을 통합하여 국가를 세웠다. 그 후
부터 종종 국경을 침범하여 약탈을 벌였다. 특히 영제 즉위
후부터 유주와 병주, 양주 등지를 빈번히 공격해왔다. 모두
한 제국의 북부에 위치한 지역들이었다.

'지금이 딱 그 시기.'

그중 유주에 바로 공손찬이 있었다.

그는 선비족과 또 다른 이민족인 오환족의 침공을 무수
히 막아냈다. 나중에는 반격하여 역으로 쳐들어가기도 했
다. 후세의 평가는 둘째 치고 북방민족을 상대로 한 그의 전
력만은 불패에 가까웠다. 이에 자연히 위세를 떨쳐 명성을
쌓은 것이다. 선비족과 오환족의 입장에서 공손찬은 이가
갈리는 불구대천의 원수였다.

'내가 지금…… 그 공손찬의 부대에 소속돼서 선비족과
싸우러 온 거니까 잡히면 난 무조건 죽는다. 심지어 곱게 죽
지도 못할 듯.'

두 부대의 거리가 순식간에 가까워졌다.

용운은 침을 꿀꺽 삼켰다. 그는 태사자의 겨드랑이 아래로 적을 훔쳐보았다. 그러자 헉 소리가 절로 나왔다.

용운 자신은 평지에서 말을 타기도 힘들었다. 한데 선비족 기병들은 경사가 45도는 되어 보이는 비탈 위로 말을 몰아오고 있었다.

'저, 저게 가능해? 말이 무슨 산악바이크야?'

과연 태어날 때부터 말 위에서 먹고 잔다는 유목민족다웠다.

하지만 공손찬군 또한 선비족을 무수히 상대해온 강병들이었다. 이에 크게 당황하지 않고 마주 달려나갔다.

그때, 전해(田楷)가 용운의 옆으로 말을 몰아왔다. 그는 이번 전투에 파견된 부대장이었다. 용운이 임관을 위해 공손찬을 처음 찾았을 때, 대전에 있던 수하들 중 한 사람이다. 올해로 36세의 숙련된 장수이며 일찍부터 공손찬을 따랐다. 그의 강직한 얼굴에 은은한 분노가 어려 있었다.

전해는 지난 며칠간 용운의 지시를 잘 따랐다. 도저히 이해가 안 가는 내용이었음에도 참았다. 미리 공손찬의 엄명이 있었기 때문이다.

그는 정벌 전 용운과 나눴던 대화를 떠올렸다.

"선비족을 만나면, 교전한 뒤 퇴각하십시오."

"뭐? 퇴각하라고?"

"네, 최대한 허겁지겁 겁에 질린 태도로요. 그걸 제가 됐다고 할 때까지 반복해주시면 됩니다."

"그게 계책인가? 자네, 혹시 우리 군의 명성을 모르나?"

"이 부대는 백마의종이 아니지 않습니까. 전해 님은 태수님이 아니고요."

"그래서 내가 선비족 따위에게 패하기라도 한다는 건가?"

"그런 말은 안 했는데요. 패하려는 게 아니라 꼭 이기려고 이러는 거니까 따라주셨으면 합니다. 태수님한테서 말씀 못 들으셨나요?"

"……그렇게 해주지. 대신, 결과에 따라 각오하는 게 좋을 걸세."

다시 생각해도 묘하게 열 받는 대화였다.

전해는 어디 두고 보자는 심정이 되어 용운이 하라는 대로 했다. 그 과정에서 활의 사용도 최대한 삼갔다. 그러기를 십수 번이나 반복했다. 급기야 어제는 등 뒤에서 선비족 놈들이 비웃는 소리까지 들었다.

본래 전해는 백마의종을 지휘하던 장수였다. 선비족을 쥐 잡듯 잡던 부대의 지휘관인 것이다. 당연히 이런 상황이 마음에 들 리가 없었다. 며칠을 계속하니 울분이 쌓일 대로 쌓였다.

그가 그 감정이 고스란히 드러나는 투로 말했다.

"오늘도 이러다 달아나면 되는가?"

용운은 고개를 저었다.

"아니요. 이제 결판을 내겠습니다."

"뭐라고?"

용운은 마음 같아선 사흘 정도 더 끌고 싶었다. 하지만 전해를 비롯한 공손찬군 병사들의 인내심이 한계에 달했음을 느꼈다. 오죽하면 태사자까지 넌지시 투덜거렸을까. 그 짜증과 분노를 터뜨릴 때가 왔다. 물론 적을 향해서.

"최대한 끌어들인 후 활을 쏘십시오. 이곳이 놈들의 무덤이 될 겁니다."

"오, 드디어!"

반색한 전해는 대열 맨 앞으로 말을 몰아갔다. 전황을 유심히 살피던 그가 어느 순간 외쳤다.

"쏴라!"

공손찬군 병사들은 즉시 명에 따랐다. 작은 활을 꺼내들고 일제히 화살을 날린 것이다.

풋! 파파팟! 무수한 선비족 병사들이 화살에 맞아 쓰러졌다. 눈이나 입에서 피를 뿜으며 나가떨어지는 자, 땅에 떨어진 뒤 뒤따라오던 말발굽에 짓밟혀 으스러지는 자 등등. 단말마의 비명과 소름 끼치는 파육음이 난무했다.

한 차례 사격으로 순식간에 십수 명이 죽었다. 예전의 용운이었다면 큰 충격을 받았을 것이다. 그러나 용운의 표정은 덤덤했다. 마을로 위장했던 성혼단 지부에서 이미 더한 학살의 현장을 봤다. 이 교전 이전에도 몇 명의 병사들이 죽었다. 같은 종류의 자극이라면, 처음보다 강도가 덜할 경우 충격도 약해지기 마련이다. 거기다 '냉정' 특기가 심기를 보호해주었다.

용운은 어느새 죽음에 대한 내성이 생겨 있었다. 그나마 아군 병사의 죽음 앞에선 마음이 쓰렸다. 그런데 그 대상이 적병이라면 별 감정이 없었다. 과연 이게 좋은 현상일지는 아직 몰랐다.

지금 용운에게 더 중요한 것은, 그 죽음으로 인해 따라오는 '결과'였다. 그는 공황에 빠지는 대신 속으로 생각했다.

'먹혔나?'

놀란 적장의 표정이 멀리서도 보였다.

말에 타 흔들리는 상태에서, 마찬가지로 말에 탄 적을 활로 쏴 맞히는 건 결코 쉬운 일이 아니다. 더구나 현재 공손찬군은 명궁수들로만 구성된 '백마의종'이 아닌, 갈색과 검은색 말이 뒤섞인 평범한 기병대였다.

말을 분신처럼 다루는 유목민들조차 두려워하는 백마의종이란 무엇인가? 용운은 나름 거기에 대해 분석해봤다. 궁술에 뛰어난 부하들을 백마에 태워 기사(騎射, 말에 탄 채 활을 쏘는 것)로 상대를 압박한다. 자연 상대의 기세는 움츠러들 수밖에 없다. 활을 쏘면서도 속도를 줄이지 않고 달려온 백마부대가 어느새 창을 들고 격돌한다.

'그것이 공손찬이 자랑하는 백마의종(白馬義從).'

선비족과 오환족이 가장 두려워하는 부대였다.

기병의 생명이자 최고의 강점은 기동성이다.

'백마의종의 강함은 궁술 자체가 아니라, 궁술로 하여금 오히려 극대화된 기동성이었어.'

적은 위축시키고 자신은 자유로이 행동한다. 즉 병과의 승리라기보다 전술의 승리였다.

'하지만 전해의 부대로는 그런 전법을 쓸 순 없다. 굳이 백마의종이 아닌 새 부대를 내준 건, 참모로서 머리를 써보라는 뜻이겠지. 버릴 패였으면 전해를 보내지도 않았을 테니.'

《삼국지》상에서, 전해는 훗날 공손찬에 의해 청주자사로 임명된다. 한 지역을 내준 것이다. 그 정도로 믿는 부하였다. 전해 또한 마지막까지 공손찬을 위해 싸우다 전사했다. 앞으로는 어찌 될지 모르지만.

순수한 기마술에서는 선비족 기병이 우위다. 전장이 험한 지형일수록 더더욱 그랬다. 자연 선비족은 기병들끼리의 승부를 선호했다. 전해가 이끄는 공손찬군은 지난 며칠간의 충돌에서 일부러 화살을 아끼며 선비족 기병들이 이겠다고 착각하도록 퇴각을 거듭했다.

용운의 당부에 의한 것이다.

이번 부대는 백마의종이 아니며, 활도 못 쏜다. 기병끼리 싸우면 자기들이 이길 수 있다. 이 사실을 상대에게 끈질기게 각인시켰다. 선비족 지휘관마저 그런 생각을 하게 될 때까지.

그렇게 며칠이 지났다.

그간 선비족은 아군이 퇴각해도 굳이 쫓지 않았다. 지난 시간 동안 공손찬에게 어찌나 당했는지, 경계심이 뿌리 깊이 박혀 있어서였다. 그러던 것이 오늘 마침내 마주 돌격해 온 것이다. 경계심을 해제시켜 방심을 유도한다.

이게 용운의 첫 번째 안배였다.

전해가 지휘하는 이 부대는 분명 백마의종이 아니었다. 더구나 며칠간 활을 쓰지 않았다. 그런데도 첫 일제사격의 적중률이 이상하게 높았다. 거기에는 이유가 있었다.

그 이유가 바로 용운의 두 번째 안배였다.

화살통이 텅 빌 때까지 화살을 쏴 날린 태사자가 외쳤다.

"이 물건, 정말 대단하군!"

그런 태사자의 양발은 가죽 끈에 달린 쇠고리에 끼워져 있었다. 가죽 끈은 안장과 단단히 연결됐다. 그것이 바로 등자(鐙子)였다.

지난 며칠간 활 공격을 삼가, 선비족 부대가 활의 위협을 떠올리지 않게 했다. 그 상태에서 가까이 접근한 바람에 피하기가 더욱 어려웠다. 거기다 등자로 인해 사격 시의 안정성이 확보됐다. 이 세 가지가 더해지자, 공손찬군의 화살 열 중 여덟은 적중했다. 겨우 화살을 피한 선비족 병사들이 악에 받쳐 돌진해왔다.

태사자가 외쳤다.

"교차한다. 머리를 숙이게, 용운!"

"네!"

용운은 최대한 몸을 낮췄다.

"이 등자라는 물건 덕에……."

태사자는 고삐를 놓고 양손으로 허리춤의 쌍극을 빼들었다. 동시에 허벅지로 말의 몸통을 조였다. 등자에 건 발로는 자신의 몸을 단단히 지탱했다.

"이런 것도 된단 말이지!"

촤악! 태사자가 양손을 휘둘렀다. 그에게 도를 휘둘러오던 선비족 병사 둘이 좌우로 나가떨어졌다.

동료의 죽음에 분노한 다른 선비족 병사들이 기수를 돌렸다. 돌진하던 말의 기세를 순식간에 죽이며 방향을 바꾸는 모습은 과연 기마민족이라 할 만했다.

"히이~ 호!"

선비족 병사들은 기이한 괴성과 함께, 뒤에서부터 태사

자를 공격해왔다. 용운이 다급히 외쳤다.

"자의 님, 뒤쪽입니다!"

태사자가 대꾸했다.

"앞에서도."

과연, 앞에서 둘, 뒤에서 셋의 선비족 병사들이 동시에 태사자에게 달려들고 있었다.

"나 대신 고삐를 단단히 잡게."

용운은 얼른 말고삐를 움켜쥐었다. 태사자가 왼발을 등자에서 빼냈다. 이어서 그 발을 말 등에 올렸다.

선비족들이 앞뒤로 어지러이 짓쳐드는 순간.

"타핫!"

한 소리 기합과 함께 태사자가 뛰어올랐다. 오른발은 여전히 등자에 건 채였다. 허공에 뜬 그는 왼쪽의 공격을 피하며, 오른쪽으로 크게 회전하여 단숨에 세 명을 찔러 넘겼다.

이히히힝!

무게가 쏠린 말이 오른쪽으로 휘청거렸다.

"으앗!"

당황한 용운이 소리를 질렀다.

태사자는 등자에 걸린 오른발을 축 삼아, 말의 엉덩이 쪽으로 반 바퀴를 돌아 무게중심을 왼쪽으로 옮겼다. 넘어질 뻔한 말이 균형을 되찾았다. 용운을 태운 게 오히려 도움이 되고 있었다.

그 과정에서 뒤쪽의 적 두 명을 또 쓰러뜨렸다. 뒤로 돌면서 쌍극을 내지른 것이다. 하지만 마지막 한 놈이 남아 있었다. 놈은 태사자의 등을 찌르려다, 구슬픈 비명과 함께 말에서 떨어졌다. 어디선가 날아온 화살이 정확히 뒷덜미에 꽂혀 있었다.

"과연, 공손찬군의 기사 솜씨는 명불허전이군."

안장에 다시 올라앉은 태사자가 말했다.

사실, 화살을 날린 장본인은 바로 성월이었다. 그녀는 대열 맨 뒤에서 말 등에 올라선 채였다.

그 자세로 용운이 위태로울 때마다 활을 쐈다. 간혹 용운을 향해 날아오는 화살이나 비도를 화살로 맞혀 떨어뜨리는 신기를 보이기도 했다. 기이하게도 말은 고삐를 놔도 알아서 움직였다. 마치 성월의 생각을 읽기라도 한 것처럼.

그렇게 용운을 공격하려 든 자는 어김없이 사신의 방문을 받았다. 복면의 여인이 소리도, 기척도 없이 뒤에 나타나 목을 그어버린 것이다. 당연히, 그녀는 청몽이었다. 적군들뿐만 아니라 공손찬군 중에서도 그녀를 제대로 본 자는 아무도 없었다.

검후 또한 튀지 않는 선에서 활약 중이었다. 그녀는 사천신녀들 중 유일하게 제대로 말을 탔다. 기마술 또한 상당히 뛰어났다. 용운이 게임상에서 그녀를 설정할 때, 기병 능력에 특급을 부여했기 때문이다.

마찬가지로 청몽은 암살자, 성월은 궁병, 사린은 보병에 최고의 적성을 가졌다.

왼손에 든 넓고 짧은 칼 총방도로 방어하고 오른손의 장검, 필단검으로 베어버리는 게 검후의 기본 전투 형태였다. 뒤에 함께 탄 사린은 거대한 망치를 머리 위로 풍차처럼 돌려 화살과 적들의 접근을 막았다. 거기 스치기라도 하면 말과 함께 나가떨어졌다.

처음 용운이 그녀들과 함께 참전하겠다고 했을 때, 공손찬군의 시선은 대부분 좋지 않았다. 여성의 활동 자체가 제한적인 시대였다. 자연히 그녀들이 전투를 담당하리라곤 생각지도 못했다.

이에 용운이 전쟁터에서 여자를 끼고 놀려 한다고 여긴 것이다.

사천신녀는 알 수 없는 이유로 용운에게서 일정 거리 이상 떨어지지 못한다. 또 매번 그녀들에게 잠행을 요구할 수도 없다. 암살자인 청몽은 예외로 하더라도 말이다.

용운은 이 문제를 해결해둘 필요성을 느꼈다. 이에 출전 전날, 검후와 성월 그리고 사린의 무예를 장수들 앞에서 살짝 드러냈다. 비장의 무기인 청몽은 만일을 대비해 감췄다.

"이들은 제 사내들로, 학문을 익힌 저와 달리 무예를 익혔습니다. 전력에 충분히 보탬이 될 것입니다."

그 자리에서 검후는 쌍검술, 성월은 궁술, 막내 사린은 괴력을 선보였다. 물론, 본래 능력의 5분의 1에도 못 미치게 조절했다. 그래도 공손찬군의 장수들에게는 놀라운 일이 아닐 수 없었다.

태사자를 속였던 좀도둑 왕예는 사천신녀의 무력을 사술이라고까지 표현한 적이 있었다. 그 정도로 거의 문화충격 수준이었다. 이미 검후의 실력을 알고 있던 태사자 정도만이 평정을 유지했을 뿐이다.

아무튼 우여곡절 끝에 참전을 허가받았다. 하지만 직책은 아무것도 받지 못했다. 명목상으로는 전해와 용운의 호위였다. 그녀들에게 전해는 안중에도 없었지만.

왼편으로 말을 몰아온 검후가 말했다.

"주군의 계책이 적중한 듯합니다."

"음……."

성공한 건가. 실감이 잘 나지 않았다.

용운은 주위를 둘러보며 전황을 살폈다. 선비족은 좁은 협곡 안에서 지리멸렬해졌다. 지리멸렬(支離滅裂)이란, 이리저리 흩어져 갈피를 잡을 수 없는 상태를 의미했다.

태사자는 용운을 남겨두고 다른 말로 옮겨 탔다. 뒤이어

적장의 목을 베는 쾌거를 올렸다. 그 모습에 비로소 용운이 미소를 떠올렸다. 혼란에 빠진 적군을 헤집어 수장을 잡는 것. 이게 용운이 태사자에게 바란 역할이자, 마지막 안배였다. 그가 기대한 대로 해낸 것이다.

"대승일세."

다가온 전해가 말했다. 그는 몹시 만족스러운 표정이었다.

"그게 다 미끼였다니 대단하구먼. 내가 진 교위의 역량을 모르고 조급했네."

용운은 전해의 말에 가볍게 웃을 뿐이었다.

16

얽히는 운명

용운은 집결 기미를 보인 선비족의 부락들을 격파하고 돌아왔다. 189년 10월의 마지막 날이었다.

사천신녀가 특기 명 그대로 그를 철벽처럼 보호했다. 덕분에 우려했듯 큰 위험은 없었다.

승전의 결과, 용운은 '동북평도위(東北平都尉)'로, 전해는 '군승(郡丞, 태수의 부관)'으로 각각 승작했다.

도위는 태수의 보좌관으로 군 문제를 담당하며, 장군보다 품계가 낮은 무관이었다. 또한 종류가 매우 많아서 체계가 복잡했다. 같은 도위라도 지위가 천차만별이기도 했다.

예를 들어, 조정 직할로 수도에서 근무하는 '기도위'나

'부마도위'는 상당한 고위직에 속했다. 반면, 동북평도위는 용운을 위해 공손찬이 만든 임시직에 가까웠다. 동북평 소속 군 보좌관 정도의 의미라고나 할까.

'그렇다 해도 군리와는 비교가 안 되니 초고속 승진을 한 거야. 나름 챙겨준 셈이지.'

한 달 새에 동사무소 직원에서 정보장교가 된 격이었다. 이는 다른 수하들에게 동기부여를 하려는 의도도 있었다. 아쉽게도 녹봉에는 변화가 없었다. 대신 쌀이며 돈 등의 부상이 내려졌다.

그날 밤, 공손찬은 승전을 축하하는 주연을 열었다. 병사들에게도 술과 고기를 잔뜩 풀었다.

용운과 전해는 연회가 열린 대전으로 향했다. 단, 사천신녀는 동행하지 않고 관사에 남았다.

연회장의 음식을 먹여주고 싶었지만 연회에는 필연적으로 술이 동반된다. 가뜩이나 거친 무인들이 술까지 취하면 그녀들에게 어떤 행동을 할지 알 수 없었다. 자칫 장수들이 위험해질 수도 있었다.

단, 청몽만은 예외였다. 근처에서 암암리에 용운을 지켜볼 것이다.

'내일 맛있는 거 잔뜩 만들어줘야겠네.'

용운은 사린을 떠올리며 쓴웃음을 지었다. 그녀는 떼를

쓰나가 결국 김후에게 촌이 났다.

그때, 옆에서 함께 걷던 전해가 말했다.

"진 도위, 첫 참전은 어땠나?"

"저야 뭐…… 저 때문에 군승님께서 빡치셨겠죠."

"빡, 뭐라고?"

"아…… 매우 화가 나셨을 거란 얘깁니다."

"솔직히 처음엔 좀 그랬네만, 이유가 있었음을 알았으니 지금은 다 풀렸네. 자네 덕에 내 직할의 기병부대도 하나 생겼고 말일세."

전해는 용운의 어깨를 치며 껄껄 웃었다.

공손찬은 등자의 효용성을 실전에서 확인했다. 이에 새로 편성한 기마부대를 전해에게 맡겼다.

모르는 사람, 특히 남자의 손길이 닿는 게 질색인 용운은 오만상을 찌푸렸다. 그는 슬며시 몸을 뒤로 뺐다.

"원소가 아니라 태수님에게 임관한 건 탁월한 선택이었네. 태수님은 자기 사람은 확실하게 챙기는 분이네. 자네가 이번처럼만 해준다면 금세 남부럽지 않은 대우를 받을 걸세."

전해의 말에 용운이 고개를 끄덕였다. 공손찬의 그런 면은 이미 확인했다. 그러니 그가 궁지에 몰렸을 때도 제법 많은 수하들이 곁에 남아 죽음을 함께했던 것일 터였다. 그가 재주 있는 이를 시기하거나 홀대했다면, 혹은 폭군이었다면 기반을 처음부터 다시 닦는 한이 있어도 일찌감치 떠났을 것이다. 공손찬은 그나마 싹수가 있는 제후였다. 조운에 대한 대우가 별로인 것만 빼고.

"그나저나 진 도위 자네, 보기보다 상당히 치밀하고 견실한 책략을 구사하더군. 훌륭했네."

전해가 용운을 치하했다.

"원래 제가 좀 그렇습니다."

"으음? 그, 그런가."

책략에 책략을 겹치고 또 겹치며, 보완하고 더 보완한다. 불안요소는 무(無)에 가깝게 만든다. 그게 전해에게는 치밀하면서도 견실하게 보였나 보다.

용운의 입장에서는 그리할 수밖에 없었다. 절대 패해선 안 된다는 강박관념 때문이었다. 그래서 단순한 전술을 여러 개 겹쳐, 최대한 빈틈을 줄여가는 방식을 택했다. 돌다리를 신중하게 두들겨가며 건너듯이.

그 덕인지 아군 병사 단 세 명을 잃는 선에서 승리를 거뒀다. 그에 반해 죽은 선비족 병사의 수는 팔백 이상. 포로로 잡은 자도 천을 넘었다. 전투의 규모 자체는 크지 않았지만 이례적으로 피해가 적은 승리였다. 그 점을 인정받아 승진한 것이다.

전해의 말에 대충 맞장구치다 보니 내성에 도착했다.

두 사람이 대선에 들어섰을 때, 공손찬은 매우 기분이 좋은 상태였다.

"하하! 자, 다들 마음껏 드시오."

"승리를 감축드립니다, 태수님."

"고맙네. 다 자네들 덕이네. 그깟 선비족 따위, 나의 장수들이라면 십만 명이 와도 때려잡을 수 있지."

공손찬은 앞서 막 복귀한 전해로부터 전투 보고를 받았다. 전해는 객관적으로 능력이 걸출하진 못했다. 대신, 충성심과 신의가 있으며 고지식했다. 공손찬이 그를 중히 쓰는 이유였다.

전해는 전장에서 있었던 일을 부풀리지도, 줄이지도 않고 그대로 보고했다. 그 결과는 공손찬에게 썩 만족스러웠다. 공손찬이 바란 대로 진용운이라는 학사가 참모로서의 자질을 제대로 드러낸 것이다. 덤으로 무수한 선비족 전사들을 쓰러뜨리고 부족장의 목까지 벤 태사자라는 무장도 얻었다.

그뿐만이 아니었다. 공손찬에게는 친형제나 마찬가지인 이가 찾아온 것이다. 뭔가 좋은 조짐처럼 느껴졌다.

"오, 진 군리. 아니, 이제 진 도위라고 해야겠군. 그대에게 소개할 사람이 있네."

용운을 본 공손찬이 다가오라고 손짓을 했다. 그의 얼굴에 불콰하게 술이 올라 있었다. 거의 말도 없이 용운을 관찰하던 처음에 비하면 몹시 친근해진 태도였다.

'조금 알 것 같네, 공손찬이라는 사람.'

용운이 다가가자, 공손찬의 뒤편으로 세 남자의 모습이 보였다. 보는 순간, 용운은 그들이 누군지 직감적으로 알 수 있었다. 하마터면 소리 내어 이름을 말할 뻔한 걸 간신히 참았다. 심장이 세차게 뛰었다. 조운과 처음 만났을 때 이상의 놀람과 설렘이었다.

"여긴 유비 현덕이라고 하네. 나와 동문수학한 아우일세. 태평도의 난(황건적의 난) 때 공을 세워서 현위(縣尉, 현령이나 현장 아래에서 해당 현의 치안을 담당하던 관리)가 됐는데, 파견 나온 독우(督郵, 지방의 풍속과 위법사항 등을 조사 감찰하는 관리)가 뇌물을 요구해서 때려치우고 고향에 가 있던 걸 내가 불렀네. 이쪽은 현덕의 의제인 관우 운장과 장비 익덕일세."

공손찬의 소개에 유비가 웃으며 대꾸했다.

"아니, 백규 형, 그게 아니지. 정확히는 독우 놈이 왔을 때, 볼일이 있어서 내가 좀 만나자고 했더니 별다른 이유도 없이 거절하지 뭐요. 그래서 묶어놓고 곤장 200대를 때린 다음 뛴 거요."

"돈을 안 줬거나 접대를 안 했기에 만나길 거부한 거다. 환관의 줄을 탄 독우들이야 뻔하지."

"하긴. 그래도 그런 후에도 벼슬은 몇 번 해먹었지 않소. 하밀현승이 됐다가 답답해서 때려치웠고 고당현에서 모처럼 현령까지 올랐는데, 망할 태평도 잔당 놈들이 쳐들어오는 바람에…… 어쩔 수 없이 날랐지. 고당현의 백성들한테는 미안하지만 태평도의 그 무식한 머릿수는 책략이고 뭐고 안 먹혀. 더 갈 데도 없고 생각나는 사람이 백규 형뿐이더라고. 뭐니 뭐니 해도 중랑장 나리니까."

"그래, 아무튼 잘 왔다."

공손찬은 유비가 무슨 소릴 해도 마냥 좋은 듯했다.

용운은 뭔가 감격스러운 심정으로 세 의형제의 면면을 살폈다. 대인통찰을 써볼 기분도 안 들었다. 지금은 그저 순수하게 이들과의 만남을 만끽하고 싶었다.

《삼국지》 마니아가 유비, 관우, 장비 삼형제를 실제로 만난 셈이니 벅찰 수밖에 없었다. 더구나 이제 그들의 모습을 영원히 기억 속에 담아둘 수 있게 된 것이다.

"오, 저 친구가 형이 신이 나서 자랑하던 젊은 책사요?"

두건을 쓴 유비는 용운을 보며 싱글싱글 웃었다. 분명 차림새나 생김은 단정한데 이상하게 껄렁대는 느낌이 들었다.

그는 소설이나 정사에 묘사된 대로 귓불이 크고 팔이 길었으며 피부가 맑았다. 다만, 팔이 무릎 아래라거나 귓불이 어깨에 닿을 정도는 아니었다.

'역시《삼국지》에는 중국인들 특유의 과장이 들어간 모양이야.'

관우는 입을 굳게 다문 채 말이 없었다. 그는 전해오는 모습과 거의 흡사했다. 일단, 명치까지 내려온 긴 수염이 눈에 띄었다. 아직 배에 닿을 정도로 기르진 않은 듯했다. 검붉은 얼굴에 눈썹은 짙었고, 특히 눈빛이 강렬했다. 키는 185센티미터 정도 되어 보였다.

'관우는 누가 봐도 관우네.'

용운은 관우에 이어, 장비라 짐작되는 청년에게 시선을 돌렸다. 다음 순간, 절로 고개가 갸웃거려졌다.

'응? 설마 이 사람이…….'

자연 갈색의 약간 덥수룩한 곱슬머리에, 쭉 곧은 콧대와 매끈한 턱선. 우수 어린 눈빛. 얼굴을 가로지른 흉터가 흠이었으나, 워낙 잘생겨서 그마저도 어울려 보였다.

'자, 장비……?'

용운은 하마터면 멘붕이 올 뻔했다. 장비는 잘생겨도 너무 잘생겼다. 현대에서 배우를 해도 먹힐 외모였다.

조운과는 또 다른 종류의 미남이었다. 조운이야 원래 미남으로 알려졌고 게임이나 소설, 만화 등에도 그렇게 묘사됐다. 하지만 장비는 알려진 것과 실제의 차이가 너무 커서인지 외모가 더 두드러져 보였다.

용운이 넝하니 저다보지, 장비는 쭈뼛거리며 관우 뒤로 숨었다.

'응? 낮도 가려?'

유비가 여러모로 당황하는 용운에게 말했다.

"처음 보는 사람이 너무 빤히 보면 싫어한다네."

"아, 이런. 제가 결례를 했습니다."

용운은 정신을 수습하고 정중히 포권을 취했다.

"진용운이라고 합니다. 자는 따로 없습니다. 공손 태수 님 아래에서 군리…… 아니, 동북평도위로 있습니다."

용운을 훑어보던 유비가 불쑥 말했다.

"너, 내 거 할래?"

"……네?"

그때, 관우가 천장을 힐끗 노려보았다. 용운도 반사적으로 그쪽으로 시선을 돌렸다.

"살기가…… 자객인가?"

관우의 중얼거림에 용운은 식겁했다. 유비의 말을 들은 청몽이 순간적으로 살기를 내뿜은 게 분명했다. 유비가 용운에게 해를 가하려는 건 아니었으니, 아주 가벼운 짜증에 가까운 정도였을 것이다.

'그걸 바로 감지하다니.'

공손찬에게서 임관 테스트를 받았을 때, 지나치게 긴장

해서 말문이 막혔던 적이 있다. 관정과 몇몇 관리들이 그런 용운을 조롱했다. 그에 분노한 청몽이 그들에게 살기를 집중시켰다. 대놓고 살기를 풀풀 풍겼어도 아무도 청몽의 존재를 눈치채지 못했다. 그저 한기 정도를 느꼈을 뿐.

과연 무신이라 불리는 관우다웠다. 관우의 시선에, 청몽이 다시 기척을 죽인 모양이었다. 옆구리로 향하던 관우의 손이 내려갔다.

"이상하군. 분명 옅은 살기가 느껴졌는데."

유비는 그 일을 아는지 모르는지, 계속 용운에게 농을 해댔다.

"관 형은 말이야, 얼굴만 봐도 강하다고 쓰여 있지 않아? 그런데 장비 녀석도 보기보다 세거든. 그래서 저 두 사람이면 어디 가서 죽을 일은 없는데, 내가 황건적 놈들하고 싸워보니까 머리가 아쉽더란 말이지."

관우가 퉁명스레 말했다.

"절대의 무(武)에는 잔머리 따위 통하지 않소."

"글쎄, 저렇다니까. 그래서 진지하게 하는 말인데, 내 거 하자, 용운. 내가 잘해줄게."

"그게⋯⋯."

용운은 진심으로 당황했다. 유비의 언행 때문에 당황한 게 아니라, 거기 끌리는 자신을 깨닫고 당황한 것이다.

당장 관직만 해도, 현위였다가 잘린 유비보다 용유이 위였다. 그런 건 무시하고 초면인 주제에 반말을 해댄다. 그런데도 그게 싫지 않았다. 오히려 이 사람을 따라가고 싶다는 생각이 스멀스멀 피어올랐다.

'삼국지 스페셜' 게임상에서 유비의 매력 수치는 100이다. 모든 인물을 통틀어 가장 높았다.

'이게 그 매력의 힘인가?'

결국 관우가 유비를 말렸다.

"두목, 그만하시오. 저래 봬도 저 양반이 두목보다 품계가 높소."

"아아, 그랬나? 아무렴 어때. 품계 따위, 언제 바뀔지 모르는 거. 나중에 내가 왕이 될 수도 있지."

그 말에 장비가 자기도 모르게 피식 웃었다. 정사에 따르면 훗날 유비는 한중왕이 된다. 그때 장비는 이런 순간들이 떠오를까.

이때만 해도 누구도 믿을 수 없는 일이긴 했다. 제일 심복인 장비가 실소할 정도로.

하지만 용운은 웃지 않았다. 유비는 상체를 굽혀 용운의 귓가에 속삭였다.

"들어보니 재미있는 싸움을 준비하고 있던데, 그럼 거기서 우리가 활약하는 걸 보고 마음을 정하라고. 백규 형을 도

와서 한바탕 날뛰어볼 셈이니까. 당분간 자주 보게 될 거야."

말을 마친 유비는 관우와 장비를 뒤에 거느린 채 낄낄대며 어딘가로 향했다. 함께 술을 마시려는 모양이었다.

공손찬이 용운에게 말했다.

"불쾌히 여기지 말게. 원래 격식이 없는 친구이니."

"저는 괜찮습니다."

"그렇다면 다행이네만. 아, 그러고 보니 그 소식을 못 들었겠군. 그대가 출전한 사이, 자룡이 진림이란 학사를 데려왔네. 그 외에 또 한 명이 더 있던데…… 이름을 미처 못 들었네. 아무튼 공장(孔璋, 진림의 자)에게는 그대가 말한 대로 주서(主書, 서적 및 도서를 담당하는 관리) 자리를 줄 예정이네."

"자룡 형님이요?"

용운은 반색했다.

조운이 무사히 돌아왔을 뿐만 아니라 진림까지 데려오는 데 성공했다니, 이보다 기쁜 소식이 없었다.

"자룡과 공장도 주연에 참석했을 터인데, 한번 찾아보게. 내가 시간을 너무 빼앗았군. 그럼 자네도 주연을 즐기게나. 이 자리의 주인공이니."

"예, 감사합니다."

공손찬에게 인사를 하고 떨어져나온 후, 용운은 두리번거리며 연회장을 돌아다녔다. 가뜩이나 넓은 대전이 사람들로 꽉 차 있었다. 그 속에서 조운을 찾기란 쉽지 않았다.

그때, 저만치 서 있는 조운이 눈에 들어왔다.

'어! 저기 있다.'

반가운 마음에 그리로 가려던 용운이 멈칫했다.

조운은 유비와 뭔가 대화를 나누는 중이었다. 그랬다. 원래대로라면, 저건 조운에게 있어 운명적인 만남이다. 용운은 정사 〈조운전〉의 내용을 되새겨보았다.

그 무렵 유비도 공손찬에게 몸을 의탁하고 있었는데, 늘 조운을 믿었고 조운 역시 돈독한 관계를 유지했다. 조운은 형이 죽어서 공손찬을 떠나 고향으로 향했다. 유비는 그가 돌아오지 않을 줄을 알기에 악수를 하고 헤어졌다. 조운은 인사하면서 "절대로 은덕을 저버리지 않겠습니다"라고 말했다. 훗날 유비가 원소에게 의지하자, 조운은 업으로 가서 유비를 만났다. 유비는 조운과 한 침대에서 잘 정도로 그를 아꼈다.

'〈조운전〉의 내용을 보면, 자룡 형님이 끝내 공손찬으로부터 중히 쓰이지 못했음을 알 수 있다. 그래서 형님이 고향으로 떠날 때, 다시 돌아오지 않을 것임을 유비가 예상했던 거고. 그가 보기에도 홀대했다는 거지. 그때 자룡 형님이 유비에게 은덕을 저버리지 않겠다고 인사한 것은, 오직 유비만이 형님의 가치를 알아보고 인정해주었기 때문일 거야.'

청년 무사는 풍운의 뜻을 품고 고향을 떠났다. 하지만 기대했던 원소에게는 실망했고 차선으로 택한 공손찬은 기회를 주지 않았다. 충분히 좌절할 수도 있는 상황이었다.

그때 유비는 한 줄기 빛이 되었을 것이다.

조운은 원래 원소를 그다지 탐탁지 않아했다. 게다가 나중에는 한때나마 조운이 섬겼던 공손찬을 죽음으로 몰아넣은 장본인이 됐다.

그런데도 조운은 원소에게로 향했다. 이는 오직 유비와 다시 만나기 위해서였다. 그 후 조운은 유비에게 충성을 다했다. 둘의 사이는 관우, 장비와는 또 다른 절절함이 있었다.

'그런 유대를 내가 끊을 수 있을까? 아니, 그러는 게 옳은 일일까?'

방법이 없는 건 아니었다. 그때쯤 해서 용운도 유비를 따르면 된다. 하지만 그럴 엄두가 나지 않았다. 유비는 이후에도 실로 오랜 방랑생활을 한다. 그가 그나마 기반을 다졌다고 할 만한 때는 형남 4군과 형주 땅을 얻어 형주목이 됐을 때였다.

그게 서기 209년.

'아오, 무려 20년이 더 지나야 돼. 그때면 나는 서른여덟

살이야. 서른여덟 살이 될 때까지 집에도 못 돌아가고 계속 떠돌아다니기만 할 순 없다고!'

여포에게 쫓기고 조조에게 패하여 달아나기를 반복했다. 간신히 정착했다 싶으면, 그때까지 얻은 것을 다 버리고 또 도주했다. 20년이란 안락하게 지내도 기다리기 어려운 시간인데, 유비가 처자식을 버리고 도망칠 정도의 위기를 여러 번 겪으면서 보내야 한다. 나중에 삼국의 한 축을 이룬다는 사실을 아는데도 막막한 기분이 들었다.

그게 유비의 잘못은 아니다. 원소는 삼대에 걸친 명문의 저력을 등에 업고 시작했다. 조조 또한 무려 네 명의 황제를 보필한 할아버지 조등(曹騰)의 덕을 봤으며, 하후돈이나 하후연, 조인과 같은 용맹한 친족들이 포진했다. 손책과 손권은 강남의 풍부한 자원과 더불어, 손씨 일가를 따르는 인재 및 백성들이 있었다.

반면에 유비는 일개 삿자리 장수일 뿐이었다. 가진 거라곤 관우와 장비라는 의형제가 다였다. 궁지에 몰리면 주저 없이 훌훌 털고 달아났다. 비굴하다기보다 시원해 보일 정도였다.

그래서일 것이다. 유비가 유독 후대에 서민들로부터 사랑받은 것은.

용운이 유비와 조운을 바라보며 상념에 빠져 있을 때였

다. 등 뒤에서 누군가가 그를 불렀다.

"혹시 진 도위님 되십니까?"

고개를 돌려보니 두 청년이 서 있었다. 그중 한 사람을 본 용운의 눈이 동그래졌다.

"앗! 당신은……."

맑은 인상의 청년이 빙그레 웃었다.

"예서 이렇게 다시 뵙는군요. 그새 도위가 되셨습니다만."

용운은 한 번 본 사람은 잊지 않는다. 잊으려야 잊히지도 않고. 그는 바로 객잔에서 용운의 편에 서서 증언을 해준 그 청년이었다.

용운이 반색하며 말했다.

"안 그래도 찾고 있었습니다. 그때 답례도 하지 못했는데 가버리셔서……. 여기 계신 걸 보니 혹 북평성의 관원이셨습니까?"

"아니, 아닙니다. 저는 최염이라 하며 자는 계규입니다. 고향은 기주 동무성현입니다. 잠깐 볼일이 있어 북평성에 들어왔던 것입니다."

"아!"

"왜 그러십니까?"

갑작스러운 용운의 탄성에, 자신을 최염이라 밝힌 청년이 의아한 듯 물었다.

용운은 얼른 고개를 저었다.

"아니, 아무것도 아닙니다."

그는 기연에 탄복하여 소리를 지른 것이었다.

청년이 보통 인물이 아닐 거란 예상은 했다. 그렇기에 객
잔에서 놓치고 안타까워했던 것이다. 하지만 그가 최염이
리라곤 생각도 못했다.

최염(崔琰), 자는 계규(季珪). 조조의 수하로 내정 면에서
활약한 인물이다. 원래 원소의 가신이었다가 그의 사후 은
둔하던 중, 조조의 초빙으로 별가(別駕)가 되었다. 현대로
치면 도지사의 보좌관 정도 되는 자리다.

기주의 호적을 본 조조가 "가히 삼십만 명의 병사를 얻을
수 있겠다. 과연 기주가 크긴 크구나!"라고 기꺼워하자, 징병
부터 떠올리지 말고 전란에 지친 백성들을 돌봐야 한다며 일
침을 가했다. 그 말을 들은 조조는 즉시 최염에게 사과했다.

당시 원소를 무너뜨리고 기세등등하던 조조에게 저런 직
언을 한 걸로 최염의 성품을 알 수 있다. 정사에서는 공명정
대하고 성실한 인물이라 평했다. 그를 영입한다면 총체적
인재난인 공손찬의 세력에 큰 도움이 될 게 분명했다.

'옆의 저 사람이 아마 진림인 모양이다.'

용운은 둘을 향해 대인통찰 특기를 발동했다. 자신에 대
한 감정 및 대강의 능력을 파악하기 위해서였다.

무력(武力) 58

통솔력(統率力) 20

최염 계규
(崔琰 季珪)

지력(智力) 74

정치력(政治力) 82

직언(直言)
설득(說得)
등용(登庸)

매력(魅力) 75

호감(好感) 65

무력(武力) 9

통솔력(統率力) 9

진림 공장
(陳琳 孔璋)

지력(智力) 72

정치력(政治力) 80

사상(詞相)
격문(檄文)
설득(說得)

매력(魅力) 70

호감(好感) 60

우선, 용운에 대한 감정은 둘 다 호감에 가까웠다.

예상대로 최염의 옆에 있는 청년은 진림이었다. 깐깐한 생
김새에 키가 작았다. 무력과 통솔력 수치를 보니 전형적인 문
관이다. 아예 격문이라는 특기를 떡하니 가지고 있었다.

'아, 그래. 둘이 친구라고 했어. 그래서 자룡 형이 진림을
데려올 때 동행한 모양이다. 이런 횡재가!'

최염과 진림이란 인재를 한꺼번에 아군으로 영입했다.
용운은 매우 기뻤다. 문관으로 인식하고 있던 최염의 무력

이 생각보다 높은 건 뜻밖이었다. 60에 못 미치는 수치라 장군급은 아니다. 하지만 공손찬의 주요 장군 중 하나인 전해와 7 정도밖에 차이가 나지 않았다.

그러고 보니, 그가 젊었을 때 꽤 오래 검술을 익혔다는 내용을 본 기억이 났다.

'첫 임관을 23세 때 병사로 했다고 했지.'

싸움터를 경험했다는 뜻이다. 사서에 의하면, 189년 현재 최염은 26세. 연령대로도 한창이고 군무에 임한 지 3년째다. 무력의 절정을 찍은 시점이라 할 수 있었다.

용운이 막 입을 열려는데, 진림이 먼저 인사를 해왔다.

"낙향하여 글월이나 읽고 있던 사람을 부러 초빙해주셔서 감사합니다."

"아닙니다. 응해주셔서 저야말로 감사하죠."

"하지만 처음엔 거절하려 했습니다."

용운은 아무렇지 않게 대꾸했다.

"가까이에 발해태수(원소)가 있기 때문이겠죠?"

그 말에 진림이 일그러진 미소를 떠올렸다.

"허어, 보아하니 진 도위님도 저 같은 부류인가 봅니다. 돌려 말씀하지 않으시니 저도 솔직히 답해드리리다. 여긴 너무 외진 데다, 솔직히 백규 님의 그릇이 그리 크다고 보지 않았습니다."

과연, 조조의 혈압을 올린 격문의 작성자다웠다. 최염이 나직하게 주의를 주었다.

"어허, 이 사람."

"뭐 어때. 자네도 같은 생각이었잖나. 그 자룡이란 무사가 건넨 서한을 보기 전까진 말일세. 그리고 여기 진 도위님은 말이 통하는 분이라고."

진림은 다시 용운에게 말했다.

"그 서한의 유혹에 못 이겨 사세삼공 가문을 뿌리치고 왔습니다. 확실한 거겠지요? 제 이름이 박힌 격문을 뿌리며, 그것을 역적 동탁을 치는 연합군의 시발점으로 삼으리란 말씀 말입니다."

용운은 싱긋 웃었다.

"물론입니다. 동탁의 등골이 서늘해지고 절로 어금니를 갈아붙일 만한 내용으로 부탁합니다."

"그놈이라면 쓸 거리 천지입니다. 믿고 맡겨주셔도 좋습니다. 당장이라도 쓰고 싶어서 손이 떨릴 지경입니다."

흥분한 진림이 빠르게 내뱉었다. 말뿐만이 아니라, 과연 그의 손은 가늘게 떨리고 있었다. 난세의 문장가라면, 누구나 한 번쯤은 꿈꿀 것이다. 자신의 글로써 천지를 격동케 하며 세상을 들썩이게 하는 일을.

본래 격문은 그것을 포고하는 자의 인장이 찍힐 뿐, 해당 글을 쓴 사람의 이름까지 박아준다는 것은 파격적이었다.

궁에서의 전횡으로 '염라왕'이라고까지 불리는 동탁을 글로 죽여볼 기회였다. 당금 천하에서 제일 무서운 자에게 맞서는 셈이다. 그 사람이 진림임을 천하에 알리는 것이다.

용운이 조운에게 맡긴 서신의 내용은 저랬다. 글에 미친 자라면 결코 포기 못할 미끼였다. 결국 진림은 북쪽 변방 근처의 동북평까지 왔다. 이것만 봐도 훗날 그가 건안칠자 중의 한 사람으로 꼽힌 이유를 알 수 있었다.

최염이 진림의 말을 거들었다.

"반동탁연합군의 결성이라니. 그 정도로 장대한 포부를 가진 분이라면 섬겨보고 싶다는 생각이 들었습니다."

그뿐만이 아닐 것이다. 최염의 성정으로 보아, 동탁의 전횡은 두고 보기 힘든 것일 터.

용운은 최염에게 호언장담했다.

"잘 오셨습니다. 제가 태수님께 말씀드려서 반드시 계규 님이 중용되도록 하겠습니다. 앞으로 태수님의 세는 나날이 발전할 것입니다. 계규 님 같은 인재의 도움이 절실히 필요합니다."

"하하, 말씀만으로도 감사합니다."

최염은 기분 좋게 웃었다. 용운 또한 즐거웠다.

첫 전투에서 무난하게 승리를 거뒀다. 또한 진림뿐만 아니라 최염이라는 인재까지 얻었다. 거기에 태사자도 같은 진영에 있다.

'문관에는 진림과 최염 그리고 나. 장군으로는 태사자와 조운. 좋아, 이 라인업만으로도 공손찬의 세력은 확실히 업그레이드됐어.'

자신이 미친 게 아닌지 의심하며 불안에 떨던 때, 이 세계에서 어떻게 생존해나가야 할지 막막해하던 그때에 비하면 하늘과 땅 차이였다. 용운은 차근차근 기반을 다져나가고 있었다.

17
집결하는 군웅들

한 달 후. 용운의 달력으로는 189년 11월 30일이었다.

공손찬은 종제인 공손월과 공손범을 포함해 모든 수하들을 불러모았다. 그는 그 자리에서 연합군 결성 및 동탁과의 전쟁을 결의했다.

유비 또한 두 아우와 함께 참전키로 했다.

"좋소. 이제 이 공손 백규의 이름으로 천하에 격문을 뿌리시오. 본인이 역적 동탁을 쳐서 한 황실을 구할 것임을 널리 알리시오!"

공손찬의 명으로 격문이 각지에 흩뿌려졌다. 수하에 뛰어난 기병을 다수 거느렸으므로, 격문이 퍼지는 건 순식간이었다.

동탁의 무도함을 성토하며, 뜻 있는 자들은 힘을 모아 낙양으로 진격하자는 내용이었다. 진림이 지난 한 달 동안 뼈를 깎아 쓴 역작이었다. 격문을 본 자들은 경악을 금치 못했다. 동탁에 대한 온갖 자료를 샅샅이 조사하여, 그중 악취 나는 것들만 모아놓은 듯한 내용이었다.

동탁을 저주하고 그를 낳은 어미를 욕했다. 하늘이 동탁의 만행을 좌시하지 않을 것이며, 연합군이 그 하늘을 대신하여 징벌하리라고 했다. 동탁은 죽은 후에도 편히 눈을 감지 못할 것이요, 몸뚱이는 육시되어 낙양성 밖에 뿌려질 것이라 했다.

그런 살벌한 내용임에도 문장이 아름답고 힘이 있다는 게 더욱 놀라웠다. 격문마다 찍힌 인장의 주인은 북방의 패자로 명성을 떨치고 있는 백마장군 공손찬 백규.

사람들은 웅크리고 있던 북방의 호랑이가 마침내 이를 드러냈다고 평하였다.

그 격문에는 특이하게도 집필자인 진림의 이름 또한 명기되어 있었다. 그의 소망대로 천하에 이름을 떨치게 된 것이다.

제일 먼저 호응하여 군을 일으키기로 결정한 사람은 예상외로 원소였다. 그는 기주를 놓고 공손찬과 신경전을 벌이고 있는 터였다. 또 그와는 별개로, 사안의 중대성을 알고 발 빠르게 응한 것이다.

원소는 결단력이 부족하고 우유부단한 성품으로 알려졌다. 분명 그런 기질이 있긴 했으나 가진 것이 많아지고 나이가 들면서 더욱 발현된 것일 뿐, 젊을 때는 십상시의 몰살을 간하고 동탁과 대판 싸운 뒤 궁을 나오는 등 대담한 면도 있었다.

원소가 있는 발해성에서도 긴급회의가 열렸다. 성내 여러 곳에 붙은 격문을 수하가 그에게 가져온 것이다. 원소는 용모가 당당하고 기품 있는 사내였다. 다만, 그 눈빛에는 태어날 때부터 모든 것을 가진 자의 어쩔 수 없는 오만함이 떠올랐다.

수하가 가져다준 격문을 다 읽은 원소는 우아하게 눈살을 찌푸렸다.

"참으로 저속한 글이로구나."

대전에 앉아 있던 가신들 중 하나가 말했다.

"그러나 읽는 이를 격동케 할 힘이 있습니다."

"흥…… 그 곰이 이런 발상을 떠올릴 줄이야. 의외구려. 한데 진림이란 이름이 낯설지 않소."

이번엔 다른 자가 답했다.

"하진 장군 밑에서 주부 벼슬을 지냈던 사람입니다. 태수님께서도 아실 것입니다."

"아아, 어쩐지. 가만, 그는 분명 기주에 머무르고 있다 하지 않았소? 그런데 내게 임관을 해오지 않고 북평으로 갔단 말이오?"

대전이 조용해졌다. 이런 문제에 있어서 원소는 극히 예민했다. 맨 처음 대꾸했던 가신이 재차 입을 열었다.

"공장(孔璋, 진림의 자)은 분명 글재주는 있으나 경박하고 번잡하여, 군왕의 풍모를 지닌 주군께는 어울리지 않습니다. 이 격문에 공손찬 대신 주군의 존함이 찍혀 있다 생각해보소서."

잠깐 생각하던 원소가 손사래를 쳤다.

"떠올리기도 싫구려. 과연 공칙의 말이 옳소."

"주군의 혜안에 감탄을 금할 수 없나이다."

공칙이라 불린 자가 공손히 읍했다. 읍이란 두 손을 맞잡아 얼굴 앞으로 들어올리고 허리를 앞으로 구부렸다가, 몸을 펴면서 손을 내리는 예(禮)의 하나이다.

본명은 곽도(郭圖)이며, 공칙은 그의 자였다.

다른 가신들의 시선이 느껴졌다. 일부는 경멸하고 일부는 비웃는다. 곽도는 오히려 그들을 비웃었다. 고고한 자존심을 세워 무엇하겠는가? 아무리 신묘한 계책이라 해도, 그것을 내세운 자가 주인의 마음에 들어야 쓰이는 것을. 지금만 해도 자신 덕에 원소의 기분이 풀리지 않았나.

그때, 사사건건 곽도와 대립하는 봉기(蜂起)가 말했다.

"주군, 거병에 응하셔야 합니다. 천자를 모셔오지 못한 지금, 사세삼공의 후예로서 이런 거사에 앞장서서 황실에 대한 충성을 보이시는 게 좋습니다."

곽도가 가볍게 코웃음을 쳤다.

원소는 머뭇거리며 말했다.

"으음, 하지만 기주목이 방관하지 않을 텐데."

기주목(冀州牧)은 기주를 다스리는 책임자로, 발해는 기주에 속해 있으므로 발해태수인 원소보다 작위가 높았다. '목'을 도지사라 치면 태수는 시장이라 할 수 있었다.

문제는 현재의 기주목인 한복(韓馥)이 원소를 견제하기 위해 동탁이 파견한 인물이라는 것이었다.

"비록 동탁이 임명하였으나 한복은 동탁에 대해 충성심을 가진 건 아닙니다. 그는 심성이 유약하고 대세에 따르는 인물이므로, 주군께서 거병을 표명하시어 지지를 받으면 거기에 편승할 것입니다."

봉기의 말에 원소는 고개를 끄덕였다.

봉기는 원소가 낙양에서 환관의 전횡을 비판하던 시기부터 그와 가깝게 지냈다. 원소와의 친교가 가장 깊었으며 오래 따른 사람이라, 원소는 그의 말에 마음이 기울었다.

마침내 결심한 원소가 명을 내렸다.

"후장군에게 전갈하시오. 반동탁연합군에 참여하려 하니 보급부대로서 뒤를 받치라고. 북평태수에게도 파발을 보내 나의 동참을 알리시오."

후장군은 원소의 배다른 형제인 원술이었다.

이후, 원소와 원술에 이어 한복 또한 동참을 알려오니 과연 봉기의 말대로였다.

그게 시작이었다. 동군태수 교모, 예주자사 공주, 연주자사 유대, 하내태수 왕광, 진류태수 장막, 광릉태수 장초, 산양태수 원유, 제북상 포신 등 수많은 제후들이 줄줄이 거병했다.

병사의 규모만 십만 이상. 이는 공손찬의 예상을 훌쩍 뛰어넘은 것이었다. 또한 거기에는 일족들과 함께 사병을 이끌고 온 조조 맹덕의 이름도 포함되어 있었다.

패국 초현. 중국 중부 내륙에 위치한 지역이며, 현재의 안휘성에 해당된다.

한 사내가 그곳의 벌판에 드러누워 있었다. 그는 맨몸에 털가죽 옷만 걸친 상태였다. 조끼처럼 생긴 털옷 사이로 탄탄한 상체가 드러났다. 남자다우면서도 잘생긴 얼굴에 날

카로운 눈매를 가진 사내였다.

초현은 여름에 최고 40도까지 올라가는 고온다습한 지역이다. 3월에서 11월 정도까지가 여름이며 나머지는 겨울이었다. 한겨울에는 또 영하 8도까지 떨어지기도 했다.

지금은 11월. 영하까진 아니지만 0도에 가까워 상당히 쌀쌀한 날씨였다. 하지만 사내는 전혀 추운 기색을 보이지 않았다. 춥기는커녕 격정으로 인해 몸에서 김이 날 지경이었다.

사내의 시선은 하늘을 향해 있었다.

그가 혼잣말을 했다.

"격문의 신랄함과 매서움이 본질을 가리고 있으나, 진정 대단한 것은 글이 아니라 이 일을 계획해낸 자다. 북쪽에서 이민족들을 때려잡는 게 특기이던 백규가 갑자기 머리가 좋아졌을 리는 없고. 새 책사를 맞아들이기라도 한 것인가?"

사내는 곳곳에 첩자들을 보내둔 상태였다. 천하의 동태를 늘 파악하기 위해서였다. 물론 동북평에도 그의 첩자는 있었다. 하지만 아직 공손찬의 새 참모에 대한 보고는 들어온 바가 없다.

그는 눈을 감고 격문을 되새겨보려 했다.

그때 누군가가 큰 소리로 그를 부르며 달려왔다.

"이보게, 아만(阿瞞)! 거기 있나?"

아만이라 불린 사내는 쓴웃음을 지으며 상체를 일으켰다.

"원양(元讓), 나도 이제 서른넷이네. 언제까지 어릴 적 이름을 부를 텐가?"

아만은 조조의 어릴 적 이름이다. 특유의 추진력과 냉철함으로, 삼국 중 가장 강대했던 위(魏)의 초석을 다진 자. 정치와 군사뿐만 아니라 경영, 문학, 그림 등 다방면에서 천재적인 재능을 발휘한 자. 2000년 뒤까지도 그 이름이 후대에 오르내리며 지대한 영향을 미친 자.

사내는 바로 조조 맹덕이었다.

원양은 조조의 이종사촌 동생이다. 이름은 돈(惇)이며 하후(夏侯) 성을 썼다. 성품이 격렬한 게 흠이나 대체로 공명정대하고 청렴했다. 조조가 가장 믿고 의지하는 사람 중 하나였다.

하후돈 원양이 성난 어조로 말했다.

"지금 이름 따위가 중요한 게 아닐세. 자네, 그 격문을 봤나?"

"당연히. 요즘 장안의 화제가 아닌가. 동탁이 머리끝까지 화가 치솟았겠더군."

하후돈이 입술 끝을 비틀었다.

"장안의 화제? 그 요상한 말은 또 자네가 만들어낸 건가?"

"요상한 말이 아니라 간단한 비유일세."

"무슨 뜻인지는 알겠는데, 왜 낙양의 화제가 아니라 장안의 화제인가?"

조조가 고개를 갸웃거렸다.

"글쎄, 그건 나도 잘 모르겠군. 왜 갑자기 옛 도성의 이름이 떠올랐는지. 무슨 예감 같은 건가? 그보다 자네가 그 말의 뜻을 한 번에 깨달았다는 게 신기하군."

"쳇, 무시하지 말게. 하여간 싱겁기는⋯⋯. 또 엉뚱한 데로 말이 샜잖나. 격문을 봤으면 그러고 누워 있을 때가 아니지 않은가?"

조조는 씩 웃었다.

"안 그래도 병사들을 무장시켜놨네."

"오, 정말인가?"

"아버님께 손을 좀 벌렸지. 수는 적어도 무장은 제대로 갖춰야 할 게 아닌가."

"그야 물론이지!"

하후돈은 반색하며 답했다.

사실, 그는 여기로 올 때 잔뜩 화가 나 있었다. 오래전부터 조조를 영웅이라 생각했다. 이에 어릴 때부터 가까이 지내며 따랐다. 그 생각은 지금까지도 변함이 없었다. 한데 관직을 내놓고 돌연 낙향하더니, 술과 사냥, 여자로 아까운 시간을 보내는 게 아닌가.

조조의 경력은 화려했다. 스무 살에 효렴(孝廉)으로 천거되어 낭관(郎官)이 되었다. 효렴이란 조정의 관리를 뽑는 과목의 명칭이다. 일종의 추천제였다. 각 행정구역에서 효성이 지극한 인사 하나, 청렴한 인사 하나를 한 명씩 천거하는 방식이다. 이렇게 뽑힌 효렴은 궁정의 낭관에 임명됐다.

즉 시작부터 엘리트 코스를 밟은 것이다. 그런 얼마 후에는 북부위 자리에 올랐다. 북부위는 낙양의 북문을 수비하는 경비대장이다. 당시는 야간에 성문을 폐쇄하게 되어 있었다. 치안과 질서 유지를 위한 통금이었다. 용운도 북평성에서 이를 목격한 바 있다.

그런데 십상시 '건석(蹇碩)'이라는 환관의 숙부가 금지된 야간 외출을 했다. 그것도 하필이면 조조가 담당한 낙양성 북문을 통해서였다. 십상시로서 권력을 휘어잡고 있던 조카 건석을 믿고 저지른 일이었다.

조조는 나중에 수하를 통해 그 사실을 들었다. 그는 즉시 건석의 숙부를 체포해오게 한 다음, 형틀에 묶어 몽둥이로 때려 죽였다. 이처럼 법을 어긴 자는 신분의 귀천을 가리지 않고 가차 없이 처벌했다.

그 사건으로 인해 백성들에게 큰 인기를 얻게 되고 돈구

(頓丘)의 현령으로 승진하였다. 단, 환관들의 미움을 사 중앙에서는 멀어졌다.

황건적의 난 때는 기도위(騎都尉)에 임명되어 영천(潁川)에서 적을 토벌했다. 지금의 용운과 같은 도위지만, 기도위는 황제의 친위대인 우림기(羽林騎)를 통솔하는 직책으로 장군의 바로 아래인 고위직이었다.

그 공적으로 제남(濟南)의 상(相)으로 승진했다. 거기에서도 역시 강력한 법을 세워 뇌물과 향락에 물든 상급관리 팔 할을 파면하고, 당시 유행하던 사이비 종교나 미신 등을 모두 금지시켰다.

그야말로 승승장구. 더구나 가는 곳마다 큰 성과를 남겼다. 정치가로서 조조의 재능을 보여주는 결과였다.

그런데 그 후 동군태수로 임명됐지만 부임하지 않고 돌연 사퇴하여, 고향에 내려와 은거하고 있었다. 늘 옆에서 조조를 보좌하던 하후돈도 덩달아 초현으로 내려왔다. 그 상태로 몇 년을 빈둥거리고 있으니 속이 터지는 게 당연했다.

하후돈은 중앙의 썩은 정치에 실망한 조조의 속내를 읽지 못했다. 천하 정세의 흐름을 읽으며, 일어설 때를 기다리는 조조의 감각을 이해할 능력도 없었다.

조조는 하후돈의 그런 점을 좋아했다. 상관의 속마음을 다 읽어내는 수하는 오히려 거북하다. 무조건 믿고 따르는 그가 딴이었다.

앉아 있던 자세에서 일어선 조조가 물었다.

"다른 형제들은?"

하후돈은 언제 화가 났었냐는 듯 신이 나서 답했다.

"자네가 거병한다면 묘재(妙才, 하후연의 자. 하후돈의 팔촌)도, 자효(子孝, 조인의 자. 조조의 종제)도 신나서 달려올 걸세."

"자렴(子廉, 조홍의 자. 조조의 종제)은?"

"그 녀석은 지금 기춘현의 현령으로 가 있어서……."

"아아, 그랬지."

고개를 끄덕인 조조가 말했다.

"그럼, 바람을 타러 가보세."

하후돈이 어리둥절한 얼굴로 되물었다.

"바람? 무슨 바람?"

"그런 게 있네. 하하!"

조조는 호쾌하게 웃었다.

비슷한 시각, 낙양.

황궁 안은 이상할 정도로 괴괴했다. 대전의 태사의에 앉아 있는 한 남자 때문이었다. 태사란 곧 황제가 앉는 자리다. 그렇기에 몇 단이나 높여서 올려다보게 만들어놓았다.

하지만 남자는 황제가 아니었다. 황제가 아니라, 지금의 한 제국에서 황제보다 더욱 큰 권력을 가진 자였다.

　남자의 체구는 언뜻 매우 비대해 보였다. 하지만 그 비대한 몸집은 지방 대신 탄탄한 근육으로 부풀려졌다. 말하자면 씨름선수 같은 몸에 가까웠다. 그는 대낮부터 허벅지에 아리따운 궁녀를 앉혀놓고 희롱하는 중이었다. 대전 양쪽에 늘어앉은 백관들은 그 모습을 보고도 안 보이는 척, 딴청을 피우고 있었다.

　"아이참, 상국님."

　궁녀는 몸을 비틀면서 애교를 부렸다. 하지만 잘 보면 그녀의 얼굴은 공포에 질려 있었다. 그 공포를 드러내지 않으려고 안간힘을 쓰는 중이었다.

　그녀는 태사의에 앉은 남자를 '상국(相國)'이라 칭했다. 상국은 승상보다 높은 관직으로, 황제와 황제가 아닌 사람을 구분하기 위한 기준으로 삼되, 황제의 권위를 존중하기 위해 일부러 공석으로 남겨둔 관직이었다.

　한 제국의 역사 400년을 통틀어 상국의 자리에 오른 사람은 세 명이 전부였다. 한의 명신이자 개국공신이며, 통일의 대업에 이바지한 공으로 상국에 오른 조참(曹參). 한 고조인 유방의 참모로서 그가 천하를 얻도록 도왔으며, 그 공으로 상국을 지낸 소하(蕭何).

　그리고 원래의 황제였던 소제를 폐위시킨 뒤, 그 배다른 아우인 헌제를 제위에 올리면서 스스로 상국에 오른 이 남자, 동탁이었다.

동탁의 손길이 더욱 노골적으로 변했다. 체념한 궁녀가 몸을 열었다. 황제의 의자에서 궁녀와 간음을 하려 한다. 그 꼴을 차마 볼 수 없었던 관리들이 눈을 감았을 때였다.

"동 상국님, 보셔야 할 게 있습니다."

한 무인이 대전을 성큼성큼 걸어들어왔다.

동탁의 수하 중 하나인 호진(胡軫)이었다. 양주 시절부터 동탁을 섬긴 용맹한 무장이다. 호진은 손에 두루마리를 쥐고 있었다.

"보다시피 바쁘다. 읽어보아라."

동탁의 말에, 호진이 두루마리를 펴 읽어내려가기 시작했다.

"일찍이 고조께서 한 제국을 세우신 이래, 수많은 역적들이 참람하였으나 단언컨대 이만 한 자는 없었다."

그렇게 시작된 두루마리의 내용은 상당히 긴 분량이었다. 듣고 있던 백관들의 안색이 점차 창백해졌다. 호진은 무표정하게 계속 읽어나갔다.

"……어찌 하늘이 지켜보기만 하겠는가. 천한 계집이 살찐 역적을 낳았으니, 그 죄로 무덤을 파헤쳐 시체를 도륙내야 마땅하다. 천하의 의사들이 일어나 역적 동탁을 단죄

하리라. 이는 곧 하늘의 뜻이니, 동탁은 죽은 후에도 눈을 편히 감지 못할 것이며, 그 몸뚱이는 육시하여 낙양성 밖에 짐승들의 먹이로 뿌려줄 것이다."

순간, 대전에 낮고 기괴한 소리가 울렸다.

우둑. 목이 돌아간 궁녀가 태사의 아래로 추락했다.

백관들은 이제 숨소리조차 내지 못했다. 모두 동탁과 눈을 마주치지 않으려고 고개를 파묻었다.

동탁이 짐승처럼 으르렁댔다.

"그 격문을 쓴 자가 누구냐?"

"내건 자는 북평태수 공손찬이고 쓴 자는 그 아래에서 주서로 있는 진림이라는 자입니다."

"내 그 두 놈을 다져 젓갈로 담가버리리라."

"외람되오나 공손찬은 만만히 볼 자가 아닙니다. 더구나 이 격문을 본 역도들이 연합한다면 문제가 커집니다. 벌써 각지에서 거병했다는 소식들이 들려오고 있습니다."

홧김에 내뱉긴 했으나 동탁은 공손찬에 대해 잘 알았다. 둘 다 북부에서 이민족을 토벌하며 전과를 올려 승진해왔기 때문이다.

"공손찬 놈이 미친 것인가. 황제를 모시며 상국의 자리에 있는 나에게 감히 반기를 들다니."

잠시 생각하던 동탁이 말했다.

"호진, 니를 대독초(大督譙)에 임명하겠다. 거기에 군사 이만을 내줄 테니, 준비하고 있다가 역도들의 움직임에 대응하여 맞서 싸워라."

"명을 받들겠습니다."

호진이 나가자, 동탁은 궁녀의 시신을 가리키며 외쳤다.

"꼴 보기 싫으니 다들 당장 꺼져라! 저것도 치우고!"

백관들은 낑낑대며 궁녀의 시신을 끌고 나갔다. 그들은 대부분 문관들이라 힘이 부족했다. 이에 이마에 핏대가 서도록 당겨도 시신은 얼마 끌려가지 않았다. 그중에는 너무 힘을 쓰다가 발을 헛디뎌 휘청거리거나 넘어지는 자도 있었다.

동탁은 그 모습을 보며 껄껄 웃었다. 하지만 눈은 여전히 분노에 불탄 채였다.

백관들이 나간 후, 동탁이 작게 중얼거렸다.

"주무, 거기 있는가?"

태사의 뒤편, 병풍 안쪽에서 낮은 목소리가 들려왔다. 남자인지 여자인지 구분하기 힘든 음성이었다.

"있습니다."

"들었나?"

"들었습니다."

"과연 그대가 말한 대로 되었다. 격문을 내건 자가 교모가 아니라 공손찬이긴 했지만. 이제 내가 어찌해야 하겠는가?"

"호진 장군만으로는 부족합니다. 부장으로 여포와 화웅을 붙여주십시오. 가능하다면 서영과 왕방도. 그리고 군사도 이만이 아니라 최소 오만으로 늘려야 합니다."

그런 주무의 목소리에는 미미한 동요가 깔렸다. 하지만 동탁은 그것을 느끼지 못했다.

"으음…… 여포까지 모두 출진한다면 내 호위는 누가 한단 말인가?"

"믿을 만한 호위병을 붙여드리겠습니다. 막강한 실력에다 겉으로는 전혀 드러나지 않는 자로."

주무라 불린 자는 말끝에 덧붙였다.

"우리 위원회에서 말입니다."

"회를 믿겠다. 조언대로 내가 상국의 자리에까지 올랐으니, 황제가 되리라는 말도 이뤄지겠지."

동탁은 다짐받듯 힘을 주어 말했다.

대전은 곧 잠잠해졌다.

초평 원년(190년), 새해.

격문을 돌린 지 다시 한 달이 지난 때였다. 마침내 준비를 마친 공손찬이 출병했다. 군사의 수는 총 오만. 정예기병 일만에, 보급부대를 포함한 보병이 사만이었다.

최종 목적지는 동탁이 있는 낙양이다.

이미 아홉에 달하는 군웅들이 반동탁연합군 참여를 결정했다. 공손찬 자신까지 포함하면 무려 열 명이었다. 거기다 유비 삼형제도 소수의 병사를 이끌고 합류하였으며, 등자를 적용한 신(新) 기병대에다 용운과 태사자도 있었다. 이에 그는 벌써부터 승전이라도 한 듯 다소 들떠 있었다.

반면, 용운은 마음이 무거웠다. 자신이 타고 있는 수레의 삐걱거리는 소리가 앞날을 예견하는 것만 같았다. 그는 아직 혼자 말을 못 탔기에 대신 수레에 타고 있었다.

수레를 끄는 말은 검후가 몰았다. 수레의 뒤에 성월과 사린이 말 한 필을 함께 타고 따라왔다.

그녀들은 용운의 심란함을 느꼈는지 조용했다. 용운이 심란한 이유는 동탁 토벌전의 여러 가지 불안요소 때문이었다.

고작 두 번째 전쟁인데 너무 규모가 컸다. 급한 상황을 모면하기 위해 꺼내든 카드였지만 결과를 바꾸기가 쉽지 않아 보였다.

'이 전쟁에서 최대한 이득을 봐야 하는데…….'

역사상의 반동탁연합군 결성을 공손찬의 공으로 돌리는 데는 일단 성공했다. 거기에 격문의 효과가 더해져, 지금 공손찬에게 천하의 이목이 쏠려 있었다.

문제는 전쟁이 시작된 후였다. 원래 역사에서는 그때부터 각 제후들이 전공을 탐하여 개별 행동하다가 전사하거나 싸우길 머뭇거리기 일쑤였다. 심지어 내분이 일어나 서로 다투기도 하였다.

결국 반동탁연합군은 동탁을 장안으로 천도시킨 것 외엔 별다른 성과 없이 해체되어버렸다. 그 과정에서 각 제후들간의 은원, 거병의 후유증 등이 원인이 되어 '군웅할거(群雄割據)'의 시대가 시작된다. 군웅할거란, 많은 영웅들이 각자 다른 지방에서 세력을 다투면서 땅을 갈라 버티고 있는 상황을 의미했다. 당연히 백성들의 고통은 가중되었다. 오히려 천하에 더한 혼란이 일어나는 것이다.

실제 역사와 같은 전철을 밟지 않도록 주의하면서, 용운이 해야 할 일은 크게 두 가지였다.

첫 번째는 공손찬이 이 전쟁에서 큰 공적을 세워, 원소를 뛰어넘는 명성을 얻게 하는 것.

두 번째는 가급적 역사의 흐름을 크게 바꾸지 않으면서 공손찬이 이득을 보게 하는 것이었다.

'과연 그게 가능할까? 어쩌면 이건 나의 오만일지도 몰라.'

이미 지금 상황만 해도 실제 역사와 상당히 달라졌다.

원래는 참전하지 않았던 공손찬이 주체가 되어 거병했다. 호응해온 제후들의 병력 규모도 역사상의 기록보다 컸다.

'어차피 동덕은 곧 여포의 손에 죽는다. 소설에서는 초선이라는 가상의 미녀를 이용한 왕윤의 미인계 때문으로 묘사되지만, 실제로는 여포가 동탁의 시녀들 중 하나와 사통한 것을 들킬까봐 걱정한 것이다. 그 시녀가 초선으로 각색됐겠지. 원래 그때쯤 동탁과 여포 사이의 불화가 돌이키기 어려운 지경까지 갔고 그 틈을 왕윤이 노린 것인데……'

동탁이 죽는 때는 내후년, 즉 192년 음력 4월. 그때 동탁의 삼족(三族, 부계, 모계, 처계의 모든 친인척)도 멸해진다.

여포 대신 공손찬의 손에 동탁을 죽게 한다면? 그 시기를 2년 정도 앞당긴다 해서, 역사의 흐름에 큰 문제가 생길까?

'알 수 없는 일이지. 아주 작은 변화 하나로도 큰 여파를 가져올 수 있으니. 그 전에 《삼국지》 최강의 무장이라는 여포하고 어쨌든 싸워야 한다는 거잖아? 으어……'

용운이 수레에서 심각하게 고민할 때였다. 누군가 다가와서 그의 어깨를 탁 쳤다.

"한숨에 수레 바닥이 꺼지겠군. 책략을 고민하고 있는 건가?"

"……현덕 님."

"아직 진류에도 닿지 않았는데 너무 끙끙대지 말라고, 군사(軍師). 거기 도착하면 당장 더 골치 아픈 일이 기다리고 있을 테니까."

유비가 낄낄 웃었다.

용운은 동북평도위이자 유비군 참모로서 이 전쟁에 참여하고 있었다. 공손찬은 거병에 앞서 유비를 '별부사마(別部司馬)'에 임명했다. '사마'는 군대를 관장하고 병사를 감독하는 직책인데, 그중 단독으로 작전 수행이 가능한 사마를 별부사마라 했다. 유격대장과 흡사한 관직이라 할 수 있었다.

즉 유비가 비록 공손찬 진영에 속해 있었으나 따로 군을 움직일 수 있는 권한을 준 것이다. 또한 오천의 군사도 내주었다. 유비의 병사가 삼백에 지나지 않았기 때문이다. 유비는 그것으로도 모자라서, 용운을 참모로 붙여달라고 요구했다.

공손찬은 그 부탁도 쾌히 승낙했다. 용운이 선비족 토벌에 공을 세웠다곤 하나, 아직 공손찬군 전체를 아우르기에는 무리가 있었다. 유비군 정도면 딱 적당하다고 판단한 것이다.

그 과정을 보던 용운은 절로 이런 생각을 했다.

'정말 공손찬의 유비 사랑은 어마무시했구나.'

실제로도 유비에 대한 공손찬의 지원은 끊이지 않는다. 전해와 함께 원소를 견제토록 했는데, 전공을 세우자 또 평원의 상(相)으로 임명한다. 하지만 유비는 이랬던 공손찬을 버리고 도겸에게 간다.

'유비, 치사한 놈.'

팔은 안쪽으로 굽는다는 걸까, 아니면 그새 공손찬에게 정이라도 든 것일까.

용운은 어쩐지 유비가 얄미워졌다. 오래전에 드라마에서 본 사법고시 합격자 같다. 고시에 붙자마자, 뒷바라지해 준 애인을 걷어찬.

'아니, 그것도 그렇지만.'

솔직해지자. 나는 유비를 경계하고 있다. 무장을 해제시키고 마음을 끌어당기는 그 힘을.

용운이 딱딱한 어조로 대꾸했다. 마치 자신의 마음을 부정하려는 양.

"진류에서의 골칫거리라면, 태수님이 연합군의 수장 자리를 맡는 문제 말입니까?"

"오오, 그래! 역시 똑똑하다니까. 다른 자가 총사령관이 되면 자칫 죽 쒀서 개 주는 꼴이 될 수도 있고. 그렇다고 덥석 맡았다간 물자든 병력이든 손해를 볼 수 있단 말이지."

학생회장은 아무나 하기 어려우며 명예가 따르는 직책이다. 하지만 필연적으로 공부할 시간을 빼앗긴다. 유비의 말은 대충 이런 뜻이었다. 물론 용운의 기준에서 최대한 가볍게, 간단히 예를 들자면 말이다.

"어느 정도 손해를 감수하는 한이 있어도 연합군 총사령관은 태수님께서 맡으셔야 합니다."

"음, 뭐 그렇긴 해. 우리 형님이 원소보다 밀릴 게 하나도 없는데."

유비의 대답에 용운은 움찔했다. 마치 장차 원소와의 일전을 위해 이 전쟁에 나선 걸 알아채기라도 한 듯한 말이었다.

"분명 원본초를 총사령관에 추대해야 한다고 다들 떠들어댈 거야. 그럼 또 본초는 못이기는 척 그 자리를 맡겠지? 그런 게 특기니까."

이어진 말에 용운은 약간 긴장을 풀었다. 그러나 유비의 표정만으로는 여전히 무슨 생각을 하는지 알 수가 없었다. 마치 가면처럼 늘 똑같은 웃음을 짓고 있다.

'그러고 보니 아직 이 사람의 능력치도 확인하지 않았네. 일단 기억해둘까.'

처음 황건병들과 조우했을 때는 분명 그들의 정보창이 저절로 떠올랐었다. 특기 발동을 따로 하지 않았음에도 불구하고. 그러나 그 후로 다시는 그런 현상이 일어나지 않았다.

황건적 다음에 만난 사람은 조운이었다. 처음에는 정보창이 안 보이다가 그와 대화를 나누고 그가 조운이라는 것을 안 순간 나타났다.

태사자 때는 용운이 대인통찰 특기를 발동하기 전까지는 아예 정보창이 나타나지도 않았다. 그런 차이에 대한 정확한 원인은 알 수 없었다. 하지만 용운은 한 가지 요소를 찾아냈다. 바로 자신에 대한 경계심 혹은 대상의 마음가짐이 그것이었다.

황건적들은 애초에 무기도 없고 야리야리한 용운에게서 위협 자체를 느끼지 않았다. 즉 '완전히 방심한' 것이다. 그런 수준까지는 아니지만, 조운도 어느 정도 용운에 대해 긴장을 풀고 있었다. 자신이 목숨을 구하여 업고 가는 대상이었으니 당연했다. 먼저 이름을 밝혀 통성명을 할 만큼.

그러나 그 후에 만난 상대들은 용운에 대해 일정 부분 적의를 품거나 긴장한 상태였다. 이는 대상의 힘이나 능력과는 무관한 듯했다. 오로지 심적인 차이인 것이다.

당장 하인 왕 씨 노인만 해도 그랬다. 그는 이 시대의 평범한 백성이었다. 한데 첫 대면에서 정보창이 나타나지 않았다. 용운이 대인통찰을 발동한 후에야 비로소 보인 것이다.

그것은 왕 씨가 용운이 어떤 주인일지 긴장하고 있었던 까닭이었다. 거기에 따라 앞으로의 삶이 고단할지 편할지가 결정되니 긴장할 만했다.

이를 통해 용운은 한 가지 결론을 이끌어냈다. 대인통찰은 자신에 대한 상대의 호감도나 마음가짐과도 관계가 있다는 것이다.

'어차피 특성을 발동하면 무조건 보여주니까 상관은 없

지만.'

용운은 유비를 보며 작게 중얼거렸다.

"대인통찰."

우웅! 약간의 두통과 함께, 유비의 정보창이 떠올랐다.

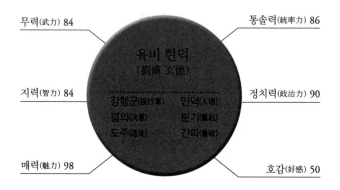

'이건…….'

내용을 본 용운은 가벼운 한기를 느꼈다. 바로 호감도 수
치 때문이었다. 은연중에 그는 자신에 대한 유비의 호감도
가 70은 되리라 예상하고 있었다. 이는 자만이나 착각이 아
니라 경험에 의한 짐작이었다.

이 세계에서 보낸 기간도 그럭저럭 다섯 달이 넘었다. 그
러다 보니 사람들이 자신에게 취하는 태도만으로도 대략의
수치가 짐작이 갔다.

그러나 유비는 그의 예상을 완벽하게 깼다. 용운은 새삼 유비에게 시선을 주었다. 그의 눈길을 느낀 유비가 고개를 돌리더니 씩 웃었다. 보는 사람을 빠져들게 하는 웃음이었다.

'저렇게 친근한 태도를 취하면서도⋯⋯.'

완벽하게 객관적 감정을 유지하고 있었다.

용운은 그로부터 또 하나를 배웠다. 역사에 기록된 효웅은 괜히 효웅이 아니라는 것을. 아무리 운이 따랐다고는 해도, 아무것도 없던 유비가 한중왕 자리에까지 거저 올랐을 리는 없지 않은가.

그만큼 독하고⋯⋯.

'보통 사람과 차원이 다른 정신세계를 가졌다는 거다.'

이런 용운의 마음을 아는지 모르는지, 유비는 손을 눈썹 위에 대고 태평스레 말했다.

"어어, 다 왔다. 저쪽에 진영이 보이는군. 이제 드디어 시작인가."

과연 좀 떨어진 곳에 커다란 천막이며 인마(人馬)가 보였다. 총병력의 규모가 십만이라 들었다. 물론 그 어마어마한 수를 한자리에 다 모아둘 수는 없다. 그래도 이곳 진류에 진을 친 병력만 해도 최소한 몇 만 단위는 될 것이다.

용운은 예전에 민주네 가족과 잠실운동장에 간 적이 있었다. 야구 경기를 보기 위해서였다. 거기서 엄청난 인파를 경험하고 놀랐다. 그렇게 많은 사람을 한자리에서 본 건 처음이었다. 그 잠실운동장의 최대 수용 인원이 삼만 명 정도라고 들었다.

그때의 몇 배가 넘는 인간과 그 수만큼의 말. 어느 정도의 규모일지 상상도 잘 가지 않았다. 단순히 머릿수만 많은 게 아니다.

'저기에 원소와 손견 그리고 조조가 있다.'

이제까지 접한 군웅들 중 가장 특출하며 상대하기 까다로운 자들이 모여 있는 것이다. 용운은 나부끼는 깃발을 바라보며 침을 꿀꺽 삼켰다.

그는 어느새 난세의 한가운데에 있었다.

18

동탁 토벌전 개시

유비와 용운은 병력 배치를 마치고 각자의 숙소로 향했다. 추운 날씨에 쉬지 않고 먼 길을 온 까닭에, 잠시 숨을 돌리기 위해서였다.

"으으, 추워! 중국이 이렇게 추운 나라였어?"

용운이 몸서리를 쳤다. 숨 쉴 때마다 입에서 허옇게 입김이 나왔다.

그는 교복 위에 털가죽 옷을 여러 벌 받쳐입고 있었다. 덕분에 펭귄처럼 뒤뚱거렸다. 그래도 틈새로 스미는 추위를 막기 어려웠다.

반면, 사천신녀는 각자 입은 무복 차림 그대로였는데도

전혀 추운 기색이 없었다. 신장수로 폴리곤 모델을 만들 때, 용운은 사춘기 소년답게 사천신녀의 노출도를 높였다. 덕분에 그녀들의 차림새는 보는 사람이 추울 지경이었다.

"너희는 안 추워?"

용운은 출발할 때도 했던 질문을 다시 했다. 추위를 안 타는 게 너무도 신기해서였다.

검후가 자상한 어조로 답했다.

"네, 주군. 우리 네 사람은 무공을 익힌 덕에 모두 한서불침(寒暑不侵, 추위와 더위가 침범하지 못함)이랍니다."

"좋겠다. 나도 무공이나 익힐까."

"호호, 어느 세월에요. 제가 안아드릴게요."

검후는 긴 다리를 굽혀 용운의 앞에 앉았다. 이어서 한쪽 무릎을 꿇은 자세로 그를 살며시 안았다. 그녀의 품은 신기할 정도로 포근했다.

용운은 가만히 눈을 감았다. 문득 조용하면서도 확실하게 뛰는 심장박동 소리가 들렸다. 가끔 비현실적으로 느껴지긴 하지만 확실히 그녀들은 살아 있는 사람이었다.

지금 이 순간 용운은 자매들이 있어서 진심으로 다행이라고 생각했다. 사실 추울 뿐만 아니라, 큰 전쟁을 앞두고 많이 긴장해 있었던 것이다.

'신기하다. 왜 이렇게 익숙한 기분이지? 검후가 안아주

는 게 전혀 낯설거나 부끄럽지가 않아.'

잠시 후, 병사들이 숯이 든 화로를 가져다주었다. 덕분에 써늘했던 막사 안이 따뜻해졌다. 화로를 둘러싸고 바닥에 모두 둘러앉았다.

사린은 그 틈에, 화로에 고기를 굽기 시작했다. 검후가 황당하다는 투로 말했다.

"막내야, 그 고기는 또 어디서 난 거야?"

사린은 망치 머리를 열고 희희낙락하며 돌소금을 꺼냈다.

"이 안에 넣어와쪄."

"소금은 또 어디서 났고?"

"자룡 오빠가 줬어!"

"그거 비쌀 텐데. 거기 혹시 그 플라스크도 있지 않았니?"

"응, 맞아."

"……안 깨지게 조심하렴."

한편, 용운은 양 무릎을 세우고 앉은 청몽을 힐끔거리고 있었다. 화로 불빛에 비친 눈동자와 다리가 예뻤다. 막사에 그들밖에 없어서인지, 그녀는 굳이 은신하지 않았다. 그녀가 대들보 위에 올라가 있거나, 벽 속, 땅속에 숨어 있지 않아서 좋다는 생각이 들었다.

"둘째야."

"네?"

"얼마 전에 그 수염 긴 아저씨한테 들켰던 거 기억나지? 그러니까 그냥 아군 진영 안에서는 지금처럼 모습을 드러내는 게 어때?"

청몽은 도리질을 쳤다.

"싫어요."

"저기, 내가 궁금해서 묻는 건데, 넌 일단 다 싫다고 하는 거지?"

"흥. 아니거든요."

"왜 싫은데?"

"솔직히 여러 사람들 앞에 나서는 게 질색인 건 맞아요. 하지만 그보다, 그러면 암살자로서의 제 의미가 없어지잖아요."

"음……."

그 말에 공감이 가지 않는 건 아니었다. 암살자라곤 해도 청몽의 주 임무는 누굴 죽이기 위해서라기보다 암중에서 용운을 지키는 것이다. 그녀는 최후의 보루와 같은 존재였다. 드러나면 중요할 때 효용이 떨어진다. 하지만…….

'내가 그렇게까지 위험해질 일이 있을까?'

선비족과의 전투는 예외적인 것이었다. 용운의 지위가 낮아서 벌어진 상황이었다. 앞으로는 후방에서 작전 지시만 할 셈이었다. 전쟁터에 직접 뛰어드는 짓은 하지 않을 것이다. 일딘 당장은 저도 없을뿐더러 잠재적 적인 위원회와 성혼단도 잠잠했다.

"휴, 또 들키면 이번엔 진짜 싸움날 거라고. 누가 봐도 수상하니까."

"이제 안 들킬 거예요."

"……알았어. 대신 따라오려면 조심해. 함부로 살기 흘리지 말고."

자존심이 상한 청몽은 입술을 삐죽거렸다.

"저번에는 유비라는 작자가 이상한 소릴 해서 순간적으로 실수한 거라고요."

용운이 입안으로 작게 우물거렸다.

"그리고 늘 그렇게 숨어 있으면 네가 힘들잖아."

"네? 뭐라고요?"

"응? 뭐가?"

"방금 뭐라고 했잖아요?"

"아무 말 안 했는데?"

"우씨, 내 욕 한 거죠?"

"아니라고."

"아닌데. 분명 뭐라고 했는데. 암살자인 제 귀를 속일 생각 마시죠."

청몽이 얼굴을 바싹 들이대고 따졌다.

복면 너머로 향긋한 숨결이 풍겨나왔다. 순간, 그녀의 뺨을 쓰다듬었던 때가 생생히 떠올랐다. 부드러운 촉감과 따뜻한 체온 등 모든 것들이.

이럴 때는 순간기억능력과 과다기억증후군이 고맙다는 생각이 들었다. 용운은 얼굴이 달아오름을 느끼며 주춤거렸다.

'검후가 안아줬을 때는 포근하다는 생각 말고는 별 느낌이 없었는데. 왜 이러지?'

마침 성월이 궁금한 듯 청몽에게 물은 덕에, 그는 겨우 위기를 모면했다.

"언니, 유비가 뭐라고 했는데에?"

청몽은 유비를 흉내 내어 대꾸했다.

"너, 내 거 하자."

그 말에 대한 답은 각자 달랐지만 반응은 일맥상통했다.

"어머머…… 내 활이 어디 있더라?"

갑자기 활을 찾는 성월에 이어,

"나, 나, 이걸로 세게 치면 사람이 어디까지 날아가는지 궁금해졌쪄."

사린은 거대한 망치를 들었다.

검후도 조용히 검 손잡이에 손을 얹었다. 방어용의 총방검이 아니라, 뭐든 벤다는 필단검이었다.

"저기, 자매님들? 나도 좀 짜증나긴 했지만 그냥 농담한 거야."

당황한 용운의 말에 검후가 웃으며 답했다.

"주군, 세상엔 남색가도 많답니다. 게다가 그 유비라는 사람, 어쩐지 좀 음흉한 느낌이고."

"하하…… 아무튼 유비를 죽이면 큰일 나. 그래 봬도 역사의 큰 줄기를 담당한 사람이거든."

"그럼 간단히 손만 봐주면……."

"그것도 안 돼. 그랬다간 관우, 장비랑 사생결단 내야 해. 보기엔 막 대하는 것 같아도, 유비에게서 한시도 안 떨어지는 거 못 봤어?"

청몽은 스산하게 웃었다. 얼굴을 복면으로 가렸으니, 눈이 가늘게 휘어지는 걸 보고 웃는다고 짐작하는 것이다.

"셋이 한꺼번에 덤벼도 나한테 안 돼요."

그렇게 쉽진 않을걸, 이라고 하려던 용운은 그 말을 삼켰다. 괜히 그랬다가 청몽의 호승심을 북돋우기라도 하면 정말 싸워보겠다고 덤벼들지도 몰랐다.

아무튼 이 세계의 장수들에게는 단순한 수치만으로 판단할 수 없는 뭔가가 있었다.

"같은 편이잖아. 싸우는 건 내가 싫어. 유비, 관우, 장비는 건드리지 마."

성월이 예의 나른한 투로 말했다.

"하긴, 장비는 귀엽더라고요. 생긴 것도 그렇고 우리 앞에서 쭈뼛거리는 것도 그렇고."

"……그쪽으로도 건드리지 말고."

"호호, 알았어요. 아무려면 제가 그럴까봐."

"그런데 입맛은 왜 다시는데……."

얼마 후, 용운은 사천신녀와 함께 막사를 나왔다. 청몽은 고집대로 은신한 상태였다.

병사들의 수가 십만에 달하다 보니 숙영지의 규모도 엄청났다. 단순 계산으로 인간 하나가 한 평만 차지한다고 쳐도 십만 평의 공간이 필요한 것이다. 거기에 말들이 쉴 공간, 말을 먹일 풀과 군량을 보관할 공간, 예비 무기고 등까지 포함하면 거의 촌락 하나가 생긴 수준이었다.

'자룡 형님의 숙영지가 먼 곳에 배정돼서 아쉽네. 아예 유비군에 편입시켜달라고 요청할까?'

생각하던 용운은 고개를 저었다. 괜히 그랬다가 자룡과 유비가 눈이라도 맞으면 난감해진다. 가뜩이나 둘이 끌리고 있는 터에.

'유비한테는 미안하지만 자룡 형님을 보내고 싶지 않아. 이기적인 생각인 건 아는데 어쩔 수 없어.'

그는 역사의 흐름에 인력이 있음을 느꼈다. 이는 말로 설명하기 어려운 감각이었다. 즉 실제 일어났던 사건이 실현되려는 쪽으로 강하게 일이 진행되는 것이다. 지금 용운 자신은 그 흐름에 거스르는 돌 같은 존재였다. 가만히 손 놓고 있으면 조금씩 물살에 침식되다가 쓸려가버릴 터였다. 과거의 시간에 매몰되는 것이다.

그리 되지 않도록 조심해야 했다. 그렇다고 물의 방향을 급격히 바꾸는 것도 금물이다. 하류의 흐름이 달라지는 건 물론이요, 최악의 경우 홍수가 일어나거나 강의 생태계 자체가 바뀌어버릴지도 모른다. 그 사이에서 균형을 잡는 건 몹시 까다로운 일임에는 분명했다.

조금 떨어진 곳에서 유비가 오고 있었다. 용운을 본 그가 손을 흔들었다.

"오오, 군사! 우리 마음이 통하나 보군."

"전부터 말하고 싶었는데, 저 군사 아닌데요."

"내 참모면 군사지 뭐. 나도 군사를 가져보고 싶었다고."

"그리고 어차피 이때쯤 나오기로 했잖아요. 밥 짓는 연기가 올라올 때이니."

유비는 용운의 어깨에 팔을 걸치며 딴소리를 했다.

"부럽네, 부러워! 난 시커먼 사내놈들과 한 막사인데, 아리따운 미녀들을 무려 셋이나……."

"제 사매들이니까 이상한 생각하지 마십시오."

"이상한 생각 안 했는데? 소개나 해달라고. 군사는 내 의형제들을 아는데, 나는 군사의 사매들을 모르잖아?"

"아아, 네."

용운은 얼굴이 빨개져서 사천신녀를 소개했다.

유비는 그런 용운을 향해 빙글빙글 웃었다.

천하의 미녀들이 눈앞에 있는데, 용운만 본다. 분명 여색을 밝히는 듯하면서도, 눈독 들인 인재 앞에서 여자는 안중에도 없었다. 소인배라면 그 반대일 것이다.

검후는 유비에게서 한없이 깊은 늪을 느꼈다. 걸려드는 사람뿐만 아니라, 세상마저 집어삼킬 듯한 거대한 늪이었다.

'고단수네. 주군이 상대하긴 버거워. 게다가 위험해. 이게 한 시대를 풍미한 영웅의 기도인가?'

일행은 공손찬의 막사를 향해 걸음을 옮겼다. 진영의 가운데에 위치한 가장 큰 막사였다. 앞으로는 지휘부의 회의용으로 쓰일 것이다.

유비가 말했다.

"어쨌거나 처음 모이는 것이니 인사도 하고 작전회의도 필요하거든."

"누구한테 설명하는 겁니까? 저도 압니다."

원래 용운은 소수의 가까운 사람에게만 감정을 드러냈다. 지금은 그런 사람이 사천신녀와 조운이었다.

한데 이상하게 유비에겐 발끈하게 된다. 유비는 또 그런 반응이 재밌는 듯했다.

용운 일행이 숙영지 가운데를 지나는 동안, 여기저기서 병사들이 말을 걸어왔다.

"여어, 대장!"

"아니, 어디서 그런 엄청난 미인들을 꼬였소?"

"두목! 가서 술 좀 달라고 해요!"

유비는 낄낄대며 받아주었다.

"알았다, 알았어, 이놈들아."

별부사마는 눈도 못 마주칠 고위직은 아니다. 그렇다고 일반 병사들이 함부로 말을 걸 정도도 아니었다. 하지만 아무도 유비를 어려워하지 않았다. 깔보거나 쉽게 여기는 것도 아니었다. 유비는 그저 병사들 틈에 자연스레 녹아들었다.

관우와 장비는 그런 유비를 흐뭇하게 바라봤다.

용운의 머릿속에 한 단어가 떠올랐다.

'경애.'

존경에는 크게 두 종류가 있다. '경외(敬畏)'와 '경애(敬愛)'다. 경외는 존경하면서도 두려워하는 감정이다. 경애는 존경하면서 친밀하게 느끼는 것이다.

병사들을 강력한 지도력으로 이끌어 전투력을 높이는 데는 경외받는 장군이 나을지 모른다. 그러나 웃으면서 기꺼이 목숨을 바칠 수하의 비율은 경애받는 장군이 압도적으로 높다.

용운은 문득 생각했다.

'만약 이런 사람과 적이 된다면?'

백성들에게서, 만인으로부터 사랑받는 자. 자신의 수하들조차 은근한 애정을 표하는 자. 그런 자의 적이 되는 일이다.

본인의 의도와는 무관하게 악(惡)이 되어버린다.

'……싫다.'

용운은 훗날의 조조의 심정을 조금 알 듯한 기분이었다.

중앙 막사 앞에 도착하자, 검후가 말했다.

"저희는 여기서 기다리고 있겠습니다. 수하들까지 거느리고 들어갈 자리가 아닌 듯합니다."

그 말이 타당하여 관우도 고개를 끄덕였다.

"두목, 장비와 나도 여기 있겠소."

"어, 그래? 그럼 좀 있다가 보자고."

유비와 용운이 막사 안으로 들어가자마자, 성월은 장비에게 다가섰다. 놀란 장비가 주춤 물러섰다. 사린은 눈을 반짝이며 흥미진진하게, 검후는 엷은 웃음을 머금은 채 구경 중이었다.

관우도 당황해서 지켜보고만 있었다.

성월이 장비의 손을 덥석 잡았다.

"왜, 왜……."

더듬거리는 장비에게, 묘한 미소를 띤 성월이 말했다.

"너, 몇 살이니?"

"……스, 스물다섯이요."

"어머 보기보다 나이 많네. 나보단 어리지만. 너 누나랑 사귈래?"

"네?"

성월이 장비에게 한창 작업을 거는 그때, 중앙 막사는 언쟁으로 시끄러웠다.

용운의 눈에 제일 먼저 들어온 것은 얼굴이 벌게져서 소리치고 있는 공손찬과 그 맞은편에 선 중후한 느낌의 미남자였다.

"이런."

용운은 나직이 탄식했다. 벌써부터 충돌인가.

용운과 유비는 얼른 공손찬에게 다가갔다.

"태수님."

"형…… 아니, 백규 님. 무슨 일이오?"

"오, 진 도위, 현덕. 어서 오게."

공손찬은 씨근대며 말했다.

"이자가 날 모욕해서 말일세."

그의 말에 맞은편에 선 남자가 비꼬았다.

"이자라니. 오랑캐들만 상대하다 보니 예의도 잊었나 보구려."

"뭐라고!"

당장이라도 한판 붙을 듯한 두 사람을 몇몇 사내들이 말렸다. 함께 거병한 제후들이리라.

용운은 그사이 한꺼번에 대인통찰을 사용했다. 경계할 사람과 아군이 될 사람, 무시해도 될 자와 친해둬야 할 이 등을 파악하기 위해서였다.

"큭!"

정수리를 바늘로 찌르는 듯한 두통과 함께, 시야에 들어온 모든 인물의 정보가 일시에 떠올랐다.

'난처한 기색으로 안절부절못하는 사람이 한복 기주목이군. 무표정하게 지켜보는 남자가 연주자사 유대, 실망한 기색의 남자는 동군태수 교모……. 아, 공손찬과 싸우고 있는 사람이 원소였구나!'

원소는 상대를 얕보는 듯한 표정을 짓고 있었다. 그런데도 이상하게 기품이 느껴졌다.

원소의 뒤에 선, 그와 닮았으면서 기품 대신 야비한 느낌을 주는 자는 원술이었다. 공손찬을 무섭게 노려보는 걸 보니, 이때는 아직 원소와 완전히 틀어지진 않은 모양이다.

막사 안에는 손견(孫堅)도 있었다. 자는 문대(文臺)이며, 삼국 중 하나인 오나라의 초석을 다진 영웅이자 손책과 손권의 아버지다. 《손자병법》을 저술한 춘추시대의 명장 손무(孫武)의 후손이라고 알려졌다.

그는 서늘한 눈매에 남자다운 인상이었다. 붉은색 두건 아래로 드러난 머리카락 색이 이상하게 옅었다. 검다기보다 황색에 가까웠다. 뜨거운 햇빛과 바닷바람에 바랜 탓일 것이다.

손견의 능력치를 본 용운은 감탄을 금치 못했다.

통솔력 95, 무력 96!

그야말로 초특급의 장군이었다. 수치로만 따지면 지금의 조운이나 태사자보다도 강했다. 이미 무수한 전장을 경험한 까닭이리라. 더구나 지력과 매력도 각각 84, 97이나 되었다. 싸움 잘하고 카리스마도 있는데, 머리 좋고 매력까지 넘친다. 거의 만능 캐릭터라고나 할까. 한 세력의 수장이 아니었다면 영입 시도를 해보고 싶을 정도였다.

정사에 의하면, 손견이야말로 동탁 토벌전에서 가장 용맹하게 그리고 열심히 싸운 군웅이었다. 성질이 과격하며 무슨 일이든, 특히 전투라면 부하에게 맡기지 않고 선봉에 나서는 게 저 손씨 집안의 내력이었다. 거기다 능력치까지 보자, 그에 대한 정사의 평이 실감이 났다.

손견은 용감하고 강인하며, 가난하고 비천한 지위에서 가문을 일으켰다. 기개가 호방하고 실천력이 뛰어났으며, 용맹함과 예리함이 세상을 덮었다. 비범한 인물을 살펴 취했으며, 중원을 통일하는 데 뜻을 두었다.

용운은 손견의 얼굴과 정보를 똑똑히 새겨두었다. 그야 말로 이 전쟁의 열쇠를 쥔 자라 해도 과언이 아니었다.

마지막으로, 한쪽에 떨어져서 비웃는 듯한 표정을 짓고 있는 사람은…….

순간, 용운은 깜짝 놀랐다.

그는 바로 조조 맹덕이었다.

'저 남자가 조조!'

놀란 마음을 누르고 그의 정보창을 보려던 찰나, 용운은 자기도 모르게 경직됐다. 조조의 머리 위로 붉은 글자가 떠오른 것이다.

간파(看破)

'가, 간파? 간파라고?'

간파는 파악하여 눈치쳤다는 뜻. 동시에 조조가 의아한 기색으로 고개를 돌렸다. 용운과 그의 시선이 정확히 마주

쳤다.

'설마 알아챈 거야? 대인통찰을?'

아니, 그건 불가능했다. 능력의 본질 자체를 파악한 건
아닐 것이다. 이 시대에는 게임이 존재하지 않기 때문이다.

'뭔가, 내가 자기를 관찰하여 가늠하고 있다는 정도로 느
낀 거겠지.'

그래도 놀라운 능력이 아닐 수 없었다. 그 탓에 조조의
능력치를 제대로 확인하지 못했다.

'다시.'

용운은 연이어 특기의 발동을 시도했다. 순간, 그는 자기
도 모르게 비명을 지를 뻔했다.

'으악! 이게 뭐야.'

눈앞이 캄캄해질 정도로 강렬한 두통이 엄습해온 것이
다. 더구나 조조의 정보창이 나타나지도 않았다. 조조가 가
진 어떤 특기 때문인지, 혹은 사용에 제한이라도 있는 건지
판단하기 어려웠다.

일단은 다음을 기약하는 게 나을 듯했다. 재차 시도할 엄
두가 안 날 정도로 강렬한 두통이었다.

'또 기회가 있겠지. 당분간은 같이 싸울 테니.'

우선, 조조가 '간파'라는 특기를 가졌다는 사실은 알았
다. 그걸로 만족하기로 했다.

흥미롭게 용운을 쳐다보던 조조는 다시 공손찬과 원소를 향해 시선을 돌렸다.

용운은 자신의 손이 땀으로 흥건함을 깨달았다. 자기도 모르게 주먹을 꽉 쥐고 있었던 것이다.

이는 꼭 두통이 준 고통 때문만은 아니었다.

"조조 맹덕이야. 대단한 사내지."

용운의 시선을 알아챈 유비가 속삭였다.

"그리고 위험한 자이기도 하고. 황건적 토벌 때 봤는데, 인정사정없더라니까. 그러니 너무 눈길 주지 마라."

"……현덕 님도 위험하기론 만만치 않거든요."

"내가?"

유비는 자못 순진한 척 눈망울을 굴렸다.

그사이 공손찬과 원소의 분위기는 더 험악해졌다. 이제 거의 칼을 빼들기 직전인 수준이었다.

용운이 한숨을 내쉬었다.

"일단 저것부터 해결해야겠습니다."

"놔둬. 어차피 한 번은 싸워야 될 사이야."

공손찬과 원소는 원래 불편한 관계였다. 기주 지역을 비롯한 하북의 지배권을 놓고 서로 견제하고 있었기 때문이다.

"이러다 연합군 자체가 해체될 것 같아서요."

"뭐, 그리 되면 어쩔 수 없고."

유비는 대수롭지 않게 말했다.

용운이 눈살을 찌푸렸다.

'그리 되면 어쩔 수 없다니.'

절대 그래선 안 된다. 전쟁이 무섭고 싫지만 전쟁을 하게 해야만 하는 아이러니한 상황이었다. 그래야 자신이 있을 자리, 원래의 세상으로 돌아가기 전까지 자매들과 함께 살아갈 기반이 만들어지기 때문이다.

끊임없이 침략하고 침략당하며, 패배한 자는 모든 것을 빼앗긴 후에 죽어야 하는 시대였다. 수탈을 이기지 못한 농민들마저 반란을 일으키는 때였다. 싸울 의사가 없다고 해서 평화롭게 지낼 수 있는 세상이 아닌 것이다.

'기반으로 삼기로 결정한 공손찬의 세력이 강해져야, 나를 포함해 조운 형님과 사천신녀 등 모든 이가 안전해진다.'

그게 용운이 공손찬을 도우려는 이유였다. 언뜻 이기적인 이유처럼 보일 수도 있었다. 이 시대의 전쟁은 필연적으로 엄청난 수의 희생을 강요하니까.

그러나 어차피 전쟁은 이기적인 목적에 의해 일어나는 것이다. 더 넓은 땅을 차지하기 위해, 더 많은 권력을 갖기 위해, 심지어 미운 상대를 죽이기 위해서도 전쟁이 발생하는 것이다. 겉으로는 대의를 내세운 전쟁도 속사정을 보면 반드시 이해타산이 숨어 있다. 그런 것들에 비하면 용운의 목저은 차라리 순수했다.

그는 원래 역사상 일어났던 전쟁에 편승하여 살아갈 길을 찾으려는 것이다. 한낱 미물이라도 자신이 살기 위해 싸우는 본능을 가지지 않았는가. 게다가 갑작스럽게 다른 세상으로 온 고등학생이, 중국 통일이나 천하의 평안 따위를 목적으로 삼는다면 그게 더 이상한 일이었다.

모두와 함께 오직 무사히, 이왕이면 안락하게 살아남는 것. 현재는 그게 용운이 가진 최대의 희망이었다.

'헐, 가만. 이러다가 정말 반동탁연합군이 해체되어버리면 그거야말로 역사와 완전히 달라지는 거잖아? 내가 원래는 참전하지 않았던 공손찬을 참전시킨 것 때문인가?'

유비는 싱글대며 구경만 할 뿐이었다. 그는 알고 있었기 때문이다. 절대 이런 식으론 해산되지 않는다는 것을. 칼을 뽑았으면 무라도 썰어야 한다는 말처럼, 전투라도 몇 번 치렀으면 모를까. 어마어마한 수의 군대가 움직였다. 이 부대를 소집하고 여기까지 행군해오는 데만도 엄청난 물자와 시간이 소요됐다. 이대로 흩어진다면 그야말로 천하의 비웃음을 살 일이었다.

'체면과 명분을 중시하는 자들이 그럴 리가.'

유비가 움직이지 않자, 목마른 자가 우물을 판다고 결국 용운이 나섰다. 그는 이런 쟁쟁한 인물들 앞에 끼어들기는

커녕 학급회의도 제대로 참여해본 적이 없었다. 임관 때의 경험이 아니었다면 엄두조차 못 냈을 일이었다. 그런데도 중재할 결심을 했을 만큼, 원소와 공손찬의 분위기가 심상치 않았다. 다만 목소리가 약간 떨려나오는 건 어쩔 수가 없었다.

"저, 그러니까, 두 분, 잠시 진정하시지요."

용운을 힐끗 본 원소가 말했다.

"그대는?"

"저는 동북평도위인 진용운이라고 합니다. 중랑장님을 모시고 있습니다. 혹 발해태수인 본초 님이 아니신지요?"

"본인이 맞네."

원소는 고개를 끄덕였다.

용운은 정중한 태도를 유지하려고 애썼다. 아무리 공손찬이 여기 있다고 해도, 나대다간 자칫 목이 날아갈지도 모른다. 또 자신의 실수가 공손찬에게 손해를 입힐 수도 있었다. 이에 단어를 골라가며 조심스레 말했다.

"두 분께서는 좋은 자리에서 무슨 일로 이처럼 다투시는 것입니까?"

원소가 거만한 투로 답했다.

"사실을 사실대로 말했을 뿐. 총사령관이 서전에서 패했다간 군 전체의 사기가 꺾일 터이니, 나의 부대를 선봉으로 하겠디고 말일세."

원소의 말에 공손찬이 으르렁댔다.

"감히 내 수하들을 무시하다니."

"답답한 자로군. 일을 크게 보게."

"뭐라!"

용운은 잠시 생각했다.

'자, 자…… 여기서 공손찬이 선봉을 서는 게 이득일까, 아니면 원소를 내보내는 게 이득일까? 지금쯤 당연히 동탁도 이쪽의 움직임을 눈치채고 군대를 움직였을 거야.'

첫 전투에 대해, 정사와 《삼국지연의》의 내용을 떠올리던 용운은 비로소 이상함을 깨달았다.

'그러고 보니 왜, 저 사람이 가만히 있는 거지?'

낙양으로 진입하기 위해서는 두 개의 관문을 지나야 했다. 바로 사수관과 호로관이다.

관문은 광화문과 비슷한 구조물이라고 생각하면 쉽다. 거대한 문의 양쪽으로 높은 성벽이 세워져 내부의 도읍과 왕궁을 보호하는 것이다. 성벽 위에 병사가 올라가 활을 쏘거나, 벽을 타고 올라오는 적을 저지할 수도 있다.

사수관과 호로관은 제국의 수도를 방어하는 관문인 만큼 늘 일정 규모 이상의 군대가 주둔하고 있으며 구조도 탄탄했다.

방해물인 관문을 버려두고 우회한다면? 십만 대군이 진격할 만한 다른 길도 없을뿐더러, 자칫 관문의 병력에게 배후를 공격당하거나 퇴로가 막히기 십상이었다. 좁은 길로 꾸역대며 지나다가 기습이라도 당하면 지옥이 따로 없다.

그곳으로의 통과를 강제하면서, 쉽게 통과하지는 못하게 만든다. 괜히 관문이 아닌 것이다.

그중 연합군이 진을 친 진류에서 더 가까운 것은 사수관이었다. 사수관 공략을 앞둔 제후들은 모두 몸을 사렸다. 동탁의 군대는 강력하다고 정평이 났다. 굳이 먼저 나서서 매를 맞을 필요는 없다는 생각에서였다.

또한 아직 상대의 정확한 전력이나 대응전술을 몰랐다. 그 상태에서 선봉에 섰다가 무슨 일을 당할지 알 수 없었다.

정사 및 연의에서, 동탁군과의 전투에 선봉으로 나선 사람은 바로 손견이었다. 당시 이미 강동(중국 양쯔 강 이남 지역)의 호랑이로 이름을 알리고 있었을 정도로, 그의 용맹함은 정평이 났다.

'소설 《삼국지연의》에서는 관우가 동탁의 부하 장수인 화웅의 목을 벤 걸로 묘사된다. 이 술이 식기 전에 돌아오겠소, 어쩌고 하면서. 하지만 원래 정사에서 화웅을 잡은 건 손견.'

손견은 양인에 병력을 주둔하고 동탁군과 싸웠다. 보급

선에 혼란이 일어나 한 번은 패하지만, 곧 역습을 가하여 화웅을 죽였다.

그런데 그 손견이 나서질 않는 것이다. 손견은 입을 다문 채 돌아가는 상황을 주시했다.

한편, 그런 중간중간 원소와 원술을 살폈다.

'이상해. 역사가 잘못 기록된 건가? 아니면…… 공손찬의 참전이 손견에게까지 뭔가 여파를 미친 건가? 그리고 보니 원래대로면 손견은 이곳 진류가 아니라, 양인 땅에 이르렀을 때 이미 동탁군과 전투를 시작했어야 해. 《삼국지연의》 때문에 무심코 손견이 여기 있는 걸 당연하다고 생각해 버렸네.'

생각해볼 수 있는 방법은 두 가지였다. 선봉을 강하게 주장하여 사수관을 함락시킨다. 혹은 원소에게 선봉을 양보하고 결과를 살핀다.

전자의 경우, 공적을 세움과 동시에 총사령관으로서 용맹과 모범을 보여 군 전체의 사기를 올릴 수 있다.

후자는 공손찬군의 피해를 최소화하며 돌발사태에 대한 대비가 가능했다.

'손해를 볼 수도 있는 선봉을 원소가 굳이 고집하는 것은, 어쩌면 본래 역사상에서는 총대장을 맡았던 그가 그러지 못한 데 대한 반작용일지도 몰라. 다른 방식으로 전공을

세우려고.'

분명한 것은 이미 원래의 동탁 토벌전과 많이 달라졌다는 사실이었다.

마음을 정한 용운이 공손찬을 부르려 할 때였다. 한 사내가 막사 안으로 뛰어들어왔다.

"급보! 급보입니다!"

그에게 좌중의 시선이 일제히 쏠렸다. 사내는 무례를 탓하기 어려울 정도로 다급해 보였다.

"무슨 일인가?"

조조의 물음에 사내가 숨찬 소리로 답했다.

"동탁이 보낸 군사가 쳐들어오고 있다는 첩보입니다. 이미 10리 안쪽까지 접근했다고 합니다!"

"……뭐라고?"

작전 회의를 하던 제후들은 모두 크게 놀랐다.

십만 대군이다 보니 진영의 길이만 수십 리에 달했다. 10리 안쪽이라면 코앞에 온 거나 다름없었다.

하지만 제일 놀란 사람은 용운일 터였다. 동탁군이 연합군 진영에 선제공격을 해오는 시나리오는 정사에도, 《삼국지 연의》에도 없었으니까. 기억의 탑을 아무리 뒤져봐도 존재하지 않는 내용이었다.

제후들이 수런대기 시작했다. 공손찬과 원소도 일단 말

다툼을 멈췄다. 혼란의 도가니 속에서, 용운은 자기도 모르게 중얼거렸다.

"어째서……?"

19
최강이라 불리는 사나이

189년 12월 하순의 어느 날 아침.

희뿌옇게 날이 밝아오고 있었다. 낙양은 제국의 수도답지 않게 을씨년스러웠다. 이는 꼭 대로를 휘도는 찬 겨울바람 탓만은 아니었다.

부는 바람에 피 냄새가 배어 있었다. 낙양은 연일 계속되는 동탁의 폭정 탓에 원래도 불안한 분위기였다. 그것이 최근 들어 더욱 심해졌다.

바로 연합군의 거병 소식 때문이었다. 격문은 낙양에도 어김없이 나붙었다. 사람들은 기대 반 불안 반의 심정으로 소문을 퍼 날랐다.

"공손찬이 군사를 십만이나 일으켰다며?"

"공손찬뿐인가. 남쪽에서 손견도 십만의 군사를 끌고 왔고, 발해태수(원소)도 십만 군사를 데려왔다네."

"그것만 해도 벌써 삼십만에 육박하는구먼. 삼십만 대군이 밀고 들어온다면 우린 괜찮을까?"

"동탁을 몰아내려고 하는 일인데 괜한 사람들을 해치기야 하겠나."

다분히 과장된 정보들이었다. 말이란 건너오면서 부풀려지게 마련이다.

일찍부터 장사를 시작한 노점 앞이었다. 거기 모인 사람들은 따뜻한 차를 마시며 각자 들은 소식을 얘기하고 의견을 내놓았다.

순간, 그들의 머리 위로 거대한 그림자가 드리웠다. 시끌시끌하던 대로가 일순 조용해졌다.

그림자를 만든 것은 유난히 거대한 한 마리의 말, 그리고 거기 올라앉은 사람이었다. 전신을 시커먼 장포로 감싼 남자였다. 허리에 두른 띠만이 유일하게 붉은색이었다. 붉은 바탕에 매화 무늬가 들어간 복대. 붉은 띠는 불타는 듯한 말의 털색과 잘 어울렸다.

남자는 큰 키에 어깨가 떡 벌어졌으며, 긴 팔과 날렵한 허리를 가졌다. 짙은 눈썹 아래의 안광이 형형했다. 사내답

게 잘생긴 얼굴이었으나 어딘지 모르게 야수의 느낌을 풍기는 외모였다. 좋게 표현하면 야성미였고 나쁘게 말하면 짐승 같았다.

그가 느릿하게 말했다.

"앞으로 나와라. 방금 상국님의 존함을 입에 올린 자."

현재 상국이란 관직에 오른 사람은 동탁이 유일했다. 고로, 검은 장포의 사내는 동탁을 따르는 자였다. 사람들은 서로 눈치만 볼 뿐 아무도 나서지 않았다. 남자는 두 번 말하지 않았다.

"다 죽어라. 그럼."

슝! 그는 한 손에 든 무기를 가볍게 휘둘렀다. 긴 철봉 끝에 날카로운 창날이 달렸고 그 양옆으로 월아(月牙)라는 초승달 모양의 날이 대칭으로 부착된 무기였다. 무기는 '방천극(方天戟)'이라는 이름을 가졌다. 창날로는 찌르고 월아로는 베거나 끌어당겼다. 때로는 말 위에서 내려찍기도 했다.

싸늘한 아침 공기를 그보다 시린 칼날이 갈랐다. 목 하나가 허공으로 날았다. 더운 피에서 허연 김이 뿜어져나왔다.

"으아악!"

비명과 함께 소란이 일어났다. 사람들은 본능적으로 달아나려 했다. 그러나 이미 기병들이 대로 양쪽을 틀어막고 있었다. 방천극을 든 사내와 같은 검은색 갑주의 기병들이었다.

포위된 이들이 두려움에 차 외쳤다.

"여포 장군! 우리가 어쨌다고 이러시는 겁니까?"

여포(呂布). 그것이 방천극을 든 남자의 이름이었다. 당금 낙양에서 그 이름을 모르는 자는 아무도 없을 것이다. 자는 봉선(奉先)을 썼다.

여포가 말했다.

"집금오(執金吳)다. 나는."

'집금오'는 수도의 치안과 화재 방비를 맡은 관직이었다. 서울시 경찰서장과 소방서장, 거기에 수도방위사령관을 더한 직책이라 보면 된다.

전대 집금오였던 '정원(丁原)'은 여포가 죽였다. 그는 여포의 상관이자 양아버지이기도 했다. 동탁에게 맹렬하게 반대하던 자였다. 그 후 여포는 동탁의 수하로 들어갔다.

불안하게 눈을 뒤룩거리는 사람들에게, 여포가 말을 이었다.

"사형. 유언비어를 퍼뜨리는 자."

"……."

"사형. 상국님을 모함하는 자."

죽음을 면하기 어려움을 깨달은 사내 하나가 악에 받쳐 외쳤다.

"짐승 같은 오랑캐 자식! 권력에 눈이 멀어 제 양부를 죽이고 아비를 바꾸더니, 하는 짓도 새 아비와 꼭 닮아가는구나! 동탁의 개가 되니 좋더냐?"

여포는 눈을 가늘게 떴다.

이들의 인식은 근본적으로 바뀌지 않았다. 공적을 세우고 관직에 올라도 마찬가지였다. 짐승 같은 오랑캐. 그게 한인(漢人)들이 여포를 보는 시선이었다.

여포는 흉노 세력과 가까운 오원군 출신이었다. 걸음마를 시작했을 때부터 말을 탔다. 때로는 흉노족들과 어울리기도 하고 때론 싸우기도 했다. 무엇보다 그의 어머니는 흉노족이었다. 여포의 몸에는 거친 기마민족의 피가 흘렀다.

동탁을 따르기로 결정한 것도 그래서였다. 동탁은 젊은 시절부터 북방을 방랑하며 강족(羌族, 티베트, 몽골, 돌궐 등의 혼합 유목민족) 지역을 떠돌았다.

그에게서는 여포 자신과 같은 냄새가 났다. 북방의 모래바람 냄새. 늑대 무리의 우두머리 냄새. 일평생 말과 함께 뒹군 사내의 냄새였다. 무엇보다 동탁은 여포의 힘을 인정해주었다.

"저들 위에 서는 방법은 강한 힘을 갖는 것뿐이오, 장군. 머리끝부터 발끝까지 공포로 물들이고 압도적인 권력으로 눌러야 하오. 안 그러면 우리 같은 변방 출신의 무인은 언제까지고 얕보는 게 저들의 속성이오."

동탁의 이 말이 결정적으로 여포의 마음을 움직였다. 그래서 정원이라는 족쇄를 잘랐다. 배신이니 폐륜이니 하는 말 따위는 상관없었다. 가고 싶은 곳으로 갈 뿐이다.

"죽여라. 사형이다. 전원."

여포의 말이 떨어지기가 무섭게, 그의 직속 기병들이 달려들었다. 맑은 겨울 하늘 아래서 살육이 시작됐다. 언젠가부터 낙양에서는 익숙한 풍경이었다. 그 광경을 무감하게 바라보는 여포에게 전령이 달려왔다.

"집금오님, 상국께서 찾으십니다."

"알았다."

여포는 곧 입궁했다. 뒤처리는 직속 기병대에게 맡겨두었다.

동탁은 다른 때와 달리, 대전이 아니라 황궁 안쪽의 깊숙한 방에 있었다. 거기까지 무기를 들고 들어갈 수 있는 자는 여포가 유일했다.

동탁을 대면한 여포는 조금 놀랐다.

"오오, 아들아!"

동탁은 연기가 자욱한 방 안에서 반색했다. 그는 자신이 말한 대로 피와 살육으로 제국의 수도를 지배하고 있는 남자였다. 천자라 불리는 황제를 폐위시켜버리고 새 황제를 세운 자였다.

제국을 농락하던 그가 겁에 질려 있었다. 그게 여포를 놀라게 했다. 짙은 연기 냄새에 여포는 눈살을 찌푸렸다.

'아편.'

여포는 아편을 좋아하지 않았다. 아편은 머리를 흐리게 하고 근육을 무르게 만든다. 아편 냄새가 동탁이 가졌던 모래바람 냄새를, 늑대의 체취를 지우는 게 싫었다.

동탁은 거대한 몸에서 땀과 기름을 흘리며 말했다.

"아들아, 역도의 무리들이 나를 치려고 군사를 일으켰다고 한다. 네가 가서 놈들을 혼내줘야겠다. 호진과 화웅, 서영도 함께 갈 거다."

동탁을 겁먹게 한 원인은 이것인 모양이다.

아무튼 듣던 중 반가운 소리였다. 마침 손발이 근질거리던 차였다. 죄수들이나 낙양 내 불온세력들의 목을 치는 정도로는 성에 차지 않았다.

하지만 여포에게는 가장 중요한 임무가 있었다. 호진, 화웅, 서영까지 모두 빠진다면 낙양의 전력이 터무니없이 약화된다. 어차피 관문을 틀어막겠지만 내부의 소요는 막기 어려워진다.

여포는 무뚝뚝하게 물었다.

"어떻게 합니까. 아버님의 경호는."

"그건 염려 마라. 널 대신해줄 사람이 있다."

순간, 여포는 비로소 느꼈다. 아니, 느꼈다기보다 의식했다. 동탁의 뒤쪽에서 은은한 기감이 풍겨나왔다.

여포의 그린 듯한 눈썹이 꿈틀거렸다.

'여자?'

동탁의 등 뒤에 한 여자가 있다는 건 알고 있었다. 거기엔 전혀 신경 쓰지 않았다. 여느 때와 마찬가지로, 아편에 취한 동탁이 농락하려고 데려온 궁녀라고 여긴 것이다.

막을 수 없다면 무시하는 게 속 편했다. 여포는 동탁에 대해 대체로 불만이 없었다.

북방에서 전투를 반복해온 동탁은 성정이 거칠었다. 그런 반면, 수하를 아끼고 베풀 줄 아는 일면도 있었다. 농사일을 하던 중 강족 무리가 찾아오자, 마침 밭을 갈던 소를 잡아 연회를 베풀어주었다. 그 의기에 강족들이 감격했다는 일화가 있었다.

또한 병주 정벌에서 전공을 세워 받은 포상금을 부하들에게 모두 나눠주기도 했다. 여포가 가장 소중히 여기는 붉은 털의 말, 적토마(赤兔馬)만 해도 그랬다. 적토마는 해자(방어를 위해 성벽 주위에 판 깊은 못)를 가볍게 뛰어넘으며, 하루에 천 리를 달리는 명마 중의 명마였다. 원래는 동탁의 말이었다. 그런 말을 아무렇지 않게 내주었다.

분명 동탁은 잔인한 행동을 즐겼다. 살인을 가벼이 여기기도 했다. 하지만 '그게 어때서?'라는 게 여포의 심정이었다.

여포 자신이 낙양에서 집금오를 맡은 후, 반란 세력이 끊임없이 일어났다. 때로는 동탁의 암살을 꾀하기도 하고 때로는 은밀히 병사를 모으기도 했다. 또 유언비어를 퍼뜨리기도 했으며, 바깥의 세력과 내통을 꾀하기도 했다.

낙양 밖의 제후들이 투입한 첩자는 셀 수도 없었다. 제국의 수도를 북방의 난폭한 무인에게 유린당했다고 여긴 한족들과 유생들의 저항은 실로 집요했다. 매일 순찰을 돌며, 조금만 수상한 기미가 보이면 목을 쳐도 마찬가지였다.

그들은 더한 힘과 공포로 누르는 수밖에 없었다. 동탁이 이제까지 그래왔듯이.

아까 모여 있던 자들 중에도, 분명 격문을 붙인 첩자가 있었다. 누군지 가려내기 귀찮아서 모두 죽였을 뿐이다.

그러나 단 한 가지, 동탁이 여자를 다루는 방식이 못마땅했다. 잠자리의 필요성은 여포도 인정했다. 가끔 여체를 안지 않으면 폭발할 듯 끓어오를 때가 있었다. 하지만 동탁은 필요 이상의 여자들을 농락했고 너무도 가벼이 죽였다.

여자는 자식을 낳는다. 여자는 부드럽고 따뜻하며, 연약하고 강인하다. 어릴 때부터 홀어머니 손에 자란 여포는 여자를 함부로 대하는 게 싫었다. 그에게 여자는 지켜줘야 할 대상이었다.

그런데 처음 보는 종류의 여자가 동탁의 등 뒤에 있었다. 벗은 몸으로 양팔을 동탁의 목에 감고 있다. 그 모습만 봐선 여느 궁녀들과 다를 게 없었다.

그러나 다시 보니 뭔가 달랐다. 드러난 팔은 말랐지만 탄탄한 근육질이었다. 무표정한 얼굴에 안광이 날카롭게 번쩍였다.

그 눈을 본 여포의 목덜미에 소름이 돋았다. 저것은 암늑대, 아니 암호랑이였다.

여포의 시선을 알아챈 동탁이 말했다.

"아아, 그래. 이 여자가 내 호위병이다. 네가 낙양을 떠난 사이, 나를 지켜줄 게다. 여자라고 걱정하지 않아도 된다. 실력은 이미 확인했다."

호위병이자 잠자리 상대로도 최고이니 더할 나위 없이 만족스럽다는 말은 굳이 하지 않았다.

그때 여자가 불쑥 말했다.

"초선이라 합니다."

여포를 향한 말이었다. 여포는 여전히 무표정했고 동탁은 움찔했다. 그녀가 동탁 외의 사람에게 관심을 보인 건 처음이었기 때문이다.

잠시 그녀를 바라보던 여포가 말했다.

"여포 봉선이다."

말을 마친 여포는 휙 돌아서서 방을 나갔다. 초선이라는 여자와 동탁의 시선이 등에 와 꽂히는 게 느껴졌다. 어쩐지 한기가 멎지 않았다.

"내 아들에게 관심이 있느냐?"

동탁이 초선에게 물었다.

그는 감정을 굳이 숨기지 않았다. 그 정도로 초선은 특별했다. 그녀는 동탁 자신을 마치 아기처럼 다뤘다. 이런 여자는 처음이었다.

"아니, 여포를 실제로 본 게 신기해서."

"흥, 싸움밖에 모르는 녀석이다."

"질투하는 거야? 귀엽네, 당신."

초선이 동탁의 뺨을 어루만지며 대꾸했다. 그런 그녀의 손목 안쪽에는 붉은색 별 모양의 문신이 새겨져 있었다.

"나를 떠나지 마라. 눈도 돌리지 말고."

"알았어. 걱정하지 마."

잠시 후, 동탁은 아편에 취해 잠들었다.

초선은 조용히 몸을 일으켜 방을 나왔다. 그녀는 황궁 안쪽 어딘가로 걸음을 옮겼다. 극히 일부의 사람들 외에는 아무도 모르는 장소였다.

얼마나 걸었을까. 긴 복도 끝에 강철로 된 문 하나가 나타났다. 초선이 문을 살며시 밀었다. 문 안쪽의 좁은 방에서는 창백한 얼굴의 남자가 비단 위에 바삐 뭔가를 쓰고 있었다. 옥색의 장포를 입고 단정하게 두건을 썼다.

그는 놀랍게도 현대적인 모양의 책상과 나무의자를 사용 중이었다. 양쪽 벽은 죽간과 책이 가득한 선반으로 채워졌다. 책상과 맞닿은 벽에는 지도가 그려져 있다. 거대한 중국 대륙의 지도였다. 지도에는 각 세력의 상황이 글과 그림, 숫자 등으로 세밀하게 표시되어 있었다.

초선은 남자가 앉은 의자 뒤에 섰다. 남자는 뒤도 돌아보지 않고 말했다.

"《삼국지》를 워낙 오래전에 읽어서 잘 기억이 나질 않는군요. 떠오르는 대로 써놨더니 엉망입니다."

"저도 그래요."

"호삼랑(扈三浪) 님, 아니 이제 초선 님이라고 해야 하겠지요. 여기에는 어쩐 일이십니까?"

"물어볼 게 있어서요."

"말씀하세요."

"주무 님은, 우리 회(會)가 직접 손을 쓰지 않는 선에서 천하를 일통할 거라고 하셨지요. 그게 정말 가능할까요?"

"가능합니다. 당신이 《삼국지연의》에 등장하는 초선의 역할을 충분히 해준다면 말입니다."

"하지만 연합군 쪽도 실제 역사와 다른 행보를 보인다고 들었어요. 당장 공손찬이 거병을 한 것부터 뭔가 이상한 일이죠. 여포가 왕윤과는 무관하게 독자적으로 동탁을 죽이기도 전에, 이번 전투에서 연합군에게 패하기라도 한다면……."

주무는 비로소 고개를 돌렸다.

"그럴 일은 없을 겁니다. 여포 자체도 강합니다만, 동탁에게 시켜서 그에게 최강의 군사까지 붙여줄 거거든요. 제가 나서는 대신에."

"그렇군요."

주무의 무심한 듯 날카로운 시선이 초선을 살폈다.

"여포가 마음에 드신 모양입니다."

초선이 피식 웃었다.

"마음에 들고 말고 할 게 뭐 있나요. 방금 처음 본 게 다인데. 거사에 지장이 올까 걱정돼서 그런 거죠."

주무는 낮은 음성으로 말했다.

"걱정 마십시오. 회의 뜻은 반드시 이뤄집니다. 그러기 위해서, 불안요소인 '그 남자'를 찾기 위해 전력을 다하고 있는 거고요. 혹시 그가 공손찬에게 가 있는 게 아닌지, 그래서 이번 일이 벌어진 게 아닌지. 이미 첩자를 보내뒀습니다."

"왕정륙이 죽은 것도 마음에 걸려요."

왕정륙은 일찍이 성혼단 지부에서 조운의 손에 쓰러진

자었다. 그의 죽음을 천기 '적기안'을 쓰는 붉은 머리의 남자가 알려온 것이다.

"하필 조운을 건드린 게 실책이었습니다. 같이 있던 소년의 정체는 모르겠습니다만. 단경주의 기억을 되살려서 초상화를 그리고 첩자들에게 그림 속의 인물을 수소문하게 한 결과, 창을 쓰는 남자는 확실히 조운 자룡이었지요."

"천기에 더해 권총까지 있었는데도……."

"명심하세요, 초선. 2000여 년 전의 무인들이기에 오히려 육체적으로는 순수하게 강인하다는 것을. 무시했다간 오히려 우리가 당할 수도 있습니다. 육체를 극한까지 단련한 당신은 알겠지요."

주무의 말에 초선은 고개를 끄덕였다.

다행히 주무는 평소의 그로 돌아온 듯했다.

그는 최근 몇 가지 이상사태로 인해 혼란에 빠졌었다. 왕정류의 수수께끼 같은 죽음과 공손찬이 주도가 된 반동탁연합군의 거병이 그것이었다. '신기군사'라는 칭호를 얻은 그이지만, 계산 밖의 일이 생기면 크게 흔들리는 게 약점이었다.

"더 용건이 없으면 돌아가보세요. 여기 오래 있으면 안 됩니다."

초선은 주무의 말에, 문득 여포의 뒷모습과 목소리를 떠올렸다.

─나는 여포 봉선이다.

잠시 망설이던 초선이 주무에게 말했다.

"여포에 대해 좀 더 얘기해주세요."

호진이 이끄는 군대는 그해 말 사수관에 닿았다. 사흘
뒤, 연합군이 진류까지 진격해왔다는 소식이 들어왔다. 호
진은 부장들을 불러모았다.

"의견들을 내보시오."

그는 여포, 화웅, 서영, 왕방의 네 부장을 둘러보며 말했다.

처음에는 연합군이 여러 갈래로 군사를 나눠 쳐들어오
리라 생각했다. 하지만 예상과는 달리, 진류 부근의 산조(酸
棗)를 중심으로 넓게 진을 쳤다고 한다. 전력을 집중하여 일
시에 몰아칠 셈일까. 사수관을 굳게 방어하며 버티는 게 최
선이리라 생각됐다.

그래도 혹시나 하여 의견을 물은 것이다.

그때, 여포의 뒤에서 한 사내가 손을 들었다.

"제가 한 말씀 올려도 되겠습니까?"

나이는 대략 서른 초반 정도. 두건을 눌러쓰고 짐승가죽
으로 된 망토를 걸친 특이한 차림새였다.

"그대는 누구요?"

호진의 질문에 여포가 대신 답했다.

"내게 딸려 보냈소. 동 태사께서. 우보 님의 참모요."

"가후(賈詡) 문화(文和)라고 합니다."

사내가 두건을 벗으며 빙긋 웃었다. 마른 얼굴에 날카로운 눈매가 인상적인 자였다.

여포는 참모를 부리는 종류의 장군이 아니다. 전투를 온전히 자기 뜻대로 이끌어야 직성이 풀리는 성격이었다. 하지만 동탁의 사위인 우보(牛輔)의 참모이자, 동탁이 직접 붙여준 인물이라면 동행할 수밖에 없었으리라고 호진은 짐작했다.

'상국님께서 친히 참전을 지시한 자이니 한 수가 있겠지.'

호진이 가후라는 사내에게 말했다.

"계책이 있으면 말해보시오."

가후는 기다렸다는 듯 망설임 없이 답했다.

"봉선 님과 화웅 님께서는 즉각 기병 천 기씩을 이끌고 나아가 적진을 기습하십시오."

호진이 어이없다는 듯 내뱉었다.

"……뭐라고?"

그는 동탁을 따르며 북방의 전장에서 잔뼈가 굵었다.

기병의 무력을 앞세운, 전형적인 양주 기병의 전술을 선호하지만 기본적인 전법 정도는 알았다.

제후 연합군은 현재 진류에다 수십 리에 걸친 진영을 꾸리고 있었다. 그 규모와 기세가 심상치 않았다. 평생을 전장에서 뒹군 동탁이 두려워할 정도로.

불과 이천의 기병으로 거기 뛰어드는 건, 아무리 맹장인 여포와 화웅이라 해도 자살행위였다.

그러나 가후는 태연히 말을 계속했다.

"연합군은 천리(天理, 하늘의 이치)를 따르고 한 왕실을 위해서라는 명분을 내세우지만 실상은 각자 이득을 취하려는 무리일 뿐입니다. 따라서 서로 적극적으로 도우려 하지 않을 것입니다. 또 수가 많다 하나, 함께 오래 싸워온 사이가 아니니 손발이 맞을 리 없습니다."

그는 자신이 한 말의 반응을 살피듯 장내를 둘러보았다.

"즉 필연적으로 기습에 약하기 마련입니다. 두 장군이 수족처럼 부릴 수 있는 기병의 수는 일천. 그 이상이 되면 오히려 포위되기 쉽습니다."

동탁군에서 가장 거친 사내들 틈에 있으면서도 전혀 주눅 드는 기색이 없었다. 그렇다고 건방지진 않았다. 오히려 불쾌할 정도로 태도가 깍듯했다.

여포는 그를 보며 생각했다.

'기이한 자다. 역시.'

여포는 전장에서 머리를 굴리는 책사나 참모라는 인종들을 경멸했다. 그가 생각하는 전투란 순수한 힘과 힘의 대결이었다. 그런 무대에서 꼼수를 부리는 건 성정에 맞지 않았다. 아무리 동탁의 지시라 해도, 본래는 참모 따위를 데려오지 않았을 것이다.

그러나 이 가후라는 남자는 뭔가 달랐다. 겉모습은 분명유약한 문관이다. 한데 그에게서도 북쪽의 모래바람 냄새가 났다.

알고 보니 양주(凉州) 무위군(武威郡) 출신이라 했다. 여포의 고향인 병주 오원군보다 서쪽이지만, 북방에 면해 있는지역이었다.

그게 다가 아니었다. 가후는 동탁을 두려워하지도, 경멸하지도 않았다. 그렇다고 공경하는 것도 아니었다. 그런 태도는 여포에게도 마찬가지였다.

그는 오는 길에 여포와 이런 대화를 나눴다.

"제가 원하는 주군은 도덕적인 자가 아닙니다. 가장 강한 힘을 가진 자도 아닙니다."

이런 식으로 여포에게 말을 걸어온 이는 없었다. 문관 중에서는 더더욱.

흥미가 동한 여포가 대꾸했다.

"어떤 자인가. 그럼."

"저의 계책을 가장 잘 따르며, 가장 잘 실현할 수 있는자. 그런 주군을 원합니다."

"이용하는 것인가. 주군을. 자신의 계책을 시험하기 위한 대상으로."

"그저 지루한 게 싫을 뿐입니다."

여포는 가후에게서 자신과 비슷한 뭔가를 느꼈다. 그래서 그가 싫었다.

가후는 다시 말을 이었다.

"소수의 기병으로 빠르면서도 날카롭게 적의 진영 바깥쪽을 칩니다. 적은 먼 길을 와서 피로한 데다 우리가 사수관을 나와 기습하리라곤 예상하지 못할 것입니다. 수적 우위를 믿고 있을 테니 말입니다. 또 아까 말씀드렸듯 갑작스러운 상황에 대한 대응이 느립니다. 그 약점을 찌르는 겁니다."

호진이 고개를 갸웃거렸다.

"그게 의미가 있나?"

이천으로 십만 대군을 기습해봐야 큰 성과를 거두리라 여겨지지 않았다. 오히려 포위되어 섬멸당하지나 않으면 다행이라는 게 그의 생각이었다.

가후의 얼굴에 짜증이 살짝 스쳐갔다. 아무도 눈치채지 못했을 정도로 매우 짧은 순간이었다.

"대승은 거두지 못해도, 적의 예봉을 꺾고 시간을 벌기에는 충분합니다. 한번 호되게 당하고 나면 섣불리 덤벼들지 못할 테니까요. 이 전쟁은 시간 싸움입니다. 적들은 각자 자신의 근거지를 버리고 나와 있는 꼴입니다. 시간을 오래 끌수록 우리에게 유리해집니다."

"흐음."

"더불어 봉선 님과 화웅 님의 무력이라면 기습의 혼란을 틈타 적장 한둘의 목을 베어오는 것도 가능할 것입니다. 그리 되면 사기를 떨어뜨림은 물론이고 단숨에 만 단위의 적군이 줄어드는 셈. 밑지는 장사는 아니겠지요."

팔짱을 낀 채 듣고 있던 여포가 말했다.

"포위되지 않는다. 나의 기병대는."

화웅도 고개를 끄덕였다.

잠시 고민하던 호진이 마침내 입을 열었다.

"좋아. 그럼 빠를수록 좋겠지. 밥 짓는 시간에 맞춰 적 진영을 기습한다. 봉선, 화웅, 명심하게. 절대 깊이 들어가지 말고, 적당히 찌른 뒤 빠지도록."

잠시 후, 여포와 화웅이 이끄는 기병 부대가 연합군 진영을 들이쳤다. 가후의 작전은 제대로 들어맞았다. 아니, 그 정도가 아니라 기대 이상이었다.

오랜 행군 끝에 무장을 풀고 밥을 짓던 병사들, 갓 숙영지에 도착해 제대로 된 작전회의는커녕 서로 견제하기 바쁘던 제후들은 대혼란에 빠졌다.

"동탁이 보낸 군사가 쳐들어오고 있다는 첩보입니다. 이미 10리 안쪽까지 접근했다고 합니다!"

"뭐라고?"

갑작스러운 전갈에 놀란 마음을 가라앉히기도 전에 두 번째 전령이 거의 구르듯 뛰어들어왔다.

"진영 바깥쪽을 적군이 덮쳤습니다. 이천 정도의 기병인데, 기세가 워낙 흉험하여 도무지 막을 수가 없습니다!"

제후들 중 하나가 물었다.

"바깥쪽에 있는 게 누구의 부대인가?"

"포신(砲身) 님의 부대입니다. 적을 막으려던 포도(鮑韜) 님께서는 전사하신 듯합니다."

막사에 있던 제북상 포신의 안색이 창백해졌다. 포도는 그의 아우였다.

정신을 수습한 공손찬이 외쳤다.

"모두 각자의 진영으로 돌아가 태세를 정비하시오! 아직 우리가 첩보망을 제대로 가동하지 못했다고 하나, 코앞에 와서야 알려진 걸 보면 적은 소수요. 당황하지 말고 반격하면 충분히 격퇴할 수 있소."

원소가 서둘러 막사를 나갔다. 조조는 이미 그 자리에 없었다.

유비가 용운의 소매를 잡아끌었다.

"이봐, 우리도 서두르자고. 시작부터 제대로 한 방 먹었어."

유비에게 끌려 나가면서, 용운은 조금 전 전령의 보고를 되새겼다.

《삼국지연의》에서 제북상 포신은 손견이 선봉을 맡자 이를 시기하여 동생 포충(鮑忠)을 몰래 앞서 보내 동탁과 싸우게 했다. 그러나 동탁의 부하 화웅에게 패하고 포충도 전사했다. 포충은 《삼국지연의》에서만 등장하는 가상의 인물이다.

정사에서 포신은 조조와 함께 형양에서 동탁과 싸워 패배했다. 그 여파로 자신은 부상을 입고 아우 포도는 전사했다. 역사대로 그 포도가 죽은 것이다.

'역시 상황은 좀 달라져도 실제 역사를 따라 흘러가고 있어.'

막사 밖으로 나온 용운은 깜짝 놀랐다.

연합군 진영은 아비규환의 상태였다. 혼란에 빠지고 겁에 질린 병사들이 뛰어다녔다. 완전무장한 철기병들이 그 사이를 헤집고 다녔다. 불까지 붙어, 막사 여러 채가 타오르고 있었다.

"두목!"

"형님!"

관우와 장비가 얼른 유비의 양쪽에 붙었다.

검후와 성월, 사린도 용운을 둘러쌌다.

그때, 용운은 깃발 하나가 빠른 속도로 다가오는 걸 보았
다. '여(呂)' 자가 쓰인 깃발이었다.

'설마……?'

용운의 눈이 커졌다.

연합군 쪽에는 여씨 성을 쓰는 제후가 없다. 그게 아니더
라도 바깥쪽의 적을 막아야 하는데 중앙의 막사로 돌진해
올 이유가 없었다.

용운의 입에서 한 남자의 이름이 흘러나왔다.

"여포……?"

(2권에 계속)

외전

1
기이한 꿈

기주 상산, 진정현.

잘 정돈된 장원 뒷마당에서 젊은 사내가 창을 휘두르고 있었다. 아직 장원의 하인들도 다 깨어나지 않은 이른 시간이었다. 사내의 몸이 붉은 새벽빛으로 물들었다.

당당한 체구에 키가 컸지만 얼굴에는 아직 앳된 느낌이 남은 사내였다. 그는 상투를 트는 대신, 제법 자란 머리를 하나로 질끈 묶어 뒤로 늘어뜨렸다. 굳게 다문 입매에서는 건실한 성품이 엿보였다.

사내의 창술은 다소 특이했다. 이 무렵의 중원에는 여러 가지 창술이 존재했는데, 찌르기와 휘둘러 치는 수법이 주를 이뤘다. 도검보다 상대적으로 긴 길이를 이용하여 적을 제압하는 게 창의 태생적 목적이자 묘미였다. 대부분의 창술이 거기에 충실했다. 그렇다 보니 상대와 밀착하게 되면 오히려 불리해지는 경우가 많았다.

그러나 사내의 창술은 거리에 지장을 받지 않는 듯 보였다. 그는 창대를 거의 몸에 붙이다시피 하고 자루 끝을 이용해 가상의 적을 후렸다. 상대가 완전히 품속에 들어왔다 해도 충분히 타격을 입힐 만한 수법이었다. 그런가 하면, 번개처럼 튀어나가면서 몇 장 앞의 허수아비를 찌르기도 했다.

창이 사내의 몸 주위를 나선형으로 빙글빙글 돌았다. 사내가 워낙 창을 쉽게 다뤄서 가벼워 보이지만, 보통 사람은 들기도 버거울 통째 철창이었다. 그런 사내와 창은 마치 한 몸처럼 보였다. 걸음마를 시작한 직후부터 창을 끼고 살다시피 했으니 무리도 아니었다.

그가 한창 창술 수련에 열중하고 있을 때였다. 등 뒤에서 온화한 목소리가 들려왔다.

"움직임에서 잡념이 느껴지는구나, 자룡."

자룡이라 불린 사내는 수련을 멈추고 뒤를 돌아보았다. 이어서 얼굴에 미소를 머금고 정중히 인사했다.

"편안히 주무셨습니까, 아버님."

사내의 이름은 운(雲), 성은 조(趙)가였다. 자룡은 그의 자였다.

그가 태어나고 자란 상산(常山)의 조가장은 크지도 작지도 않은, 평범한 가문의 장원이었다. 그나마 거의 몰락했던 집안을 이만큼 일으켜세운 건, 현 가주이자 조운의 아버지인 조현이었다. 조부 대(代)부터 전해져오던 창술을 깊이 연구하여, 마침내 독창적인 창술을 만들어내는 데 성공한 조현은 창 한 자루로 가문이 부흥할 불씨를 지핀 것이다. 이에 조운은 아버지를 깊이 존경했다.

"그래도 초식의 이해만큼은 거의 대성에 가까워졌구나. 진정한 조가창법을 완성시킬 사람은 네가 될 것이다."

조현은 허연 수염을 어루만지며 흐뭇한 어조로 말했다.

"과찬이십니다."

"한데 뭔가 고민이라도 있는 게냐, 자룡? 모처럼 원본초를 섬기게 되었는데, 이런 시기에 갑자기 휴가를 내고 돌아온 것도 그렇고 말이다."

조현의 물음에, 조운은 잠시 머뭇거리다 입을 열었다.

"이대로 원본초 밑에 있는 것이 옳은 일인지 모르겠습니다."

"그에게 무슨 불만이라도 있느냐?"

"그는…… 영웅호걸처럼 알려졌으나 실은 그렇지 못한 인물 같습니다."

"좀 더 자세히 말해보거라."

"부패한 조정에 실망하여 낙향했다고 하면서 여러 선비들과 어울리지만, 그중에서 아첨하는 이들만 골라 쓰고 있습니다. 그의 숙부 원외가 환관들과 가깝게 지내는 것도 마음에 걸리고 말입니다."

"음…… 허나 그의 명성이 이곳 상산까지 이르렀으니, 그 모든 게 뜬소문은 아니지 않겠느냐?"

"아버님 말씀에 일리가 있습니다만, 소자가 직접 가서 그를 섬겨본 바로는 달랐습니다. 소문과 달리 대의보다 사욕에 더 집착한다는 느낌을 받았습니다."

말하던 조운의 얼굴에 시름이 어렸다. 그가 출사를 결심한 것은, 혼란한 세상을 구하고 싶어서이기도 했지만 그보다 아버지의 뒤를 이어 가문을 부흥시키려는 목적이 컸다.

한데 아부와 거리가 멀었던 탓에 좀처럼 원소에게 중용되지 못했다. 심지어 제대로 된 싸움터에 나선 것도 몇 번 안 되었다. 지난 몇 개월을 허송세월했다는 기분에 마음이 무거웠다.

조현은 그런 아들을 가만히 바라보았다.

'세간의 평가에 흔들리지 않고 원본초 같은 이를 떠나오다니. 아직 어린애인 줄 알았는데 이제 보니 다 컸구나.'

잠시 생각하던 그가 말했다.

"그렇다면 북쪽의 공손 백규에게 가보는 건 어떻겠느

나?"

"공손 백규라 하시면, 백마장군 말씀입니까?"

"그래. 네가 울적한 건, 어쩌면 창술을 실전에서 써볼 기회가 없어서인지도 모른다. 본초가 널 중용하지 않았다면 싸움에 잘 내보내지도 않았을 테니까."

"그랬습니다."

"자고로 무사란, 진정한 주군을 모시고 전장을 누빌 때 비로소 보람을 느끼는 법이다. 공손 백규는 북부의 선비족에 대해 상당히 강경한 태도를 취하는 사람이지. 거기에 대해 비판하는 이들도 있다만, 난 중원이 워낙 혼란스러우니 이럴 때일수록 변방을 든든히 막아줘야 한다는 생각이다. 그렇다 보니 선비족과 자주 싸움을 치르는 모양이더구나."

"제 실력을 직접 보여주고 인정받으라는 말씀이군요."

조현은 부드럽게 말했다.

"눈앞에서 네 창술을 보고도 인정하지 않을 자는 없을 것이다."

조가창법은 유연함과 근력, 힘을 모두 요구하는 까다로운 창술이었다. 조현은 아들 조운이 어릴 때부터 혹독한 수련을 시켜왔다. 조운은 단 한 번의 불평도 없이 그 모든 과정을 묵묵히 해냈다.

조현 자신이 창에 눈을 떴을 때는 이미 성인이 된 후라 한

계가 있었다. 그러나 조운은 달랐다. 아직 몸이 다 자라기 전부터, 오직 조가창법의 대성을 위해 모든 것을 행했다. 그 결과, 그는 그야말로 조가창법에 의한, 조가창법을 위한 육체를 갖게 되었다.

조운이 열여섯이 됐을 때부터 조현은 이미 그의 적수가 되지 못했다. 그런 아들의 솜씨를 직접 보고서도 탐내지 않는다면, 그는 사람 보는 안목이 없거나 천하의 패권을 다툴 생각이 없는 자일 게 분명했다.

"알겠습니다. 그럼, 공손 백규를 찾아가보도록 하겠습니다."

"언제 떠날 생각이냐?"

"이미 며칠 쉬었으니, 내일 아침 일찍 바로 출발하도록 하겠습니다."

"그래라. 오늘 밤에는 같이 술이나 한잔 하자꾸나."

"좋습니다."

부패한 조정과 치안의 부재, 민란의 여파 등으로 세상은 극히 어지러웠다. 이렇게 떠나면 다음에 볼 수 있으리라는 기약이 없었다. 그러나 조현과 조운, 두 부자는 담담했다. 서로를 지극히 사랑하지만 그 때문에 곁에 묶어둘 생각은 없었다.

그날 밤, 조운은 제법 늦게까지 아버지와 술잔을 나누고 잠자리에 들었다. 그리고 이상한 꿈을 꾸었다.

꿈속에서 그는 북쪽으로 이어진 숲 속을 지나고 있었다. 그때, 뭔가 파랗게 빛나는 작은 새 같은 것이 눈앞을 어른거리며 날아갔다. 뭔가 하고 보니, 그것은 한 마리의 아름다운 나비였다. 나비를 보고 있자니 이상하게 마음이 설렜다.

'기이한 일이로구나. 저런 색깔에, 빛을 발하는 나비는 본 적이 없다.'

조운은 홀린 듯 나비의 뒤를 따라 걸었다. 푸른 나비는 마치 그를 안내하는 양, 그의 앞에서 일정 거리 이상 멀어지지 않으면서 하늘하늘 날았다.

그렇게 얼마나 걸었을까.

"아!"

조운은 저도 모르게 탄성을 내뱉었다.

숲 가운데 거대한 공 같은 것이 빛을 발하고 있었다. 그 빛이 어찌나 강렬한지 제대로 눈을 뜨고 마주 보기도 어려웠다. 푸른 나비는 그 공 안으로 쑥 빨려들어가듯이 사라졌다.

'저것은 혹시 해인가? 해가 어째서 숲 속에……'

그가 막 손을 내밀어 해를 만져보려 할 때였다.

조운은 새벽닭이 우는 소리에 잠에서 깨어났다. 그리고 꿈의 내용을 까맣게 잊어버렸다.

'뭐였지? 뭔가 대단한 꿈을 꾼 것 같았는데……'

그는 아쉬운 마음에 일어나 앉은 채 양손을 내려다보았다. 손에서 이상한 열기가 느껴졌다.

내용은 정확히 기억나지 않았지만 길몽이라는 기분이 들었다. 북쪽으로 가기로 결심한 전날 그런 꿈을 꿨으니, 아무래도 이게 하늘이 내려준 운명인 모양이었다.

조운은 머리맡의 창을 힘주어 움켜잡았다.

'떠나자. 진정한 주공을 찾기 위해서. 그를 도와 이 난세를 평정하여 황실에 충성하고 가문의 이름을 드높이는 거다.'

창 한 자루와 뜨거운 마음이면, 천하의 어딜 가더라도 의를 행하며 살아갈 자신이 있었다.

조운이 황건적 잔당에게 봉변당하고 있는 소년을 만난 건, 그로부터 며칠 후의 일이었다.

2

첫 번째 왕 후보자

"방금 뭐라 했는가?"

말 등에 앉은 동탁은 자신의 앞에 선 사내를 내려다보며 물었다.

그의 강렬한 안광을 접하고도, 사내는 별로 동요하는 빛이 없었다.

기이한 사내였다. 새하얀 피부에, 어느 모로 보나 학사 같은 분위기를 풍겼다. 거의 감은 것처럼 가늘게 뜬 눈은 속내를 읽어내기가 어려웠다.

사내는 차분한 목소리로 답했다.

"장군께 천하를 안겨드리겠다고 했습니다."

동탁은 자조적인 어조로 내뱉었다.

"사람을 잘못 찾았다. 천하에 뜻이 있다면, 내가 아니라 황보숭 장군에게 가라."

"장군이 오판한 것인데, 어찌 황보숭 장군을 원망하고 미워하십니까?"

"뭐라고?"

동탁의 목소리에 노한 기색이 묻어났다.

얼마 전, 왕국이라는 자가 한수에게 호응하여 반란을 일으켰다.

기세를 떨친 왕국은 진창(陳倉)을 포위하여 위태로운 지경으로 만들었다. 진창은 군사적 요지로, 결코 내줘선 안 될 곳이었다.

이에 조정에서는 동탁을 전장군에 임명하고 황보숭과 함께 진창으로 보냈다. 황보숭은 황건적의 난을 토벌하여 천하에 이름을 드날리는 노장이었다.

"진창의 형편이 매우 위태롭다 하니, 지금 즉시 출격하여 구원해야 할 것입니다."

동탁의 주장에 황보숭은 고개를 저었다.

"진창은 그리 쉽게 함락될 곳이 아니오. 아군은 지금 먼 길을 오느라 지쳐 있소. 무리할 필요 없이 진창을 공격하던 반군의 힘이 빠지길 기다리는 편이 낫소."

전공을 세우고 싶었던 동탁은 내심 불만스러웠으나 황보숭의 말을 거스를 수 없었다.

이듬해, 과연 황보숭의 말대로, 지친 왕국이 스스로 군사를 물렸다. 황보숭은 때를 놓치지 않고 추격하려 하였다.

그때, 동탁이 말했다.

"궁지에 몰린 적을 치는 건 위험합니다. 생쥐도 궁지에 몰리면 고양이를 문다고……."

황보숭은 잘라 말했다.

"난 고양이가 아니오."

그는 망연해 있는 동탁을 버려두고 그대로 출격하여, 무려 만여 명의 적병을 베고 반군을 소탕했다. 그 소식을 들은 동탁은 몹시 부끄러웠다. 자신의 예측이 매번 빗나간 것이다.

'전황을 보는 내 눈이 이렇게 부족했던가? 이래서야 어찌 스스로 장군이라 할 수 있겠는가?'

그 부끄러움은 점차 황보숭을 향한 미움과 질시로 변해 갔다. 그가 시종일관 자신을 무시하는 듯한 태도를 취한 것도 한몫했다.

주무라는 학사가 갑자기 찾아온 건 그 무렵이었다. 긴히 할 말이 있으니 주위를 물려달라고 하고선, 동탁의 치부를 대뜸 찌른 것이다.

동탁은 옆구리에 찬 대도를 뽑아들고 주무의 목을 겨누었다.

"백면서생 주제에 함부로 입을 놀리는구나. 죽고 싶은가?"

주무는 조금도 두려워하는 기색 없이 태연히 말했다.

"인정하실 건 인정해야 합니다. 그래야 천하의 주인이 되실 수 있습니다. 장군은 과감함과 호탕함을 가졌습니다만, 책략이 부족합니다."

"그래도 네놈이……."

"해결책은 간단합니다. 그 책략을 메워줄 수하를 거느리시면 됩니다. 그게 바로 저입니다."

동탁의 도 끝이 멈칫했다. 천둥벌거숭이 같은 자인데, 이상한 자신감이 마음에 걸렸다.

"네 책략이 그토록 뛰어나단 말인가? 그럼, 그걸 증명해보아라."

주무는 기다렸다는 듯이 말했다.

"머지않아 조정에서 장군을 병주목에 임명하고 불러들이려 할 것입니다. 그때는 반드시 거부하셔야 합니다."

"뭐? 조정에서 주목 자리를 주겠다는데 왜 거부해야 한다는 건가?"

"조정에서는 장군을 경계하고 있습니다. 주목이 되는 대신, 휘하의 병력을 모두 황보숭에게 맡기라고 명할 것입니다. 그래도 괜찮으시겠습니까?"

"그런 어림도 없는 소리를!"

동탁의 분노를 확인한 주무는 희미하게 웃었다.

"그보다 훨씬 좋은 기회가 금세 찾아올 것입니다. 황제는 곧 죽습니다. 그러면 조정에서는 후계자를 놓고 대장군 하진과 환관들 사이에 다툼이 벌어지게 됩니다. 그때, 하진은 지원세력을 얻기 위해 천하의 군웅을 낙양으로 불러들일 것입니다. 그때, 장군 또한 부름을 받으실 겁니다."

주무라는 자가 황제의 죽음을 함부로 입에 담았지만, 동탁은 별로 신경 쓰지 않았다. 그보다 다른 말이 더 귀에 들어왔다.

"대장군 하진이 나를 낙양으로 부른다고?"

"그렇습니다. 거기에 반드시 응하셔야 합니다. 병력을 거느린 채 낙양으로 입성할 명분을 얻는 절호의 기회이니 말입니다."

동탁은 주무를 또 한동안 응시했다. 처음과는 많이 달라진 눈빛이었다. 도를 거둔 그가 말했다.

"좋다. 거처를 내줄 테니, 내 밑에 머물러라. 만약, 그대의 말대로 모든 일이 진행된다면 내 기꺼이 그대를 나의 책사로 쓸 것이다."

"후회하지 않으실 겁니다."

동탁은 주무의 말대로, 하진의 부름에 대비하기 위해 병사를 조련하고 식량을 비축했으며 무기를 갈고 닦았다.

　그로부터 얼마 후, 과연 조정에서 사람이 나와 동탁을 병주목에 임명하고자 하였다. 대신, 휘하의 병력을 모두 황보숭에게 맡기라는 조건이었다.

　동탁은 코웃음을 치며 사신에게 말했다.

　"내 수하들과 함께 변방에서 싸워온 지 10년이 넘어, 서로 목숨을 바칠 정도로 우애가 깊소. 그러니 그들을 넘기고 병주목으로 가기는 어렵겠소."

　당황한 사신이 말했다.

　"지금 조정에서 내린 관직을 거부하겠다는 말입니까?"

　"수하들을 팔아가며 주목이 될 생각은 없소."

　사신은 동탁이 반드시 역심을 품으리라 우려한 채 돌아갔다.

　그러나 조정은 환관의 횡포와 온갖 전란으로 혼란스러워, 그의 말에 귀를 기울일 사람이 아무도 없었다. 이 일로 동탁은 주무를 신임하게 되었다.

　시일이 더 지나자, 과연 대장군 하진으로부터 힘을 보태달라는 급보가 왔다. 만반의 준비를 갖추고 있던 동탁은 즉시 출격하였다.

　그러나 그가 낙양에 도착하기도 전에, 하진이 암살되었

다는 소식이 들려왔다. 하진의 죽음에 분노한 원소 등이 환관을 주살, 조정이 피로 물들었다고 하였다.

당황한 동탁이 주무를 불렀다. 이제 그는 모든 크고 작은 일을 주무와 의논하고 있었다.

"일이 이리 되었는데 어찌하면 좋겠는가?"

주무는 늘 그렇듯이 침착하게 답했다.

"장군께는 그야말로 절호의 기회입니다. 지금 즉시 최대한 서둘러 낙양으로 향하십시오. 그럼 황제를 구출하고 조정의 혼란을 가라앉힌다는 명분으로 정권을 장악하실 수 있을 겁니다."

"내가…… 정권을?"

"그렇습니다. 천하의 주인이 되실 날이 눈앞에 다가온 겁니다."

동탁의 눈이 이상하게 빛났다. 그는 변방 출신으로 겪은 차별과 서러움이 많았다. 또한 늘 중앙으로의 진출을 꿈꾸었으나 뜻대로 되지 않았다. 마침내 기회가 왔다고 생각하자 흥분과 기대에 몸이 떨렸다.

"알았다. 그대의 말대로 진군 속도를 더욱 높이겠다."

동탁에게서 물러난 주무가 처소로 돌아왔을 때였다.

거기서 기다리던 한 여인이 그를 반겼다.

"어서 와요, 주무."

"이제 시작될 것 같습니다, 호삼랑. 곧 초선이 될 준비를 하세요."

"동탁을 택한 게 정말 잘하는 일일까요?"

"제가 아니더라도 어차피 동탁은 낙양으로 향할 것입니다. 그리고 알려졌다시피 엄청난 권력을 손에 넣게 되고요. 따라서 지금 시점에서는 그가 왕에 제일 가깝습니다. 아니, 제일 빨리 왕이 될 수 있습니다."

"하지만 정권을 장악한 뒤에는 폭군으로 돌변하잖아요."

"그걸 제어해서 최대한 우리 뜻대로 움직이도록 하는 것이 앞으로 할 일입니다. 그래서 당신의 역할이 매우 중요합니다."

호삼랑의 표정이 복잡해졌다. 그녀는 절색의 미녀는 아니었으나, 건강미 넘치는 몸에 매력적인 외모의 소유자였다.

"초선…… 실제 역사에는 없는 인물이었죠. 한 궁녀를 사이에 두고 동탁과 여포의 사이가 나빠졌다는 대목이 사서에 있을 뿐."

"여포는 동탁의 거사에 반드시 필요한 인물이니 포섭해야겠습니다만, 그 후로는 역사와 많이 달라질 겁니다. 우선, 당신이 초선이 된다 해서 굳이 동탁과 여포 사이를 이간질할 필요는 없습니다."

호삼랑은 긴 손가락을 뻗어, 주무의 얼굴을 어루만졌다.

"당신이 우리들 지살위의 우두머리여서 다행이에요, 주무. 안 그랬다면 지금쯤 갑자기 오게 된 낯선 세상에서 다들 혼란스러워 어쩔 줄 몰라하고 있을 테니까."

주무는 슬그머니 그녀의 손을 피해 뒤로 물러났다. 호삼랑이 알았다는 듯 손을 내렸다.

"후후, 안도전이 보면 싫어하려나……."

주무가 말을 돌렸다.

"혼란스럽기는 저도 마찬가집니다. 갑자기 후한 말, 삼국시대 초입이라니. 분명히 원래 예정은 명나라 대에 가기로 되어 있었는데 말입니다. 그나마 한 사람을 제외한 모든 동지가 다 같이, 무사히 도착했으니 불행 중 다행입니다만……."

"유적에 문제라도 생긴 걸까요?"

"글쎄요. 이제는 알 방법이 없지요. 그저……."

주무는 호삼랑의 어깨 너머, 어딘가 먼 곳을 응시하는 눈빛으로 말했다.

"어느 시대로 가든, 우리에게 내려진 과업을 행할 뿐입니다. 그게 아니면, 별의 힘을 받아서 시공을 이동해온 의미가…… 우리가 살아가는 의미 자체가 없어지니까요."

"당신 말이 맞아요."

고개를 끄덕인 호삼랑이 말했다.

"특히 우리 힘을 이용해 종교를 만든 데는 정말 감탄했어요. 확실히, 빠르게 세를 불리기에 종교만 한 게 없죠."

"실은 그 일 때문에 조금 걱정입니다. 다들 맡은 일이 바쁘다 보니 북쪽 지부로 왕정륙 형제를 보냈는데, 그는 좀 경솔한 면이 있거든요."

"그렇다고 설마 그가 이 시대의 누군가에게 당하기라도 하겠어요? 총을 챙겨온 유일한 사람인데."

"시공이동을 할 때 딱 한 가지 물품을 소지할 수 있다고 했더니, 총을 가져올 줄은. 정말 두 손 두 발 다 들었습니다. 애초에 총알을 다 쓰고 나면 쓸모없어지는 물건을."

"그러니까 딱 필요할 때만 쓰겠죠."

주무는 고개를 설레설레 저었다.

지금은 왕정륙에게 신경 쓰는 것 말고도 다른 할 일이 많았다. 우선, 어떻게 하면 호삼랑을 자연스럽게 동탁의 곁에 심을지 생각해봐야 했다.

'뭔가가 어긋나서 엉뚱한 시대로 와버렸지만, 그렇다고 회의 임무가 사라지는 건 아니다. 그분들이 오시기 전까지, 최대한 과업을 달성할 수 있는 환경을 만드는 것. 가능하다면 그런 중에 진정한 왕 후보자를 찾는 것. 그게 이 상황에서 내가 할 수 있는 최선이다.'

일단, 그 첫 번째 후보자로 동탁을 골랐다. 최소의 노력으로 최대의 효과를 거두기 위해서였다.

　그가 역사와 마찬가지로 폭군이 될지, 아니면 주무의 통제에 따라 사뭇 다른 인물로 성장할지는 앞으로 지켜봐야 할 일이었다.

　비슷한 시각, 주무의 계획에 가장 큰 장애가 될 인물이 시공을 이동해온 참이었다.

1권의 주요 사건 연표

189년

- 황보숭, 동탁과 함께 진창의 반란군 진압.
- 영제 사망.
- 십상시, 대장군 하진을 암살. 분노한 원소 등이 환관 주살.
- 동탁, 낙양에 입성하여 정권 장악. 진용운과 조운 자룡, 북평태수 공손찬에게 임관.
- 태사자, 공손찬에게 임관. 공손찬, 전해와 태사자를 파견하여 선비족을 토벌하고 유비를 북평으로 소환. 진림과 최염, 조운에 의해 공손찬에게 임관.
- 공손찬, 동탁에게 선전포고. 반동탁연합 결성을 선포.
- 조조 맹덕, 고향에서 군사를 일으켜 공손찬에게 호응. 동탁, 연합군에게 맞서기 위해 호진을 총사령관으로 한 일군을 사수관으로 파견.

190년

- 공손찬, 반동탁연합의 수장으로서 오만의 병력으로 낙양을 향해 출군. 유비를 별부사마에 임명하여 일군을 맡김. 진용운, 참모 겸 도위가 되어 참전. 사수관 전투 시작.

주요 관련 서적

• 삼국지 정사(三國志 正史)

중국 서진의 역사가이자 학자인 진수(陳壽)가 저술한 삼국시대의 역사서. 위서 30권, 촉서 15권, 오서 20권, 총 65권으로 이뤄졌으며 위나라를 정통 왕조로 보는 시각에서 쓰였다. 내용이 엄격하고 간결해 정사 중의 명저로 손꼽히나, 인용한 사료가 지나치게 간략하거나 누락되어 훗날 남북조시대에 배송지(裵松之, 372~451)가 주석을 달았다.

• 삼국지연의(三國志演義)

중국 명나라 말기에서 원나라 초의 사람 나관중(羅貫中, 1330?~1400)이 진수의 《삼국지》를 바탕으로, 전승되어온 설화 등을 더하여 재구성한 장편소설이다. 후한 말의 혼란기를 시작으로, 위, 촉, 오 삼국의 정립시대를 거쳐 진나라가 천하를 통일하기까지, 유비, 관우, 장비 삼형제의 무용과 의리 그리고 제갈공명의 지모를 중심으로 서술했다. 《수호전》, 《서유기》, 《금병매》와 함께 중국 4대 기서의 하나로 꼽힌다. 중국인들에게 오랫동안 애독되었고 한국에서도 16세기 조선시대부터 매우 폭넓게 읽혔다. 현대에도 영화, 게임, 애니메이션 등으로 활

발히 재생산되고 있다. 정사와 다르다는 지적이 많은데, 그 이유는 애초에 정사를 참고한 소설인 까닭이다.

• 한서(漢書)

중국의 역사학자 반고(班固)가 편찬한 전한의 역사서. 한 고조 유방이 한나라를 세운 기원전 206년부터 왕망의 신나라가 망한 서기 24년까지의 역사를 다루었다. 총 100편, 120권으로 이뤄졌다.

• 후한서(後漢書)

남북조시대 송나라의 학자 범엽(范曄)이 후한의 역사와 문화를 정리한 책. 서기 25년부터 220년까지의 시기를 다루었으며 본기 10권, 열전 80권, 지 30권으로 이뤄졌다. 후한서 동이열전에 '동이'에 대한 언급이 있는데, 고구려, 부여와 더불어 일본이 동이로 분류되어 있다.

• 수호지(水滸志)

중국 명나라 때 시내암(施耐庵)이 처음 쓴 것을 나관중이 손질한 장편소설. 북송시대 양산박에서 봉기한 호걸들의 실화를 바탕으로 각색하였다. 우두머리 송강을 중심으로, 별의 운명을 이어받은 108명의 협객들이 호숫가에 양산박이라는 근거지를 만들어, 부패한 조정 및 관료에 대항해 싸워 민중의 갈채를 받는 이야기다. 특히, 《금병매》는 이 《수호지》의 일부를 부분적으로 확대하여 재생산한 것이다.

호접몽전 1

1판 1쇄 발행 2016년 8월 25일

지은이 최영진
펴낸이 윤혜준
편집장 구본근
고 문 손달진
본문 디자인 박정민

펴낸곳 도서출판 폭스코너 | 출판등록 제2015-000059호(2015년 3월 11일)
주소   서울시 마포구 성미산로16길 32(우 03986)
전화 02-3291-3397 | 팩스 02-3291-3338 | 이메일 foxcorner15@naver.com
페이스북 www.facebook.com/foxcorner15

종이 일문지업(주) 인쇄 대신문화사 제본 국일문화사

ⓒ 최영진, 2016

ISBN 979-11-87514-01-5 (04810)
ISBN 979-11-87514-00-8 (세트)